Proteções Duvidosas

Lorraine Heath

Proteções Duvidosas

Tradução
Daniela Rigon

HARLEQUIN
Rio de Janeiro, 2025

Título original: Between the Devil and Desire

Copidesque	Thaís Lima
Revisão	Thaís Carvas e Mariana Gomes
Design de capa	Renata Vidal
Projeto gráfico e diagramação	Mayara Menezes
Créditos das imagens	Freepik; Adobe Stock (DESIGN BOX, garrykillian, Manoel, suwi19)

Dados Internacionais de Catalogação na Publicação (CIP)
(Câmara Brasileira do Livro, SP, Brasil)

Heath, Lorraine
Proteções duvidosas / Lorraine Heath ; tradução Daniela Rigon. -- Rio de Janeiro : Harlequin, 2025. -- (Os órfãos de St. James ; 2)

Título original: Between the devil and desire.
ISBN 978-65-5970-483-5

1. Romance inglês I. Título II. Série.

25-247026 CDD-823

Índice para catálogo sistemático:

1. Romances : Literatura inglesa 823

Aline Graziele Benitez - Bibliotecária - CRB-1/3129

Rua da Quitanda, 86, sala 601A - Centro,
Rio de Janeiro/RJ - CEP 20091-005
Tel.: (21) 3175-1030
www.harpercollins.com.br

Para Nathan.
Quando éramos novos e inocentes demais, puxávamos um ao outro para o estrelato. Sempre brinquei que eu inspirava meus vilões em você. Mas, meu amor, você sempre foi meu herói.

Prólogo

Do diário de Jack Dodger

Quando eu tinha 5 anos, minha mãe me vendeu. Eu nunca a julguei por isso, pois mesmo criança eu entendia que a fome e o medo podiam levar uma pessoa a fazer coisas inimagináveis. Nessa fase, descobri muito rápido que o diabo usava roupas elegantes e fugi, convencido de que era melhor morar na rua do que numa casa chique onde homens engomadinhos fingiam respeito.

*Não fiquei muito tempo sozinho, pois logo acabei conhecendo um notório antro de crianças ladras, administrado por um velho perspicaz que atendia pelo nome de Feagan. Sob a tutela dele, aprendi que é possível roubar qualquer coisa; basta se preparar adequadamente. Minhas habilidades e minha determinação de ter sucesso e de sobreviver eram incomparáveis, e logo subi no conceito dele. Feagan me chamava carinhosamente de Dodger**.

---

*Dodger pode ser traduzido como "driblador", ou "desviador". Neste caso, faz referência ao fato de que ele era rápido em escapar ou se esquivar de problemas [N.E.]

e com 8 anos eu já passava a maioria das noites com ele, em frente à fogueira, fumando um cachimbo de barro, bebendo gim e ouvindo as raras pérolas de sabedoria que ele compartilhava com poucos.

Mas minha mão sempre coçava por mais dinheiro. Um dia, um cavalheiro de boa aparência me ofereceu alguns centavos para atrair uma família nobre de três pessoas para um beco. Menti dizendo que minha mãe estava morrendo e que precisava de ajuda, e até chorei lágrimas de crocodilo. O homem e sua esposa foram mortos assim que pisaram no beco, mas a criança escapou. Apavorado com o que eu havia causado, corri atrás do menino, temendo que ele sofresse o mesmo destino dos pais. Eu o segui até outro beco, onde ele desabou no chão e chorou. Mas não tínhamos tempo para essas bobajadas. Felizmente, ele não me reconheceu. Devia ser por conta do choque. Aproveitei para sujar as roupas e o rosto dele e o convenci de que podia salvá-lo.

O nome do menino era Lucian, mas soava muito pomposo, então o apresentei como Luke. Feagan me deu três centavos por levar um novo recruta para o grupo. Nada mal para o dia, mesmo que as novas moedas significassem uma noite de sono maldormida.

Para minha irritação, embora eu fosse apenas dois anos mais velho, sentia-me responsável por Luke. Quando ele foi pego roubando, tive a ideia idiota de resgatá-lo. Passamos três meses presos. A marca que recebemos na prisão serviu para fortalecer nossa amizade, e nós nos tornamos inseparáveis.

Até a noite em que ele matou um homem.

Ele tinha 14 anos e aguardava julgamento quando o conde de Claybourne declarou que Luke era seu neto havia muito perdido e o levou para casa. A boa sorte de Luke logo se tornou a minha, pois o velhote também me acolheu. Nunca concordávamos em nada. Ele se esforçava para me transformar em um cavalheiro, mas eu preferia continuar sendo um rebelde. Parecia um caminho mais honesto para alguém como eu.

Quando fiz 19 anos, um advogado me informou que um benfeitor anônimo com grandes expectativas desejava me dar dez mil libras para garantir meu futuro. Nunca perguntei quem era, pois não tinha dúvida de que era o avô de Luke buscando se livrar de mim sem decepcionar o neto. Eu havia morado nas ruas tempo o suficiente para saber que era possível ganhar dinheiro investindo em vícios, por isso comprei um prédio e o transformei num exclusivo clube de cavalheiros.

E foi assim que me tornei um homem rico, excedendo em muito o que eu tinha certeza de que meu benfeitor – ou qualquer outra pessoa, na verdade – esperava de mim. Mas, por mais dinheiro que eu ganhasse, nunca era o suficiente. Eu queria sempre mais, e faria qualquer coisa, qualquer coisa mesmo, para isso.

1

Londres, 1851

O diabo apareceu para uma visita. Sentada ao lado dele na biblioteca da própria casa, Olivia Stanford, a duquesa de Lovingdon, não sabia se ficava chocada ou fascinada. O sujeito era uma criatura interessante e, embora tivesse ouvido muitas histórias sórdidas sobre a peça, nunca o tinha visto antes.

O cabelo preto e bagunçado, com cachos que tocavam os ombros largos, expressava o desejo de se rebelar contra as regras da sociedade. As linhas duras de seu rosto haviam sido esculpidas por uma vida de decadência, conduta duvidosa e excessos. No entanto, ele era lindo de uma forma meio selvagem, como uma costa rochosa que impressiona pela exuberância.

Olivia tirou os olhos do perfil que a deixara encantada desde o momento em que ela entrara na biblioteca e conhecera o devasso e delicioso Jack Dodger.

O clube de jogos dele era a fonte de entretenimento de muitos homens da aristocracia. Irmãs, esposas e mães ouviam referências sussurradas sobre a devassidão que ocorria nos domínios de Dodger quando seus irmãos, maridos e filhos voltavam para casa de madrugada, trançando as pernas. As mulheres, é claro, fofocavam discretamente durante o chá, e assim Dodger e seu estabelecimento acabaram famosos entre damas decorosas que não deveriam saber de tais coisas impróprias. Era uma mistura de ódio coletivo à existência de um clube como aquele, que afastava os homens de tudo o que era bom e respeitável, com um fascínio incessante por um homem tão devoto ao pecado.

Sentada perto de Jack Dodger, Olivia ficava cada segundo mais consciente da sexualidade visceral que emanava dele. Supôs que as mulheres deviam segui-lo para o quarto sem que ele sequer precisasse abrir a boca. Ela inalou a fragrância de tabaco e uísque que o permeava e, para sua vergonha, descobriu que gostava do aroma decadente e masculino. Era como se ele fosse um pecado ambulante.

Uma verdadeira obra do diabo.

Dodger tinha até a marca da perversão. O sinal estava bastante visível na parte interna do polegar direito, já que o homem não tinha modos para usar luvas e estava com a mão grande espalmada no braço da cadeira. Embora a prática de marcar criminosos tivesse sido abolida, Olivia sabia o significado de um "C" queimado na pele de alguém: a pessoa havia passado um tempo na prisão por um crime. E ela não tolerava criminosos.

No entanto, apesar do passado e da profissão questionáveis de Dodger, Olivia não podia criticar a qualidade do traje dele. Fora sem dúvida costurado pelo melhor alfaiate de Londres, mas o colete vermelho de seda bordado que usava por baixo do paletó preto era totalmente inapropriado para a ocasião sombria em que se encontravam: a leitura do testamento do duque de Lovingdon.

Olivia não fazia ideia do motivo que levara seu falecido marido a insistir que o infame Jack Dodger estivesse presente na leitura. Como ele conhecera o patife? Até onde sabia, o marido nunca frequentara o Salão do Dodger — ao contrário do irmão dela, o também falecido duque de Avendale, que visitava o local com frequência e que, inclusive, lhe dava a oportunidade única de adicionar mais histórias escandalosas ao repertório que circulava entre as damas.

Mas Lovingdon era santinho demais. O marido não tinha nem bebidas alcoólicas em casa e, até onde Olivia sabia, nunca nem chegara a provar vinho. O mesmo não poderia ser dito de Jack Dodger. Ele tinha os lábios mais carnudos que ela já vira em um homem — de um vermelho escuro, como se tivessem sido embebidos em um bom vinho —, e ela não tinha dúvida de que estavam acostumados a saborear todo tipo de prazer. A boca dele fora projetada para atrair até as mulheres mais virtuosas para uma paixão proibida. Afinal, que outro motivo a faria imaginar como seria ser beijada por aquele homem? Fazia anos que Olivia havia parado de pensar sobre o prazer de um beijo — talvez porque Lovingdon fosse contra a prática. No entanto, lá estava ela, imaginando aqueles lábios roçando os dela, maravilhando-a de uma forma que Lovingdon nunca havia feito.

Olivia se perguntou mais uma vez por qual motivo o marido solicitara a presença de Jack Dodger na leitura de seu testamento.

Porém, ao chegar, o sr. Beckwith, advogado do duque, insistira que aquele era o desejo do falecido e que Olivia também deveria estar presente. Então, como sempre, ela estava honrando suas responsabilidades, por mais desagradáveis que fossem. Desde que nascera, a devoção ao dever havia governado sua vida. Fora o motivo para, aos 19 anos, Olivia se ver casada com um homem de mais de 40 anos — porque o pai dela arranjou o casamento, e uma filha respeitosa não contrariava a vontade do pai, nem mesmo pelos próprios desejos.

Lovingdon fora honesto desde o início. Por causa da idade avançada, precisava desesperadamente de um herdeiro e, embora o casamento não tivesse sido tudo o que ela esperava, também não havia sido tão ruim quanto poderia. Olivia conquistou o respeito do marido e comandava a casa; e Lovingdon lhe deu um filho precioso, mesmo que não tivesse conseguido lhe dar seu coração.

Olivia estava confiante de que Henry, como herdeiro legítimo, herdaria tudo de importante. Ela esperava que o testamento estipulasse que a residência em Londres se tornaria a casa da viúva, pois amava o lugar. Embora casas de viúvas fossem normalmente menores e menos grandiosas que aquela propriedade, Lovingdon não tinha outros imóveis em Londres. Se aquela residência não fosse deixada para Olivia, então a decisão sobre onde ela residiria nos anos posteriores caberia ao filho — quando ele tivesse idade suficiente para se preocupar com tais questões. Naquele momento, porém, o menino tinha apenas 5 anos e só se preocupava em saber se a mãe leria uma história para ele antes de dormir.

O advogado enfim terminou de arrumar os papéis na mesa, cruzou as mãos sobre eles e ergueu o olhar para os dois. Seu cabelo escuro era salpicado de fios grisalhos, e os olhos azuis pareciam maiores por causa dos óculos, dando a impressão de que ele enxergava mais que um homem comum.

— Senhor Dodger, agradeço por encontrar tempo em sua agenda cheia para se juntar a nós esta noite — disse o sr. Beckwith em tom solene, como convinha à ocasião.

— Vamos logo com isso, pode ser? Preciso voltar para o meu negócio — respondeu Jack Dodger.

A voz era rouca, como se ele passasse boa parte do tempo gritando até ficar com a garganta em carne viva. No entanto, também reverberava de um jeito agradável que Olivia não conseguia explicar. Não era difícil imaginá-lo sussurrando no ouvido de uma dama, seduzindo-a para algum ato indecoroso.

— Sim, claro — falou o sr. Beckwith, e pegou um longo maço de papel. — O testamento possui bastante terminologia jurídica que, com sua permissão, não me darei ao trabalho de ler.

— Só me diga por que diabo estou aqui para que eu possa ir embora logo.

Olivia ofegou, e Jack Dodger a encarou com um olhar desdenhoso. Era a primeira vez que o homem voltava a atenção para ela desde que foram apresentados e ocuparam seus lugares.

— Ora, não fique tão horrorizada.

Considerando a maneira como ele a estudou de repente, Olivia sentiu um estranho desejo de verificar se seus botões estavam todos bem fechados.

— Devo insistir para que não use linguagem vulgar em minha casa. Não ficarei aqui se for para ouvir blasfêmias.

— Não dou a mínima se você fica ou não.

— Senhor Dodger — interrompeu enfaticamente o sr. Beckwith, o tom áspero indicando que ele também poderia ter ressalvas sobre a presente companhia. — O duque insistiu que ambos estivessem presentes. Abordarei o assunto em questão com rapidez, antes que sua paciência se esgote. — Ele pigarreou e começou a ler: — "Eu, Sidney Augustus Stanford, duque de Lovingdon, marquês de Ashleigh e conde de Wyndmere, sendo de corpo e mente sãos, lego ao meu filho legítimo e herdeiro de meus títulos, Henry Sidney Stanford, todas as minhas propriedades vinculadas, bem como os bens e rendimentos derivados delas."

Olivia assentiu com satisfação. Era o que ela esperava. O testamento era apenas uma formalidade.

— "À minha devotada esposa, Olivia Grace Stanford, duquesa de Lovingdon, mãe do meu herdeiro..."

Piscando para conter as lágrimas que ardiam em seus olhos, ela desejou que Jack Dodger não estivesse presente para testemunhar aquela parte da leitura. As últimas palavras do marido a respeito dela deveriam ser privadas e pessoais.

— "... lego uma conta que, se administrada adequadamente, deverá lhe proporcionar duas mil libras por ano, enquanto ela viver. Para o sr. Jack Dodger..."

Olivia mal teve tempo de sentir decepção por Lovingdon não ter deixado a residência para ela antes de sua atenção ser atraída para a revelação do motivo da convocação ridícula de Jack Dodger.

— "... lego o restante de meus bens materiais, exceto um item, com a condição de que ele seja o guardião e protetor do meu herdeiro até que a criança atinja a maioridade ou minha viúva se case e seu novo marido assuma o papel. Quando qualquer uma das condições declaradas for atendida, o sr. Dodger receberá o item final, que possui valor imensurável."

Era como se Olivia estivesse ouvindo de longe o bater de asas de mil corvos voando da torre de Londres e sinalizando a queda da Grã-Bretanha. Ela mal notou o farfalhar dos papéis quando o sr. Beckwith colocou o testamento na mesa. Era impossível que tivesse ouvido corretamente. Sua cabeça não parava de latejar desde que o marido havia caído da escada e falecido devido a um golpe fatal na cabeça. A dor que estava sentindo pela perda inesperada devia estar assolando sua mente, fazendo com que ela confundisse palavras e significados. Enquanto Olivia tentava compreender como aquilo podia estar acontecendo, como poderia forçar as palavras ao significado correto, o sr. Beckwith pegou um livro com capa de couro preto e estendeu-o para Jack Dodger.

— Este livro contém uma listagem de todos os ativos não vinculados que se tornarão...

Olivia observou, com espanto e horror, Jack Dodger arrancar o livro das mãos do sr. Beckwith antes que o advogado terminasse de falar e abri-lo para folhear as páginas rapidamente. Cada virada de página era uma pontada na cabeça dela. O sr. Beckwith levantou outro livro e estendeu-o para Olivia.

— Para sua análise, aqui está uma listagem dos bens vinculados que vão para o seu filho.

Olivia balançou a cabeça.

— Peço perdão, mas não entendo muito bem o significado de tudo isso.

— A partir do momento em que os títulos foram passados a Lovingdon, seu marido manteve registros precisos indicando quais propriedades e bens faziam parte dos vínculos e...

— Não, não. Eu me refiro ao testamento. Você deve ter lido errado, pois disse que o sr. Dodger será guardião do meu filho.

— Sim, esse era o desejo do duque.

— Não, o Henry é *meu* filho. *Eu* sou a guardiã dele.

— A lei reconhece apenas o pai como guardião. Com a morte do pai, se o filho ainda não tiver completado 21 anos, o pai deverá nomear o novo guardião em seu testamento — explicou o sr. Beckwith sem qualquer emoção, como se estivesse lendo um documento parlamentar qualquer. — Sinto muito, Sua Graça, mas a decisão de seu marido não pode ser contestada.

— Não pode ser contestada?! — exclamou Olivia, ficando de pé tão rápido que quase perdeu o equilíbrio.

O sr. Beckwith também se levantou, enquanto Jack Dodger permaneceu sentado, devorando com avidez o conteúdo do livro de registros. Era óbvio que o homem não tinha a menor ideia do comportamento adequado na presença de uma dama, mas de certo as mulheres que provavelmente lhe faziam companhia também não deviam ser damas...

— Você perdeu a cabeça? É claro que interpretou errado a intenção do meu marido! Ele não pode ter desejado deixar esse canalha...

— Diz aqui que esta residência e tudo dentro dela são meus — anunciou Jack Dodger de repente, e nesse momento Olivia quase perdeu a cabeça.

Não era possível. Aquela casa, o único lugar que ela se esforçara tanto para transformar em um lar.

Jack Dodger desdobrou seu corpo longo e esguio da cadeira, deixou o livro cair sobre a mesa com um baque forte e inclinou-se de forma ameaçadora na direção do sr. Beckwith.

— Isso é algum tipo de brincadeira?

Em sua defesa, o sr. Beckwith manteve-se valente contra o avanço do diabo.

— Garanto, sr. Dodger, que isso não é uma brincadeira.

— Você está me dizendo que um homem que eu mal conhecia está me deixando... — ele apontou para o livro —... tudo isso?

— Você conheceu meu marido? — perguntou Olivia, atordoada com a revelação.

Dodger teve a audácia de balançar a mão para ela como se Olivia fosse insignificante, alguém a ser dispensada sem hesitação, como a um pedinte.

— Sim, sr. Dodger, parece que esse é de fato o caso — afirmou o sr. Beckwith.

— E as dívidas dele? — indagou Dodger com sarcasmo. — Suponho que as herdei também.

— Não há dívidas. O duque não acreditava em crédito. Ele pagava sempre à vista.

A resposta pareceu fazer o sr. Dodger hesitar antes de espalhar a mão sobre o livro.

— E o item final é mais valioso que tudo isso?

— Tal como indicado no testamento, o valor é imensurável.

— Você sabe o que é?

— Sei. Ele permanecerá em minha posse até o momento da entrega.

— Ele confiou a você algo de valor imensurável?

— Ele confiava tudo a mim, sr. Dodger.

O sr. Dodger pareceu considerar as palavras do advogado.

— Um item cujo valor não pode ser medido pode não valer nada.

— Se eu tivesse que medir o valor deste item, diria que é o item mais valioso que o duque já teve o prazer de possuir.

— Maldição — disse o sr. Dodger baixinho, com sua voz rouca. — Preciso de uma bebida.

Apesar da situação absurda, Olivia sentiu a educação e a necessidade de ser a anfitriã perfeita virem à tona.

— Posso pedir a um criado que traga uma xícara de chá, ou talvez uma limonada.

O sr. Dodger a encarou com olhos tão escuros quanto a alma perdida.

— Estava pensando mais em uísque, gim ou rum. Os três, se tiver.

— Não temos bebidas alcoólicas nesta casa — afirmou Olivia, ríspida, voltando a sentir indignação.

— É claro que não têm...

— Não gosto do seu tom, senhor.

— Como se eu me importasse com o que você gosta — retrucou Dodger.

Mas que homem irritante! Então, ele fez algo muito estranho. Rondou a sala devagar, olhando ao redor com ganância, como se estivesse prestes a pegar tudo e colocar nos bolsos. Embora não precisasse roubar nada, já que tudo lhe fora entregue em uma bandeja de prata.

Depois de alguns minutos, ele voltou à mesa e olhou atentamente para o sr. Beckwith.

— *Tudo* dentro desta casa é meu?

— Tudo — confirmou o sr. Beckwith, sério, como se sentisse o peso daquela única palavra no coração de Olivia. — Com a condição de que você...

— Sim, sim, sirva como guardião do herdeiro. Ao contrário da duquesa, não tenho dificuldade em compreender termos simples quando me são apresentados.

Olivia não podia deixar aquele insulto passar em branco, mas não conseguia por nada no mundo pensar em alguma resposta capaz de colocar aquele homem em seu devido lugar. Ela se sentia uma idiota. Como Lovingdon fora capaz de fazer aquilo com a própria esposa? E mais importante ainda: com o filho? Ele não se importava com o tipo de homem que Henry se tornaria?

Jack Dodger virou-se devagar, olhando tudo mais uma vez, como se estivesse maravilhado com uma criação magnífica.

— O duque era doido de pedra?

O estalo da palma da mão de Olivia na bochecha de Jack Dodger ecoou pela sala. Como nunca havia batido em ninguém na vida, ela não sabia o quanto a pele arderia. Olivia precisou de toda a força para não gritar ou dar qualquer indicação de que o tapa devia ter doído mais nela do que nele.

— Como ousa falar com tanto desrespeito do meu marido?! Ele acabou de ser sepultado!

Jack Dodger a presenteou com um sorriso lento e calculista que a deixou com um frio na barriga.

— Olha só, a duquesa tem coragem. Quem imaginaria…

Olivia queria expulsá-lo de sua casa, chutá-lo para as ruas de onde ele tinha vindo. Ela se virou para o sr. Beckwith.

— Ele tem uma linguagem vulgar e modos atrozes. Não posso permitir que este homem seja responsável pela educação do meu filho.

— Isso é fácil de resolver, duquesa — afirmou Jack Dodger. — É só encontrar outro marido.

— Acho que você não percebeu que estou de luto. Não posso aceitar pretendentes.

— Então não me quer fora de sua vida tanto assim, duquesa. Acredite, quando uma pessoa quer muito alguma coisa, ela está disposta a fazer tudo.

Olivia sentia a nuca arrepiar e a palma da mão coçar para um novo tapa toda vez que Dodger dizia "duquesa" com aquele tom zombeteiro. Mas, antes de seguir seu impulso bárbaro, ela forçou-se a falar com o advogado.

— Senhor Beckwith...

— Sinto muito, Sua Graça, mas não é possível negociar sobre este assunto se o sr. Dodger concordar com o papel de guardião.

— Você pode me explicar a lógica do meu marido?

— Servi ao duque por muitos anos, Sua Graça, mas nunca foi minha função questionar decisões. Ele raramente revelava seu raciocínio e não sei o que o influenciou a tomar esta decisão, mas tenho certeza de que, quanto a este assunto, ele fez o que considerou melhor.

Se não tivesse sido criada para ser uma dama, Olivia gritaria diante de tanta injustiça.

— E se eu não concordar com a parte da tutela? — questionou o sr. Dodger.

Uma breve centelha de alívio renovou a esperança de Olivia de que aquele pesadelo infernal teria um fim satisfatório. Aparentemente, o homem tinha o bom senso de ter ressalvas sobre aceitar as responsabilidades que lhe foram impostas.

— O primeiro testamento será anulado e um segundo entrará em jogo — explicou o sr. Beckwith.

Olivia temia perguntar, mas precisava saber. Parecia improvável que seu marido pudesse ter feito uma escolha pior do que Jack Dodger, mas, se Dodger era a primeira escolha do marido, quem seria a segunda? O próprio diabo?

— Quem é nomeado como guardião do meu filho no segundo testamento?

— Não tenho liberdade para dizer — afirmou o sr. Beckwith. — A decisão do sr. Dodger deve ser tomada sem qualquer tipo de influência.

— "Sem qualquer tipo de influência"? E o que significa dar "tudo" a ele? Se isso não é um tipo de influência, ouso dizer que não sei o que é.

— Eu quis dizer apenas que seu marido não queria que a *pessoa* que serviria como guardião influenciasse a decisão do sr. Dodger.

— Mas com certeza deve ser alguém mais adequado, alguém familiarizado com as normas da sociedade. O que o sr. Dodger sabe sobre a nobreza? Sobre nossos deveres e responsabilidades?

— Eu sei muita coisa, duquesa — afirmou o sr. Dodger. — Afinal, sou amigo de longa data do conde de Claybourne.

Olivia se virou com a menção a Lucian Langdon.

— Outro criminoso? Um homem que cometeu assassinato? Como, em nome de Deus, isso deveria me tranquilizar? Você não pode acreditar que está qualificado para guiar meu filho no caminho certo até a vida adulta.

— O caminho certo geralmente é determinado por onde você está.

— O que raios isso significa? Você vive em um mundo de decadências, sr. Dodger. Você...

As palavras secaram na garganta de Olivia. De repente, Dodger estava perto, muito perto, com um fogo queimando em seus olhos escuros que só poderia ter sido aceso nas profundezas do inferno — um fogo que a fazia sentir um calor indesejável, que deixava os joelhos fracos e as mãos suadas.

— Você deveria conhecer algum dia — comentou ele, de modo sombrio, e seu hálito quente cheirando a uísque roçou a bochecha de Olivia.

— Perdão?

— Meu mundo de depravação, você deveria conhecer. Eu faria tudo ao meu alcance para recebê-la da forma adequada. Você pode até gostar.

A voz era tão poderosa quanto uma carícia, fazendo Olivia imaginar que as boas-vindas dele envolveriam a boca e as mãos...

Era evidente naqueles olhos escuros as coisas devassas que Dodger faria com ela, coisas que ela nunca imaginou com Lovingdon. Olivia deveria esbofeteá-lo mais uma vez, sabia que deveria, mas só conseguia tremer com algo que parecia... Por Deus! Aquilo era desejo? Impossível! Mas já fazia tanto tempo que ela não sentia o toque de um homem...

Após ter seu herdeiro, Lovingdon deixara claro que não precisava de um reserva. Ele precisava de apenas um filho. Pensando bem, ela e Lovingdon combinavam nesse aspecto. Ambos colocavam o dever acima de tudo. Mas, infelizmente, Olivia descobrira que uma vida de deveres era solitária.

— Você já pecou, duquesa? — provocou Jack Dodger com aquela voz estranhamente rouca, que sugeria uma paixão prestes a sair do controle.

Só em meus sonhos... foi a resposta que Olivia quase deixou escapar. Será que Jack Dodger tinha realizado as fantasias de outras mulheres? Ele certamente parecia capaz... Um pigarro rouco assustou os dois. Olivia notou a expressão irritada no rosto de Jack Dodger quando ele recuou e voltou seu olhar inflexível para o sr. Beckwith. Por um instante, pareceu que o advogado se esforçou para não recuar. Ele pigarreou de novo, como se sua coragem residisse no barulho de seu peito.

— Acredito, sr. Dodger, que seu comportamento para com a duquesa não se justifica de forma alguma, e certamente não é o que o duque imaginou quando o nomeou no testamento.

— Achei que você não sabia o que ele havia "imaginado".

— Sei que ele respeitava a esposa, senhor, e ficaria muito decepcionado se você não fizesse o mesmo.

— O homem está morto. Acho que ele nunca mais vai ficar decepcionado com nada.

— O senhor é desprezível — retrucou Olivia, antes que o sr. Beckwith pudesse dar uma bronca adequada no homem. — Não tem respeito pelo meu falecido marido?

Jack Dodger se virou para ela, e, de repente, Olivia se arrependeu de ter aberto a boca. Ela não queria brigar com ele. De verdade. Mas não conseguia determinar como obter vantagem na conversa. Parecia algo impossível com aquele homem. De alguma forma, Dodger sempre fazia as pessoas descerem ao nível dele.

— Respeito apenas aqueles que conquistaram o meu respeito. E consigo contar essas pessoas na mão.

— Dá para imaginar o que alguém precisa fazer para ganhar o seu respeito...

Alguma emoção não identificável — talvez remorso? — brilhou nos olhos escuros dele.

— Na verdade, duquesa, duvido que consiga imaginar — afirmou ele, e deu meia-volta em direção da porta.

Será que ela ousava ter a esperança de que o homem estivesse indo embora e, ao fazê-lo, dando as costas para aquele testamento ridículo?

— Aonde você vai? — perguntou Olivia.

— Quero dar uma olhada na casa, para determinar o que ganharei sofrendo com sua presença — disse ele, e saiu da sala sem olhar para trás.

Com um suspiro de indignação, Olivia correu atrás dele. Aquela era a casa dela — *dela!* — até que ele concordasse com os termos do testamento. E ela faria o possível para dissuadi-lo de aceitar tudo aquilo. Olivia estava pronta para mostrar para Dodger que estava disposta a fazer qualquer coisa.

Mas tinha um ponto em que Olivia podia concordar com Jack Dodger: de alguma forma, sem que ela tivesse percebido, seu marido tinha virado um doido de pedra.

Considerando a reputação do sr. Dodger, Charles Beckwith teria seguido os dois pelo corredor, mas o duque havia deixado instruções específicas para que o advogado não interferisse enquanto eles resolviam suas diferenças. Só um tolo esperaria que a duquesa aceitasse sem brigas uma escolha tão ridícula como guardião do filho, e o duque não tinha a fama de tolo.

Beckwith suspirou, recostou-se na cadeira para aguardar o retorno deles e começou a se preparar mentalmente para a próxima rodada com Jack Dodger. O advogado sabia que a negociação tinha potencial para ser um desafio, e precisava realizar os desejos do duque sem comprometer a própria integridade.

Ele não tinha o costume de questionar aqueles que pagavam com tanta generosidade por seus serviços, mas não podia deixar de se perguntar se o duque realmente compreendera as ramificações de suas ações. Para Charles Beckwith, elas pareciam servir apenas a um propósito: abrir caminho para um desastre.

2

Ignorando a mulher que o seguia a passos rápidos, Jack Dodger praticamente deslizou pelos corredores e cômodos, procurando qualquer coisa familiar, qualquer coisa que pudesse indicar que ele já estivera naquela casa antes. A vida lhe ensinara cedo que nada era fácil, e aquela situação toda parecia fácil demais. Bem, exceto a parte da viúva. Ela era o melhor exemplo do tipo de mulher que ele evitava a todo custo. Julgando-o através de um caleidoscópio de indignação virtuosa, a duquesa tinha absoluta convicção de que ele era totalmente indigno. Por mais que estivesse certa, o simples fato de acreditar que Jack não prestava para o papel de guardião o irritava como o diabo, e ele preferia manter uma relação cordial com o diabo. Era o único jeito de garantir que ninguém nunca mais tirasse proveito dele ou o machucasse, ou que se arrependesse de algo.

Era óbvio que a duquesa não havia gostado da notícia dada pelo advogado. A raiva ardente nos olhos dela o atingira como um soco na barriga, e Jack sentira vontade de alimentar aquele sentimento para transformá-lo na chama de uma paixão e…

Inferno.

Ele sabia que não devia discutir com mulheres, sabia que não devia revelar nada sobre o que estava pensando ou sentindo. Mas, de alguma forma, a viúva o fizera perder a cabeça. Jack estava começando a perder vantagem naquele jogo de… de quê, afinal? O que, em nome de Deus, estava acontecendo ali?

Então ele saiu furioso da sala, pois aprendera que às vezes uma retirada poderia levar à vitória. Às vezes, a estratégia mais inteligente era reabastecer o arsenal ou buscar um pouco de espaço para respirar, para pensar com clareza e entender melhor a situação.

Lovingdon era sem dúvida um maluco por nomear Dodger guardião de qualquer coisa. Nobres eram muito protetores com seus herdeiros, então colocar o menino aos cuidados de alguém como Jack era uma ideia ridícula. Ainda assim, a indignação da viúva o deixou indignado. Ele deveria aceitar os termos do testamento só para indigná-la ainda mais. No entanto, nunca tomava decisões com base em reações imediatas. Em vez disso, sempre pensava na estratégia como um todo, sempre olhava as coisas por diferentes ângulos. Embora, naquela situação, o ângulo da herança fosse sedutor o suficiente para ameaçar seu bom senso. Era fato que Jack tinha acumulado uma riqueza considerável ao longo dos anos, mas seus cofres ainda não haviam chegado ao ponto de querer gastar seu dinheiro em um palácio como aquele. A casa era enorme e repleta de estatuetas, decorações, obras de arte, belos móveis feitos à mão e tudo mais que se podia imaginar.

A gargalhada de Feagan ecoou em sua mente.

No fim você conseguiu, moleque. Um lugar chique em St. James. Quem poderia imaginar?

Certamente não Jack.

Dodger tinha prática em identificar objetos de valor, e o duque acumulara uma fortuna com eles. Também era evidente que a família, do primeiro ao último duque, tinha grande apreço por si mesma. Afinal, por qual outro motivo haveria tantos retratos pintados de várias fases da vida deles, do nascimento a velhice? Jesus, a nobreza era mesmo excêntrica... Quem mais se importaria tanto com a própria aparência? A julgar pelo número de retratos pendurados nas paredes, era óbvio que os Lovingdon se importavam bastante. Talvez Jack devesse vender tudo ao herdeiro por um bom dinheiro.

Como se lesse os pensamentos dele, a duquesa disse:

— Tenho certeza de que quando o sr. Beckwith disse "tudo", ele não quis dizer "tudo na casa". Imagino que os retratos fazem parte dos bens do título.

— E como chegou a essa conclusão, duquesa?

— São retratos dos duques e de suas famílias, ancestrais do meu filho. Não há dúvida de que fazem parte da herança dele.

— Veremos — afirmou ele.

O argumento da duquesa era razoável, mas Jack planejava estudar melhor o livro de registros para memorizar e contabilizar cada item. Não a deixaria pegar nada que tivesse sido designado como dele. Não sem pagar um preço justo por isso. Não era sua intenção tirar vantagem dela, mas também não tinha uma alma caridosa.

— Que dinheiro será que foi usado para comprar suas roupas... — murmurou ele.

— O que disse?

Jack parou diante da terceira sala de jantar pela qual passou, e a viúva quase deu um encontrão nele. Aquele perfume o provocou de novo, assim como na biblioteca, quando ele sentira vontade de se inclinar em direção a ela. Era uma fragrância sutil de lavanda, o completo oposto do almíscar enjoativo que as prostitutas usavam para encobrir o odor delas e de outros homens.

A mulher estava com uma expressão preocupada, com as sobrancelhas franzidas sobre os incomuns olhos de cor âmbar. A tonalidade quase dourada, tal como as moedas de que Jack tanto gostava, chamaram a atenção dele desde o início.

O topo da cabeça dela mal batia em seu ombro. Ela era muito jovem para ser viúva, e devia ter se casado com o duque quando ainda era quase uma criança. A diferença de idade certamente fizera o duque ser um homem velho demais para ela. Será que a viúva o amara? Ou será que apenas queria o título e tudo o que vinha com ele?

— Eu só estava me perguntando se suas roupas fazem parte dos bens do título — respondeu Jack.

A raiva dominou o rosto da mulher.

— Minhas roupas, senhor, são minhas. Você não vai tirá-las de mim.

— Não me desafie, duquesa, ou ficarei tentado a provar que posso remover esses trajes de viúva antes mesmo de você falar um "a".

— Seu canalha!

Afastando-se dela, Jack tentou não sentir prazer em irritá-la. Não era muito cavalheiresco de sua parte, mas ele também nunca dissera ser um cavalheiro. Ainda estava para conhecer algum que não fosse hipócrita. Jack jamais fingia ser o que não era, e seria mais honesto admitir logo que era um canalha.

Impaciente, ele voltou pelo caminho por onde viera. Dava crédito ao duque: o homem gastara seu dinheiro com sabedoria.

Jack amaldiçoou baixinho um homem que mal conhecera, mas que obviamente o julgara muito bem. Ele queria tudo em que botava os olhos. Queria saber que era o dono de tudo aquilo. Queria derrubar as paredes de tijolos e substituí-las por vidro para que o mundo visse tudo o que Jack Dodger possuía. Queria se gabar. Ele, o filho de uma prostituta, não havia sido esmagado pela sociedade. Ele havia superado suas origens. Havia conquistado Londres.

Ou pelo menos era assim que se sentia ao caminhar por aqueles magníficos corredores com acabamentos dourados e tetos pintados. Tudo aquilo poderia ser dele por um preço muito pequeno.

O quão difícil deveria ser o papel de guardião de uma criança? Mas é claro que a verdadeira questão era: o quão irritante seria lidar com a viúva? Ela era o tipo de mulher que ele abominava. Presunçosa, crítica, arrogante. Jack gostaria muito de cortar as asinhas dela. Talvez por isso tivesse mencionado as roupas — e certamente não porque estivesse pensando em despi-la.

O vestido preto que a viúva usava tinha botões demais para chamar a atenção dele. Botões que iam do queixo à cintura, dos cotovelos aos pulsos. As roupas que ela usava fora do período de luto deviam ser tão tediosas quanto aquela. A duquesa passava a impressão de achar que qualquer mínima tentação levaria alguém ao inferno, e que tal caminho deveria ser evitado a qualquer custo. O cabelo castanho sem graça estava preso em um coque, e a maior parte estava coberta por um gorrinho de viúva, seu comprimento era um mistério.

Jack se censu[illegible] por ficar se perguntando sobre qualquer aspecto íntimo daq[illegible]

Ela era uma duquesa, provavelmente tinha algum grau de parentesco com a rainha. E não era o caso de todos os nobres da alta sociedade? Pelo menos agiam como se fosse. De vez em quando, os engomadinhos tentavam dar ordens a Jack até mesmo dentro de seu clube... Só que Jack criara um mundo onde ele era rei e sua palavra era a lei. Os nobres pagavam uma taxa anual para serem admitidos e terem acesso a entretenimentos sem qualquer tipo de julgamento. Ao contrário da mulher que o seguia. Jack vira a crítica nos olhos dela quando foram apresentados, acompanhada da convicção de que ele era alguém inferior. Sentiu o olhar dela fixo nele depois que se sentaram, enquanto ela o estudava como se ele fosse algo excêntrico que deveria estar na Grande Exposição. Jack evitou olhar para Olivia de propósito, concentrando-se em analisar a sala enquanto o advogado preparava a documentação sem pressa.

Jack saiu de um grande corredor para o saguão de entrada. Atravessando o espaço com passos rápidos, ele começou a subir a escadaria de mármore preto.

— Aonde você está indo? — perguntou a viúva atrás dele.

— Já falei, duquesa, quero ver tudo.

— Mas há apenas quartos lá em cima.

— Como tenho certeza de que já deve ter adivinhado, não há cômodo mais importante para um homem como eu.

Jack se esforçou para não sorrir quando a ouviu resmungar. O que o duque tinha visto nela? A mulher não parecia ter senso de humor e estava tão rígida quanto uma bengala. Embora tivesse que admirar a coragem que ela demonstrava para lutar pelo que considerava seu. Um fiapo de mulher, mas que se transformava em uma leoa ao pensar em seu filhote sendo entregue aos cuidados de Jack. Se a mãe dele tivesse sido tão protetora, talvez a juventude de Jack tivesse sido bem diferente…

No topo da escada, Jack virou para a esquerda e abriu a primeira porta que encontrou. Ele entrou no quarto e olhou a enorme cama com um dossel pesado de veludo roxo. A duquesa chegou esbaforida atrás dele, e Jack se perguntou se ela já teria ofegado de uma forma diferente naquela cama luxuosa. Ele balançou a cabeça para desviar sua mente de pensamentos inapropriados. Desde quando era da conta dele se a viúva tinha tido prazer naquela cama ou não?

— É o quarto do duque? — perguntou ele, surpreso com a rouquidão da própria voz.

— Sim.

Havia um livro na mesa de cabeceira, com uma fita marcando uma página, como se o duque fosse voltar a lê-lo a qualquer momento. Jack sentiu um desconforto ao pensar nisso. Ele mal conhecia o homem, certamente não o suficiente para lamentar de verdade sua morte, mas ainda sentiu uma pontada de tristeza. O que mais o duque havia deixado inacabado?

Afastando os pensamentos mórbidos, olhou para o lado oposto do aposento, na direção de outra porta fechada.

— E o seu é por ali?

Jack a ouviu engolir em seco.

— Sim, é.

Então o duque mantinha a esposa por perto… Jack não sabia por que aquilo o incomodava, então a encarou.

— Por que a aristocracia tem essa ideia maluca de que os casados precisam dormir em quartos separados?

A viúva devia ser a mulher mais pálida que Jack já conhecera, mas as bochechas dela coraram num piscar de olhos.

Será que ela havia corado daquela forma ao visitar a cama do duque? E por que ele não parava de imaginá-la naquela maldita cama?

— Devem fazer isso só porque podem... — comentou Jack laconicamente, sem realmente esperar que ela respondesse à pergunta.

Imaginava que a viúva dormia coberta da cabeça aos pés com algo parecido com uma mortalha. Ele deu um passo em direção à área de estar do aposento.

— Por favor, não entre no meu quarto — pediu ela baixinho.

A suavidade de sua voz pegou Jack desprevenido e o deixou desconcertado. A noite toda, a mulher dera apenas ordens e demonstrara raiva, mágoa e chateação, e parecia estranho ela escolher justo aquele momento para ser submissa. Talvez tivesse deduzido que a ferocidade não influenciava o temperamento de Jack. Ele se virou para a duquesa com um meio-sorriso.

— Qual é o problema, duquesa? Por acaso esconde objetos de prazer sexual em seu quarto?

— Não sei do que você está falando.

Ele a estudou por um momento, do traje preto à postura rígida...

— Você infelizmente não deve mesmo saber...

Mulheres inocentes não o atraíam. Jack saiu do quarto e continuou pelo longo corredor.

— Todos os quartos são iguais — falou a mulher atrás dele. — Não há necessidade de...

Ele estendeu a mão para abrir outra porta.

— Eu proíbo você de entrar neste quarto — ordenou ela enfaticamente.

Olhando por cima do ombro, Jack deu uma piscadinha.

— Nunca me proíba de nada, duquesa. Só vai resultar no contrário.

Ele entrou no quarto. Uma jovem mulher de cabelo e olhos castanhos, sem dúvida uma criada, ofegou e pulou da cadeira ao lado da cama. Um menino de cabelo loiro despenteado e olhos dourados arregalados sentou-se abruptamente, fazendo as cobertas deslizarem até sua cintura.

A duquesa passou por Jack, sentou-se na cama e pegou o menino nos braços de maneira protetora. Dogder ficou irritado por ela achar que o menino precisava ser protegido dele, que esperasse que ele fosse machucá-lo.

— O herdeiro? — perguntou Jack categoricamente.

— Sim — assentiu a duquesa.

— Henry, não é?

— Sim, é.

— Quantos anos você tem, menino?

— Ele tem 5 anos — respondeu a duquesa.

— Ele é mudo?

— Não, claro que não.

— Então por que não o deixou falar? Eu fiz a pergunta a ele.

— Você está o assustando.

— Estou?

Jack estudou o menino. Ele era tão franzino quanto a mãe, e igualmente pálido. Seus olhos eram enormes e redondos, mas Jack viu neles mais curiosidade que medo.

— Você tem medo de mim?

O menino olhou para a mãe.

— Não espere a resposta da sua mãe. Busque a resposta em si mesmo.

— Não use esse tom com ele — ordenou a duquesa. — Você ainda não é o guardião dele.

Jack não sabia se devia invejar o menino pela proteção da mãe — uma proteção que ele desejava ter tido da própria mãe — ou ter pena dele porque a mulher o estava criando para ser um idiota. Aos 6 anos, Jack já conseguia sobreviver nas ruas com astúcia, inteligência e dedos ágeis. Ele não tinha medo de arriscar. Aprendera como escapar daqueles que queriam pegá-lo. Era rápido com os pés, mas tinha a mente ainda mais rápida.

"A habilidade só levará você até certo ponto, rapaz. O importante é pensar no que vai manter você vivo", dissera Feagan.

Aprender os truques do ofício dera a Jack confiança, o que o levara ao sucesso e o deixara ousado e destemido. Ele chegou onde estava porque era um sobrevivente. Mas aquele menino não devia nem saber limpar o próprio nariz sozinho. Seria essa a razão para o duque deixá-lo aos cuidados de Jack?

Jack conhecera Lovingdon num dia de primavera, no jardim do conde de Claybourne, e o duque lhe dera a impressão de ser um homem triste. Anos mais tarde, o duque visitara o Salão do Dogder várias vezes, mas nada de memorável acontecera nessas ocasiões. Pelo menos nada memorável do ponto de vista de Jack. Será que o duque tinha notado algo em seu comportamento que indicava que ele seria um guardião eficaz daquele menino claramente mimado? Mesmo assim, dar a um desconhecido tudo o que possuía e que não estava vinculado ao título parecia exagero. Jack era desconfiado por natureza, e sua mente gritava alertas, insistindo que algo estava errado. Ele só não conseguia descobrir exatamente o quê.

Jack virou-se e dirigiu-se para a escadaria.

— Aonde você vai? — perguntou mais uma vez a duquesa, em seu encalço.

Por Deus, a mulher não largava do pé dele. Se as pernas dele não fossem tão mais compridas que as dela, Jack provavelmente teria dificuldade de impor uma distância entre os dois.

— Não que isso seja da sua conta, mas quero falar com o Beckwith.

Por que Jack estava se dando ao trabalho de se explicar? Ele não se explicava para ninguém. Não desde que decidira morar na rua.

Desceu a escadaria com pressa, com a duquesa o seguindo como um cachorro voraz enquanto ele caminhava pelo corredor que exibia pertences reunidos durante gerações. O valete uniformizado abriu a porta da biblioteca. Jack entrou e, sem demorar, virou-se para encarar a duquesa, impedindo sua entrada.

Ela parou de supetão, ofegante e com os olhos dourados arregalados, os lábios fartos entreabertos. Quando não estava com cara de quem havia chupado limão, a maldita boca daquela mulher parecia muito beijável. Jack ficou irritado por ter notado aquilo e ainda mais irritado por imaginar como seria beijá-la.

— É uma conversa particular — falou ele, e bateu a porta na cara da duquesa.

O grito enfurecido da mulher penetrou pela madeira espessa, dando a ele uma pequena sensação de vitória. Desconfiado de que ela o desobedeceria, Jack trancou a fechadura. Que sorte a chave estar ali. O duque anterior, sem dúvida acostumado a lidar com o humor desagradável da esposa, devia usar o escritório como santuário quando queria ficar sozinho.

Enfim, caminhou até Beckwith, que parecia indiferente diante da inquietação de Jack, quase que até demais. Ou aquele advogado era um tolo, ou era tão habilidoso no carteado quanto o próprio Dodger.

— Já se passaram pouco mais de catorze anos desde que você me deu a notícia de que eu tinha um benfeitor anônimo. Foi só por isso que vim esta noite. Meu benfeitor era o duque de Lovingdon?

Embora não fizesse absolutamente nenhum sentido, aquela explicação era a única em que Jack conseguia pensar para justificar toda aquela loucura.

— Trabalho para muitos lordes e cavalheiros de considerável riqueza, sr. Dodger. Seu benfeitor quis permanecer anônimo, e assim será.

— Você está dizendo que não era o Lovingdon, então?

— Estou dizendo que, até que seu benfeitor me dê permissão para revelar seus desejos, manterei a confiança dele da melhor maneira possível.

— E se eu desfigurar você com socos? Acho que descobriria que a melhor maneira possível não é bem o que você pensa.

Beckwith teve a audácia de sorrir como se estivesse se divertindo um pouco. Jack não gostava de ser alvo de chacota, ou pior, de ver seus blefes serem descobertos. Praguejando baixinho, ele passou a mão sobre o testamento e os livros de registro.

— Isso não faz sentido algum.

— E é importante que faça?

— É importante que eu entenda por que um homem com quem troquei pouquíssimas palavras tenha considerado apropriado me dar tanto por tão pouco.

— Ser guardião de um lorde do reino é uma tarefa séria e importante, sr. Dodger. Não subestime o poder da sua influência ou o trabalho necessário para garantir que o jovem lorde se torne um duque capaz de atingir o seu potencial.

Jack deu uma risada seca.

— Por Deus, homem! Esse é exatamente o meu ponto. A duquesa tem razão. Sou a última pessoa que deveria ser o guardião e protetor do filho dela. Eu abomino a aristocracia.

— Isso é lamentável, ainda mais quando a aristocracia é a grande responsável pelo seu sucesso. O duque parecia ter uma opinião diferente em relação às suas qualificações para guiar o filho até a idade adulta. No entanto, ele também sabia que o senhor não pode ser forçado a fazer o que não deseja. Tem vinte e quatro horas para me informar da sua decisão. No final desse período, se não tiver concordado com os termos e condições do testamento tal como lhe foi apresentado esta noite, perderá a oportunidade de ganhar tudo isso, bem como o item final, e seguirei com o segundo testamento.

— Você fala como se tudo isso fosse um jogo elaborado.

Beckwith sorriu como se soubesse um segredo.

— E quem sou eu para julgar?

Jack olhou ao redor da sala. Só na biblioteca de Claybourne tinha visto mais livros que ali. Mesmo que ele lesse um livro por dia enquanto vivesse, nunca leria todos os exemplares daquele lugar. Só os volumes encadernados em couro valiam uma fortuna.

Jack voltou a atenção para o homem sentado calmamente à mesa. Nada parecia perturbá-lo. O advogado era um homem que usava o poder daqueles a quem servia.

— O que ele deixa para a viúva no segundo testamento?

— Não tenho liberdade para dizer.

— Inferno, homem! Pelo menos me diga se o segundo testamento favorece ela mais que o primeiro.

Jack achava que tudo aquilo era pouquíssimo para uma esposa, verdade fosse dita, mesmo a espevitada que o seguia como um cão farejador.

— E por que isso importa? — perguntou Beckwith.

Jack esfregou o polegar ao longo da linha do queixo. Ele não deixaria que as chaves de um reino muito mais grandioso que qualquer coisa que ele pudesse possuir um dia escapassem por entre seus dedos. Pegando o livro encadernado em couro que Beckwith lhe dera antes, Jack deu ao advogado seu infame sorriso arrogante.

— Como posso indicar que aceito os termos do testamento?

3

Com a neblina rodopiando a seu redor, Jack caminhou pela rua silenciosa. Ele tinha pegado um cabriolé até a casa do duque e poderia voltar da mesma forma, mas não precisava mais de nada daquilo. Agora ele *tinha* uma carruagem e cavalos. Assim como uma residência e empregados e dúvidas, muitas dúvidas. Mesmo com o pé atrás, Jack assinara o documento que Beckwith lhe apresentara. Até tinha tentado questionar a si mesmo e se convencer do contrário, mas sabia que não deixaria aquela chance passar desde que Beckwith lera os termos do testamento.

Jack não esperava que a duquesa fosse receber com dignidade a notícia de que ele havia aceitado os termos. Mas, para sua surpresa, ela apenas assentiu com a cabeça para o sr. Beckwith e disse que os criados precisavam ser informados.

Então, chamou todos para o saguão. Jack ficou parado ao pé da escada, enquanto ela ficou nos degraus com o porte majestoso de uma rainha. Ele imaginava que era como testemunhar um guerreiro após perder uma dura batalha, quando precisava encarar aqueles que enviara para o campo de batalha e convencê-los de que a honra estava em ter sobrevivido. A viúva foi elegante e eloquente ao explicar que a residência agora pertencia a Jack e que todos deveriam servir conforme a vontade dele.

Ninguém proferiu uma única palavra. Jack imaginou que eles teriam muitas perguntas quando o choque passasse, mas se contentara em deixar os funcionários e a duquesa de lado enquanto se adaptava sozinho à sua mudança de sorte.

Embora admitisse que não se considerava a melhor escolha para ser o guardião do amado e superprotegido filho da duquesa, sem dúvida sabia que tinha gente pior. Talvez o próprio duque fosse uma escolha pior.

Jack tinha o costume de caminhar por ruas com casas grandiosas, tentando se lembrar do que provavelmente nunca esqueceria. A primeira casa chique em que havia morado, aos 5 anos de idade. O homem prometera à mãe que cuidaria bem de Jack, e ela parecia conhecê-lo e confiar nele. Talvez fosse um de seus clientes.

Ele se lembrava apenas que o homem o havia alimentado, dado banho e o colocado na cama. E então entrado debaixo das cobertas com ele… e feito coisas…

Jack acelerou o passo como se tivesse 5 anos de novo, em fuga.

O homem havia chorado depois, pedido desculpas, prometera nunca mais fazer aquilo…

Jack passou por uma árvore imponente e socou o tronco, saboreando o atrito com a casca dura e sentindo a dor ricochetear pelo braço. Ele não queria pensar naquilo, não queria voltar a sentir medo e mágoa. E vergonha.

Embora tivesse fugido sem olhar para trás, Jack pensou que sempre se lembraria de onde ficava aquela casa. Mas Londres havia mudado muito em 28 anos, e ele não conseguia se lembrar nem da aparência do sujeito.

Não pensava nele havia anos, mas agora se perguntava: o que um homem seria capaz de fazer por culpa? Será que deixaria tudo para um garoto de quem abusara? Será que fora Lovingdon quem o comprara? E o que isso importava agora? Ele estava morto. Havia deixado uma fortuna para Jack. O que importava se a fortuna estivesse cheia de culpa e arrependimentos? A preocupação de Jack sempre fora juntar dinheiro o suficiente para que ninguém o comprasse de novo. E havia conseguido.

— Me conte o que você sabe sobre o duque de Lovingdon — exigiu Jack.

Ele estava desesperado pelo gosto de uísque e, como estava na vizinhança, parou na casa de Luke. Apenas uma semana se passara desde o casamento arranjado às pressas do conde, e o casal não parecia propenso a viajar para uma lua de mel.

Sentado diante de Jack, perto da janela que dava para um jardim impressionante, quando não estava escuro, Luke tomou um gole de uísque. Ele havia dispensado o paletó e estava com a camisa desabotoada no pescoço. Seu cabelo escuro parecia ter sido bagunçado recentemente, e Jack suspeitava que não fora obra do próprio Luke. No entanto, apesar do desalinho, o amigo tinha a aparência de um homem no controle, um homem que conhecia seu lugar no mundo e que, enfim, se sentia confortável com ele. Jack não gostava de admitir, mas o título de conde caía bem a Lucian Langdon.

— Ele era muito respeitado na Câmara dos Lordes — disse Luke com solenidade. — As pessoas ouviam o que ele tinha a dizer. Será difícil substituí-lo.

— Então você acha que ele era um sujeito decente?

Luke deu de ombros.

— Parecia ser. Nós nos falamos apenas algumas vezes. Mais sobre política. Ele me aconselhou a sempre saber *por que* eu me sentia de uma certa forma em relação a certos assuntos. Ele sempre fazia lordes mais jovens pensarem. Insistia para que não fôssemos influenciáveis.

— E a esposa dele?

Luke balançou a cabeça.

— Seria melhor perguntar a Catherine. Ela conhece muito mais as damas da aristocracia que eu, já que eu não frequentava esses círculos até pouco tempo atrás.

Catherine, a esposa de Luke, era filha do duque de Greystone. Com o falecimento recente do duque, o irmão dela — que estivera ausente durante a longa doença do pai — havia retornado a Londres e herdara os títulos. Parecia que muitos lordes tinham combinado de bater as botas ao mesmo tempo. Será que o pai de Catherine teria aprovado que ela se casasse com o "Conde Diabo"?

— Catherine não gosta de mim. Ela não vai ajudar — afirmou Jack.

— Catherine tem um coração generoso. Sempre ajudará alguém necessitado — garantiu Luke, inclinando-se para a frente. — O que aconteceu, Jack? Desde que saiu daqui, aos 19 anos, você sempre evitou vir à minha casa, a menos que fosse absolutamente necessário, como se fosse pegar alguma doença contagiosa. E, de repente, bate em minha porta, logo quando eu estava indo me deitar.

Jack pegou a garrafa de uísque entre eles e serviu mais bebida em seu copo. Bebeu tudo em um gole só, aproveitando a sensação de queimação na garganta que logo atingiu o sangue. O problema de erguer muros ao seu redor era a dificuldade de passar por cima deles quando se precisava de ajuda…

— Lovingdon deixou todas as suas propriedades e bens não vinculados ao título para mim.

Luke o encarou como se Jack tivesse acabado de tirar toda a roupa em seu escritório.

— Minha reação foi bem parecida — zombou Jack.

Se a viúva não tivesse congelado como uma estátua ao ouvir os termos do testamento, Jack também teria achado que ouvira errado.

— E por que ele faria isso?

Jack balançou a cabeça.

— Essa é a grande pergunta da noite, e não tenho a menor ideia da resposta.

— Você ao menos conhecia o homem?

— Pouquíssimo. Encontrei-o uma vez aqui no jardim, acho que ele tinha vindo visitar seu avô. E ele foi ao meu clube uma ou duas vezes.

— Ele tinha alguma dívida de jogo com você?

Jack serviu mais uísque e tomou outro longo gole.

— Pelo que sei, ele nunca jogou, bebeu ou se deitou com as prostitutas. Só observava. Algumas pessoas são assim: *voyeurs* do pecado. Nunca dei muita atenção.

Luke ergueu as mãos em descrença.

— E ele deixou tudo para você? Simples assim?

— Bem, ele incluiu uma pequena condição, que nem vale a pena mencionar. Preciso ser o guardião do filho dele, o herdeiro de 5 anos.

Luke arregalou os olhos e se recostou na poltrona.

— Por que, em nome de Deus, ele confiaria os cuidados do filho a você?

— Agradeço a confiança. Desculpe por ter atrapalhado sua ida para a cama — afirmou Jack, ficando de pé.

A amizade dos dois estava passando por maus bocados nos últimos tempos. Enquanto antes confiavam a vida um ao outro, agora estavam distanciados por arrependimentos e segredos revelados. Ele não devia ter pensado em visitar Luke, mas as ruas os tornaram irmãos. Por mais que relutasse em admitir que precisava de alguém, Jack de repente se viu desesperado para que alguém acreditasse nele.

— Não, você me entendeu mal. Tenho plena confiança de que você seria um guardião excelente. Só Deus sabe que você salvou minha pele muitas vezes quando éramos crianças. Mas por que Lovingdon deixaria os cuidados do filho para um homem que ele mal conhecia?

Jack meneou a cabeça.

— Estou tão perplexo quanto você.

— E como a viúva recebeu a notícia?

Ele esfregou a bochecha, lembrando-se da dor do tapa dela.

— Temo que nada bem.

Jack ouviu passos leves e se virou na direção da porta. Catherine apareceu na entrada.

— Desculpe, não queria atrapalhar. Não sabia que você tinha companhia. Só estava curiosa sobre sua demora.

O restante da frase, que provavelmente seria "de ir para a cama", ficou implícito. Catherine Langdon, a condessa de Claybourne, era uma mulher bonita. Seu cabelo, da cor dos raios da lua, já estava solto para dormir. Por alguma razão, aquilo fez Jack se perguntar como seria o cabelo da viúva solto, como seria passar os dedos nele...

— Por favor, junte-se a nós — falou Luke. — Jack gostaria de fazer algumas perguntas a você.

Não gostaria, não, pensou Jack, irritado. *É você que quer que eu faça algumas perguntas a ela.*

Mas Jack continuou parado, pois partir daria a impressão de que ficava perturbado pela presença de Catherine e, embora fosse verdade, ele não desejava que ela percebesse isso. A mulher já tinha muita influência sobre Luke, e não havia motivos para deixá-la pensar que poderia controlar outro homem.

Jack a observou andar com graça pela sala e se sentar na poltrona que Luke havia desocupado. Claybourne se empoleirou no braço da poltrona e os dedos dele imediatamente envolveram o cabelo da esposa, como se não pudesse ficar perto dela sem tocá-la. Era estranho ver o amigo enfeitiçado daquela forma. Luke faria qualquer coisa por ela — até mataria, se necessário. Jack não conseguia imaginar amar tanto uma mulher. Na verdade, não conseguia imaginar amar uma mulher. O amor deixava as pessoas vulneráveis, e ele não tinha intenção de voltar a ser vulnerável.

— Jack se encontra numa situação um tanto... incomum — começou Luke. — Parece que o duque de Lovingdon legou a ele todas as suas propriedades não vinculadas ao título, em troca de Jack ser o guardião de seu filho.

Para seu crédito, a condessa apenas olhou para o marido e franziu um pouco a testa entre as delicadas sobrancelhas, antes de voltar a atenção para Jack.

— E como posso ajudar?

Sentando-se novamente diante da oferta inesperada de ajuda, Jack pigarreou, sem saber por onde começar. Quanto mais ele soubesse sobre a jovem viúva, mais vantagens teria em quaisquer encontros futuros. Seu interesse era simples. Nada mais.

— Gostaria de saber o que pode me contar sobre a esposa dele.

— Olivia?

— Ele tinha outra?

— Não, claro que não. Eu não a conheço tão bem. Ela [illegible]lha do duque de Avendale, e acho que tinha 19 anos [illegible]do se casou com Lovingdon. Para ser sincera, acred[illegible]ue todos ficaram um pouco surpresos por Olivia se ca[illegible]com alguém tão mais velho. Não acredito que lhe fal[illegible]m pretendentes. Suspeito que o casamento teve mai[illegible]er com os desejos do pai do que com os dela. — El[illegible]u um tapinha carinhoso na coxa do marido. — Nem t[illegible]s temos a sorte de casar por amor. — Ela inclinou a [illegible]ça, pensativa. — E você aceitou ser guardião do men[illegible]

— Ma[illegible]laro.

— Ele [illegible]pode lhe oferecer nada de que você possa precisar — afi[illegible] Luke.

— Neces[illegible]de não tem nada a ver com a minha decisão. Como você [illegible]sabe, nunca dou as costas à oportunidade de ficar mais [illegible] Além disso, agora seremos vizinhos. Herdei a casa do d[illegible] em Londres.

— Mas servi[illegible]mo guardião é uma grande responsabilidade, sr. Dodger [illegible]disse Catherine.

— Acho que n[illegible]vai ser tão ruim assim. Além disso, só serei obrigado a se[illegible]uardião da criança até a viúva se casar de novo. Quando is[illegible] acontecer, o dever recairá sobre o novo marido.

— Conheço a duquesa bem o suficiente para reconhecer que ela coloca o dever acima de tudo e segue religiosamente as restrições da sociedade. Ela com certeza honrará o marido durante o período de dois anos de luto.

— Então daqui a dois anos e um dia terei um sujeito esperando de joelhos por ela.

— Você vai arranjar um casamento para ela? — perguntou Catherine, parecendo horrorizada com a ideia.

Jack deu de ombros, sabendo que, não importava o que decidisse, Catherine encontraria um problema.

— Não vejo razão para não o fazer. Eu não estou de luto.

Além disso, o quão difícil seria encontrar um novo marido para a duquesa? E dinheiro podia comprar muitas coisas, incluindo o perdão por violar regras da etiqueta. A sociedade podia exigir que uma viúva ficasse de luto durante dois anos, mas Jack não via necessidade de ela ficar de luto por mais que algumas semanas, no máximo.

Uma cerimônia discreta e a pequena família feliz poderia partir para o campo. E Jack teria sua adorável nova casa só para ele.

— Acorde, querido — sussurrou Olivia com suavidade.

Henry piscou e abriu os olhos. O menino herdara a pele clara e o cabelo loiro do pai, mas os olhos eram iguais aos dela. Ele era uma criança muito curiosa, sempre estudando o mundo ao seu redor, tentando entender como as coisas funcionavam. Lovingdon havia passado pouco tempo com o filho, mas poucos pais o faziam. Era comum os pais deixarem a educação dos filhos nas mãos de outras pessoas. Talvez a falta de envolvimento de Lovingdon o tivesse convencido de que não era necessário pensar muito na escolha de um guardião. Mas nem esse argumento ajudava Olivia a justificar a escolha do marido.

Ela beijou a cabeça de Henry e inalou a fragrância doce da criança. Olivia não poderia permitir que um criminoso criasse seu filho. A melhor maneira de evitar tudo aquilo era afastá-lo o máximo possível de Jack Dodger.

— Preciso que você se levante e se vista. Vamos para a casa de campo — disse Olivia.

A casa de campo fazia parte dos bens do título. Pertencia a Henry e o colocaria fora do alcance do guardião designado no testamento. Assim que estivesse longe daquela loucura toda, Olivia conseguiria pensar com mais clareza e encontrar uma maneira de garantir que o sr. Dodger não tivesse influência sobre Henry. Ele parecia ser um homem apaixonado por dinheiro. Talvez se ela pudesse transferir os fundos que recebera no testamento para ele... Faria o que fosse necessário, de passar necessidade a fazer sacrifícios, para garantir que Henry fosse criado corretamente. Não havia nada mais importante no mundo que seu filho.

Ela se virou para a babá.

— Helen, por favor, faça uma mala para Henry e para você. Vou pedir para mandarem uma carruagem para a frente da casa. Não podemos demorar.

Olivia mal podia acreditar nas medidas desesperadas que precisava tomar por conta da morte de Lovingdon. O marido tinha apenas 51 anos. Quando se casaram, seis anos antes, ele parecia terrivelmente velho, mas, após a morte, era como se ele tivesse rejuvenescido e partido cedo demais. Olivia mal tivera tempo de pensar nele e no que seria a vida sem ele. E, mesmo se tivesse o feito, nunca teria imaginado que seu mundo viraria de cabeça para baixo como naquela noite. Ainda assim, ela tinha responsabilidades e cuidaria delas da melhor maneira possível. Não havia tempo para lamentar quando se tinha um dever.

Quando tudo estava arrumado e Henry estava devidamente vestido, Olivia pegou a mão do filho e o conduziu escada abaixo. A criada estava esperando por ela no saguão.

— Os valetes colocaram nossos pertences na carruagem — disse Maggie.

Elas haviam feito malas pequenas, pois uma fuga eficaz pedia uma retirada rápida. Fuga. Uma palavra que Olivia nunca achou que fosse se aplicar à própria vida, mas lá estava ela, fugindo como se fosse uma ladra. Se não estivesse tão cansada, talvez até pensasse em outra estratégia, mas naquele momento queria apenas ficar longe de toda aquela loucura.

— Bom, vamos embora, então.

Com um valete carregando uma lamparina e andando à sua frente, e outro carregando o filho, Olivia saiu noite adentro. Descer os grandes degraus que levavam à casa pela qual ela se apaixonara, correndo para a escuridão da noite, a fez sentir uma dor lancinante no peito. Ela provavelmente sucumbiria às lágrimas se fosse outro tipo de mulher, mas chorar não mudaria a situação. Olivia tinha que permanecer forte por Henry. Precisava protegê-lo a todo custo. Ela conhecia bem o tipo de Jack Dodger. Era um homem que queria tudo com facilidade, sem dificuldade. Depois que fossem embora, ele nem se preocuparia em ir atrás deles. Apenas ficaria com a casa e tudo dentro dela — o que Olivia tinha certeza ser o que ele queria.

Ela atravessou a passos rápidos o caminho de paralelepípedos, consciente da espessa neblina absorvendo e silenciando o eco de seus sapatos. A noite parecia perfeita para uma fuga.

Um valete de uniforme abriu a porta da carruagem que a esperava e ajudou-a a entrar. Ao se acomodar no banco macio, ela sentiu um cheiro familiar.

— Vai a algum lugar, duquesa?

Olivia gritou diante da inesperada voz rouca que veio do canto sombrio no interior da carruagem. Teria gritado outra vez se não fosse a risadinha irritante que surgiu rapidamente. Ela agora conhecia a risada de Satanás, e o som não era nada convidativo.

— Sua Graça? — chamou um dos criados.

— Ela está bem — respondeu Jack Dodger, enquanto pegava a lamparina do homem e a pendurava em um gancho interno do veículo.

A luz dourada iluminou a carruagem e o canalha na frente de Olivia. De algum modo, ele parecia estar se divertindo e irritado ao mesmo tempo. E muito, muito perigoso.

Logo na porta da carruagem, ainda no colo do outro valete, Henry chorava intensamente, depois de gritar quando a mãe gritou e, naquele momento, Olivia pegou o filho nos braços e apertou o menino trêmulo contra seu peito trépido.

— Calma, Henry, está tudo bem. A mamãe só tomou um susto, só isso. Mas este homem não fará mal a você, querido. Eu prometo.

Como que tranquilizado pelas palavras dela, Henry parou de chorar e começou a chupar o dedo ruidosamente. Era um hábito que Olivia não gostava muito, mas nem ela nem a babá haviam tido sucesso em desencorajá-lo. E, naquele momento, não parecia valer a pena se preocupar com isso. Olivia tinha problemas muito maiores para resolver.

Se eu tivesse o costume de praguejar, pensou Olivia, *agora seria um bom momento para soltar alguns palavrões*. Jack Dodger parecia maior e mais sinistro que antes. Ela gostava ainda menos dele e decidiu que já estava farta do homem naquela noite.

— O que está fazendo aqui? — exigiu Olivia, com sua voz mais impositiva, a mesma que usava quando flagrava criados negligentes em seus deveres.

— A questão, duquesa, é o que *você* está fazendo aqui? De acordo com isto… — ele bateu no livro que segurava como se seu conteúdo fosse um evangelho —… esta carruagem é minha. Você está tentando roubá-la de mim?

— Como pode ser sua? Ela possui o brasão ducal.

— Ótimo ponto. É melhor eu solicitar que o brasão seja removido para evitar confusões futuras.

— Essa é a carruagem do duque.

— Mas, infelizmente para você, foi comprada com recursos não vinculados ao título.

— E você leu isso no escuro?

— Não, eu li na biblioteca. Acredite ou não, tenho uma memória boa. Se leio algo uma única vez, já fica gravado em minha mente como uma imagem. Mas duvido que você se interesse de verdade pelo meu talento, então voltemos à minha pergunta original. Você está tentando me roubar? Devo chamar a polícia?

— Não seja ridículo. Eu estava apenas levando Henry para o campo.

— Na calada da noite? — perguntou o sr. Dodger.

— É uma hora mais fresca para viajar, e Henry costuma dormir quando viajamos à noite. Como não preciso mantê-lo entretido, a viagem é muito mais agradável para todos os envolvidos, e não sei por que estou me explicando a você.

— Aprendi que as pessoas geralmente se dão ao trabalho de explicar coisas quando percebem que são culpadas.

— Não fiz nada de errado — afirmou ela, mas suas palavras soaram defensivas e fracas até para os próprios ouvidos.

— A questão é a seguinte: *eu* sou o guardião de Henry. Mas, se ele estiver no campo, não poderei exercer meu papel.

Olivia poderia jurar que ouviu uma pontada de humor na voz dele. Será que o sr. Dodger achava que tudo aquilo era uma grande piada? Que as revelações daquela noite tinham sido planejadas para que ele se divertisse? Olivia engoliu as palavras duras que queria responder, pois não serviriam de nada além de deixá-lo com raiva.

— Como guardião, você não precisa estar perto dele o tempo *todo*. Precisa apenas supervisionar o bem-estar de Henry, e pode fazer isso confiando-o aos meus cuidados e deixando-me levá-lo para o campo.

— Não acho que isso seja do interesse dele.

— Como não poderia ser?

— Você está criando um fracote. Ele gritou mais alto que você.

— Não gosto nada dessa sua insinuação. Você nos assustou, se escondendo nas sombras como um malfeitor. Por que não estava do lado de fora da carruagem, como qualquer pessoa decente faria? Acho que quis me assustar de propósito.

— E eu acho que você sabe muito bem que não sou nada "decente" — respondeu ele, e teve a audácia de sorrir enquanto balançava o maldito livro.

— Você julga essa situação divertida? — retrucou ela.

— Julgo ela muito desafiadora.

“Desafiadora” era um eufemismo.

— Você e eu podemos chegar a um acordo. Pegue tudo. Diremos que você é o guardião dele, mas deixe Henry e eu irmos embora.

— Infelizmente para você, duquesa, sou um homem de palavra. Prometi cuidar do bem-estar e da educação da criança e assim o farei. E farei isso aqui em Londres, pois é onde estão os meus interesses comerciais. Mas você tem razão. Precisamos chegar a um acordo e, para isso, cada um precisa ceder um pouco. Sugiro que voltemos para a casa, onde poderemos discutir tudo com mais conforto.

— São quase dez horas da noite, já passou muito de uma hora decente para visitas. Você não está insinuando que pretende permanecer na residência, está?

— É *minha* residência. A criança está sob minha tutela. Então, sim, irei me mudar para cá.

O homem falou algo tão inapropriado de um jeito tão casual que Olivia não tinha dúvida de que ele crescera acostumado a dormir entre estranhos.

— Isso é ridículo. Você e eu não somos parentes. Não podemos morar na mesma casa.

— Você é viúva, não uma jovem virgem. Não precisa de acompanhantes. Embora eu suponha que tenha criadas para atender às suas inúmeras necessidades, não é? Deixe que elas cuidem de você se teme ficar tentada a ir para minha cama.

Olivia ofegou de indignação.

— Seu troglodita atrevido! Eu nunca iria para sua cama!

— E como eu não tenho interesse em ir para a sua, não vejo qual é o problema de morarmos na mesma casa. Além disso, a maioria dos meus empreendimentos comerciais exigem minha atenção à noite, então, na maioria delas, estarei no meu clube. Nada de inapropriado vai acontecer.

Olivia se recusou a admitir a pontada de rejeição que sentiu ao ouvi-lo admitir que não tinha interesse nela. Embora não quisesse nada com ele, ainda era doloroso perceber que um homem certamente mulherengo não tinha planos de conquistá-la. Olivia ficou muito magoada quando Lovingdon nunca mais voltara para a cama dela depois que a engravidou. Talvez não fosse uma mulher atraente. Talvez devesse sentir-se grata por saber que estava a salvo de Jack Dodger. Em vez disso, sentiu uma imensa vontade de chorar.

— Eu imploro, pelo amor de Deus, deixe-nos ir embora.

Jack Dodger a estudou com calma, e ela aproveitou o último resquício de esperança de que aquela provação terminaria a seu favor. Se o homem tivesse um pingo de decência, poderia ser o suficiente.

— Receio não poder fazer isso.

— Por que não?

— Estou cansado de me repetir. Ir para o campo não é do interesse do menino, e eu sou o guardião dele. Agora, você pode retornar para a residência com os próprios pés, como uma verdadeira dama, ou por cima do meu ombro. A escolha é sua. Decida logo.

— Por cima do seu ombro? Como se eu fosse uma mulher qualquer? Você não ousaria.

— Eu já disse, me desafiar só vai me incentivar mais.

Ele estendeu a mão para ela…

Olivia soltou um gritinho, apertou Henry contra o peito e se empurrou com tanta força contra o banco da carruagem que ficou surpresa por não o ter quebrado e caído no porta-malas.

— Está bem. Você foi bem claro. É um tirano. E eu consigo muito bem ir sozinha.

— Que pena. — Ele se mexeu no banco. — Eu carrego o menino.

— Prefiro que não.

Por um breve momento, Olivia ficou com a impressão de ter magoado o homem. Mas isso seria impossível, já que não existia nada além de animosidade entre eles…

— Como desejar, duquesa — disse Dodger, em um tom zombeteiro.

— Você poderia, por favor, parar de me chamar assim?

— Mas é o correto, não?

— Não do jeito que você fala.

— Talvez você possa me ensinar a falar de modo apropriado e, em troca, eu ensine a você algumas coisas impróprias — respondeu ele baixinho, fazendo-a formigar em lugares que nunca haviam formigado antes. — Discutiremos as possibilidades na biblioteca.

— Tenho que ler para Henry primeiro. Ele não consegue dormir sem ouvir uma história.

— Isso parece muito uma estratégia para adiar o inevitável.

— Fico ofendida com sua desconfiança. Mas pode perguntar a qualquer um dos criados. Eles vão confirmar que leio para meu filho todas as noites. Não que eu precise da confirmação deles.

— Acho que está certa. Eu deveria tratá-la como uma igual.

— Uma igual? Mas você é um plebeu.

— Eu estava me referindo ao fato de sermos dois ladrões. Embora eu deva admitir que sou melhor nisso. Eu não teria sido pego.

— Ouso dizer que você superestima suas habilidades. Você foi pego em algum momento. Notei a marca em sua mão.

— Sim, uma situação bastante infeliz. Sorte sua que não marcam mais os criminosos.

Olivia não via sentido em repetir que não era uma ladra. Como poderia saber que ele herdara a carruagem? Ela precisava dar uma olhada no livro dele ou no do filho.

— Você é incrivelmente irritante, sr. Dodger.

— Faz parte do meu charme. Encontre-me na biblioteca quando terminar de ler para a criança. — Ele saltou da carruagem, fazendo-a balançar com o movimento, e anunciou aos criados que ainda estavam por perto: — A duquesa decidiu cancelar a viagem ao campo. Por favor, retornem tudo ao seu devido lugar.

Então ele caminhou para a escuridão, enquanto Olivia sentia que estava em queda livre para o inferno.

4

Recostado no sofá da biblioteca, Jack tomou um gole de uísque, grato por ter tido a precaução de pegar algumas garrafas de Luke. Ele planejara retornar à sua nova casa para discutir negócios com a viúva e decidiu que ambos precisariam de uma boa dose da poção do diabo para o que sem dúvida seria uma negociação árdua sobre os cuidados do filho dela. Jack não esperava que ela fosse concordar com nada que ele sugerisse.

Então, foi pego de surpresa quando chegou e descobriu a carruagem sendo preparada para uma fuga apressada. Fazia muito tempo que não sentia como se o próprio diabo o tivesse possuído, e ele não tinha o hábito de assustar mulheres, mas aquilo não o impediu de entrar na carruagem e aguardar a chegada da duquesa. Infelizmente, Jack não pensou que ela estaria com o filho. Irritá-la era uma coisa, mas aterrorizar a criança era outra. Jack era contra machucar crianças. Elas perdiam a inocência muito cedo.

Inferno! Jack *devia* permitir que ela levasse o menino para o campo e simplesmente fingir que não era o guardião da criança. Ele passara boa parte da juventude fingindo coisas para enganar pessoas. Quando furtava bolsos, muitas vezes se vestia com roupas elegantes e roubadas para passar desapercebido pelos nobres, como se fosse o filho de alguém apenas andando por aí. Todas as crianças de Feagan eram hábeis em imitar o ambiente em que estavam presentes, dando a impressão de pertencerem a um lugar mesmo quando não o faziam.

Será que Beckwith apareceria para se certificar de que Jack estava cumprindo seus deveres? Improvável. O advogado fizera sua parte ao passar a mensagem e garantir que os formulários apropriados estivessem assinados, e recebera por isso. Jack certamente não planejava dar mais dinheiro ao homem. Beckwith não faria mais parte da vida deles. Pelo menos até chegar a hora da entrega do item final. O de "valor imensurável". As palavras ecoaram na mente de Jack como se cantadas por um coral de anjos. O bem mais precioso que tudo o que ele havia ganhado até então.

Jack olhou para o relógio sobre a lareira e voltou a atenção para uma mesa repleta de uma variedade de relógios. A duquesa estava lendo para o filho havia quase uma hora. O que diabo ela estava lendo? Um dos romances de Dickens?

Então Jack teve um pensamento horrível. A viúva era uma mulher esperta, como provara ao avaliá-lo corretamente. Será que ela encontrara outra rota de fuga?

— Maldição! — praguejou enquanto se levantava, derramando uísque bom em seu colete favorito.

Ele amaldiçoou o desperdício e engoliu o restante que ainda estava no copo antes de sair furioso da biblioteca.

Um valete encostado na parede do corredor se endireitou rapidamente, sem dúvida com medo de represálias por sua falta de disciplina. Jack pouco se importava com posturas e etiquetas. Se importava apenas que um homem lhe desse resultados e estivesse presente quando necessário.

— Você viu a duquesa desde que ela subiu? — questionou Jack.

— Não, senhor.

Ele praguejou outra vez. Uma nova fuga era definitivamente uma possibilidade. Jack lembrou-se de ter visto árvores enormes perto da casa. Será que ela tinha pulado de uma janela para uma das árvores? Não devia ser difícil. O próprio Jack já fizera isso muitas vezes quando morava na casa de Claybourne, pois o velhote lhe proibira de visitar Feagan quando morava lá. Jack sempre pensara que o que os olhos não veem, o coração não sente, e se recusava a abandonar Feagan. Então vivia entre os dois mundos. Em muitos aspectos, ainda o fazia.

Jack subiu a escada correndo, de dois em dois degraus. Não havia criados em seu caminho para o quarto do menino. Então abriu a porta e parou de supetão...

A duquesa havia fugido, sim. Ela e o filho. Mas para o mundo dos sonhos. Jack sentiu um nó no estômago ao lembrar vagamente de dormir aconchegado na mãe. Ele não queria pensar nela naquela noite, não queria refletir sobre o que uma mãe sacrificaria por um filho, não queria se perguntar o que a duquesa estaria disposta a sacrificar. A devoção dela ao menino o pegara de surpresa. Jack sempre achara que a aristocracia não tinha coração. Ele não tinha o hábito de julgar mal pessoas ou situações, mas parece que o tinha feito neste caso.

Deu uma olhada rápida no quarto. A babá dormia em uma pequena cama do outro lado. Ele não sabia se aquilo era uma prática comum ou apenas mais um exemplo da natureza superprotetora da mãe do menino. Não sabia quase nada sobre o funcionamento de uma casa de família. Lovingdon lhe dera uma tarefa difícil, e Jack estava perplexo com a própria determinação de ir até o fim. Voltou a atenção para a duquesa.

Ela estava sentada na cama, a cabeça tombada num ângulo estranho e o livro aberto no colo. O menino estava deitado de lado, chupando o dedo e roncando baixinho. Uma das mãos da mãe repousava sobre a cabecinha dele, os dedos perdidos em seus cachos loiros, como se pudesse protegê-lo com um toque tão simples.

Sim, Jack deveria permitir que fossem para o campo. O que ele sabia sobre crianças? Bem, protegera algumas quando mais novo e tinha cicatrizes para provar, nem todas visíveis, mas apenas as ensinara a sobreviver quando não havia ninguém para protegê-las. Vários dos meninos que protegeu trabalhavam em seu clube: levando recados ou buscando bebidas e carregando fichas para os cavalheiros. Será que Lovingdon teria observado a confiança crescente nos rapazes que Jack contratou? Eles chegavam ao clube amedrontados e cismados da própria boa sorte, desconfiados dos motivos de Jack para acolhê-los. Mas, com o tempo, se acostumavam com a nova vida, passando a andar com segurança, a falar sem hesitar e a compreender seu valor. Seria por isso que Lovingdon fora ao clube e não participara de nada? Apenas para observar, aprender e decidir quem seria a melhor pessoa para preparar seu filho para o mundo?

Um canalha como Jack Dodger?

Se o menino fosse um moleque de rua, talvez, mas o filho de um lorde? Jack mal sabia por onde começar. Então, por que não aceitara a saída mais fácil para seu dilema quando a duquesa lhe oferecera? Ficar com toda a herança e permitir que partissem? Não fazia sentido forçá-los a ficar, mas ainda assim estava relutante em deixá-los ir.

Ainda observando a duquesa, Jack percebeu que, dormindo, ela possuía uma beleza inesperada e etérea, sem uma única preocupação em seu mergulho nos sonhos. *Como deveria ser sonhar?* Jack nunca sonhava. Talvez porque mal dormisse. Em sua obsessão por ficar cada vez mais rico, normalmente passava as noites acordado e trabalhando. Sabia o verdadeiro valor do dinheiro: proteger uma pessoa de ter que fazer coisas que não queria.

Normalmente. Ele não queria mesmo ser guardião do menino. E se o pequeno não chupasse o dedo, e se não gritasse mais alto que a mãe, Jack talvez achasse o papel de guardião inútil. Mas uma criança não deveria ser tão assustada. Ninguém deveria. O que fazia um menino ser tão medroso? E como Jack conseguiria dar a ele a confiança necessária para honrar o título? Com conversas noturnas na frente de uma fogueira de carvão, aquecidos por gim e cachimbo? A duquesa certamente não aprovaria — o que deixava a ideia ainda mais atrativa. Irritar a viúva poderia se tornar o mais novo vício de Jack. Ela o irritava por razões misteriosas. Era como se Jack estivesse consciente da presença dela de uma forma que nunca estivera com outras mulheres.

A duquesa estava apertada na caminha da criança, os sapatos no chão bem ao lado. Embora ainda estivesse de meias, Jack percebeu que ela tinha pés pequenos e delicados. Eles a faziam parecer vulnerável, e Dodger sentiu uma vontade súbita e irracional de protegê-la. A viúva provavelmente se oporia a essa ideia também. Ela devia ter ficado no quarto do filho até dormir de propósito, na esperança de evitar outro encontro com Jack. Tolinha. Em algum momento, todos tinham que encarar o diabo e pagar-lhe o que era devido.

A duquesa aprenderia essa lição na manhã seguinte. Ela poderia descansar em paz naquela noite, mas não naquela cama. Acordar depois de uma noite desconfortável só a deixaria mais irritada e difícil de lidar, e ela já era difícil o suficiente. Era provável que eles nunca fossem concordar em nada.

Com cuidado, Jack passou os braços por baixo dela, um nos ombros e outro nos joelhos. Ele achou que as costas reclamariam do esforço, mas, quando a levantou, descobriu que a mulher era tão leve quanto a mão dele era quando roubava bolsos no centro da cidade. A viúva soltou um leve resmungo quando sua cabeça rolou para o ombro dele. E Jack sentiu um aroma que reconhecia muito bem: láudano. Talvez ela tivesse tanta dificuldade quanto ele para dormir.

Jack olhou para o menino, que agora o encarava com olhos sonolentos. Então abriu um sorriso, piscou e disse baixinho:

— Volte a dormir. Manterei os monstros longe esta noite.

O menino fechou os olhos. Jack saiu do quarto e atravessou o corredor até a porta que dava para o quarto da duquesa.

"Por favor, não entre no meu quarto."

Jack praguejou internamente. Por que ele se importava com os desejos e vontades dela? O que aquela mulher escondia no quarto? O pedido só o deixava com mais vontade de entrar lá. E por que não deveria? A casa era dele, o que significava que pela lei aquele quarto também era. Jack tinha todo o direito de abrir aquela porta.

Ele praguejou novamente e caminhou até a porta que dava para o quarto principal — um quarto que pertencera ao marido dela e agora pertencia a Jack.

Dobrando um pouco os joelhos, ele conseguiu achar a maçaneta, girá-la e abrir a porta. O cômodo estava envolto em sombras. A mistura da luz das lamparinas no corredor e a das lamparinas a gás que ladeavam a entrada da casa — e que entrava pela janela — iluminava o suficiente para que Jack distinguisse a silhueta da cama enorme. Ele foi em direção à cama e deitou a duquesa com delicadeza.

Ela resmungou e murmurou:

— Desculpe. Me perdoe.

Jack se agachou.

— Pelo quê, duquesa?

A resposta dela foi apenas um suspiro suave. Uma das mãos pousou perto da própria cintura, enquanto a outra aconchegou-se no travesseiro. Ela havia tirado o gorrinho de viúva — aquele enfeite bobo —, e Jack conseguiu ver melhor o cabelo dela. Não era tão castanho quanto deduzira originalmente, mas de um tom ruivo. Jack foi tentado pelo diabo de novo. Com seus dedos hábeis e o toque leve de um batedor de carteiras, encontrou um grampo de cabelo e o puxou com cuidado. Então, encontrou outro e outro e outro, tirando todos até que o cabelo dela estivesse livre de amarras e pesasse em sua mão. Macio e sedoso. Jack acariciou algumas mechas entre os dedos, sem entender a compulsão avassaladora de saber qual era a textura dos fios.

E de saber algo mais.

Jack baixou o rosto até a curva do pescoço da duquesa e inalou lentamente a fragrância inebriante do perfume dela. O cheiro era mais forte ali, como se houvesse um local secreto logo atrás da orelha. Onde mais ela poderia tentar um homem? Pois ela tentaria, Jack não tinha dúvida disso.

Endireitando-se, ele a encarou. Quantas noites ela teria ficado naquela cama, deitada e saciada? Será que o duque a abraçava quando terminavam? As mulheres com quem Jack se deitava não exigiam nenhum cuidado especial, mas a situação devia ser diferente com uma que não vendia serviços. Damas deviam esperar mais quando não havia dinheiro envolvido. Como carinhos que a fariam se sentir adorada.

Jack deu um passo para trás. Havia algo muito agradável na visão de uma mulher deitada em uma cama, principalmente na cama que agora era *dele*. Embora já tivesse se deitado com muitas mulheres, ele nunca vira nenhuma dormir. E acabara de descobrir que mesmo dormindo uma mulher podia ser sedutora e atraente.

Dando meia-volta, foi para a porta, recusando-se a ser seduzido, mesmo que por uma mulher tão adorável quanto a duquesa de Lovingdon.

Quando Jack entrou em seu clube, apreciou a visão, os cheiros e os sons. Homens bem-vestidos jogavam nas mesas. O aroma forte de uísque bom e charutos caros permeava o ar. O barulho de dados e fichas de madeira ecoava. Notas de piano vinham de outra sala, onde suas garotas dançavam com os cavalheiros, às vezes levando-os para um beijo sedutor nos cantos do salão, às vezes para algo mais ilícito em outro lugar. Jack pagava bem às meninas para entreter os cavalheiros com danças e conversas naquela sala, e tudo o que ganhassem dentro daquelas portas era delas e somente delas. Ele não oferecia prostitutas, mas também não julgava se uma garota quisesse mais — desde que fosse escolha dela.

Todos sabiam que Jack Dodger não fazia vista grossa se seus funcionários fossem maltratados.

Ele andou pelo clube, estudando as mesas, os jogadores e como os jogos pareciam estar progredindo. Notou o volume do barulho. Homens barulhentos tendiam a gastar mais. Passou por uma das mesas onde jogavam *brag*. Houve um tempo em que Luke passava boa parte da noite lá — não só porque era um sócio do clube, mas porque gostava de um bom carteado. Porém, desde que se casara, Luke aproveitava as noites com a esposa. Não que Jack pudesse julgá-lo. Ela parecia um jogo muito mais divertido.

Quando passou pelo caixa de fichas, um funcionário acenou com a cabeça e lhe deu um sorriso rápido, o que significava que o negócio estava indo bem. Jack se aproximou da sala onde as mulheres ofereciam consolo aos cavalheiros que não tinham dado sorte nas mesas — ou os que preferiam a companhia de uma mulher para a noite. Parando na porta, ele aguardou um momento para os olhos se ajustarem. A sala era mal iluminada de propósito, para oferecer a ilusão de sigilo, embora nada fosse segredo ali. Se quisesse, Jack poderia chantagear todos os homens entre aquelas paredes, mas sabia que essa não seria uma atitude inteligente. Ele fornecia um porto seguro para cavalheiros satisfazerem seus caprichos. Aprendera desde cedo que uma pessoa pagaria quase qualquer coisa por um porto seguro.

Uma mulher sentada no colo de um cavalheiro chamou sua atenção. Prudence era sua funcionária mais antiga. A juventude estava começando a desaparecer de suas feições, mas era conhecida por sua experiência. Ela sussurrou algo no ouvido do homem, então endireitou o corpo esguio e caminhou sedutoramente até Jack. A mulher usava o cabelo loiro solto, cascateando pelas costas. Sempre carecendo de modéstia, ela vestia pouco mais que apenas seda sobre o corpo.

— Oi, amor — cumprimentou ela com atrevimento. — Procurando por mim?

Jack a olhou com um misto de apreciação pelo que ela oferecia fisicamente e de arrependimento. Era sempre melhor evitar transparecer a uma mulher quando não a desejava. O ideal era deixar que ela pensasse que outra coisa o estava mantendo afastado.

— Hoje não, Pru.

Ela franziu a testa.

— Já faz um tempo, Jack. Por acaso encontrou outra, foi?

— Não, só ando distraído. Como vão as coisas com as outras garotas?

Prudence supervisionava as meninas que trabalhavam no clube, certificando-se de que entendessem as regras, continuassem saudáveis e não sofressem abusos.

— Vão bem, mas acho que você vai perder a Annie. Um dos senhores se ofereceu para cuidar dela como amante.

— E ela quer isso?

Prudence assentiu.

— Ele é um bom sujeito.

— Garanta que Annie entenda que ele nunca se casará com ela.

— Ela sabe, Jack. Nós sabemos o que somos.

— Você é uma safadinha, Pru, isso sim. E um homem precisa disso de vez em quando.

Ela piscou para ele.

— Bem, me avise quando precisar de companhia. Eu ainda sou sua garota.

Com um floreio, ela voltou para onde o cavalheiro a esperava. Nos últimos tempos, Pru era a única funcionária a quem Jack pagava por serviços, pois não precisava de ciúme entre as garotas. Ele pagava a Prudence muito bem — não porque fosse especialmente boa, mas porque ela nunca esperava mais do que ele podia oferecer.

Jack se afastou do cômodo. Voltando pela sala de jogos, cumprimentou alguns dos cavalheiros. Já passava muito da meia-noite, mas o local ainda estava lotado e animado. O pecado não tinha hora para dormir, o que era ótimo para Jack, já que ele também dormia pouco.

Ele abriu a porta que dava para o corredor dos fundos, onde o negócio era administrado. Antes de seguir para seu escritório, encostou-se no batente de uma sala e observou Frannie Darling fazer anotações precisas em seus livros. Ela também era uma das crianças de Feagan — a única cujas mãos habilidosas se igualavam às de Jack. Ninguém conquistara tanto espólio quanto os dois.

O cabelo ruivo de Frannie estava preso em um coque, mas não parecia esticar a pele das bochechas dela como o penteado da duquesa. Assim como a viúva, Frannie também usava preto, mas não porque estava de luto, e sim porque não gostava de chamar atenção. Certa vez, Jack comprara um vestido verde-esmeralda para ela. Ele preferia cores fortes e achou que a amiga ficaria linda naquele traje. Frannie havia corado e agradecido profusamente, mas, até onde sabia, nunca usara o vestido. Ela não gostava de ser notada por homens, mas eles a notavam de qualquer jeito. Jack achava que todos os meninos de Feagan já tinham se apaixonado por ela em algum momento. Nem o próprio Jack era imune aos encantos de Frannie.

Olhando para cima, Frannie deu o sorriso travesso e tímido que conquistara o coração de muitos rapazes.

— Olha só quem chegou. Você ficou fora por bastante tempo.

— A reunião acabou sendo muito mais complicada do que eu esperava.

— Quer conversar a respeito?

— Na verdade, não, mas você precisa saber sobre algumas mudanças que devem ocorrer.

— Não estou gostando disso...

Jack entrou no escritório e olhou ao redor. Ao contrário da casa que acabara de deixar, aquele cômodo era pouco mobiliado, com apenas uma escrivaninha e três cadeiras. As paredes eram simples. Um conjunto de pequenas prateleiras guardavam os livros que contavam a história de seu negócio. Havia também um sofá na parede oposta, mas Jack não sabia o motivo de Frannie tê-lo colocado ali. Ela certamente não dormia no escritório, pois tinha um apartamento próximo, com acesso pelo beco no fundo do prédio. Jack também tinha um apartamento próprio no mesmo edifício, assim como a maioria de seus funcionários. Os apartamentos lhe custaram uma fortuna, mas um trabalhador feliz não roubava do patrão.

— Por que não se senta? — ofereceu Frannie.

Jack negou com a cabeça, deu um passo mais perto e cruzou as mãos no topo da cadeira de couro em frente à mesa dela.

— Passei grande parte da noite sentado.

Ele apontou a cabeça em direção aos livros abertos espalhados sobre a mesa. Frannie era um gênio com números e contas. Talvez porque Feagan a colocava no colo e a deixava contar os lenços e as moedas que os outros coletavam durante o dia. O velho podia não ter percebido, mas dera a ela uma habilidade que ajudava a todos.

— Tivemos uma noite lucrativa?

— Sempre temos uma noite lucrativa. Você vai morrer rico, Jack.

A voz dela tinha um tom triste perceptível. Jack sabia que Frannie não gostava de como ele se importava com dinheiro. Ele sorriu.

— Mais rico do que eu imaginava. O duque de Lovingdon me deixou uma fortuna.

Ela arregalou os olhos verdes.

— Por quê?

— Vai saber — respondeu ele, apertando o couro da cadeira com os dedos. — Você chegou a falar com ele?

— Por que eu teria falado com ele?

— Ele vinha aqui de vez em quando.

— Você sabe que evito ao máximo a área de jogos.

As bebidas alcoólicas chiques deixavam seus clientes amigáveis até demais, e faziam alguns avaliarem mal o quanto eram desejados. A área de jogo não era lugar para uma dama que desejasse evitar os avanços de homens.

— Ele também era conhecido do avô de Luke. Lembro vagamente de encontrá-lo na residência dos Claybourne, de mostrar meu medalhão para ele.

— Que medalhão?

O medalhão que continha uma pintura da mãe de Jack. Ela lhe dera o medalhão na noite em que o vendera, dizendo: "Nunca se esqueça que eu te amei, Jack".

"Amei"... Jack nunca soube o que fizera para perder o amor dela. Com o tempo, parou de tentar descobrir e decidiu usar todas as suas habilidades mentais para sobreviver.

No dia em que conhecera Lovingdon, estava no jardim de Claybourne, estudando as feições da mãe desenhadas na pintura, tentando determinar se ela ficaria desapontada se ele não aproveitasse tudo o que o conde estava oferecendo. Ele odiava morar naquela casa chique. Aquele lugar o lembrava de outro...

Jack balançou a cabeça.

— Não importa. Achei que talvez você tivesse falado com ele na casa dos Claybourne.

— Não que eu me lembre.

— Bom, não tem problema, também. O que preciso que saiba é que concordei em ser o guardião do herdeiro dele, então pode ser que eu não apareça tanto quanto antes.

— Por que ele escolheu você?

— Essa parece ser a pergunta que todo mundo está fazendo, mas que não tenho a menor ideia da resposta.

— Acho que você será um ótimo guardião.

Jack riu. Apesar de ter sido criada nas ruas, Frannie era um pouco inocente quando se tratava dos rapazes de Feagan. Ela sempre acreditava que todos tinham um lado bondoso, mesmo quando essa bondade estava tão escondida que nem eles mesmos conseguiam encontrá-la.

— Vai contar ao Luke sobre sua sorte? — perguntou Frannie.

— Já contei. Eu o visitei mais cedo. — Jack semicerrou os olhos. — Acho que ele ainda não me perdoou pelo meu papel na morte dos pais dele.

Fazia apenas dois meses desde que Luke descobrira a verdade sobre aquele dia fatídico, vinte e cinco anos antes. Um dia que mudara a vida de todos.

— Você não teve culpa. Era só uma criança e não sabia o que aquele homem havia planejado quando lhe pagou para atrair a família para o beco.

Era isso que Jack havia afirmado, e não era uma completa mentira. Mesmo não sabendo detalhes, ele reconhecia o mal quando o encarava nos olhos, mas ignorou suas suspeitas porque queria o dinheiro, e agora vivia com o arrependimento todos os dias. Jack esperava não se arrepender de aceitar o testamento também. Ele deu um tapinha no topo da cadeira.

— É melhor eu ir cuidar dos negócios e garantir que tudo esteja resolvido para ficar livre amanhã de manhã. Vou precisar supervisionar as questões dos meus novos bens.

— Acho que devo desejar parabéns, não? — falou Frannie.

Jack ainda estava com um sinistro mau pressentimento.

— Mais para condolências. — Ele piscou para ela. — Boa noite, Frannie.

Jack caminhou pelo corredor, parou em seu escritório para pegar tabaco e um cachimbo e continuou até a porta que dava para a rua. Então saiu para a noite. A neblina havia engrossado, dificultando a visibilidade. *Será que havia neblina no campo?* Em algum momento, ele poderia viajar ao interior para examinar as propriedades do herdeiro. Talvez fosse interessante. Só conhecia Londres, mas também a conhecia como a palma da mão.

Encostado na parede, Jack encheu o cachimbo, riscou um fósforo, acendeu o tabaco e começou a fumar até ser envolvido pelo aroma. Era uma mistura muito mais chique do que a que fumava quando menino. Mesmo assim, o ato de fumar o transportava para uma época em que a vida era mais simples, reduzida a roubar uma certa quantidade de lenços por dia. Jack não gostava de roubar seda. Ele preferia relógios, joias e outros itens brilhantes que rendiam um preço justo ao serem revendidos, e nem sempre levava seus espólios para Feagan, pois também tinha os próprios contatos. Se não tivesse sido acolhido pelo avô de Luke, certamente teria se tornado um homem com o próprio grupo de crianças ladras — um que acabaria rivalizando com o de Feagan em notoriedade. Era seu objetivo na época, pelo menos. Tornar-se o mais famoso, ser citado em histórias e músicas.

Jack, que um dia planejara ensinar as formas engenhosas de roubar outros meninos, naquele momento deveria ensinar uma criança a ser uma pessoa honesta e íntegra. Uma criança que um dia se sentaria na Câmara dos Lordes e ajudaria a governar uma nação…

5

Henry Sidney Stanford, o sétimo duque de Lovingdon, sabia que seu mingau estava esfriando — e odiava mingau frio, porque ficava todo pegajoso —, mas estava com medo de morrer engasgado se tentasse comer.

Nos últimos tempos, não parava de pensar em morte.

Ele não entendia muito bem o que era a morte. Sabia apenas que o pai havia morrido e sido colocado numa bela caixa, como a babá fazia com seus brinquedos. E não tinha visto o pai desde então. Mas a babá o avisara que, se comesse rápido demais, poderia se engasgar e morrer.

Ele não comeria rápido, mas estava tão nervoso que parecia ter engolido a bola que o pai às vezes jogava para ele. E tudo por causa daquele homem. O homem que estava na carruagem. O homem que buscara sua mãe na noite passada. Ele estava no quarto de Henry agora. Andando e olhando as coisas. De vez em quando olhava para Henry e, quando o fazia, a bola na garganta do menino parecia crescer.

— Há quanto tempo você é babá dele? — perguntou o homem.

— Desde que ele era um recém-nascido, milorde. Digo... senhor — respondeu a babá de Henry, com uma rápida reverência.

A mãe de Henry a chamava de Helen; Henry deveria chamá-la de srta. Tuppin, mas sempre gaguejava quando tentava dizer o nome dela, e ela batia nos dedos dele com um bastão que carregava no bolso da saia. Por isso, Henry nunca a chamava pelo nome, a menos que fosse absolutamente necessário.

A srta. Tuppin só batia nele quando não havia ninguém por perto. Henry sabia que era porque ela se importava com ele, e o fato de ele não ser um bom menino era um segredo dos dois. A babá não queria bater nele, mas ele não lhe deixava escolha. Henry também não entendia isso. Sabia apenas que não queria que a mãe descobrisse que ele fazia coisas que mereciam um tapa. A mãe o achava um bom menino e, embora fosse mentira, Henry queria que ela continuasse pensando isso para que pudesse ser amado.

— Então este é o quarto de brinquedos? — questionou o homem.

— É sim, senhor.

— E onde ele dormiu ontem à noite?

— É o quarto de dormir, senhor.

— E quando lorde Henry vai se mudar para um quarto de verdade?

— Ele não é o lorde Henry, senhor. Na verdade, nunca foi. Ele era lorde Ashleigh. Mas, agora que é o duque, ele é Sua Graça.

— Certo. E quando Sua Graça vai se mudar para um quarto de verdade?

— Quando fizer 8 anos.

— Existem regras até para as crianças, então...

— Sim, senhor. — A srta. Tuppin olhou para Henry. — Nem sempre gostamos dessas regras, mas devemos segui-las.

— Você gosta de regras, Henry? — perguntou o homem.

Henry baixou o olhar para o bolso da saia da babá, aquele onde ela guardava o bastão secreto, e negou com a cabeça. O homem riu.

— Ótimo, rapazinho. Acho que vamos nos dar bem.

O homem era alto, como o pai de Henry. Todos deveriam usar preto nesse período chamado luto, mas o homem usava um colete roxo-escuro. Será que o menino deveria falar sobre essa regra para o homem?

O homem puxou uma cadeira, virou-a e sentou-se de frente para o assento, cruzando os braços sobre o encosto. Henry nunca tinha visto ninguém se sentar daquele jeito. Certamente deveria ser uma maneira errada de se sentar, mas a srta. Tuppin não bateu no homem. Talvez ela também estivesse com medo dele.

— Você sabe quem eu sou?

Henry assentiu, mas depois negou com a cabeça. Sim e não. O homem havia deixado a mãe de Henry chateada, mas também a carregara nos braços com muito cuidado. E a olhou como se gostasse dela tanto quanto Henry.

— Meu nome é Jack Dodger. Você pode me chamar de Jack.

— Senhor, perdão por interferir, mas isso não é adequado e fará com que ele desenvolva maus hábitos — disse a srta. Tuppin. — Ele deve chamá-lo de "sr. Dodger". E, se me permite a ousadia, você deveria chamá-lo de "Sua Graça".

— Você logo vai descobrir, gracinha, que não me importo muito com regras e tenho alguns maus hábitos — falou o homem, o tempo todo olhando para Henry. — Você e eu temos isso em comum. Também não gosto de regras. Seu pai me pediu para ser seu guardião. Você sabe o que é um guardião?

Henry negou com a cabeça.

— É a pessoa que vai protegê-lo. Se alguém machucá-lo, basta me contar e eu cuidarei para que essa pessoa nunca mais o machuque de novo.

Henry desviou o olhar para a srta. Tuppin. Ela estava apertando a boca, como sempre fazia quando batia nele. Ele olhou de volta para Jack.

— Lamento que seu pai tenha morrido — disse Jack.

— O s-seu pai morreu?

— Provavelmente. A verdade, Henry, é que nunca conheci meu pai. Então temos outra coisa em comum. Não temos mais pai.

— Ele v-vai voltar?

Jack arqueou uma sobrancelha.

— Quem? Seu pai?

Henry assentiu. De repente, Jack pareceu triste.

— Não, menino, ele não vai. Mas me pediu para cuidar de você, então, se precisar de alguma coisa…

Jack começou a se levantar.

— Um cachorrinho! — falou Henry, sem pensar.

O homem parou.

— Você precisa de um cachorrinho?

Henry assentiu rapidamente. Jack deu uma piscadela para ele.

— Vou pensar no seu caso.

O homem saiu da sala. Henry olhou para a srta. Tuppin, que encarava a porta e mordia o lábio inferior como se estivesse pensando em algo muito difícil.

— Coma seu mingau, Henry.

Embora o mingau estivesse pegajoso, Henry obedeceu, pois a mão dela estava no bolso.

Olivia se espreguiçou debaixo das cobertas. Ainda estava com dor de cabeça, sua garganta ardia e seus olhos pareciam cheios de areia. O láudano havia ajudado a duquesa a pegar no sono, mas não aliviava os sintomas do luto. Por mais quanto tempo eles durariam?

Então a letargia passou e Olivia se lembrou do horror de descobrir os termos do testamento do marido. Sentou-se de repente e tocou a cabeça dolorida. Mechas de cabelo cascatearam ao seu redor. Quando ela havia soltado o cabelo? Tinha ido para a cama sem trançá-lo? Então viu os grampos de cabelo cuidadosamente alinhados na mesa de cabeceira.

Só que não era a mesa de cabeceira dela. Jesus! Não era nem a cama dela!

Com um horror crescente, ela olhou ao redor do cômodo. O quarto do marido.

Antes da noite anterior, Olivia só tinha ido ao quarto do duque uma vez, numa tentativa tola de seduzi-lo, quando ele não aparecera no quarto dela por mais de um ano depois do nascimento de Henry. Talvez ele não soubesse que Olivia estava totalmente recuperada do parto e que poderia retornar aos seus deveres de esposa. Em vez disso, descobriu que ele não a queria mais, já tinha um herdeiro. Olhou para ela com pena. Olivia temia ter olhado para ele com desespero. Nem tinha certeza de como tivera coragem de ir até lá — não era como se o marido tivesse sido carinhoso na cama antes. Talvez porque um breve toque fosse melhor do que toque nenhum.

O duque não era um homem passional.

Ele não era nada parecido com Jack Dodger.

O coração da duquesa trovejou. A maneira como o sr. Dodger a olhava... Como se soubesse todos os desejos secretos de Olivia e fosse capaz de satisfazê-los. O calor naqueles olhos escuros a deixava trêmula, mas não de frio; de vontade de ser desejada por um homem. Ela sempre fora a boa filha, a boa esposa, a boa mãe, a boa mulher. Sempre colocara o dever acima de tudo. Mas, de repente, a vida estava pedindo muito dela. Qual fora o propósito de Lovingdon em levar Jack Dodger para a vida deles?

E como ela fora parar naquela cama?

Talvez não fosse o duque que tivesse enlouquecido, mas ela. Olivia não se lembrava de ter ido para lá, e, exceto pelos sapatos, ainda estava completamente vestida. Lembrava-se de ter tomado uma pequena dose de láudano, para aliviar a dor de cabeça, e de ler para Henry. Depois, deveria se encontrar com o sr. Dodger para convencê-lo de que deixá-los partir para o campo seria o melhor para todos. Então, havia fechado os olhos por um breve momento para reunir forças antes de enfrentá-lo e...

Agora estava ali.

Será que Jack Dodger havia ido atrás dela e a levado para a cama? Será que tinha abusado dela? Olivia não sentia como se tivesse sido tocada. Certamente, depois de quase seis anos sem dormir com um homem, ela saberia se tivesse sido tocada, não? Estaria mais sensível, talvez. Mas, como não sentia nada de estranho, só conseguia deduzir que, se o sr. Dodger a tivesse levado para a cama, nada de errado tinha acontecido. Ele mantivera sua palavra. *Ora, ora...*

Olivia não sabia se ficava aliviada ou desapontada. Que tipo de devassidão a estava possuindo?

Puxando as pernas, ela apoiou a testa nos joelhos. Não queria enfrentar o dia. Queria fugir. Para o interior. Para um campo de grama verde e flores amarelas. Queria tirar os sapatos e dançar descalça. Queria rir. Quando fora a última vez que dera risada? Ela tinha 25 anos, mas nos últimos tempos sentia como se fosse uma centenária.

Olivia queria voltar para debaixo das cobertas, dormir e acordar para descobrir que a leitura do testamento tinha sido um sonho. Mas o dever a chamava.

E Henry. Jesus! E se o sr. Dodger tivesse decidido levar suas responsabilidades a sério e falado com Henry? Ela precisava ver se o filho estava bem. Pulando da cama, correu para a porta, a abriu e espiou. Nenhum sinal do terrível sr. Dodger.

Então correu para o quarto de brinquedos. Para seu imenso alívio, o menino estava sentado à mesinha comendo o mingau matinal.

— Está tudo bem, querido? — perguntou ela.

O menino assentiu.

— O h-homem disse que eu posso ter um c-cachorrinho.

— O homem? Que homem? Um cachorrinho?

— O sr. Dodger, Sua Graça — explicou Helen. — Ele conversou um pouco com o jovem duque esta manhã.

O coração de Olivia parou.

— Você deixou os dois sozinhos?

— Não, Sua Graça. Na verdade, o sr. Dodger insistiu para que eu ficasse presente para relatar tudo a você em primeira mão.

— Ah, está bem... — falou Olivia, sentindo o coração voltar ao normal. — Isso foi bastante atencioso e inesperado da parte dele.

— Ele é bem diferente do que eu esperava.

— Como assim?

— Bem, acho que todo mundo já ouviu falar de Jack Dodger. Ele é muito infame em algumas partes de Londres, mas parecia muito simpático esta manhã.

— Ele usou palavrões?

— Não. Só perguntou se o jovem duque precisava de alguma coisa. — A babá sorriu. — E, claro, o jovem disse "um cachorrinho", pois está há meses falando disso. O sr. Dodger disse que pensaria no assunto.

Amaldiçoando a ambiguidade do homem, Olivia entrou na sala e se ajoelhou ao lado do filho.

— Querido, isso não significa que ele vai lhe dar um cachorrinho.

— M-mas ele disse que sim.

— Ele pode ter dado a entender que sim, mas é provável que não. Cachorrinhos dão muito trabalho.

— M-mas eu cuidaria bem dele.

— Eu sei que cuidaria. — Olivia suspirou. — Vou conversar com o sr. Dodger sobre isso.

Henry deu-lhe um sorriso doce, e Olivia o abraçou com força. Ele era tão precioso. Será que o filho mudaria sob a tutela do sr. Dodger?

— Agora preciso me preparar para o dia.

Olivia foi para o quarto e puxou o sininho para chamar Maggie. Sua criada já tinha guardado as coisas que haviam preparado para a fuga apressada da noite anterior. Olivia viu o livro de couro em sua escrivaninha. Ela o guardara na bolsa porque queria estudá-lo quando chegassem à casa de campo. Abrindo a capa de couro, leu a escrita meticulosa com descrições detalhadas...

Então, ofegou. Relendo as palavras escritas na primeira página, deu um grito furioso assim que Maggie entrou no quarto.

— Sua Graça...

— Onde está o sr. Dodger? — perguntou ela, ríspida.

— Ele está no salão matinal.

— Rápido, ajude-me a me preparar. Ele vai me ouvir.

— A carruagem é do meu filho!

Jack ergueu os olhos da página que estava lendo em seu livro enquanto desfrutava de um café da manhã tranquilo. A duquesa havia chegado furiosa como um tornado. E estava linda em sua fúria. Como não percebera isso na noite passada? Ou será que uma boa noite de descanso a deixara menos cansada e com uma expressão mais saudável? Libertando-se mentalmente do feitiço daquela mulher, ele se levantou.

— Bom dia, Olivia. Dormiu bem?

— Não use esse tom comigo.

— Qual? De cordialidade? Achei que aprovaria.

— De inocência. Não finja ser inocente. — Ela marchou em direção a ele, batendo a mão em seu livro de registros. — Você me acusou de tentar roubá-lo, mas sabia muito bem que a carruagem pertencia ao meu filho.

— Temo que não. Está listada no meu livro.

— Mostre-me.

Jack estreitou os olhos para ela.

— Acho que não.

— Está listada na primeira página deste livro. Se não me mostrar o seu, assumirei que mentiu propositalmente e informarei ao sr. Beckwith, que sem dúvida reconsiderará se deve ou não honrar o primeiro testamento.

Jack a levaria ao tribunal antes que o primeiro testamento fosse anulado.

— Mostre o seu... e eu mostro o meu — desafiou ele em voz baixa.

A viúva o estudou por um momento, como se estivesse decidindo se as palavras dele tinham um duplo sentido, e, para ser sincero, Jack não sabia dizer. Ele não estava acostumado a flertar com mulheres para levá-las para a cama. Apenas lhes pagava. Não precisava fazer nada além de entregar moedas. Mas, com a duquesa, tinha a sensação desconfortável de que algo mais estava acontecendo entre eles, e que isso o levaria por um caminho que não desejava seguir.

Como se tivesse decidido, ela bateu o livro na mesa, abriu a capa e colocou o dedo na página.

— Aqui.

Jack baixou o olhar da expressão triunfante dela para as palavras em caligrafia clara.

— Carruagem preta com brasão ducal. Ah, entendi...

— Entendeu o quê?

— O erro, é óbvio. O duque colocou o transporte em ambos os livros.

— Conhecendo meu marido, acho isso totalmente improvável. Lovingdon era meticuloso e preciso em todos os aspectos de sua vida.

— Incluindo na hora de levar a esposa para a cama?

O rosto da viúva ficou vermelho. Será que ela estava envergonhada com a pergunta ou por ele estar certo?

— Você me provoca de propósito para me distrair. Qualquer homem decente não faria tal pergunta a uma dama.

— Como já falamos, acho que ser "decente" é tedioso.

Jack ouviu o pé dela batendo no chão e teve a impressão de que ela queria lhe dar outro tapa. Verdade fosse dita, ele queria levar um tapa. Seria merecido. O que o levara a fazer uma pergunta tão íntima? O que importava a maneira como Lovingdon tratava a esposa na cama? Era quase como se Jack estivesse com um pouco de inveja do duque.

Ela parou de bater o pé.

— Eu mostrei o meu, agora mostre o seu.

— Meu livro? — perguntou ele.

— Claro, seu idiota. O que mais seria?

— Não sei, Olivia, mas consigo pensar em coisas mais interessantes para mostrarmos um ao outro do que nossos registros.

— Você me enganou ontem à noite, senhor. Gostaria de saber o motivo.

Com um suspiro, ele virou as páginas do livro e apontou.

— Aqui. Um erro honesto.

A viúva olhou para o livro.

— Cabriolé preto? Como você confunde um cabriolé com uma carruagem? O cabriolé é menor e acomoda apenas duas pessoas.

— Eu não sabia. Achei que eram a mesma coisa.

— Não acredito que você seja tão mal-informado, mas não importa, pois agora que sei que a carruagem é de Henry, posso utilizá-la a qualquer momento sem medo de ser presa por roubo.

— Na verdade, você não pode. Como guardião de Henry, também sou guardião de todos os bens dele.

— Mas o sr. Beckwith me deu este livro — afirmou ela.

— Para que você saiba o que seu filho pode receber quando completar 21 anos, não porque cuidará destes itens.

Jack odiou a expressão de derrota no rosto dela. Na verdade, sabia que a viúva seria uma guardiã muito melhor do filho do que ele. Ela lutaria até a morte para protegê-lo, enquanto Jack só lutaria até que sangrasse. As finanças do menino, no entanto, eram um assunto completamente diferente, e Jack duvidava que a duquesa estivesse preparada para lidar com elas.

— Você não pode vencer. Eu detenho todo o poder.

As palavras de Jack pareceram renovar a determinação dela de vencê-lo. Olivia endireitou os ombros e ergueu o queixo.

— Você é o homem mais irritante que já tive a infelicidade de conhecer.

— Então obviamente você não conheceu muitos, Olivia.

— Não lhe dei permissão para se dirigir a mim com tanta familiaridade.

— Não? Você me instruiu a não me dirigir a você pelo seu título, então me resta apenas o seu nome.

— Senhor Dodger…

— Se eu tivesse pai, ele seria o sr. Dodger. Como não tenho, não existe nenhum sr. Dodger. Você pode me chamar de Jack.

Era impossível para Olivia fingir tal familiaridade com aquele homem. E ela não acreditava nem por um segundo que ele tinha confundido uma carruagem ducal com um cabriolé. O sr. Dodger era extremamente hábil em perturbá-la. Pegando seu livro de registros, Olivia deu meia-

-volta e caminhou até o outro lado da mesa, onde largou o livro que sem dúvida a deixaria louca antes que Henry atingisse a maioridade. A ideia de ignorar as regras da sociedade e casar-se às pressas estava ficando mais atraente a cada momento.

Precisando se recompor antes do próximo confronto, Olivia foi até o aparador e encheu um prato com ovos *poché*, torradas e presunto — bastante consciente do olhar perturbador que acompanhava os movimentos dela. O estômago deu um nó com a ideia de passar a manhã na presença daquele homem. A dor de cabeça voltou com força total, e ela quase caiu de joelhos. Olivia assentiu para o valete que estava perto do aparador antes de voltar para a mesa, onde um segundo valete puxou a cadeira para ela enquanto o mordomo observava tudo. A presença dos criados não costumava incomodá-la porque ela e o marido raramente conversavam sobre algo que não fosse o clima.

Porém, temia que o mesmo não acontecesse com qualquer assunto que saísse da boca do sr. Dodger. Talvez o melhor a fazer fosse insistir que falassem apenas sobre Henry.

O sr. Dodger sentava-se como se fosse um predador à espreita da próxima oportunidade de atacar sua presa. Embora tivesse casualmente voltado a atenção para o livro em mãos, Olivia ficou com a impressão de que ele não estava tão relaxado quanto parecia. Era como se estivesse consciente de tudo o que acontecia ao seu redor. Não era segredo que o sr. Dodger havia crescido nas ruas, e Olivia imaginou que ele só conseguira sobreviver graças a seus instintos aguçados. Lovingdon sempre dava a impressão de estar distraído enquanto lia o jornal, mas Jack Dodger parecia não conhecer distrações tanto quanto não conhecia as regras da sociedade.

Olivia tomou um gole de chá quente, buscando determinação para o próximo confronto. Ela não queria discutir, mas, pelo bem do filho, precisava se certificar de que o homem entendesse que não se podia enganar crianças do mesmo jeito que fazia com os adultos.

— Senhor Dodger?

— *Por favor*, duquesa. Me chame de Jack.

O tom zombeteiro deixou claro que o homem não tinha respeito algum pelo título dela.

— Se insiste que eu use seu primeiro nome, então me absterei de chamá-lo de qualquer coisa. Talvez possa me oferecer a mesma cortesia — sugeriu ela.

— Mas eu gosto de chamá-la de alguma coisa. Embora eu deva confessar que você não tem cara de Olivia. Você tem algum apelido?

— Não, mas isso não importa. O que importa é que você prometeu um cachorro ao meu filho.

O sr. Dodger inclinou a cabeça, sem se preocupar em esconder como estava se divertindo.

— Por acaso você está me repreendendo?

— Você não discutiu o assunto comigo.

— Eu sou o guardião dele. Não preciso discutir nada sobre seu filho com você.

Que homem irritante!

— Você tem ideia do trabalho que um cachorro demanda?

— Já fui em algumas rinhas com ratos.

Diante do comentário, Olivia pensou que teria vomitado se tivesse comido alguma coisa.

— Além de o assunto ser inapropriado para o café da manhã, o que isso tem a ver com cachorros?

— Os cães lutam contra os ratos nessas rinhas. Já vi como os donos cuidam dos cães nelas. Eles os tratam como membros da realeza, então acredito que sei bem o trabalho envolvido em cuidar dos bichos.

— E quando o animal morrer, como meu filho vai lidar com o coração partido?

— Basta arranjar outro para ele.

Olivia soltou um suspiro profundo.

— Quando você ama algo e o perde, nem sempre é possível substituí-lo.

Olivia sentiu o peso do olhar dele enquanto ele tamborilava os dedos na página aberta do maldito livro.

— É assim que você se sente em relação ao seu marido?

Ela ergueu as mãos para interromper a mudança de assunto. Nunca revelaria o que sentia para ele.

— Não discutirei meus sentimentos com um homem que os usará contra mim. Você prometeu um cachorro ao meu filho, mas você não o conhece. Henry é uma criança muito sensível. Insisto para que, no futuro, discuta comigo quaisquer decisões que pretenda tomar em relação ao Henry, antes de discuti-las com ele.

O sr. Dodger a estudou, e Olivia ficou com a impressão desconfortável de que ele sabia exatamente o que ela estava sentindo, que era tão habilidoso em reconhecer as emoções de uma pessoa quanto em roubar bolsos.

— Eu não sabia que isso chatearia você. Não arranjarei um cachorro para ele.

O sr. Dodger voltou a olhar o livro de registros, como se o assunto estivesse resolvido só porque ele decidira que sim.

Olivia não sabia se ficava aliviada por não haver mais cachorro ou com raiva porque ele conseguia descartar com facilidade uma promessa que fizera ao filho dela. Quando decidira tocar no assunto, não sabia exatamente o que esperava. *Talvez ouvi-lo reconhecer que não fazia ideia de como cuidar de Henry.* Ao contrário da maioria das mães, Olivia não queria ser uma espectadora na vida do filho. Ela e Lovingdon haviam brigado sobre a contratação da babá. Embora entendesse que todas as crianças da aristocracia eram cuidadas por babás, Olivia não gostava muito da ideia. Ela queria um papel mais ativo, e aquele homem ameaçava removê-la completamente da vida de Henry.

— Ontem à noite você disse que era um homem de palavra.

Ele olhou para cima e deu um sorriso arrogante.

— Sou quando me convém.

Olivia queria gritar com os jogos de palavras que ele fazia. Ela estava acostumada a lidar com cavalheiros, não com canalhas que mudavam de tom quando a música não os agradava mais.

— Você não pode quebrar sua promessa com ele.

— Decida-se. Você quer ou não que ele tenha um cachorro?

— Não quero que ele tenha um cachorro, mas seria muito pior se você quebrasse a promessa que fez a ele. Confiança é uma coisa frágil, e você acabaria ensinando a Henry que uma promessa não significa nada.

— Normalmente não significa mesmo.

— Talvez no seu mundo, sr. Dodger, mas não no nosso.

— Jack.

O homem simplesmente não entendia. Por que estava perdendo tempo discutindo com ele? Assim como todos os homens, ele faria só o que quisesse...

— Podemos continuar a conversa?

— Certamente. Sobre o que deseja conversar?

— Eu deveria encontrá-lo na biblioteca ontem à noite...

— Verdade. Você prometeu.

— Eu não *prometi* nada — retrucou ela.

— Mas disse que iria. E, no *meu* mundo, quando uma pessoa diz algo, a promessa fica implícita.

A cabeça de Olívia não parava de latejar. Ela só queria voltar para a cama e se enterrar embaixo das cobertas.

— Já entendi. Eu adormeci. Peço desculpas.

— Você sempre toma láudano antes de dormir?

— Como sabe que eu tomei?

— Senti o cheiro no seu hálito.

Olivia sentiu um medo gelado correr por suas veias com a insinuação daquela frase.

— Hoje de manhã acordei... em outro quarto, e não me lembro de como cheguei lá. Por acaso você...

Contorcendo-se na cadeira, Olivia olhou para os criados. Embora não parecessem estar prestando atenção, ela sabia que nenhum deles era surdo. Olivia inclinou-se para a frente na esperança de que o sr. Dodger a ouvisse falar em voz baixa, mas a mesa era longa demais. Por que precisavam de uma mesa tão longa naquela sala? Não era como se recebessem convidados com frequência.

— Por acaso eu...? — incitou ele.

Olivia olhou ao redor novamente.

— Podemos dispensar os criados?

— Acredito que não haja necessidade. Pelo que entendi, eles são proibidos por algum tipo de código de discutir nossos assuntos, mesmo entre eles.

— Sim, bem...

Ela olhou em volta de novo.

— Quando você não apareceu, conforme *prometido*, fui procurá-la.

— Entendi. E presumo que me encontrou.

O sr. Dodger abriu um sorriso lento.

— Encontrei. Você me pediu para não entrar em seu quarto, então não vi outra escolha senão levá-la para o meu.

O homem falou como se tivesse feito algo pelo qual deveria ser admirado. Olivia não tinha dúvida de que carregar mulheres para o quarto devia ser uma tarefa cotidiana na vida dele. Algo que deveria acontecer todas as *noites*, na verdade.

— E você tomou alguma liberdade comigo?

— Acredite em mim, duquesa: se eu tivesse feito isso, você se lembraria.

A intensidade súbita do olhar do sr. Dodger era enervante. Era como se ele estivesse se imaginando na cama de Olivia, fazendo coisas com o corpo dela que seriam muito mais memoráveis do que qualquer coisa que ela já experimentara com Lovingdon. Já era perturbador o suficiente pensar em Jack Dodger carregando-a nos braços, deitando-a na cama e removendo os grampos de seu cabelo — porque agora ela não tinha dúvida de que ele era o culpado por seu cabelo solto —, mas pensar nele entrando debaixo dos lençóis com ela...

Olivia baixou o olhar para a comida em seu prato, tentando esconder a vergonha de desejar saber o que aqueles dedos hábeis poderiam fazer.

— Depois de colocá-la na cama, fui para o meu clube. Pergunte ao Brittles. Ele mandou preparar minha carruagem, ou o que eu achava ser minha carruagem.

Olivia olhou para o mordomo. Mesmo que supostamente não devesse estar escutando a conversa, o criado lhe deu um breve aceno de cabeça. Ela se forçou a encontrar o olhar do sr. Dodger.

— Não era necessário me levar para a cama.

— Você estava toda apertada naquela caminha. Conheço muitas mulheres que ficariam gratas por minha preocupação.

— Não tenho dúvida, mas eu não sou uma delas — retrucou ela. Em seguida, esfregou a testa. — Peço desculpas. Em geral, não sou tão difícil. — Ela não se considerava nada difícil, mas duvidava que o sujeito acreditaria em sua afirmação. — Os últimos dias foram incrivelmente cansativos, sr. Dod...

— Jack.

Olivia engoliu em seco. Ela não queria aceitar a familiaridade que ele lhe oferecia, mas estava cansada de lutar contra aquele homem.

— Está bem, Jack.

— Viu? Aposto que nem doeu — brincou ele e ficou de pé. — Como os últimos dias foram cansativos, sugiro que desfrute de um café da manhã tranquilo e, quando terminar, passe na biblioteca para discutirmos essa situação inusitada em que seu falecido marido nos colocou.

Olivia observou com espanto enquanto ele pegava seu livro e saía da sala. Mal conseguia conceber que parte dela realmente lamentava a partida dele, mas só porque agora estava sozinha, com nada além dos próprios pensamentos como companhia.

E que pensamentos estranhos... Por um momento, quando entrou na sala, foi quase como se tivesse visto o falecido marido ali, cumprimentando-a. Um truque da luz matinal que entrava pelas janelas. Ela não estava acostumada com tanta luz naquela sala. Lovingdon sempre preferira manter tudo fechado. Pelo que Olivia notara, antes de se casar com ela, o duque não permitia que uma única cortina fosse aberta ou que uma persiana fosse levantada. Era uma casa sombria, que refletia o humor melancólico do dono. Lovingdon até pedira a ela que restringisse seu desejo de luz apenas aos cômodos que ele não frequentava.

Olivia achou que Jack… não, ela não poderia pensar nele como Jack… mas achou que o sr. Dodger também preferiria as sombras.

6

Jack estava à janela da biblioteca, contemplando o jardim bem cuidado. O jardim *dele*, visto através da janela *dele* na biblioteca *dele*. Planejara estudar mais o livro de registros, mas não conseguiu se concentrar.

Não estivera preparado para como se sentiria ao ouvir seu nome saindo da boca da viúva. Queria lhe pedir que repetisse. Queria se aproximar dela e falar baixinho em seu ouvido para que os criados não ouvissem. Queria saber por que ela realmente se opunha à ideia de ter um cachorro. Queria perguntar o que ela sabia sobre corações partidos.

Hipnotizado pela luz do sol que dançava sobre o avermelhado do cabelo castanho de Olivia, Jack se lembrou da sensação das mechas sedosas em sua mão. Ele até agradecera internamente o desdém dela, pois ajudava a manter seus desejos sob controle.

Apertando o ombro no canto afiado do batente da janela, Jack ignorou a dor latente. A viúva se irritava quando ele a chamava de "duquesa" em tom zombeteiro, mas o tom dela não era muito diferente. Ele sentia o julgamento em sua voz sempre que ela o chamava de *senhor* Dodger. Olivia sabia o que ele era tão bem quanto *ele* mesmo: o filho bastardo de uma prostituta, com um pai desconhecido que nem a mãe devia saber quem era.

Jack ouviu a porta se abrir, mas permaneceu onde estava. Passos leves se aproximaram, até que ele sentiu o aroma suave de lavanda. Ele não queria pensar na alegria que seria descobrir outros locais secretos onde ela passava perfume. Olivia ficou de frente para ele, a maldita luz do sol novamente refletindo em seu cabelo de uma forma que o fazia querer tocá-lo, e não da forma cuidadosa como na noite anterior, quando removera os grampos.

— Você não sabe mesmo quem é seu pai? — perguntou ela baixinho.

Aquele já era um assunto velho, e ele não via motivo para discuti-lo de novo. Talvez a viúva estivesse pensando nele tanto quanto Jack estivera pensando nela desde que saíra do salão matinal. Ele suspeitava, porém, que Olivia estivera mais focada nos defeitos dele, enquanto Jack começava a reconhecer os méritos dela, mesmo que de forma relutante.

— Acho que seria melhor continuarmos a tratar do nosso interesse em comum. O que sabe sobre a babá de Henry?

Olivia arregalou os olhos dourados de surpresa.

— Helen? Ela teve ótimas recomendações. Tanto o duque quanto eu ficamos bastante satisfeitos com os serviços dela. Por que a pergunta?

— O menino parece quieto demais.

— As crianças devem ser quietas e bem-educadas…

Jack riu baixinho ao se lembrar da própria infância.

— Não as crianças que conheci.

— Você cresceu nas ruas, sr. Dodger. Meu filho vai crescer em uma casa.

— Mesmo assim, ele sente medo, enquanto eu não sentia.

— Ele é só um pouco reservado, igual ao pai.

Jack reprimiu a necessidade de perguntar se o duque também era reservado na cama. Por que raios estava tão curioso sobre os detalhes íntimos da vida do casal?

Olivia olhou pela janela.

— Ontem à noite, você disse que mal conhecia Lovingdon. Como o conheceu? Ele foi ao seu clube?

— Algumas vezes. O que sabe sobre o meu clube?

— Que é um lugar adequado para canalhas.

Jack deu um meio-sorriso.

— Você diz isso como se eu obrigasse as pessoas a terem comportamentos escandalosos. Não é o que faço.

— Mas dá a elas a oportunidade.

— Percebe que, mais uma vez, seu tom implica que isso é uma coisa ruim? É impossível deter as pessoas que gostam de devassidão. Elas irão até os becos mais escuros em busca de jogos, bebida ou mulheres. Se o jogo for desonesto, mesmo que ganhem, elas perderão tudo. Possivelmente até a própria vida. Quando pagam por um trago, não sabem que líquido pode ser. Às vezes é só mijo. — Jack ergueu a mão para interromper o protesto que ela sem dúvida estava prestes a emitir por conta do linguajar dele. — E das mulheres... Bom, das mulheres é possível pegar todo tipo de doença, algumas que podem até cegar ou enlouquecer. Então, sim, eu ofereço aos cavalheiros um porto seguro, onde os jogos são honestos, a bebida é a melhor e as mulheres são saudáveis.

— Falando assim parece que você considera suas ações nobres.

— Como eu disse, não se pode impedir alguém que está determinado a pecar. Por que eu não deveria lucrar com a fraqueza dos outros? Fiquei muito rico sem prejudicar ninguém.

Que inferno! Por que estava explicando sua vida, suas escolhas, suas ações para ela? Não era novidade para Jack que as outras pessoas não gostavam de seu clube, mas ele não se importava, e esse era o ponto. Ele nunca se importara com a opinião alheia.

— Acredito que você prejudique sem perceber — afirmou ela.

Aí estava o problema de discutir com moralistas: eles não davam méritos a argumentos.

— Seja como for, não tenho intenção de prejudicar seu filho.

Olivia olhou para o canto onde, ainda na noite anterior, havia uma mesa coberta com diversos relógios, como se o duque estivesse tentando colecionar o tempo. Agora, uma variedade de garrafas e decantadores estavam dispostos e facilmente acessíveis.

— Vejo que já trouxe bebida para dentro da casa — afirmou ela, e Jack notou o tom julgador.

— Mas não vou forçá-la a beber.

— Eu nunca beberia.

— Não duvido.

— O que fez com os relógios do meu marido? — perguntou Olivia secamente.

Por alguma razão, Jack preferia quando a viúva era mais brava com ele. Talvez gostasse da ousadia dela, ou do alívio que sentia ao saber que ela não gostava dele. Uma amizade entre os dois poderia ser péssima. Embora Olivia pudesse ter consciência de que eles não eram iguais em uma questão, Jack tinha plena consciência de que não eram iguais em muitas.

— *Meus* relógios, conforme listados na página sete do meu livro, estão distribuídos por toda a casa. Pedi aos criados que fizessem isso, disse para colocarem onde quisessem.

— Uma coleção não é uma coleção se estiver espalhada por aí.

— Eu não dou a mínima para os malditos relógios *dele*. Me importo apenas com a porra do *meu* uísque! Além disso, o tique-taque infernal estava me deixando louco.

Talvez o barulho tivesse feito a mesma coisa com o duque, e, na opinião de Jack, conseguiu seu objetivo.

Jack respirou fundo para controlar o temperamento, mas acabou piorando a situação ao sentir ainda mais o perfume dela. Ele não precisava ser tentado pela viúva. Precisava casá-la com o primeiro que aparecesse.

— Vamos ao que interessa, está bem? — Jack andou até a mesa dele e sentou-se na cadeira dele.

Olivia hesitou antes de endireitar os ombros e marchar até uma cadeira do lado oposto da mesa. Se Jack fosse um homem medroso, teria ficado intimidado com o olhar dela. A viúva sem dúvida estava determinada a se defender, e Jack precisava dar-lhe crédito por isso. Por isso e pelo fato de se importar tanto com o filho.

— Vou ser honesto... — começou ele.

— Por acaso está insinuando que não foi honesto até agora? No meu mundo, sr. Dodger, presume-se que uma pessoa esteja sempre falando honestamente, então não é necessário esclarecer nada.

— Duquesa, você é um verdadeiro teste para a minha paciência — resmungou ele.

— Então mande eu e meu filho para o campo.

A tentação era grande.

— Nem morto.

— Seria mais fácil para todos.

— O fácil é tedioso. Portanto, voltemos ao assunto em questão. No meu clube, emprego mais de vinte pessoas. Administro elas e meus negócios sem problema algum, de forma eficaz e eficiente. O problema é que não sei absolutamente nada sobre como administrar uma casa.

Jack observou uma mudança sutil na expressão da duquesa. Será que tinha revelado muito e, ao fazê-lo, concedera a ela um poder de que não estava disposto a abrir mão?

— Enquanto eu… — afirmou ela, com uma calma que o deixou nervoso —… sei *tudo* sobre administrar uma casa.

— Exato. Portanto, deixarei a gestão da casa ao seu critério.

Olivia sorriu, e foi a coisa mais hipnotizante que Jack já tinha visto. O sorriso a transformou em uma mulher jovem e despreocupada. Deixou-o com vontade de deslizar o polegar sobre a boca delicada. De se levantar, circular a mesa e tomá-la nos braços.

— Nem morta.

A vontade e o desejo quebraram como porcelana. Será que Olivia tinha lido os pensamentos dele?

— Como é?

A viúva pareceu crescer com a confiança de uma mulher que acabara de herdar um império.

— Não cuidarei da casa.

Ficando de pé, ela deu meia-volta e se dirigiu para a porta.

— Então pode aquecer minha cama.

Embora tivesse lançado o desafio, Jack não tinha certeza do que o levara a oferecer tal alternativa — mesmo que fosse uma ideia tentadora. Se a viúva fosse tão ardente na cama quanto nas brigas, os dois certamente teriam uma noite incrível e inesquecível.

Ela se virou bem devagar.

— Você não pode estar falando sério.

— Não sou um homem caridoso. Hoje você tem um teto sobre sua cabeça, roupas para vestir e comida na barriga. O teto e a comida são meus, as roupas ainda são um mistério, pois ainda não as localizei em meu livro. Você está tirando de mim, duquesa, sem dar nada em troca. Deixar isso do jeito que está é uma má prática comercial. Se deseja permanecer na casa, precisa ganhar seu sustento.

— Ganhar meu sustento? Como se eu fosse uma criada ou, pior, sua prostituta? — Olivia parecia irradiar a fúria por seu corpo. — Você é miserável!

— De acordo com a lei, não mais.

— Como pode ser tão insensível? Acabei de perder meu marido, minha casa e, para todos os efeitos legais, meu filho. Você não tem um pingo de bondade?

— Bondade não dá dinheiro.

— E só com isso que se importa? Com dinheiro?

Jack praguejou baixinho. *Por que ela estava dificultando tudo?*

Olivia inclinou a cabeça de forma acusadora, como se pudesse intimidá-lo e fazê-lo mudar de postura. O cabelo, de um castanho rico, avermelhado o suficiente para torná-lo diferente, reluziu mais uma vez. Como será que ela ficaria vestida de vermelho? O preto a deixava muito pálida. Mas um tom carmesim, ou quem sabe um roxo-escuro, como a realeza...

Jack balançou a cabeça. Não era de seu feitio imaginar mulheres vestidas, e sim nuas. O que havia de errado com ele?

A porta foi aberta pelo mordomo. Como a biblioteca era grande, com diversas áreas de estar dispostas entre a porta e a escrivaninha, Brittles levou alguns segundos para atravessar o cômodo, com passos assustadoramente silenciosos. O modo sorrateiro como os criados se moviam deixava Jack desconfiado. Não era natural andar daquela forma, a menos que se pretendesse roubar alguém.

Brittles parou em uma posição austera até Jack olhar para ele, depois fez uma leve reverência.

— Lamento incomodá-lo, mas o inspetor Swindler da Scotland Yard deseja trocar uma palavra. O senhor está?

— Claro que sim, homem. Estou bem aqui.

Antes que Brittles pudesse responder, a duquesa pigarreou e entrou na conversa.

— Dizer que você não está é uma forma educada de informar a alguém que não deseja receber visitas.

— Achei que não havia *mentiras* no seu mundinho educado.

— Não há grosseria no meu mundo.

Jack queria continuar a discussão, mas não queria deixar Swindler esperando. Voltaria ao assunto com a duquesa mais tarde. Ele suspeitava que passariam boa parte do tempo discutindo sobre o que cada um considerava adequado ou não.

— Claro, vou vê-lo — disse ele a Brittles.

Assim que o mordomo saiu, a duquesa não perdeu tempo.

— O que você fez?

— Optei por não mentir dizendo a ele que não estava. Achei que aplaudiria minha honestidade.

— Não. Quero saber por que um inspetor da Scotland Yard está aqui. Você roubou alguém? Matou alguém? —

Ela deu mais um passo na direção dele. — O que você fez para a Scotland Yard vir até esta casa? Se você for preso...

Antes que a viúva pudesse terminar de falar o que Jack tinha certeza de que seria uma ameaça terrível envolvendo ela correr para contar a Beckwith, a porta foi aberta novamente. Desta vez, James Swindler entrou na sala. Jack sempre ficava irritado com a habilidade incrível de Swindler de parecer pertencer a qualquer lugar. Ninguém estranharia, mesmo se ele estivesse perambulando pelo Palácio de Buckingham.

Swindler usava um paletó de lã bege, colete creme e uma gravata verde-escura que realçava o tom esverdeado de seus olhos, tornando-o ainda mais marcante. Normalmente, ele se vestia com simplicidade para não ser notado. Mas aquela não era uma dessas ocasiões.

Olivia estudava Swindler como se tentasse decidir se ele era o menor dos dois males que ocupavam a biblioteca naquele momento. Como sabia que Swindler demonstraria maneiras impecáveis, Jack levantou-se, subitamente sem vontade alguma de ser considerado mal-educado.

— Duquesa, permita-me a honra de apresentar James Swindler, da Scotland Yard.

— Inspetor.

— Swindler — disse Jack —, permita-me apresentar a duquesa de Lovingdon. Recém-viúva.

E uma pedra no meu sapato.

Swindler se curvou, sem dúvida impressionando a viúva com sua cortesia. Era surpreendente que um homem tão alto e largo não fosse desajeitado. Ele era um pouco maior que Jack em altura e tinha ombros mais largos.

— Sua Graça — cumprimentou Swindler formalmente e, por razões misteriosas, irritando Jack no processo.

Por que ele se importava se a duquesa ficasse encantada ou não?

Swindler voltou seu olhar verde e afiado para Jack.

— Sua carta dizia que era urgente.

— *Você* o chamou? — perguntou a duquesa.

Jack sentiu enorme satisfação com a expressão de choque dela.

— Desculpe, duquesa. Aposto que ficará decepcionada ao descobrir que ele não veio para me levar. E agora que já acabamos com as formalidades... Swindler, você quer uísque ou gim?

Jack caminhou até a mesa onde havia colocado suas lindas garrafas. Livre de tique-taque.

— Ainda não é nem meio-dia, Jack — apontou Swindler.

— Para um homem que não vive seguindo um relógio, sempre é hora de uma boa bebida — afirmou Jack, servindo-se de uísque em um copo.

— Ao contrário de você, eu durmo — falou Swindler. — Agradeço a oferta, mas passo.

— Como quiser. — Jack voltou para a mesa. — Pode nos deixar agora, duquesa.

Ele estava a meio caminho da cadeira quando ela disse:

— Já que supervisiono sua casa, acredito que seja imperativo que eu permaneça.

As palavras o fizeram parar de supetão, deixando-o pairando sobre a cadeira. Não porque o tivessem pegado de surpresa, mas porque a duquesa parecia incrivelmente satisfeita consigo mesma, como se pensasse ter tido alguma vitória sobre ele. Por mais que lhe doesse admitir isso, Jack gostava quando Olivia parecia satisfeita — não que tivesse quaisquer planos de deixá-la manter aquela sensação de vitória. Sentando-se na cadeira, tomou um gole de uísque.

— Devo presumir, então, que escolheu administrar minha casa em vez de...

— Sim, exatamente — interrompeu ela, antes de voltar a atenção para Swindler.

Era irritante que ela tivesse dispensado Jack com tanta rapidez. Será que a viúva queria ficar ali pois havia se interessado por Swindler? O que será que Olivia achava de se casar com um plebeu?

— Talvez queira um pouco de chá, inspetor — ofereceu ela.

— Seria ótimo, obrigado.

Olivia foi elegantemente até a porta mais distante, e Jack percebeu que não a tinha estudado de costas tempo o suficiente. Ela tinha costas estreitas. Será que o vestido balançava tanto por conta das anáguas? Por que as mulheres não usavam roupas que davam uma noção mais verdadeira de sua forma?

— Chá — resmungou Jack, irritado, sabendo que Olivia estava longe demais para ouvir. — Quando foi que você começou a beber chá?

— É uma distração quando tenho que interrogar damas que preferem não ser interrogadas.

— Nunca imaginei que você gostasse de se distrair.

— Não é uma distração para mim. É para elas. As damas ficam mais confortáveis quando servem chá e me dizem coisas que não diriam em outras ocasiões.

A tática fazia muito sentido. Não era de se admirar que, mesmo com a reputação nada excelente da Scotland Yard, Swindler fosse conhecido por sempre cumprir seu trabalho. Jack apostava que o amigo poderia ganhar muito mais dinheiro se abrisse um negócio próprio, investigando assuntos privados. Mas, ao contrário de Jack, Swindler não parecia interessado em ficar rico.

— O chá chegará em breve — informou a duquesa ao retornar à área da biblioteca e sentar-se em uma cadeira próxima. — Farei o possível para não ser intrusiva.

De repente, Olivia parecia uma menininha curiosa, ansiosa por pensar que poderia descobrir que o "sr. Dodger" estava com algum tipo de problema. Ela certamente gostaria de vê-lo preso, mas Jack vivera essa experiência uma vez e preferiria morrer a ser preso de novo. Ele indicou uma cadeira à sua frente e Swindler sentou-se.

Jack se inclinou para a frente.

— Esta casa pertencia ao duque de Lovingdon. Ele a deixou para mim em seu testamento, e quero saber o porquê.

Swindler desviou o olhar para a duquesa, estudou-a por um longo momento e depois voltou a olhar para Jack.

— Ela não sabe?

— Ela ficou ainda mais chocada do que eu. Acredito que o advogado, o sr. Beckwith, saiba o motivo, mas afirma que não tem "liberdade" para me contar. Quero que vá até a residência dele à meia-noite, sequestre-o, leve-o para algum lugar escuro e perigoso, amarre-o e bata nele até que ele decida que *tem* a liberdade para me contar.

A duquesa ofegou e ficou de pé, claramente indignada.

— Você não pode estar falando sério! Isso é uma barbárie! Não permitirei que…

— Sua Graça. — Para decepção de Jack, Swindler interrompeu o magnífico discurso da viúva. — Ele *não* está falando sério.

Olivia soltou um guincho que foi abruptamente interrompido, como se ela tivesse acabado de se lembrar de que era uma dama da alta sociedade.

— Você é desprezível, senhor.

— Ora, Olivia, onde está o seu senso de humor? — perguntou Jack.

— Partiu precipitadamente quando você entrou na minha vida.

Jack sorriu com a cutucada dela. Droga, ele estava começando a gostar da duquesa. Ela voltou a sentar-se. Como será que Olivia conseguia ficar sentada tão reta e dura por tanto tempo?

— Viu o que ela pensa de mim? — perguntou Jack a Swindler. — Quando você foi anunciado, ela achou que tinha vindo me prender por algum crime.

— Não posso culpá-la por isso. Você tem uma reputação de nem sempre ter o respeito pela lei que deveria. — Swindler ergueu a mão antes que Jack pudesse protestar. — Mas meu tempo é curto, então vamos voltar ao assunto em questão. Você ao menos conhecia Lovingdon?

Jack esfregou o polegar no queixo.

— Ele foi ao clube algumas vezes. Mas quase não nos falamos.

— Sendo sincero, por que deseja saber o motivo? — questionou Swindler. — Você nunca se importou com a origem da sua fortuna. Por que mudou de ideia agora?

Jack olhou para a duquesa. Com base na expressão dura, Olivia obviamente ainda não o perdoara pela brincadeira anterior. Na verdade, ele esperava enfurecê-la o suficiente para que ela fosse embora.

— Você não deveria cuidar do chá?

— Tenho plena confiança de que ele será servido assim que estiver pronto.

Inferno! Jack não esperava que a duquesa estivesse presente em sua conversa com Swindler. Ele considerou insistir que ela fosse embora, mas aquilo só aumentaria a desconfiança dela. Além disso, talvez Olivia também precisasse ouvir aquilo.

— Está bem, então... — Ele tamborilou os dedos na mesa, esperando não soar como um alarmista. — Preciso servir como guardião do herdeiro de Lovingdon. Quero ter certeza de que esta situação não é semelhante à de Luke.

Jack viu nos olhos de Swindler que o amigo captou imediatamente a ligação. O pai de Luke fora assassinado pelo irmão na tentativa de ganhar o título. Fora o tio de Luke quem pagou as moedas a Jack para atrair a família — Luke e os pais — para um beco. O homem havia contratado capangas para emboscá-los e assassiná-los, e suas ações mudaram a vida de todos os envolvidos.

— Você tem motivos para suspeitar...

— O duque não tinha irmãos vivos. Porém, Beckwith me contou sobre dois primos... — Jack entregou um pedaço de papel a Swindler. — O primeiro é o próximo da fila ao título, e o outro é o segundo. Preciso que descubra tudo o que puder sobre eles.

Com um breve aceno de cabeça, Swindler enfiou o papel dentro do paletó.

A duquesa ficou de pé novamente. Será que era incapaz de falar sentada?

— Você vai investigar a família do meu marido?

— Tem algo errado nesta história, duquesa — falou Jack com honestidade. — O duque disse que eu deveria proteger Henry. Protegê-lo do quê? De uma mãe excessivamente zelosa? Acho pouco provável.

A viúva o olhou como se achasse que ele deveria ser enviado para o hospício.

— Então você acha que os primos do meu marido matariam meu filho para ganhar o título? É isso que está sugerindo? Meu caro senhor, isso é coisa de livros, não da vida real.

— Diga isso ao conde de Claybourne.

— Eu ouvi… — Piscando, ela se sentou como se seus joelhos tivessem cedido. — Achei que fosse só fofoca. Você sabe como as pessoas são. Acha mesmo que Henry está em perigo?

— Não sei mais o que pensar, Olivia.

Ela parecia angustiada demais para notar a intimidade que ele tinha usado, ou talvez já não considerasse aquilo importante o suficiente para justificar sua ira. Swindler, o maldito, percebeu e esfregou a lateral do nariz com o dedo indicador, um sinal que desenvolvera na juventude para indicar quando alguém estava revelando muito de si mesmo. Swindler também fora uma das crianças de Feagan, o melhor em extrair informações.

— Bom… — falou Jack, irritado com a possibilidade de Swindler achar que ele se importava mais com a viúva do que era verdade. — O que está esperando? Você já sabe do que preciso.

Como todos os meninos de Feagan, Swindler estava acostumado a receber ordens de Jack, então não se ofendeu. Apenas ficou de pé, caminhou até Olivia e se agachou diante dela.

— Duquesa, você sabe de alguma ameaça?

O homem falou com tanto cuidado que Jack até ficou enjoado. Swindler nunca deixava de revelar seus sentimentos se achasse que isso lhe daria uma vantagem. Olivia sem dúvida pensaria que ele era incrível. Ótimo. Que se casassem os dois, então, e Swindler cuidasse de toda aquela bagunça. Se houvesse algum problema, o amigo certamente era o melhor para descobri-lo e resolvê-lo.

Olivia negou com a cabeça devagar, como se mal pudesse acreditar que o assunto tivesse chegado naquele ponto.

— Não, eu... não, não que eu saiba.

— Como seu marido morreu?

— Ele escorregou na escada e bateu a cabeça.

— Ele era desajeitado?

— É claro que não.

— E houve alguma testemunha do acidente?

— Eu vi o que aconteceu.

— Alguém mais o viu escorregar?

Olivia hesitou, e Jack percebeu que ela estava repassando vários cenários na cabeça, avaliando a melhor forma de responder. Ela o vira cair, possivelmente fora a única, então se a palavra dela fosse questionada...

— Ele escorregou, Swindler — informou Jack. — As escadas são de mármore, traiçoeiras como gelo. Eu mesmo quase escorreguei ontem à noite. Acho que não descobrirá nada seguindo por esse caminho.

— Está bem — afirmou Swindler, ficando de pé. — Verei o que consigo descobrir.

Uma leve batida soou na porta. O valete abriu a porta e uma criada entrou carregando uma bandeja com chá e biscoitos.

— Ah... — disse Olivia, levantando-se, claramente abalada. Se a noite anterior fora um choque para ela, Jack só podia imaginar como tinham sido os últimos minutos. Mesmo assim, a duquesa permaneceu graciosa. — Seu chá, inspetor.

— Obrigado, mas realmente preciso ir. Outro dia, talvez.

— Acompanho você até a saída — falou Jack, agradecido por Olivia parecer muito mexida para se juntar a eles.

Ele seguiu Swindler até o corredor e, assim que o valete estava fora de alcance, perguntou baixinho:

— Você não acha que ela o empurrou da escada, acha?

— Não. Mas ela estava preocupada comigo pensando nessa possibilidade. Ele não devia ser tão velho.

— Ele era bem velho, na verdade. Uns 50 e poucos, diria.

— Daqui a vinte anos você não vai achar que 50 é tão velho assim. Por que acha que ela se casou com o duque? — perguntou Swindler.

— Não sei. Preciso descobrir?

Swindler deu de ombros.

— Não deve ser importante, a menos que comecemos a suspeitar que ele tenha sido assassinado.

— Não consigo imaginá-la assassinando alguém.

— E você a conhece bem, é?

— Pelo contrário — admitiu Jack, com relutância. — Mas isso não significa que minha avaliação não tenha mérito. Tinha um motivo para eu ser bom em avaliar quais bolsos valiam a pena serem roubados.

— E há um motivo pela qual me pediu para investigar o assunto para você.

— Tem razão. Mas também quero que investigue outra questão. — Eles caminharam do corredor até o hall de entrada, onde não havia criados. — Pergunte por aí e veja se consegue descobrir se o duque era adepto a perversões.

— Perversões?

— Com meninos, especificamente.

Swindler parou, pousando seu olhar perspicaz sobre Jack. Ele era muito inteligente, talvez a mais inteligente das crianças de Feagan. Jack sabia, ao colocar o amigo naquele caminho, que Swindler acabaria descobrindo algo de seu passado que sempre quisera manter em segredo, mas era um risco que estava disposto a correr para descobrir a verdade. Embora suspeitasse que Lovingdon *não* era o homem que o havia comprado e abusado, Jack precisava de uma confirmação para acabar com qualquer dúvida que ainda restasse em sua mente.

Jack pigarreou.

— Eu sei que nunca fui seu favorito entre os meninos de Feagan, mas pode fazer esse favor para mim? Descubra se o filho dela está em perigo.

— Farei algumas perguntas por aí, mas não farei por você. Farei porque é o que Frannie gostaria que eu fizesse.

— Você a ama, não é?

— Vá para o inferno.

Jack riu.

— Tarde demais, companheiro. Estou no inferno desde que nasci.

Ainda rindo, Jack voltou pelo corredor. Para um homem que subitamente se vira confrontado com responsabilidades indesejadas, até que estava de bom humor. Olivia cuidaria dos assuntos da casa, deixando-o livre para resolver os assuntos que eram de fato importantes para ele. Ao entrar na biblioteca, ficou surpreso ao ver a viúva sentada à mesa, folheando seu livro de registros. Ele o arrancou da mão dela e o fechou fazendo barulho.

— Ainda está aqui?

A duquesa ficou de pé, estreitando os olhos como se tivesse descoberto que as páginas do livro dele estavam todas em branco.

— Não acredito que ele seja mesmo um inspetor da Scotland Yard.

Jack arqueou uma sobrancelha.

— Não? Então quem era ele?

— Obviamente alguém que você conhece. Você deixou bem claro quando ofereceu bebida a ele. Mas não acredito nem por um momento que você seria amigo de um inspetor. Acho que tudo isso foi apenas um plano elaborado para me fazer pensar que Henry está em perigo, para fazer você parecer mais importante do que realmente é.

— E qual seria meu motivo para fazer isso?

Olivia pareceu hesitar, mas então pensou melhor.

— Ainda não determinei o que deseja ganhar com essa historinha. Talvez que eu lhe deixe em paz.

— Isso certamente valeria a pena. — Ela abriu a boca, mas ele foi mais rápido. — Não, você não pode levar seu filho para o campo.

— Para a casa da minha cunhada, então. Por algumas horas.

— Não.

— Você não pode nos manter prisioneiros.

— Até que eu tenha certeza de que não correm perigo, posso, sim.

— E por que você se importa se corremos perigo?

— Só o diabo sabe — resmungou ele, e caminhou até a janela. — Leve dois valetes com você. Eles devem vigiar você e o garoto o tempo todo.

Jack a ouviu bufar.

— Meu mundo é muito mais civilizado que o seu. Garanto que não corremos perigo — disse ela, com a voz cheia de certeza.

— Então por que eu?

Jack se virou, e descobriu que a duquesa havia se aproximado silenciosamente. Ela cambaleou para trás, enquanto ele se esforçou para não fazer o mesmo. Maldita! Quem diria que ela tinha as habilidades de uma ladra?

— Por que eu? — repetiu ele, sem se preocupar em esconder a raiva que sentia, torcendo para que Olivia não percebesse o quanto sua proximidade o abalava. Por que ela tinha que cheirar tão bem? A mulher estava de luto, pelo amor de Deus! Ela não deveria estar cheirando a flores fúnebres ou algo assim? — Conheço muito bem o lado sombrio de Londres. Por que seu marido achou que seu filho precisaria de um guardião com esse conhecimento? A única coisa em que sou bom é sobreviver. Vivi sozinho nas ruas desde os 5 anos. Conheço o perigo quando o sinto e posso ler os homens com uma precisão incrível. Se não há perigo, então por que eu?

A duquesa franziu a testa delicada, e Jack forçou-se a manter as mãos às costas, para evitar acariciar aquelas rugas de preocupação.

— Você disse que ele foi ao seu clube. Foi por conta... das mulheres? — perguntou Olivia com a voz um pouco abalada, como se tivesse que empurrar à força as últimas palavras para fora.

— Ele tinha você, por que buscaria conforto em outro lugar?

As palavras tranquilizantes pareciam estranhas saindo de sua boca, mas não tão estranhas quanto o aperto que sentiu no estômago ao pensar em Lovingdon tomando Olivia na cama, na mesa de jantar, na biblioteca, tendo-a sempre ao seu lado.

— Talvez eu não fosse o suficiente — afirmou ela.

Maldita... Jack só tinha certeza de que Lovingdon não jogara ou apostara. Ele mantinha registros de quem comprava fichas e as quantidades.

— Não foi por causa das mulheres.

Olivia deu um sorriso triste.

— Achei que você seria um mentiroso mais habilidoso.

Por que Jack deveria se importar se ela estava infeliz? Ele não sabia, mas, por alguma razão incompreensível, se importava.

— Nunca o vi com uma das minhas garotas. Essa é a verdade. Ele também não jogava e nunca o vi beber.

— Então por que ele foi ao seu clube?

— Para observar.

A frase soou pervertida até para os ouvidos de Jack.

— Observar o quê?

Jack não queria dizer, não queria admitir que Lovingdon o estivera observando. Sempre que avistava o homem, Lovingdon estava olhando Jack como se ele fosse uma criatura misteriosa. Talvez tudo isso fosse algum tipo de experimento. Elevar um homem no mundo e ver se isso o tornava alguém melhor. A ironia, claro, era que Lovingdon nunca saberia o resultado. Afinal, estava morto.

— Ele observava tudo o que acontecia. Algumas pessoas são assim.

— E por que fazem isso?

— Porque não têm coragem de fazer nada. Elas temem julgamentos morais. Mas eu lá vou saber? Vá para a casa da sua cunhada e me deixe em paz. Porém não pense nem por um segundo em fugir para o campo. Se eu tiver que ir atrás do garoto, tornarei sua vida um inferno.

— Ouso dizer que eu dificilmente perceberia a diferença, uma vez que minha vida já virou um.

Com uma fúria igual à dele, Olivia deu meia-volta e marchou até a porta. Observando o adorável balanço de sua saia enquanto ela saía, Jack decidiu que teria que dizer coisas desagradáveis para forçá-la a sair de um cômodo com mais frequência.

7

Olivia admitia que a visita à duquesa de Avendale tinha sido um erro, porque Henry não parava de falar sobre como queria ver a Grande Exposição depois de ouvir o primo falar de todas as coisas incríveis que tinha visto lá. Para piorar a situação, ela voltara para casa e descobrira que alguém a esperava na sala. Enquanto Helen levava um Henry muito cansado ao quarto de dormir para tirar uma soneca da tarde, Olivia tirou o chapéu preto com véu, colocou-o sobre uma mesa no hall de entrada e substituiu-o pelo chapéu de viúva que havia deixado lá antes de sair. Era como se ela tivesse sido pega fazendo algo que não deveria e estivesse prestes a levar uma bronca.

Edmund Stanford, o visconde de Briarwood, escolhera uma péssima hora para fazer uma visita. O primo de seu marido fora gentil ao cuidar do funeral e supervisionar a viagem final de Lovingdon até a cripta da família, na propriedade ancestral. Além disso, também oferecera um ombro amigo para Olivia. A suposição de que ele podia ter assassinado Henry para usurpar os títulos era completamente ridícula.

Depois de ajeitar alguns fios de cabelo, Olivia entrou na sala de estar.

— Lorde Briarwood, que gentileza sua vir nos visitar. Espero que não esteja esperando há muito tempo.

Briarwood fez uma reverência. Ele tinha o mesmo queixo quadrado do marido dela e, embora fosse apenas alguns anos mais novo que Lovingdon, seu cabelo loiro já estava ficando branco. Briarwood não herdara a alta estatura de seus outros parentes, mas compensava a falta de altura com excesso de largura, o que lhe dava uma aparência bastante intimidadora.

— Nada de mais, duquesa. Para ser sincero, fiquei surpreso ao descobrir que você estava fora de casa.

Olivia sentiu as bochechas corarem com as palavras cheias de crítica.

— Fui apenas visitar minha cunhada. A duquesa de Avendale também ficou viúva recentemente e achei que poderia me oferecer alguns conselhos sobre como lidar com essa tristeza horrível.

— Claro, claro, perdoe minha presunção. Não consigo nem imaginar o quão difícil tudo isso está sendo para você...

Suspeito que você não tenha a mínima ideia.

—... e permita-me oferecer novamente condolências por sua perda. Seu marido agora descansa na cripta da família.

— Agradeço tudo o que fez por nós. Não sei como retribuir sua gentileza.

— Ora, não se preocupe. Prometi a Lovingdon que cuidaria de você, sabia?

Olivia sentiu um arrepio desconfortável. Uma mulher devia responder ao marido, mas, de repente, ela tinha muitos homens em sua vida, fazendo exigências e manifestando expectativas.

Uma criada trouxe chá. Assim que ela saiu, Olivia e Briarwood sentaram-se em uma pequena área com uma mesinha estreita entre eles. Briarwood não era tão magro quanto Lovingdon, e a cadeira rangeu sob o corpanzil.

— Quando Lovingdon pediu para você cuidasse de mim? — perguntou Olivia, enquanto servia o chá.

— Não me lembro exatamente. Você sabe como é. Homens sempre pedem favores uns aos outros o tempo todo, mas nunca esperando que sejam cobrados. Vim para cá assim que cheguei a Londres. Queria ter certeza de que estava tudo bem. O testamento foi lido ontem à noite, não foi?

Olivia estremeceu, e a xícara chacoalhou no pires em sua mão quando ela olhou para Briarwood com olhos arregalados. Os olhos do marido tinham o mesmo tom de verde pálido, a mesma expressão de arrependimento. Quando Lovingdon sorria, a alegria nunca chegava a seus olhos. Era quase como se ele tivesse passado a vida toda de luto. Olivia desejou que o marido tivesse confiado nela, mas, como tantos na aristocracia, o casamento deles não envolvia amor.

Ela esperou até que lorde Briarwood pegasse sua xícara para falar.

— Sim, sim, foi.

— E quem ele nomeou como guardião do menino?

Olivia ergueu sua xícara e tomou um gole rápido.

— Quem você acha que ele nomearia?

Briarwood sorriu como se os dois estivessem compartilhando um segredo e agora pudessem contar ao mundo.

— Acho que ele me nomearia. Nunca conversamos sobre isso, mas sinto que eu seria a escolha mais lógica, sendo da família e o próximo na fila de sucessão. Quero que saiba que considero uma honra cuidar tanto do jovem duque quanto de você.

A presunção do homem deixou Olivia com uma inexplicável sensação ruim. Briarwood certamente não desejava mal a Henry, mas ainda assim a incomodava que ele presumisse ser a escolha óbvia. Olivia estava se deixando influenciar por Dodger, pois nunca suspeitaria do visconde se não tivessem plantado sementes de dúvida em sua cabeça.

— Milorde, eu aprecio seus sentimentos, de verdade, mais do que você imagina. Mas, infelizmente, meu marido nomeou Jack Dodger como guardião.

Briarwood reagiu como se tivesse acabado de ser golpeado com um atiçador de lareira.

— Jack Dodger? Do Salão do Dodger?

— Sim, ele mesmo.

Claramente perplexo com o rumo da conversa, o visconde a encarou como se Olivia fosse a responsável por tudo aquilo.

— O que faria Dodger se preocupar com o filho de um lorde?

— Receio não ter ideia, mas Lovingdon garantiu o interesse do homem deixando-lhe todos os seus bens não vinculados ao título.

Como Briarwood era o próximo da linha de sucessão, Olivia achou que ele tinha o direito de saber. Se não estivesse cuidando dos restos mortais do marido dela, o visconde certamente estaria presente na noite anterior.

Balançando a cabeça, Briarwood estudou a xícara de chá como se tentasse memorizar o padrão das flores que decoravam a delicada porcelana. Então, ergueu o olhar para o dela.

— Dodger deve tê-lo chantageado.

— Chantagem? Do que está falando?

— Ele deve ter ameaçado expor Lovingdon por algum comportamento errado ou algo do tipo.

Olivia considerou a possibilidade, mas não imaginava Lovingdon fazendo algo de errado. E, levando em conta a explosão de Dodger, antes de ela sair com Henry, era óbvio que ele estava tão perplexo quanto qualquer outro em relação às condições do testamento.

— Vamos contestar o testamento — anunciou Briarwood de repente, como se nenhuma outra conclusão pudesse ser tirada e Olivia concordasse com ele. — Provavelmente será um escândalo, mas não vejo outra escolha. Ter Dodger como guardião é um caminho rápido para o desastre. Ouso dizer que seu filho ficará manchado e verá sua respeitabilidade questionada.

— O sr. Beckwith disse que o testamento não pode ser contestado.

— Claro que disse. Assim ele tem menos trabalho.

— E menos despesas para você — falou uma voz profunda.

Olivia soltou um guincho e pulou na cadeira, derramando chá quente na saia. Felizmente, ela usava anáguas suficientes para não sofrer nenhuma queimadura grave. Colocando o pires e a xícara na mesinha, ela pegou um guardanapo de linho e começou a secar as mãos e o vestido. Aquele homem tinha o hábito inconveniente de aparecer onde e quando não era esperado.

— Não me lembro de tê-lo convidado a se juntar a nós, sr. Dodger.

Ele estendeu as mãos de uma maneira irritante, e Olivia estava começando a reconhecer que o ato precedia palavras ainda mais irritantes.

— Não preciso de um convite, já que esta sala agora é *minha*. Boa tarde, milorde.

Briarwood se levantou, com os olhos semicerrados, como se confiasse em Dodger tão pouco quanto Olivia.

— Dodger — cumprimentou ele, depois de um tempo.

— Vocês se conhecem? — perguntou Olivia, parando de dar tapinhas frenéticos na roupa.

Dodger deu um sorriso maroto.

— Eu já falei, duquesa, conheço a aristocracia.

Ele sentou-se em uma cadeira próxima, quase se deitando no encosto, e apoiou o tornozelo no joelho oposto. Ela nunca tinha visto um homem sentar-se de maneira tão imprópria.

— Sente-se, Briarwood — pediu Dodger. — Podemos discutir as razões pelas quais não queremos fazer o que você sugere.

Para a surpresa de Olivia, o visconde sentou-se, mas com as costas retas e uma postura excelente. A criação era realmente importante. Ela não conseguia nem pensar nas dificuldades que Henry enfrentaria se aprendesse a se comportar com o Dodger. O filho seria motivo de chacota e insultos dos outros nobres, e sem dúvida não seria respeitado.

— Vamos lá… — disse Dodger com calma. — A meu ver, temos três razões para não levar esse assunto aos tribunais: as despesas, pois você terá que contratar um advogado; o terrível escândalo que será criado, pois algo desta natureza certamente incitará fofocas; e o fato de que o assunto pode ser resolvido com facilidade se você se casar com a duquesa.

— C-casar-me com ela? — gaguejou Briarwood, claramente chocado com a ideia.

— Sim, ela não mencionou isso? Perco a guarda quando ela se casar com um homem disposto a assumir o papel. Então basta você se casar com ela. Simples, não é?

— Estou de luto, sr. Dodger — repetiu Olivia, pelo que parecia ser a milésima vez, com os dentes cerrados.

Como aquele homem não conseguia compreender um conceito tão básico?

— A cerimônia em si poderia ser realizada de forma muito discreta com uma licença especial. Igual à do lorde Claybourne, que se casou enquanto a noiva estava de luto pela perda do pai. Depois vocês partem para o campo e, em dois anos, retornam para Londres com histórias sobre um amor incomparável e tudo será perdoado. As damas desculpam qualquer tipo de indiscrição que envolve amor.

— Eu não vou para o campo…

— Achei que era isso que você queria.

— Eu quero me livrar de *você*.

— E um casamento atinge esse fim.

— Não desejo me casar com lorde Briarwood — disse Olivia com firmeza, e desviou o olhar para o visconde. — Perdão, milorde. Tenho certeza de que você não estava pensando em se casar, mas acabei de ficar viúva. — E se fosse se casar de novo, Olivia esperava não o fazer por dever. Mas Dodger tinha razão. O casamento de fato o tiraria da vida dela. Ela pigarreou. — Espero não tê-lo ofendido caso estivesse considerando…

— Não, e-eu não tinha nem pensado nisso. Isso não quer dizer que eu não o faria, apenas que não tinha pensado nisso até o momento. — Briarwood desviou o olhar para Dodger. — Acredito que você teve sucesso em nos distrair com essa bobagem de casamento. Como conseguiu convencer meu primo a nomeá-lo guardião?

— Não posso receber crédito por convencê-lo de nada. Quanto ao motivo pelo qual ele me nomeou guardião, não tenho a menor ideia. Mas pedi a um inspetor da Scotland Yard para investigar. Você sabe se o duque recebeu algum tipo de ameaça?

Briarwood parecia mais chocado com o assunto de ameaças do que com a ideia de se casar com Olivia.

— Ameaças? Que tipo de ameaças?

— Ameaças de matar o menino.

— Por que alguém mataria o filho do duque?

— Para ficar com os títulos.

— Como sou o primeiro na fila da sucessão, suponho que isso me faça o principal suspeito. Não sabe que eu já tenho um título?

— Sim, o de visconde. Mas não é um dos títulos mais altos, não é? E você tem apenas um, enquanto o jovem Henry tem três.

— O meu é mais alto que o seu. E um já é o suficiente para mim.

— Achei que você era um homem mais ambicioso.

Briarwood levantou-se com um salto, mas sem muita agilidade.

— Não estou gostando de sua insinuação, senhor, de que eu seria ganancioso o suficiente para usar meios ilícitos e tomar aquilo que não me pertence por direito. Vou embora. — Ele se curvou ligeiramente em direção a Olivia. — Tenha um bom dia, Sua Graça. Se precisar de mim, não hesite em enviar uma mensagem.

Olivia ficou de pé.

— Milorde, peço desculpas pelo sr. Dodger…

— Não seja tola, Olivia — interrompeu Dodger sem educação. — Você não pode se desculpar por algo que não foi feito por você. Além disso, meu comportamento não exige um pedido de desculpas.

— Certamente discordamos neste assunto. E posso pedir desculpa se eu quiser...

Mas lorde Briarwood já estava quase na porta. Jack Dodger virou-se na cadeira e chamou:

— A propósito, Briarwood...

Lorde Briarwood parou e olhou para trás, com um olhar enfurecido.

— Você tem razão — continuou Dodger. — Se algum infortúnio acontecer ao jovem Henry, você será o primeiro a ser interrogado pela Scotland Yard.

— Então não me preocupo. O menino está a salvo de mim. Mas não garanto que você está. Nunca gostei de você.

Dodger teve a audácia de sorrir.

— Não se esqueça de levar dinheiro esta noite. Seu crédito no meu clube acaba de ser cancelado.

Briarwood ficou vermelho e arregalou os olhos.

— Que o diabo te carregue!

Dodger riu de um jeito que sugeria que estava se divertindo consigo mesmo tanto quanto com Briarwood.

— Ele já fez isso há muito tempo, então essa ameaça já não funciona mais comigo. E suspeito que também não funcione com você.

Briarwood soltou um palavrão feio e saiu furioso da sala. Olivia estava tremendo de indignação.

— Você o provocou de propósito.

Jack Dodger ainda estava relaxado na cadeira, e esfregou a parte inferior do queixo com o polegar.

— Por que ele gostaria de ser o guardião do menino? Foi por isso que ele veio, não é? Para descobrir quem recebeu a grande honra de supervisionar a jornada do seu filho até a idade adulta.

Olivia engoliu a vontade de atacá-lo.

— O visconde achava que seria nomeado.

— Achava ou esperava?

— Que diferença faz?

— O que ele teria ganhado com isso?

— Nem todo mundo é como você, sr. Dodger. Muitas pessoas fazem coisas porque é o correto a se fazer, e não porque vão ganhar algo com isso.

Dodger se endireitou lentamente, e Olivia viu o poder que ele emanava ao se movimentar. Quando ficou de pé e caminhou em direção a ela com uma máscara ilegível no rosto, a duquesa quis, quase que com desespero, decifrar o que ele estava pensando, quais eram as intenções dele. Não queria recuar, mas as pernas dela ficaram repentinamente fracas e não lhe deram escolha. Afundando na cadeira, Olivia recostou-se tensa, como fizera na noite anterior na carruagem. Dodger colocou as mãos em ambos os braços da cadeira e se inclinou para a frente, prendendo-a.

Aquele era um momento estranho para perceber que ele tinha os cílios mais longos que Olivia já tinha visto em um homem. Grossos e pontiagudos, sem um pingo de delicadeza, mas ainda assim incrivelmente atraentes. Será que aqueles cílios fariam cócegas no rosto de uma mulher durante um beijo?

— Você sabia que ele tem uma dívida considerável? E não só comigo. Se Briarwood fosse o guardião de Henry, não seria apenas responsável pelo bem-estar do menino, mas também por todas as suas propriedades. Um homem tão desesperado possivelmente não hesitaria em usar tais propriedades para ganho próprio.

— Um homem como você? — provocou ela, de repente com dificuldade de respirar, como se tivesse acabado de brincar de pega-pega com Henry.

— Não estou desesperado, duquesa. Sim, sou ganancioso. Sim, quero morrer sufocado por moedas de ouro. Sim... — ele ergueu a mão para que ela pudesse ver a marca horrível —, eu já roubei no passado. Mas descobri que é possível ficar muito rico por meios legítimos e sem precisar ficar olhando por cima do ombro. E talvez a escolha do seu marido tenha sido por conta disso. Se precisa de alguém para guardar os cofres, você escolhe alguém que não *precisa* do que está dentro dos cofres.

Dodger recuou de repente e começou a caminhar em direção à porta.

— Você acha mesmo que foi por isso que ele escolheu você? — perguntou Olivia.

Ele parou e a encarou.

— Não. Só sei que é por isso que ele *não* escolheu Briarwood.

— Sua suposição só tem fundamento se Lovingdon valorizasse tanto o dinheiro quanto você.

— No final das contas, duquesa, as pessoas só se importam com o dinheiro.

Observando-o sair com uma arrogância confiante, Olivia lutou para reprimir os tremores que a proximidade daquele homem haviam lhe causado. Por um momento insano, pensou que ele a beijaria.

Por um momento vergonhoso, quis que ele o fizesse.

— O que raios Lovingdon tinha na cabeça?

Rupert Stanford observou seu primo andar agitado pela biblioteca. Como tinha o costume de fazer, Edmund aparecera sem anúncio ou convite. Ele tinha o hábito infeliz de cuspir quando falava agitado. Rupert queria que Edmund se sentasse para que a criada pudesse limpar apenas uma área quando o homem fosse embora. Rupert tinha aversão à sujeira.

— Jack Dodger, você disse?

Edmund parou abruptamente.

— Sim, Jack Dodger. *Aquele* Jack Dodger.

— Não o conheço.

— Como? Ele é dono de um clube de jogos de azar, o Salão do Dodger. Ele diz que é um clube exclusivo de cavalheiros, mas todos sabem o que acontece lá dentro.

Rupert tomou um gole de conhaque, lutando contra a vontade de lavar as mãos. A presença do primo sempre o deixava com a sensação de que precisava de um banho.

— Jogos de azar não são meu tipo de vício. Nunca estive lá.

— Agora é possível que *eu* nunca mais volte lá. Ele vai cancelar meu crédito, o maldito! Só porque me deixei levar na hora da raiva. Mas de que outra forma eu agiria? Eu não poderia deixá-lo me insultar sem responder à altura. Ele insinuou que mataríamos o menino para adquirir os títulos.

— Não são os títulos que você quer.

— Não, mesmo. Inferno! — Edmund finalmente sentou-se em uma cadeira. — Eu dependia de Lovingdon me nomear como guardião para supervisionar...

Ele se interrompeu, como se estivesse relutante em admitir o que desejava.

— As finanças dele. — Rupert terminou a frase. — Para que parte da riqueza dele por um milagre, talvez até por um acidente, acabasse em sua posse.

Edmund olhou para ele. Os dois podiam não ter nada em comum, podiam ter vícios diferentes, mas se conheciam bem. Ou pelo menos *Rupert* conhecia Edmund tão bem quanto a qualquer homem, mas tomava muito cuidado para garantir que Edmund não soubesse tudo sobre ele. Edmund gostava de ter uma vida chamativa, acima de sua posição, enquanto Rupert preferia passar despercebido.

— Eu não teria roubado dele, apenas pegaria emprestado — disse Edmund, mal-humorado.

— Você aposta faz tanto tempo que acho que esqueceu que tomar algo emprestado significa que deve devolver a coisa, nesse caso, o valor, em algum momento.

Edmund tomou o conhaque num só gole. Que desperdício de licor fino — de várias maneiras.

— Quantos anos Henry tem agora? — perguntou Rupert, mantendo um ar de tédio. — Não mantive contato com a família.

— Cinco. E você nem se deu ao trabalho de comparecer ao funeral. Isso foi muito estranho, até vindo de você.

— Receio não ter sido o primo favorito de Lovingdon. Essa honra coube a você.

— Foi por isso que achei que ele me nomearia o guardião do filho. O que Lovingdon tinha na cabeça? — repetiu ele. — É provável que Jack Dodger coloque o menino para trabalhar no clube.

— Quando ele for mais velho? Não consigo ver isso acontecendo.

— Porque você é cego, homem. Você vive nesse seu mundinho e não olha nada além. O homem emprega rapazotes para cuidar das coisas para ele. Eles juntam as fichas ou servem bebidas. E ainda tem os meninos que cuidam das botas. Ouvi dizer que Dodger tem um par de botas para cada dia da semana e um menino que engraxa cada par.

— Isso parece uma coisa estranha de se fazer... ter tantos meninos por perto. Não parece natural.

— Não há nada de natural em Jack Dodger, isso eu garanto. Mas, agora que falou isso, ele parece mesmo ter um interesse peculiar por meninos. É claro que isso não é o tipo de coisa sobre a qual se conversa com uma dama. Acho que vou conversar com o advogado.

— Você tem evidências de que Dodger já fez algo de errado com algum desses rapazes?

Edmund não respondeu, mas Rupert podia ver todos as possibilidades nas quais ele estava pensando. Edmund gostava de intimidar as pessoas, enquanto Rupert preferia persuadi-las. Ele tinha uma lábia tão boa quanto o próprio diabo.

— Eu tomaria cuidado para não começar um boato que você não possa provar — alertou ele.

Edmund inclinou-se para a frente.

— Ah, mas aí é que está. Talvez eu não possa prová-lo, mas ele também não poderia refutá-lo. E no tribunal dos boatos, em quem acreditarão? No cavalheiro nobre ou no facilitador de pecados?

8

Jack quis beijá-la com uma ferocidade que o pegou de surpresa. Cara a cara com Olivia, por um momento ele esquecera do motivo que o fizera ir até ela. Briarwood havia evaporado de sua mente, e Jack só conseguia focar em sentir a fragrância da duquesa, em perder-se no dourado dos olhos dela, em pensar no que precisaria fazer para deixá-la mais sem fôlego, em descobrir o gosto dela quando a beijasse. Mas se render a esses desejos apenas daria a Olivia expectativas que Jack não estava preparado para atender. Era muito provável que a duquesa certinha não seria o tipo de mulher que se divertiria com um homem com quem tinha aversão a se casar.

Então, Jack havia falado o que precisava e ido embora.

Mas Olivia continuou a assombrá-lo pelo resto da tarde enquanto ele se reunia na biblioteca com os homens responsáveis pela supervisão de diversas propriedades, tanto do título quanto dele. Eles entregaram seus livros de registro com expressões sombrias. Jack garantiu que os manteria empregados, a menos que descobrisse problemas nos registros.

Quando o breu da noite escureceu o cômodo, Jack estava com dor de cabeça, com o pescoço e o ombro duros de tensão e com a barriga roncando. Ansiava por abrir sua melhor garrafa de vinho e saborear uma deliciosa refeição. Se o café da manhã pudesse indicar algo, era que o falecido duque contratara alguém excelente na cozinha.

A porta se abriu, e Brittles entrou com seus passos irritantemente silenciosos.

— O jantar está servido, senhor.

— Ótimo.

Jack seguiu o mordomo até o que supôs ser a sala de jantar da família. Quando chegaram, descobriu dois valetes de prontidão, mas a mesa estava posta para apenas uma pessoa. Jack não queria admitir a decepção que sentiu ao perceber que jantaria sozinho.

— A duquesa não vai comer?

— Ela está jantando com o jovem duque no quarto de brinquedos, senhor.

— Entendi. — Jack sentou-se e observou um criado servir o vinho e colocar um prato diante dele. Então, tomou um gole. — O jovem duque sempre janta a esta hora da noite?

— Não, senhor — informou Brittles, parado próximo à mesa. — Ele geralmente janta mais cedo.

A duquesa sem dúvida quis garantir que estaria ocupada durante a hora do jantar de Jack. Ele, por sua vez, estava ficando cansado de tais joguinhos. Ficando de pé, pegou a taça de vinho e a garrafa e foi até a porta.

— O jantar não está do seu agrado, senhor?

— Está ótimo — respondeu Jack.

Já a companhia...

Ele parou de supetão. Companhia? Desde quando precisava de companhia durante as refeições? Além disso, quando fora a última vez que comera em uma mesa para refeições? Jack geralmente comia em seu escritório. Um pouco de carne, algumas batatas, o suficiente para matar a fome enquanto planejava formas de aumentar seu lucro. Mas agora não podia voltar à mesa sem parecer um lunático. Sem contar que ele e a duquesa precisavam discutir algumas coisas. E poderiam muito bem fazê-lo no quarto de Henry.

Jack subiu a escada de dois em dois degraus, e o vinho respingou na borda da taça. Ele parou momentaneamente para esvaziar a taça num gole e depois continuou subindo. No corredor, caminhou e abriu a porta do quarto.

Foi recebido por expressões boquiabertas, como se o próprio Satanás tivesse aparecido à porta. Jack sempre gostara de sua reputação infame, mas, de repente, ela estava se tornando um incômodo.

— Não sabia que jantaríamos aqui em cima — comentou ele. — Eu teria vindo antes.

O jovem duque estava na ponta da mesa, sentado ao lado da mãe. A babá, que deu a Jack um sorriso paquerador, estava sentada na outra ponta.

— *Nós* vamos jantar aqui — disse a duquesa. — Você, não. Seu jantar será servido na sala de jantar.

— Achei um pouco rude negar a vocês a minha companhia — comentou Jack, enquanto tentava se acomodar à mesa e batia os joelhos. O móvel era feito para crianças, não para adultos. Ele serviu mais vinho na taça e olhou para a babá. — Seja uma boa menina e me traga um prato.

A mulher se levantou e fez uma reverência.

— Claro, senhor, com prazer.

A babá o deixou com a impressão de que concordaria com muito mais que apenas pegar um prato se Jack assim o exigisse. Mas ele não tinha interesse nela ou em qualquer mulher que esperasse dele mais do que moedas.

Assim que o frango e os vegetais foram servidos diante dele, Jack comeu com gosto.

— Precisamos discutir alguns assuntos.

— E precisamos discuti-los aqui e agora? — perguntou a duquesa.

Jack deu uma mordida no frango e mastigou enquanto pensava.

— Ao discuti-los agora, aproveito ao máximo meu tempo. Normalmente como enquanto cuido dos meus negócios.

— Temo que qualquer conversa com você vá me causar indigestão.

— E você acha que eu me importo?

— Para ser sincera, acho que você não se importa com nada além de si mesmo.

— Você tem dez minutos.

— Dez minutos?

— Para comer sem conversar. Depois disso, sua indigestão será problema seu.

— Você é um completo bárbaro.

— Nove minutos.

A viúva grunhiu e o olhou com raiva. Talvez Jack precisasse tomar cuidado no futuro para que ela não envenenasse sua comida. Ele a estava provocando, mas não conseguia determinar o porquê.

— D-doeu?

Jack olhou para o pequeno, que encarava sua mão, sem dúvida a pele descolorida na parte interna do polegar. Era horrível, mas Jack sempre havia considerado sua marca de ladrão uma medalha de honra. Seu passado o transformara no homem que era, e ele não tinha vergonha disso.

— Como o fogo do inferno.

O menino arregalou os olhos. Eles tinham o mesmo tom dourado dos da mãe. Seu cabelo claro, pelo que Jack lembrava de Lovingdon, havia sido herdado do pai.

De repente, Jack sentiu vergonha de seu passado, por razões que não conseguia compreender.

— Mas já faz muito tempo.

Henry baixou o olhar para o prato e depois olhou hesitantemente para Jack.

— O que foi, menino?

— V-você já foi ao P-palácio de C-cristal?

— Nunca. Você já?

O menino negou com a cabeça, com um olhar de cachorrinho abandonado, e depois olhou para a mãe.

— Henry, eu sinto muito, querido, mas não podemos ir. Eu já expliquei.

— Por que não podem? — perguntou Jack.

— Sou uma viúva de luto. Não posso sair zanzando por aí.

— Parece que pode quando lhe convém. Você saiu esta tarde.

— Muito discretamente, para visitar minha cunhada, que também é viúva. Eu não estava passeando.

— Deixe a babá dele levá-lo, então.

A duquesa arqueou uma sobrancelha.

— Decida-se. Ou estamos em perigo, ou não estamos. Além disso, Henry também está de luto. Não seria apropriado.

— Você gosta mesmo de seguir as regras, hein?

— Se eu gosto ou não, isso não vem ao caso. Preciso atender a certas expectativas em relação ao meu comportamento.

— Então, se minhas expectativas fossem de que você deve ser malcomportada, você faria tudo ao seu alcance para atendê-las?

— Não seja bobo. Ninguém se esforça para se comportar mal. — Ela suspirou. — Não vejo motivos para prolongar sua presença em nosso jantar. O que deseja discutir?

— Meu quarto.

Se Olivia estivesse comendo, Jack apostaria que ela teria engasgado. A viúva ficou de pé tão rápido que ele ficou surpreso por não ter tombado a mesa, ou pelo menos a cadeira.

— Podemos conversar no corredor?

— Se insiste.

— Eu insisto.

No que Jack estava começando a apelidar como "marcha da certinha", Olivia contornou a mesa e foi até a porta. Ele a observou. O que será que ela usava por baixo da saia? As mulheres com quem se deitara usavam muito pouco — quando um homem pagava por serviços, não era bom que ele tivesse trabalho em acessar o que havia pagado. Jack tinha a sensação de que dormir com a duquesa exigiria um trabalho hercúleo, mas certamente valeria a pena.

Olivia parou na porta e olhou por cima do ombro.

— Senhor Dodger?

— Ah, sim.

Jack ficou de pé, fez o mesmo caminho até a porta e a abriu. A duquesa saiu primeiro e virou-se para encará-lo antes que ele fechasse a porta atrás dele.

— Seu quarto está longe de ser um assunto apropriado para ser discutido na frente de um menino impressionável de 5 anos — censurou ela.

— Ele não sabe que durmo num quarto?

Jack a ouviu ranger os dentes. Ela se irritava tão fácil. Os meninos de Feagan se divertiriam muito com Olivia.

— Presumi que você não desejava discutir sobre o que você faz no seu quarto, mas sim sobre o que eu faço no meu, por conta da noite passada — afirmou ela.

Apoiando-se na parede, Jack cruzou os braços e se perguntou o que a duquesa achava tão ofensivo naquele assunto. Que tipo de devassidão ela poderia fazer no quarto dela?

— Na verdade, queria discutir o guarda-roupa do seu marido. Gostaria que as roupas dele fossem tiradas de lá. Pode doá-las aos criados. Acredito que essa seja a prática comum, não é? Ah, e só para você saber, tenho uma memória incrível. Garanta que apenas as roupas sejam tiradas de lá.

— Imagino que existam alguns itens pessoais que um pai poderia passar ao filho.

— Se estiverem listados no livro de registros do seu filho, tem permissão para pegá-los.

— Você acha mesmo que Lovingdon listou todos os itens que possuía? Ou que meu marido realmente queria que você ficasse com tudo que está dentro da casa? Há cartas que escrevi para ele, presentes que dei. Eles não significam nada para você.

— É verdade, mas significam algo para você. Portanto, têm valor. — Jack viu que ela estava prestes a explodir e complementou: — Considere o valor deles. Vamos negociar. Enquanto isso, vou para o meu clube, mas pretendo me mudar definitivamente para cá amanhã.

A viúva arregalou os olhos.

— Você não está planejando ocupar o quarto ao lado do meu, está?

— É o quarto principal, não é? E eu sou o dono da casa.

— Então me mudarei para outro quarto.

— Por que se dar ao trabalho? Já disse que não irei para a sua cama. No entanto, não farei objeções caso queira ir à minha. É disso que você tem medo? De ser incapaz de resistir aos meus encantos?

— Não tenho medo de você e não acho você nada charmoso. Além disso, nunca me deitaria com um homem com quem não sou casada e certamente nunca me casarei com você.

Jack se afastou da parede. Para seu crédito, a duquesa se manteve firme.

— Você acha que essa sua língua azeda vai me manter sob controle, mas ela só me faz imaginar como seria senti-la na minha pele.

Olivia ficou boquiaberta enquanto um rubor profundo dominava suas bochechas. Ele pretendia desarmá-la, mas, de alguma forma, o feitiço atingiu o feiticeiro também. Já que Jack não parava de imaginar a língua dela deslizando sobre seu peito e…

Antes de perder o controle da situação, de si mesmo, Jack se virou abruptamente para ir embora, mas pensou duas vezes e olhou para trás, lutando para que sua voz não saísse trêmula como suas mãos.

— A propósito, prefiro não jantar sozinho, então faça a gentileza de se juntar a mim nas refeições. Leve seu filho se quiser.

Olivia pareceu acordar de um estupor.

— Crianças devem fazer suas refeições no quarto.

— Você ainda não aprendeu que não dou a mínima para regras?

— Você ainda não aprendeu que eu dou?

Jack supôs que ela merecia uma pequena vitória.

— Faça como quiser, mas vamos encontrar um meio-termo. Farei uma das refeições com o menino: café da manhã ou jantar, você decide.

— Você não ouviu? Ele não deve fazer nenhuma refeição com você.

— Então como vou educá-lo?

— Contratando tutores.

— Tutores não podem ensinar a ele o que eu sei.

— Não tenho certeza se ele precisa aprender o que você sabe.

— Uma refeição, duquesa. Não adianta discutir.

Jack deu meia-volta antes que ela pudesse soltar outro protesto.

A viúva reclamou mesmo assim, soltando um gritinho e possivelmente batendo o pé no chão uma ou duas vezes. Ele não sabia por que queria tanto que eles fizessem uma refeição juntos. Talvez porque todos pareciam felizes no quarto até a chegada dele.

O menino o observara com cautela, e Jack não gostava nem um pouco de como ele parecia desconfiado. Algo deixara Henry daquela forma, e Jack não achava que era o culpado. Será que a desconfiança era porque Jack ainda não havia providenciado o cachorro que prometera ao menino pela manhã? Ele não tinha ideia de onde encontrar um. Nas ruas, provavelmente. Teria que pensar um pouco no assunto, mas não naquela noite. No momento, tinha assuntos mais urgentes para tratar.

Era impossível dormir. Olivia não conseguia parar de pensar na imagem de sua língua percorrendo a pele de Jack Dodger. Como seria a sensação? O sabor?

Embora estivesse sozinha em seu quarto — sozinha em sua cama —, ela ainda ficou constrangida ao lamber as costas da própria mão. Dodger certamente não seria tão sedoso, muito menos teria um sabor tão puro.

Será que Dodger a lamberia de volta? Olivia imaginava que sim. Que ele começaria na ponta dos dedos dos pés e deslizaria lentamente por suas pernas, talvez parando para dar atenção para a parte de trás dos joelhos, antes de subir pelo interior das coxas...

Olivia jogou as cobertas para o lado, desesperada para aliviar o calor.

Mas sua mente era incansável. A duquesa o imaginou chegando em sua cintura, movendo-se com extrema lentidão em direção aos seios. Ela apertou os seios, como se fosse o suficiente para acabar com aquela fantasia enlouquecedora, mas Dodger apenas sorriu despreocupado em sua imaginação e empurrou as mãos dela para o lado. Então, ele a atormentou mais com a língua até finalmente mordiscar seu ombro. Mas aquele não era o fim. Dodger lambeu e provocou um lado de seu pescoço, e quando parecia satisfeito, mudou de lado para iniciar a jornada para baixo e provar o outro.

Ofegante, Olivia se sentou na cama. Por Deus! Ela apertou as pernas uma contra a outra, tentando saciar a dor gostosa que pulsava entre suas coxas. Ela queria esticar a mão e... Jesus.... Ela não sabia o que queria! Estava tremendo com um desejo que nunca havia sentido.

E era tudo culpa de Jack Dodger! Por falar de coisas íntimas com ela. Por fazê-la desejar um toque proibido. Só uma vez, para se aliviar daquela sensação.

Olivia saiu da cama, tropeçou e quase caiu pela fraqueza de seus joelhos. Endireitando-se, respirou fundo e olhou para a porta que dava para a sala de banho. O caminho para o quarto principal, que abrigava a cama onde Jack Dodger devia dormir. Ele já devia ter tirado a roupa e estava tão perto...

Ela deveria mudar de quarto, mas fazê-lo seria o mesmo que admitir a covardia — e Dodger não perderia a chance de esfregar isso na cara dela. Se quisesse ter alguma esperança de reduzir a influência dele sobre Henry, Olivia não poderia recuar em nada. Ela se manteria firme, mesmo que reclamasse durante o processo.

Olivia precisava dormir um pouco para estar descansada e mais bem preparada para o que poderia enfrentar no dia seguinte. Talvez um pouco de leite morno a ajudasse com a insônia. Pensou em chamar a empregada, mas estava com vontade de passear pela casa enquanto Dodger não estivesse. Nesses momentos, fingiria que a residência era dela, que Lovingdon se importava com ela o suficiente para ter percebido o quanto Olivia gostava da casa. Mas o duque nunca havia prestado muita atenção a ela. De repente, Olivia sentiu uma profunda tristeza por eles não terem se importado muito um com o outro. Piscou para conter as lágrimas que ameaçavam cair. Como era possível sentir falta de um homem que, desde que ela tivera Henry, tinha sido mais um estranho que um marido?

Mas pensar nele pelo menos a distraía de Jack Dodger. Olivia vestiu um roupão e saiu do quarto.

Já estava na metade da escada quando ouviu uma risada feminina vindo da entrada da casa, seguida de uma risada profunda que reconheceu como sendo de Dodger. Depois de ficar uma hora rolando na cama por desejos não saciados e causados pelas insinuações do homem, Olivia não estava com paciência para tolerar que ele flertasse com as criadas ou tirasse proveito delas por sua posição. Se dormiria insatisfeita, ele também o faria.

Acelerando o passo, Olivia chegou ao saguão quando Dodger estava dispensando Brittles, que saiu sem demora. Ele estava acompanhado de uma mulher com um cabelo de um vermelho tão vibrante que parecia apagar todas as cores próximas. Olivia não a conhecia, mas não tinha dúvida sobre o tipo de mulher que Dodger levaria para casa tão tarde. Ela não toleraria aquele tipo de comportamento. Nunca! Principalmente quando o quarto dele ficava ao lado do dela.

Dodger e a meretriz viraram-se para ela.

— Ah, Olivia! Não é tarde para você estar acordada? — falou ele.

Olivia marchou até ele.

— Não vou permitir que traga mulheres estranhas para dentro de casa. Se quer saciar sua luxúria, leve-a para outro lugar.

Dodger estreitou os olhos escuros, e Olivia notou um músculo saltar na mandíbula dele.

— Essa é a *minha* casa, e ela está aqui porque eu quero. Vamos cuidar de nossos negócios na biblioteca. — Dodger se inclinou na direção de Olivia. — Você pode até assistir, se quiser. Aposto que achará nossas atividades muito imaginativas e divertidas.

Antes que Olivia pudesse dar uma resposta firme, a mulher deu um tapa no braço dele.

— Jack, o que você está aprontando?

— Fique fora disso, Frannie — rosnou ele, sem tirar os olhos de Olivia.

Olivia lutou para não desviar o olhar. Havia uma familiaridade óbvia entre os dois, e ela não queria considerar que a ruiva poderia ser mais que uma prostituta que ele havia escolhido nas ruas para se entreter pela noite. Que ela poderia ser a amante dele, alguém que aquecia sua cama com frequência. Dodger tinha uma virilidade magnética, diferente do duque, e era possível que ele precisasse de relações sexuais frequentes para manter sua luxúria sob controle. Olivia mal terminou o pensamento quando sentiu o calor subindo pelas bochechas. Ela certamente estava corando, pois viu o brilho de satisfação nos olhos dele.

O que tinha na cabeça quando decidira confrontá-lo? Olivia estava brincando com o diabo, algo perigoso de se fazer quando não se conhecia as regras do jogo.

— Você vai pedir desculpas à minha convidada — disse ele.

— Jack...

— Agora não, Frannie.

— Jack.

O nome saiu como uma ordem e, para a surpresa de Olivia, o inimigo obedeceu. Dodger recuou e, embora ainda estivesse visivelmente tenso, a raiva em seus olhos esfriou um pouco.

— Ela lhe deve um pedido de desculpas.

— Não deve, não. O que mais ela deveria pensar quando você traz uma mulher para dentro de casa tão tarde da noite?

— Ela não deveria pensar que você é uma prostituta.

— Bom, seu comportamento quando chegamos não ajudou em nada. — A ruiva deu um passo para a frente e fez uma leve reverência. — Sua Graça, sou Frannie Darling. A contadora de Jack. Ele me pediu para dar uma olhada nos livros-caixa.

— Frannie, seu propósito aqui não é da conta dela.

— Talvez não, mas você está dando a impressão de que estou aqui por um motivo muito diferente e inapropriado, e eu não mereço isso.

Dodger xingou duramente em voz baixa.

— Você tem razão. Peço desculpas.

O arrependimento dele era sincero, e Olivia se perguntou se aquela mulher significava mais para Dodger do que ele jamais reconheceria.

— Porém não fui eu quem insinuou primeiro que você trabalha com algo bem diferente de números.

— Não, mas também não fez nada para corrigir o mal-entendido — disse a srta. Darling, parecendo bastante magoada.

— Também devo me desculpar — afirmou Olivia. — Presumi o pior, e peço desculpas por isso.

Frannie Darling sorriu.

— A maioria faz isso quando o assunto é o Jack. Ele trabalhou muito para construir essa reputação.

— Frannie... — resmungou ele.

— Ora, seja civilizado ou não olharei os livros para você. — Ela voltou a atenção para Olivia. — Por mais improvável que pareça, considerando o sucesso dele, Jack é péssimo com números.

— Não sou tão ruim assim — reclamou ele.

A srta. Darling o encarou com olhos cheios de ceticismo, e ele adicionou:

— Mas eu não sou tão bom quanto você. Podemos ir trabalhar agora?

— Claro — disse a mulher. — Foi um prazer conhecê-la, Sua Graça. E Jack está certo. Você é mais que bem-vinda a se juntar a nós.

Olivia de repente percebeu que estava vestindo roupas de dormir, que não era o traje adequado para receber visitas.

— Prepararei um lanche para vocês.

— Isso seria ótimo, obrigada — agradeceu a srta. Darling.

Olivia os observou caminhando pelo corredor, e Dodger parecia estar deixando uma distância discreta entre os dois. Frannie Darling certamente significava algo especial para ele. Como seria ter a atenção de um homem tão jovem, viril e perigoso como Jack Dodger?

Frannie Darling sentou-se à grande mesa de mogno da biblioteca enorme e estudou os livros que Jack colocara diante dela com a mesma concentração com que o estudou. Ele estava recostado em um sofá perto da janela, folheando um livro preto como se procurasse a resposta para um quebra-cabeça confuso.

Ela conhecia Jack havia muitos anos. Ele sempre agira como um irmão mais velho e cuidara dela, garantindo que ninguém a machucasse ou ferisse seus sentimentos. Por isso, Frannie ficara surpresa quando ele propositalmente levara a duquesa a acreditar que algo inapropriado estava acontecendo. Por que Jack se importava com a opinião da duquesa sobre ele? E por que queria que essa opinião não fosse boa?

Embora Jack parecesse não ter medo de nada, Frannie sabia muito bem que ele sempre evitava quaisquer problemas que envolvessem amor e sentimentos.

Ele nunca falara sobre seu passado, suas origens ou sua família, mas Feagan uma vez contara que Jack fora vendido pela mãe.

"Imagine como se sentiria se alguém que você ama colocasse um preço em sua vida", dissera Feagan. Frannie não conseguiu.

Ela também acreditava que algo horrível havia acontecido com Jack quando ele estava na prisão com Luke. Antes de passar algum tempo na prisão, Jack sempre dava risadas e, quando o fazia, os meninos de Feagan riam com ele. Mas, quando voltara do encarceramento, sua risada havia mudado. Não restava nem uma pitada de alegria.

Frannie perguntara a ele sobre isso uma vez, mas Jack se recusara a falar sobre o que chamava de "tempos sombrios". Luke também não tocava no assunto. Quando os dois se entreolhavam, porém, Frannie percebia que o que quer que tivesse acontecido havia afetado ambos. Havia unido os dois, mas os separara dos outros.

Jack havia erguido muros e, de certa forma, Frannie sentia que ele ainda estava na prisão — uma que ele mesmo havia construído, mas uma prisão do mesmo jeito.

Frannie também se perguntou quais eram os verdadeiros sentimentos dele em relação à duquesa. Jack estava sentado no sofá com indiferença, como se não tivesse nenhuma preocupação no mundo, mas, quando uma batida soou na porta, ele olhou para cima, e Frannie notou um traço de expectativa no rosto do amigo, revelado apenas por um piscar de olhos que foi rapidamente disfarçado.

Jack teve menos sucesso em disfarçar a decepção quando viu a criada entrando com uma bandeja cheia de biscoitos e chá. Frannie ficou com a sensação de que ele esperava que a duquesa tivesse decidido se juntar a eles. Não que Jack fosse admitir, é claro. Ele não revelava nada que o fizesse parecer vulnerável.

Com um bocejo, Frannie esticou os braços e endireitou a coluna para aliviar as costas. Ela estivera checando os livros havia mais de duas horas.

Como se julgasse corretamente que ela estava encerrando o trabalho, Jack ficou de pé, foi até a mesa e sentou-se no canto.

— O que acha?

— Nada mal. Mas você está certo. O dinheiro não está sendo investido tão bem quanto poderia.

— Suponho que eu poderia investir no Dodger.

— Acho que sua viúva não aprovaria.

— Ela não é "minha viúva".

Frannie não tinha tanta certeza.

— Você não é muito gentil com ela.

— Sou tão gentil quanto ela merece.

— Mas não seria melhor ser mais gentil do que ela merece? Assim ela pode acabar gostando de você.

— Nunca me importei com o que as pessoas acham de mim. Você sabe muito bem disso.

Ah, como o homem era teimoso…

— A vida dela acaba de dar uma guinada drástica. Não consigo imaginar a força necessária para continuar a vida depois de perder o marido.

Jack tamborilou os dedos na mesa, como se estivesse perdendo a paciência com a amiga.

— Eu tentei ser cordial.

Frannie o encarou com incredulidade.

— Torço para que aquele encontro na entrada não tenha sido um exemplo da sua cordialidade.

— Ela me critica a todo momento, e eu discordo da opinião dela.

— Jack...

— Frannie. — Ele ergueu a mão. — Lidarei com a viúva do meu jeito, como eu achar melhor.

— Está bem. Seja teimoso. — Ela fechou o livro com força. — Estou cansada. Vou levar este livro comigo, quero estudá-lo um pouco mais.

Jack saiu da mesa e sentou-se na cadeira diante de Frannie.

— Temos que comprar uma casa para ela.

— O que há de errado com esta?

— É minha.

— Você não precisa dela. Já me disse diversas vezes que nunca vai se casar ou ter filhos.

— Isso não vem ao caso.

— Por que você queria que ela pensasse que faríamos algo devasso aqui?

— A duquesa sempre pensa o pior de mim. Melhor atender às expectativas dela, não?

— Então você se importa, *sim*, com o que ela pensa.

— Não seja idiota, Frannie. Não combina com você.

— Você está sendo muito desagradável.

Jack esfregou a testa.

— Desculpe. Estou cansado. Dormi muito pouco desde ontem à noite, mas é um pequeno preço a se pagar. O que acha da casa?

— É linda. — Ela apoiou o queixo nas palmas das mãos, os cotovelos na mesa. — Feagan sempre disse que você iria mais longe do que qualquer um de nós.

Jack olhou ao redor.

— Mas não cheguei aqui por meus esforços, então não conto como uma conquista minha.

— A maioria simplesmente aceitaria a sorte e ficaria feliz.

— Não confio na sorte que vem fácil. Sempre há um preço a pagar, Frannie. Sempre. — Jack deu um sorriso arrogante. — E quero saber o preço antes de pagá-lo.

— Você teve uma vida difícil, Jack. Talvez seja simplesmente a sua vez de ter algo de bom.

— Se ao menos a vida fosse justa assim… — Ele se levantou abruptamente. — Venha, vamos voltar para o clube. Para nós, a noite ainda é uma criança.

9

Na manhã seguinte, quando um cansaço que nunca sentira antes tomou conta dele, Jack percebeu que deveria ter dormido depois que ele e Frannie voltaram ao clube. Em vez disso, precisou lidar com um lorde acusado de trapacear e passou um tempo considerável explicando a uma de suas garotas que não poderia matar um homem só porque ele se cansara de dar presentes a ela. Depois, conversou brevemente com o conde de Chesney, que poderia ajudá-lo a resolver um de seus problemas. Swindler também passou pelo clube para informar Jack que descobrira apenas que os primos de Lovingdon levavam uma vida muito privada — e que *isso* o levava a crer que precisava investigá-los com mais cuidado. Swindler gostava de um bom quebra-cabeça. O que quer que os primos estivessem escondendo, ele descobriria. Mas, no fim, Jack passara a maior parte da noite estudando planos para aumentar seu lucro.

Como havia dito a Frannie, ele dormira pouquíssimo desde a leitura do testamento, e estava tomado pela exaustão quando entrou em casa e foi recebido por uma situação caótica. Jack ouviu móveis sendo arrastados e várias vozes chamando "Henry!", "Sua Graça!" e "Jovem mestre!".

O menino sem dúvida havia causado alguma confusão. Jack nunca imaginaria que Henry pudesse ser capaz de algo além de ficar sentado, quieto e comportado. Aquilo era um bom sinal. Era natural que um menino fosse travesso de vez em quando.

Jack tinha acabado de começar a subir a escada quando avistou a duquesa descendo apressada.

— Ai, graças a Deus você finalmente chegou! — disse ela apressada.

Jack sorriu.

— Finalmente está começando a gostar de mim, é?

— Não, seu palhaço! Henry sumiu!

Jack queria ir para a cama, não brincar de esconde-esconde com uma criança.

— Como assim ele "sumiu"?

— Quer dizer que ele desapareceu. Não estava na cama quando a babá acordou esta manhã, e ninguém o viu. Achamos que talvez você o tivesse levado. Você o levou? — falou ela esbaforida, como se estivesse desesperada para perguntar o que queria logo e ter uma resposta rápida.

Jack enfim notou a preocupação nos olhos dourados.

— Não, não o levei.

— Então onde ele está? Você acha que ele foi sequestrado? Será que estava certo e ele está em perigo?

Jack segurou os ombros dela.

— Calma, Olivia.

Olivia se soltou das mãos dele e quase rolou escada abaixo.

— Não quero me acalmar! Quero encontrar meu filho! E se... e se ele estiver ferido? — lamentou ela.

— Quem o machucaria?

— Você parecia achar que alguém faria isso por conta dos títulos.

Jack esfregou o queixo.

— Sim, sim.

Jack achava que Henry poderia estar em perigo, mas como alguém poderia ter sequestrado o menino bem embaixo do nariz de sua babá? Bem, a mulher aparentemente não era tão vigilante assim. De qualquer forma, parecia improvável que alguém tivesse entrado na casa, levado Henry e saído.

— Onde vocês procuraram?

— Em todos os lugares. Por acaso isso é uma das suas pegadinhas doentias? Um jeito de me fazer obedecê-lo?

— Eu passei horas fora de casa, como raios isso poderia ser obra minha?

— Não tenho a menor ideia, mas também não duvido de que você possa ser o responsável.

Jack estava farto das suspeitas da duquesa, então voltou a subir a escadaria.

— Aonde você vai? — chamou ela com um arquejo, como se estivesse correndo por horas e de repente não conseguisse mais respirar.

Olivia sempre parecia estar no controle da situação, e vê-la em pânico deixava Jack nervoso.

— Aos meus aposentos. Vou jogar um pouco de água no rosto para dar uma acordada e lidar com esta situação.

Jack reconheceu o barulho dos passos rápidos de Olivia enquanto ela o seguia. Era impressionante como aquela mulher estava começando a se tornar familiar. O som de seus passos, seu cheiro…

— Você não o levou junto quando saiu?

— Claro que não. — Jack chegou ao patamar. — Talvez ele tenha ido para a Grande Exposição. Ele queria ir, não é?

— Ele não sairia sozinho. Nem saberia para onde ir.

— Ele é um menino, duquesa. Uma aventura não precisa de caminho, apenas de oportunidade.

Jack abriu a porta do quarto.

— Mas e *se* ele tiver sido sequestrado? — perguntou Olivia, quase à beira da histeria.

Jack sabia que o único conforto que ela aceitaria envolvia encontrar o filho.

— Chamaremos o Swindler. Ele consegue seguir pistas com os olhos vendados.

Jack entrou em seu quarto, e ficou surpreso quando ela o seguiu. Obviamente, o pânico era mais forte do que um comportamento adequado. Se a duquesa não estivesse tão nervosa, ele a teria provocado por conta disso.

Ele estava a caminho da mesinha com a bacia de porcelana quando ouviu uma batida no guarda-roupa. Eles haviam procurado em todos os lugares, é? Ou apenas procuraram onde esperavam que o menino estivesse?

Jack abriu a porta do guarda-roupa, e Henry avançou como um bicho selvagem.

— N-não! Eu não vou deixar! Eu n-não fiz de prop-pósito!

Jack pegou o garoto instintivamente, envolvendo-o nos braços para tentar acalmá-lo enquanto ele se debatia. Henry estava de camisola, lutando como um tigre. Em meio a uma crise de medo, o menino era obstinado.

— Calma, menino!

— Solte ele! O que você fez? Solte ele agora! — gritou a duquesa.

Jack se abaixou. Com que diabo Olivia estava batendo nele? Ele sentiu a pele de sua bochecha rasgar. Xingando alto, esquivou-se de outro ataque e soltou o menino, que prontamente chutou a canela dele.

Mas que maravilha!

Ofegante, Jack recuou mais um passo para sair do alcance da arma — que descobriu ser um atiçador de ferro — e da ira da duquesa. O menino estava choramingando enquanto pedia desculpas. Com ódio nos olhos e o atiçador ainda em mãos, a duquesa abraçava o filho de forma protetora com um braço.

— O que você fez com ele? — exigiu ela.

Jack tocou a bochecha dolorida com as costas da mão, afastou-a e olhou para o sangue.

— S-sinto muito — choramingou o menino, com lágrimas escorrendo pelo rosto. — E-eu n-não farei de novo. Eu p-prometo.

— Do que está falando, garoto?

Jack ouviu um som vindo da porta. A babá havia chegado, claramente preocupada, mas ele não tinha certeza de que era pelo menino. Era mais provável que fosse por ela mesma, por ter perdido o garoto. Qual era mesmo o nome dela? Hazel? Harriet? Helen? É, era Helen.

— Pode deixar que eu o levo, Sua Graça — disse a babá, estendendo a mão para o menino.

— Não, você não vai levá-lo — afirmou Jack com rispidez, e todos olharam para ele. Pelo menos a gritaria e os choros haviam parado. — Não até eu entender o que está acontecendo.

— É óbvio que ele tem pavor de você — retrucou a duquesa.

— Posso ver que ele está assustado — afirmou Jack com calma, embora estivesse sentindo tudo menos isso. — O que você fez de errado, menino?

Henry balançou a cabeça vigorosamente.

— O que você acha que vou fazer com você?

O menino balançou a cabeça mais uma vez.

— Deixe-o em paz — afirmou a mãe, virando-se para a porta, ainda abraçando o menino.

— Não. — A ameaça de algum tipo de retaliação devia ter ficado clara em sua voz, pois Olivia parou e olhou para ele. — Você parece ter esquecido que sou o guardião dele. Terei as respostas às minhas perguntas, mesmo se tivermos que ficar aqui o dia todo.

Jack se lembrou de como Swindler se agachara diante da duquesa no dia anterior e, embora fosse contra seus instintos se agachar diante de alguém, fez o mesmo para ficar na altura de Henry, tentando ser o menos ameaçador possível.

— Você tem medo de mim?

O menino assentiu.

— Por quê?

Henry olhou para a mãe e depois para a babá.

— Não busque nelas as respostas, garoto. Busque em você mesmo. O que acha que vou fazer com você?

O menino começou a estudar os dedos dos pés.

— Você se lembra do que eu disse ontem de manhã? Que seu pai me pediu para protegê-lo? Não conheci seu pai muito bem, Henry, mas sei que ele gostava muito de você e levo muito a sério o pedido que ele me fez. Eu disse que nunca deixaria ninguém te machucar. Então por que tem medo de mim?

Jack observou o menino engolir em seco, enquanto seu lábio inferior tremia.

— Vo-você vai q-queimar meu d-dedo.

— E por que eu faria isso?

— P-porque e-esqueci e c-chupei o dedo e-enquanto dormia.

Então Henry havia acordado, visto que estava com o polegar na boca e se escondera. A história estava começando a fazer sentido.

— E quem disse que eu queimaria seu dedo se você o colocasse na boca?

— Minha babá — sussurrou o menino, como se estivesse carregando o peso de um segredo grave.

Jack olhou para a babá, que estava branca como um lençol, e ficou de pé.

— Não serei usado como meio de aterrorizar crianças para que elas se comportem. Você está demitida. Arrume suas coisas e deixe esta casa em até uma hora.

— Mas, senhor, eu não vi outra escolha. Ele é o jovem duque agora. Não deveria chupar o dedo.

— É o dedo *dele*. Eu não dou a mínima se ele quiser chupar o dedo até a idade adulta. Arrume suas coisas.

Helen olhou para a duquesa.

— Sua Graça, tenha piedade.

A duquesa abriu a boca, mas Jack foi mais rápido:

— Discorde de mim nisso e você pode fazer as malas também — afirmou ele em um tom firme, que não deixava espaço para discussões.

Olivia olhou para ele e, pela primeira vez, Jack não viu nenhuma raiva ou ódio nos olhos dourados. Apenas horror e uma profunda tristeza pelo que descobriram. A duquesa se voltou para a babá.

— Ele tem razão. O que você fez foi uma monstruosidade. Foi injusta com o sr. Dodger e cruel com meu filho. Não posso perdoá-la nem falar em sua defesa. Receio que o sr. Dodger tenha sido generoso demais ao lhe dar uma hora. Quero que vá embora na metade deste tempo.

A babá soltou um soluço horrível antes de fugir pelo corredor. Jack olhou para Henry de novo.

— Eu *nunca* vou machucar você. Está bem?

O menino piscou e assentiu.

— Ótimo.

— Você está sangrando — falou a duquesa.

— Já sangrei antes. Agora, eu só quero um banho, então dê o fora.

— Senhor Dodger...

— Saia — grunhiu ele com os dentes cerrados, interrompendo o que quer que ela fosse dizer. — Porque você eu talvez machuque, duquesa.

Olivia conduziu o menino para fora, estendeu a mão para pegar a maçaneta e parou.

— Eu não discordaria da sua decisão de demitir Helen, mesmo antes de você me ameaçar.

Será que a duquesa achava que a confissão aliviaria a raiva dele? Antes que Jack pudesse pensar em uma resposta apropriada, ela fechou a porta em silêncio.

Jack praticamente rasgou a gravata. Não era suficiente. Caminhou até uma mesinha ao lado do sofá na área de estar, pegou um vaso e o jogou na lareira, quebrando-o em pedacinhos. Aquilo também não o fez se sentir melhor.

Ele conquistara a opinião negativa dos homens durante anos, então por que estava tão incomodado que uma duquesa besta o considerasse capaz de machucar uma criança? A opinião dela não importava. Olivia não era nada para ele. Jack não se importava que ela sempre esperasse o pior dele. O que o duque estava pensando ao nomeá-lo como guardião?

Olhando para o vaso quebrado, Jack pensou nos garotos que trabalhavam para ele, na noite em que quase matara um homem que tocara em um deles de uma forma que nenhum homem deveria fazer com uma criança. Será que Lovingdon estivera lá naquela noite? Será que ele sabia que o ponto fraco de Jack era seu esforço em proteger meninos?

— Será que foi algo tão simples assim? — sussurrou para si mesmo.

A porta da sala de banho se abriu. Por um segundo, Jack esperou ver a duquesa saindo do cômodo e, para seu desgosto, sentiu uma onda momentânea de expectativa. Mas era apenas seu criado, Stiles. Jack o conhecera brevemente no dia anterior. Ele não era muito mais alto que a duquesa e já era idoso, mas ainda tinha uma postura exemplar.

— A duquesa disse que o senhor precisava de um pouco de atenção e de um banho — falou Stiles, bastante formal.

— Atenção?

Stiles acenou com a cabeça.

— Você foi ferido, senhor.

Jack tocou novamente na bochecha. Seus dedos quase não ficaram ensanguentados.

— Está tudo bem.

— Posso mandar chamar um médico…

— Eu disse que está tudo bem. Se deseja continuar trabalhando para mim, é melhor evitar que eu precise me repetir.

— Sim, senhor. Mandei trazerem água quente. O banho deve ficar pronto em breve.

— Ótimo. Quero um banho preparado todas as manhãs depois de chegar e todas as noites antes de partir.

— Como preferir, senhor.

— E, quando tiro a roupa, não a uso novamente até que seja lavada e passada.

— Sim, senhor.

Jack nunca tivera um criado, e não tinha certeza de que queria um agora.

— Não sou um duque. Entendo que possa perder seu status caso trabalhe para mim. Se preferir trabalhar em outro lugar, lhe darei uma boa referência.

O homem fez uma leve reverência e abriu um pequeno sorriso.

— Obrigado, senhor, mas sirvo ao duque desde que ele era jovem. Sinto-me confortável nesta casa e a mudança não me convém. Prefiro ficar, se não tiver objeções.

— Justo. Trouxe algumas roupas na carruagem. Peça a um valete que as carregue até aqui.

— Sim, senhor. Precisa de mais alguma coisa?

— Depois que minhas roupas forem guardadas, deixe um traje separado para mim e pode ir. Pretendo dormir um pouco e posso me vestir sozinho.

— Está bem, senhor.

— Diga-me, Stiles, você já discordou do duque alguma vez?

As rugas no rosto do empregado ficaram mais evidentes quando ele sorriu.

— Algumas vezes, senhor. Ele tinha uma falta de bom senso atroz para combinar cores. Às vezes, parecia um pavão exibido.

— Isso não será um problema comigo. Só visto peças pretas ou brancas, com exceção dos coletes.

— Sim, senhor. Notei que gosta de coletes elegantes.

Jack não sentiu nenhum julgamento nas palavras do homem. Era possível que fossem se dar muito bem.

— Você sente falta dele?

— Muito, senhor.

— Diga-me, Stiles, os outros empregados aceitaram minha chegada como mestre tão bem quanto você?

— Acredito que eles estão esperando para formar uma opinião, senhor.

— É uma pena que a duquesa não tenha feito o mesmo — resmungou Jack. Então, acenou para Stiles. — Pode ir cuidar das suas tarefas enquanto tomo banho.

— Sim, senhor.

Stiles saiu do quarto, e Jack foi para a sala de banho. Seu olhar foi imediatamente para a outra porta — a que levava ao quarto de Olivia. Ela não deveria estar lá agora. Era provável que estivesse com Henry no quarto. Talvez até dormisse lá, já que o menino não tinha mais babá.

Tirando o paletó, Jack se perguntou se Olivia tinha se banhado naquela mesma banheira de cobre. Imaginou-a recostada na banheira, corada pela água quente e com o cabelo molhado grudado no rosto. Imaginou a água acariciando seus seios, sua barriga, sua cintura, suas coxas. Imaginou-a sentada com os joelhos servindo como pequenas ilhas no meio da banheira.

Jack gemeu com a reação do corpo às imagens eróticas que surgiram na mente. Ainda bem que mandara o criado sair. Não precisava de plateia quando seu membro estava completamente ereto.

Tirou o resto das roupas, entrou na banheira e afundou na água. Que delícia. Era divino.

Apoiando a cabeça na borda da banheira, Jack fechou os olhos e refletiu. Será que voltaria para casa todas as manhãs e encontraria uma crise diferente? Teria que encontrar tempo para ficar com o menino. Talvez devesse falar com Luke, descobrir que tipo de coisas uma criança da nobreza precisava saber. Jack poderia ensiná-lo a se esconder e...

Riu com um misto de orgulho e admiração. O garoto havia feito um bom trabalho sozinho. Ele também fora mais corajoso do que Jack achou que seria, pois se escondera perto do covil daquele que temia. Sim, o menino era bem mais maduro do que Jack julgara. Henry ainda precisava aprender muito para se tornar um homem, mas, mesmo com a gagueira, parecia estar em um bom caminho. Só precisava soltar da saia da mãe.

A mãe. Por Deus, Olivia era incrível quando estava brava. Jack deslizou ainda mais na banheira. Ninguém o dava banho desde menino, no entanto ele certamente conseguia imaginá-la deslizando o pano sobre o corpo dele. Mas, como ela não estava ali, Jack teria que se limpar sozinho. Uma pena.

Ele suspirou. Parecia impossível sentir raiva de Olivia por muito tempo. Jack admirava a tenacidade dela em proteger o filho. A duquesa parecia ser uma mulher capaz de um grande amor. Jack só queria que ela lhe desse o benefício da dúvida de vez em quando...

Olivia não queria pensar que, naquele exato momento, Jack Dodger estava na sala de banho... Como ela entraria na banheira e afundaria na água sabendo que o corpo *nu* dele tocara o mesmo cobre? Ela deveria dividir o cômodo apenas com alguém que conhecesse bem. Embora não estivessem na banheira ao mesmo tempo, ainda assim parecia algo muito íntimo e promíscuo.

E Olivia nem deveria estar pensando na nudez de Jack Dodger. Ela precisava se concentrar em encontrar uma nova babá para Henry.

Ela e o filho estavam no sofá ao lado da janela do quarto de brinquedos. Henry tinha se aninhado em seu colo, enfiado o polegar dentro da mão e fechado os dedos em torno dele, como se estivesse determinado a não colocá-lo na boca. No entanto, se existisse um momento certo para chupar o dedo, aquela manhã parecia ser muito propícia.

Olivia sabia que o filho precisava perder o hábito de chupar o dedo, mas não conseguia conceber que Helen tivesse usado meios tão cruéis para tentar impedi-lo. No entanto, por mais que tivesse ficado horrorizada com as ações da babá, Olivia ficara ainda mais surpresa com as de Dodger. Sua opinião sobre o homem mudara da água para o vinho durante aqueles tensos minutos. Olivia já havia sido o alvo do olhar feroz de Dodger, mas ele nunca a encarara com tanta raiva como quando encarara a babá. Ficou surpresa pela mulher não ter entrado em combustão ali mesmo.

Olivia temia que Dodger fosse tão rude com Henry quanto era com ela. Esperava que ele não se importasse com os sentimentos do menino. Esperava que ele fosse duro e implacável como parecia ser com todas as coisas. E Dodger a surpreendera.

Havia julgado Jack Dodger com base em conversas que tivera com outras mulheres. Elas falavam sobre homens que voltavam para casa de madrugada cheirando a bebida e mulheres — e Olivia presumiu que Jack Dodger bebia muito e fornicava com frequência. Uma dama até mencionara que o marido havia vendido suas joias para usar o dinheiro nas jogatinas no clube de Dodger — e Olivia presumiu que

Dodger passava muito tempo nas mesas de jogo. Ele não se sentava com uma postura correta, e ela o considerava desleixado. Mas Dodger se vestia de forma impecável e agora mesmo estava tomando banho.

Olivia o considerara cruel, mas Dodger não havia revidado quando ela o atingiu com o atiçador de ferro. Ele apenas se afastara, quando ela sabia que ele poderia facilmente derrubá-la no chão. Por mais que tivesse falado com Henry sem rodeios para chegar à raiz do problema, de alguma forma Dodger conseguira despertar a confiança da criança, que confessara tudo.

Olivia o considerara desagradável, mas a mulher da noite anterior — Frannie Darling — havia o provocado, persuadido e até dado um tapinha em seu ombro. Brigara com ele, e Dodger não retaliara. Apenas aceitara a bronca como merecida.

Olivia o considerara um homem que faria qualquer coisa por dinheiro. As finanças do filho dela estavam agora nas mãos dele, e Dodger certamente poderia despojá-lo de tudo — mas indicou que não o faria. Será que era apenas um plano para que ela baixasse a guarda? Se confiasse nele, Dodger poderia escapar com muito mais. Se confiasse nele, será que passaria a gostar da presença dele? Não. Nunca! A única coisa que tinham em comum era o filho dela, e discordavam de tudo em relação a Henry.

Bem, quase tudo. Olivia concordara que Helen deveria ser demitida. A babá tivera um comportamento terrível ao usar Dodger para assustar seu filho e fazê-lo se comportar. Como Olivia não percebera que Helen era capaz de tal coisa? Será que a mulher tinha ameaçado Henry em outras situações?

Mas ele era um menino tão quieto e bonzinho. Tímido, sem dúvida, mas Olivia sempre presumiu que a gagueira dele era o motivo de sua vergonha. Lovingdon não se preocupara com isso. "É a maldição dos Lovingdon. Ele vai superar. Eu superei", dissera o marido.

Então Olivia tentou não se preocupar com a gagueira também. Henry era como o pai em muitos aspectos. Tinha cabelo loiro, mas olhos âmbar como os dela. Tinha braços e pernas longos, e Olivia sabia que eventualmente ele cresceria até a altura do duque. Mas com Dodger como guardião, ela não via como o filho se tornaria digno igual ao pai.

A porta se abriu, assustando Olivia e Henry, e Dodger entrou com uma confiança que nem mesmo Lovingdon possuía.

— Vamos, Henry — disse ele.

Henry começou a se afastar dela, mas Olivia o puxou de volta.

— Para onde você vai levá-lo?

— Como guardião dele, não preciso explicar minhas ações para você. Mas como é a mãe e sem dúvida está preocupada com o bem-estar do menino, vou dizer: vou levá-lo para passear no meu cabriolé.

— Achei que você fosse dormir.

Depois de ouvir algo se quebrando, Olivia conversara rapidamente com Stiles depois que o mordomo saiu do quarto de Dodger para ter certeza de que estava tudo bem. Ele falou que mandaria retirar os restos de um vaso depois que Dodger acordasse.

Jack estreitou os olhos.

— Eu ia, mas decidi que precisava cuidar desse assunto.

— E que assunto é esse?

Ela ouviu um rosnar profundo, como o de um felino grande contemplando sua próxima vítima.

— Olivia, você está testando minha paciência. Venha, garoto.

Olivia sentiu o tremor do corpo de Henry quando ele ficou de pé.

— Não permito que você o leve a lugar algum sem mim — afirmou ela, enquanto se levantava. — Vou com vocês.

— Você não deveria estar entrevistando babás?

— Pedirei que uma das camareiras assuma a função até reunir algumas recomendações.

Jack a encarou com impaciência.

— Já mandei preparar o cabriolé. Tenho uma agenda apertada hoje. Não tenho tempo para esperar a carruagem e, como você mesma disse, meu veículo é mais adequado para duas pessoas.

— Henry pode sentar no meu colo. Lutarei com você com unhas e dentes se for necessário, mas não deixarei que você o leve sem mim.

Algo mudou nos olhos escuros de Dodger, como se ele estivesse considerando aceitar o desafio. Olivia não tinha certeza se aquilo terminaria em briga, mas a ideia deles lutando…

— Tudo bem, vamos logo, então. Seja rápida. Não tenho o dia todo.

Segurando a mão de Henry, Olivia se perguntou no que estava se metendo.

Henry sentou-se no colo da mãe. Ele sempre gostara de andar de cabriolé com o pai porque na frente havia uma janela que lhe permitia enxergar tudo. Então ele podia observar o mundo, e o mundo era muito fascinante.

Embora o veículo parecesse muito menor com a presença do sr. Dodger. Será que a mãe tinha notado quanto espaço o sr. Dodger ocupava e quão apertados eles ficaram? Henry podia sentir que a mãe estava tensa. Ela mal respirava. Era o que Henry fazia quando ficava assustado à noite: ficava deitado na cama, sem respirar, como se as coisas ruins não pudessem encontrá-lo se ele não respirasse.

Será que a mãe tinha medo do sr. Dodger? Será que *ele* deveria ter medo do sr. Dodger? O sr. Dodger disse que não o queimaria, e disse à srta. Tuppin que não se importava se Henry chupasse o dedo. Aquilo fez o menino se sentir melhor, mas também o fez querer parar de chupar o dedo, então o estava guardando na mão para se impedir de colocá-lo na boca.

O sr. Dodger não usava cartola como o pai de Henry. Mas usava um belo paletó preto. E seu colete era verde-escuro com botões dourados, diferente do roxo que usara no dia anterior.

O homem também parecia cansado. Ele havia bocejado uma vez sem cobrir a boca com a mão, e a mãe de Henry fez uma cara feia. Até Henry sabia que um cavalheiro deveria colocar a mão na boca ao bocejar. Depois que a mãe fez um som de descontentamento, o sr. Dodger piscou para Henry como se eles estivessem compartilhando um segredo. Aquilo fez o menino pensar que ele também sabia sobre a regra de bocejar, mas achou que seria mais divertido ver a cara feia da mãe de Henry. Embora Henry não achasse que a mãe gostasse do sr. Dodger, ele achava que talvez o sr. Dodger gostasse dela.

O veículo entrou em uma rua de paralelepípedos, e Henry viu uma grande casa diante deles.

— Essa é a casa de lorde Chesney — disse a mãe dele. — É muito cedo para uma visita social.

— Não estamos aqui para uma visita social — afirmou o sr. Dodger.

— Então por que estamos aqui? — perguntou a mãe.

— Porque o jovem duque precisa vê-lo.

— Para quê?

O sr. Dodger estava olhando para a frente, mas Henry ficou com a impressão de que ele de repente ficou feliz. Notou apenas uma leve mudança no formato de sua boca, como se o homem estivesse quase sorrindo.

— Porque recentemente a cadela do conde teve filhotinhos.

Henry achou que o coração fosse pular do peito.

— Filhotinhos?

O sr. Dodger olhou para ele e piscou outra vez.

— Eu te prometi um, não é?

O menino não viu a mão do sr. Dodger se mover, mas de repente ele estava estendendo um cartão para Henry.

— Seu cartão de visita.

— Esse cartão é do duque — disse a mãe.

— Sim, encontrei-os numa gaveta da escrivaninha. Agora pertencem ao seu filho por direito, já que ele é o duque.

A mãe de Henry piscou várias vezes, como fazia quando tentava não chorar.

O veículo parou. O valete desceu, abriu a porta e estendeu os degraus. O sr. Dodger desceu, seguido de Henry. Então o sr. Dodger olhou de volta para o cabriolé e estendeu a mão.

— Você vem, duquesa?

A mãe olhou para o sr. Dodger, depois para Henry e deu um sorriso triste.

— Estou de luto, não seria adequado. Seja um cavalheiro, Henry.

Henry assentiu e olhou para homem. O garoto estava com um pouco de medo e queria pegar a mão do sr. Dodger, que não parecia nem um pouco assustado. O homem deu um tapinha no ombro de Henry, o que foi quase tão reconfortante quanto segurar a mão dele.

— Venha, menino.

Henry seguiu o sr. Dodger escada acima e entrou na casa. Um mordomo se aproximou.

— Mostre a ele seu cartão — orientou o sr. Dodger.

Henry obedeceu. O mordomo colocou o cartão numa bandeja de prata e partiu. Henry se esforçou muito para ficar bastante imóvel, tão imóvel quanto o sr. Dodger, quando na verdade queria pular e bater palmas. Ele ganharia um cachorrinho!

Pareceu uma eternidade até um sujeito com uma barriga grande e redonda finalmente aparecer.

— Ah, Sua Graça! O sr. Dodger aqui me informou que você está precisando de um cachorrinho.

— Sim, s-senhor.

O homem sorriu.

— Meu nome é Chesney. Sinto muito pelo seu pai. Era um bom homem. Um ótimo homem.

Henry tinha certeza de que deveria dizer alguma coisa.

— Obrigado, lorde Chesney — disse o sr. Dodger. — O duque aprecia seus sentimentos.

— Mas você está mais interessado nos meus cachorros, não é, garoto?

Henry assentiu rapidamente.

— Vamos, então. Tenho um quarto especial para os meus *collies*. Eu os trato como a realeza...

Enquanto os conduzia pela casa, lorde Chesney continuou a falar, contando tudo sobre a história dos cães, mas Henry mal prestou atenção. Ele só se importava com o fato de que ganharia um cachorro.

Enfim, eles chegaram a uma pequena sala. Num canto, sobre um monte de travesseiros e cobertores, havia uma grande cadela branca e marrom rodeada por três cachorrinhos cambaleantes.

— Vá em frente, Sua Graça, brinque com eles. Veja qual combina com você.

Henry sentou-se no chão e os cachorrinhos pularam em sua direção. Ele riu. Lorde Chesney agachou-se ao lado dele.

— Qual deles você quer?

Henry olhou para o sr. Dodger.

— Não olhe para mim, menino, busque as respostas em si mesmo.

Henry estudou os cachorrinhos. Era tão difícil decidir. E se cometesse um erro?

— Não há resposta errada — afirmou o sr. Dodger.

Henry pegou o primeiro cachorrinho que caiu em seu colo e o abraçou.

— Esse aqui!

— Então esse será — disse lorde Chesney, com uma risada, levantando-se, e seus joelhos estalaram enquanto ele caminhava.

Henry olhou para o sr. Dodger, que entregou a lorde Chesney uma bolsinha que tilintou quando pousou na palma da mão do homem. Enquanto voltavam para o cabriolé, segurando o cachorrinho no peito, Henry disse:

— Ele c-custou muito.

— Na verdade, não. Suspeito que ele vai me render dinheiro, isso sim.

— Como?

— Você consegue guardar uma confidência?

Henry acenou com a cabeça, embora não soubesse o que era uma confidência.

O sr. Dodger abriu um sorrisão.

— Quando está de bolso cheio, o lorde Chesney aposta muito mais nas mesas de jogo. Ele provavelmente vai gastar tudo o que eu lhe dei e um pouco mais ainda esta noite, então o dinheiro vai voltar para o meu cofre.

Henry não estava entendendo nada do que o sr. Dodger estava falando.

— Ele vai pegar o cachorrinho de volta, então?

— De jeito nenhum! O cachorro é seu.

— Obrigado, senhor.

— De nada, menino.

Henry sabia que a mãe discordaria, mas ele achava que o sr. Dodger era um guardião muito bom.

10

Olivia ficou do lado de fora da porta da biblioteca esperando sua coragem voltar.

Henry estava apaixonado pelo novo cachorrinho e resolveu chamá-lo de Pippin. Ela não sabia onde o filho havia ouvido aquele nome, mas o pequeno já amava tanto o filhote que era como se tivessem sido feitos um para o outro.

A duquesa pediu a uma das camareiras que ficasse de olho em Henry enquanto ela se preparava para oferecer uma trégua — ou, nesse caso, uma refeição.

Assim que voltaram para casa, Dodger foi à biblioteca, sem dúvida para estudar mais os livros de registros. Ele não pedira lanches ou bebidas nem chamara nenhum dos criados.

Agora já estavam no início da tarde. Ao lembrar da variedade de garrafas que Dodger levara para casa, Olivia tentou não presumir que ele havia bebido demais e não chamara ninguém por estar desmaiado no chão. Parecia impossível não pensar nele sem esperar o pior, e Olivia sentiu vergonha ao reconhecer que sua opinião negativa sobre o homem era infundada.

Independentemente de sua apreensão, era hora de confrontá-lo e resolver as coisas. Olivia acenou com a cabeça para o valete, que abriu a porta. Respirando fundo, ela entrou carregando a bandeja. Seu coração deu um solavanco quando a porta foi fechada. Ela esperava que Dodger fizesse algum comentário mordaz e ficou surpresa ao descobrir que ele não estava sentado à mesa, mas em uma cadeira perto da janela.

Embora "sentado" não fosse a palavra correta. O homem estava quase todo esparramado, com uma perna esticada e o livro aberto no colo, enquanto a cabeça estava num ângulo estranho e seus olhos estavam fechados. Mesmo dormindo, ele não aparentava inocência.

O mais silenciosamente possível, Olivia caminhou sobre o tapete e colocou a bandeja sobre a escrivaninha. No entanto, a curiosidade tomou conta dela, e ela se aproximou com cautela do homem que Lovingdon considerava digno de proteger seu filho. Ela ainda não estava pronta para afirmar que Dodger era a melhor escolha, mas estava disposta a admitir, mesmo que com relutância, que não era a pior.

O homem precisava de um corte de cabelo urgente. Como seria passar os dedos por aqueles cachos rebeldes? As mechas bagunçadas deveriam dar-lhe uma aparência de criança, mas nada nele refletia a inocência da juventude. Era como se Dodger tivesse nascido já sem inocência.

Seu rosto tinha um aspecto austero que não desaparecia nem durante o sono, como se a dureza de sua vida nunca o deixasse em paz. Olivia queria estender a mão e suavizar a ruga entre as sobrancelhas dele. Que coisa estranha de se querer…

A duquesa se sentiu um pouco devassa ali, observando-o sem que ele soubesse.

A mão dele se mexeu, e Olivia quase soltou um gritinho. Apoiada sobre uma página aberta do livro de registros, a posição revelava a queimadura horrível no dedo. Ela não tinha pensado no quanto devia ter doído, e sim no que a marca representava. Era difícil imaginá-lo estendendo a mão de bom grado para aceitar ser marcado. Dodger devia ter lutado, provavelmente fora contido. Olivia sentiu um aperto no estômago. Mesmo que tivesse roubado, será que ele merecia ser marcado? Será que alguém merecia?

Ela olhou para o machucado na bochecha dele. Estava vermelho e inflamado. Dodger também não merecera aquilo. Muito menos a ira ou a desconfiança dela.

O que ele merecia era um descanso tranquilo, decidiu Olivia. Lembrou-se de como ele se preocupara com o fato de ela ficar dolorida por dormir na cama de Henry. O mesmo aconteceria com ele por dormir em uma cadeira, mas a duquesa não tinha a força necessária para levá-lo para a cama. O máximo que podia fazer era deixá-lo mais confortável, como tirando o livro do…

Algo firme agarrou o pulso dela e a puxou para a frente…

Soltando um gritinho, a duquesa tentou se equilibrar apoiando a mão em algo duro — o peito de Jack Dodger. Seu rosto ficou desconfortavelmente perto do dele, e Olivia sentiu o mais puro terror quando notou que aqueles olhos refletiam uma selvageria que ela suspeitava existir apenas nos campos de batalha. Dodger arfava, e o peito dele subia e descia sob os dedos dela. Olivia bateu os joelhos na cadeira e, com muita vergonha, percebeu que acabara presa entre as coxas dele.

Ela estava com medo de se mover, e mais ainda de ficar parada. Dodger a encarava como se nunca a tivesse visto antes, como se estivesse tentando determinar de onde a conhecia.

— O que está fazendo? — perguntou ele em uma voz rouca.

Olivia engoliu o nó que de repente se alojara em sua garganta.

— Vo-você estava dormindo. Pensei em deixá-lo mais confortável.

Dodger olhou para a boca dela, e a duquesa percebeu que fazia muito tempo que não ficava tão próxima de um homem. Que fazia muito, muito tempo desde que fora beijada. Olivia viu o desejo arder nos olhos escuros que a encaravam. Seu coração palpitou e seus joelhos enfraqueceram, e ela temeu se acomodar no colo dele. Esperava que Dodger a puxasse para mais perto e que encostasse aquela boca de formato perfeito, os lábios carnudos, nos dela.

Erguendo a mão livre, ele embalou a bochecha de Olivia. A palma da mão de Dodger era muito mais áspera do que a de Lovingdon. Mais áspera e maior. Então, ele acariciou os lábios dela com o polegar antes de voltar a encará-la.

— Cuidado, duquesa — alertou ele. — Não sou um homem que se contenta apenas com um beijo.

Olivia foi tomada por uma onda de humilhação e temeu que Dodger tivesse visto nos olhos dela o que ela vira refletido nos dele. Desejo. Um desejo que deveria permanecer insatisfeito, que deveria ser esquecido até sumir, antes que ela queimasse por toda a eternidade. Ela era orgulhosa demais para admitir que Dodger adivinhara o que ela queria, mas nunca teria por pura covardia. Para se proteger, Olivia escolheu ser rigorosa.

— Solte-me, senhor.

Dodger a soltou de supetão. Desequilibrada, Olivia quase caiu, mas ele a segurou pela cintura. Com enorme dificuldade de manter a dignidade, Olivia se endireitou e recuou, alisando a saia.

Dodger inclinou a cabeça para o lado.

— O que está fazendo aqui, Olivia? Tentando roubar meu livro?

— Eu não sou o ladrão aqui, senhor.

— Não, não é mesmo. Então o que você queria?

Olivia se sentiu absurdamente tola.

— Brittles disse que você não comeu o dia todo, então trouxe algo para você.

Dodger a olhou como se estivesse considerando devorá-la. Ela deu meia-volta e foi até a escrivaninha, aproximando a bandeja dele pelo outro lado da cadeira.

— É cordeiro com batatas. Você deveria comer.

— Será, mesmo?

Olivia pigarreou.

— Eu mesma preparei a bandeja.

— Não tenho criados para me servir?

— Você está dificultando as coisas.

Jack a estudou, tentando não pensar em como suas mãos circularam a cintura dela. Não queria se lembrar de como acordara e a encontrara tão próxima dele. Do quão perto a boca dela estivera da dele, de como o menor dos movimentos poderia saciar sua curiosidade. Ele não tinha o hábito de negar prazeres a si mesmo, mas Olivia era perigosa de maneiras que ele não queria analisar.

— Por acaso você está tentando uma trégua? — perguntou ele.

Olivia o olhou por cima do ombro.

— Estou tentando ser um pouco mais agradável.

— Agradável, é? — Jack ficou de pé, foi até o aparador e levantou a tampa de uma decantador. — Gostaria de se juntar a mim?

— Não, obrigada. Você gosta mesmo de bebida, não é?

— Bebo gim desde os 8 anos. Não vejo razão para parar agora.

Jack caminhou até a escrivaninha e tirou a tampa que cobria o prato. O cheiro delicioso o atingiu e só então ele percebeu que estava faminto. Sentou-se rapidamente.

— Brittles disse que você não comeu ontem à tarde. Você costuma trabalhar sem parar para comer? — questionou ela.

— Não suporto mulheres pairando sobre mim. Sente-se ou saia.

Para imensos prazer e surpresa dele, Olivia se sentou.

— Você não respondeu a minha pergunta.

Jack cortou um pedaço de cordeiro e o colocou na boca, deliciando-se com o sabor.

— Eu trabalho durante a maioria das refeições. Todo minuto não trabalhado é um minuto sem ganhar dinheiro.

— Você se importa muito com dinheiro.

— Eu *só* me importo com dinheiro.

— Foi por isso que concordou com os termos do testamento?

Jack mastigou e engoliu.

— Sim. — Jack bateu de leve a faca no prato. — Por que está aqui? — Ele gesticulou com a mão sobre o prato. — Por que trouxe isso?

Olhando para as mãos, que estavam dobradas no colo, Olivia se remexeu na cadeira antes de encará-lo.

— Posso tê-lo julgado injustamente. Sempre pensei o pior de você em todas as situações. Achei que o inspetor estava aqui para prendê-lo. Achei que sua contadora fosse uma prostituta. Achei que tinha feito algo para machucar Henry. Estou tentando me desculpar, e não sou muito boa nisso.

— Você não costuma pedir desculpas?

— Não costumo precisar, já que é raro eu estar errada.

Num piscar de olhos, Olivia passou de arrependida a arrogante. Jack a preferia daquele jeito, exibindo força em vez de doçura. E, mesmo quando mostrava força, Olivia possuía uma beleza incomum — uma beleza que estivera imperceptível quando a conhecera. Era como se, a cada encontro, Jack percebesse mais coisas naquela mulher. Aspectos que realçavam cada vez mais sua beleza. Havia uma leve camada de sardas nas bochechas, e ele a imaginou brincando sob o sol, sem chapéu ou sombrinha. Jack imaginou a primeira temporada dela na sociedade e todos os cavalheiros que teriam a rodeado.

— Por que se casou com ele? — perguntou Jack.

Olivia olhou para as mãos mais uma vez, como se mantivesse a resposta escondida nelas.

— Era o que meu pai queria.

— Lovingdon era consideravelmente mais velho que você.

Olivia assentiu, levantando o olhar para Jack.

— Mas ele era amigo do meu pai. O duque precisava de um herdeiro para seu nobre título, e eu era uma filha obediente. Cumpri o desejo do meu pai. No meu mundo, sr. Dodger, as filhas tendem a obedecer aos pais.

— E você era uma esposa obediente, também? — Antes que ela pudesse responder, ele adicionou: — Peço desculpas. Essa pergunta foi desnecessária. É óbvio que me faltam habilidades para manter uma conversa na alta sociedade.

— Levando em consideração sua reputação com mulheres, achei que suas habilidades fossem excepcionais.

— Quando estou com mulheres, costumo usar minha boca para outras coisas que não conversar.

Olivia corou profusamente. Jack não sabia por que sentia tanto prazer em deixá-la vermelha, mas adoraria fazê-lo com muito mais que palavras. No entanto ela era uma dama aristocrática, e, em geral, até mesmo tocar em alguém assim envolvia o risco de uma viagem rápida ao altar — uma viagem que ele não tinha planos de fazer. Além disso, Jack não queria tê-la para si. Ele a queria casada, para que pudesse se livrar da responsabilidade de criar o herdeiro.

— Você pareceu muito insistente em não querer se casar com Briarwood.

Olivia olhou para as mãos mais uma vez.

— Se algum dia eu me casar de novo, gostaria muito que fosse por escolha minha.

Infelizmente, esse desejo causaria problemas para Jack. Um casamento por amor poderia ser um processo demorado, enquanto ele queria que Olivia se casasse rápido.

— Então, se pudesse escolher se casar com qualquer pessoa, quem seria?

Olivia ergueu os olhos, surpresa.

— Nunca pensei nisso.

— Ora, fale a verdade. Certamente, durante todos esses anos, alguém já chamou sua atenção num jantar ou durante um baile. Talvez tenha dançado com ele e pensado que gostaria de algo mais.

— Eu era casada.

— Não estou insinuando que você teve um caso, pois Deus sabe que você nunca faria nada inapropriado, mas pensar em algo do tipo não é errado. E sem dúvida pensou sobre isso.

— Não, senhor. Nunca, mesmo.

Para sua completa surpresa, Jack percebeu que Olivia estava falando a verdade. Nunca fantasiar sobre algo proibido? Ele não conseguia nem imaginar...

— Está bem, vou aceitar que você provavelmente nunca pensou em ficar íntima de outro homem, mas com certeza já gostou de alguém ou considerou alguém uma companhia agradável. Eu poderia providenciar para que o sujeito viesse aqui para uma visita, para que você pudesse conhecê-lo melhor.

— Eu estou de luto.

— Você não se cansa de me lembrar disso, mesmo que não seja necessário, Olivia. Suas roupas já são um lembrete evidente. A propósito, você fica horrorosa de preto. Por acaso não tem nenhum vestido de tom violeta?

Olivia gaguejou sons irreconhecíveis, claramente ultrajada. Jack levantou a mão.

— Deixa para lá. Podemos resolver a questão das suas roupas depois. Mas o problema é: você não quer que eu seja o guardião do seu filho, e eu não quero ser o guardião dele. A solução mais simples para ambos é você se casar, e estou disposto a ajudar no que puder. Posso trazer pretendentes até aqui. De quem você gosta?

— Seria totalmente inapropriado receber visitas de homens.

— É claro que seria inapropriado. Por isso faríamos tudo de forma discreta.

— Uma mulher de luto não envia convites.

— Mas você não vai enviar convite nenhum. Eu vou.

Olivia ficou de pé.

— Não sei por que me preocupei em tentar resolver nossas desavenças.

E Jack não sabia por que continuava tentando complicá-las.

— Sente-se.

Olivia hesitou.

— Por favor.

Ela assentiu e sentou-se.

— Henry está adorando o cachorrinho.

A mudança de assunto o surpreendeu, mas foi bem-vinda.

— Ainda bem. Custou uma fortuna.

— Henry me contou. — Olivia sorriu, e Jack ficou mais uma vez surpreso por ela parecer tão tranquila quando sorria. Se ela fosse dele, Jack sempre tentaria fazê-la sorrir. — Ele não sabia como "guardar uma confidência", já que você não deu nada físico para ele "guardar".

— Deve ter sido uma conversa interessante.

— Ouso dizer que foi muito esclarecedora.

Jack deveria ter tido mais cuidado ao explicar as coisas ao menino, mas não estava exatamente incomodado por Olivia saber a verdade. Ele só não queria que Chesney soubesse.

— Como você sabia? — perguntou ela.

Jack terminou de mastigar mais um pedaço de cordeiro e engoliu.

— Oi?

— Sobre Helen. A babá de Henry. Você suspeitou dela desde o início. Henry me disse que ela guardava um pedaço de madeira no bolso e batia na mão dele se visse algo que a desagradasse. Não foi bem isso que ele disse, é claro, mas foi basicamente o que me confidenciou. Como você sabia que Helen o assustava?

Algo estava mudando entre os dois, e Jack não estava muito confortável com a mudança. No entanto, também estava cansado das brigas. Até que conseguisse casá-la, eles viveriam juntos naquela casa, então era melhor que tivessem um relacionamento amigável.

— Quando eu era muito jovem, por um curto período, morei com alguém que me machucou. Eu gaguejava quando estava com medo. As pessoas devem gaguejar por vários motivos, então talvez uma coisa não tivesse nada a ver com a outra. Mas ele é um menino. E meninos não são bem-comportados.

— O que você disse sobre Lovingdon mais cedo, sobre levar a sério sua tarefa como guardião... as coisas entre nós poderiam não ter sido tão difíceis se tivesse me falado isso antes.

— Sendo muito sincero, duquesa, eu não tinha percebido até as palavras saírem da minha boca. Estou tão perplexo quanto você com a escolha do seu marido, mas gosto desta casa e de tudo que há nela. Então, pretendo mantê-las.

— Contanto que seja bom com Henry, vou me esforçar para ser mais gentil.

Jack não tinha certeza de que a queria mais gentil. Gostava dela quando estava brava.

— Você é irmã do falecido duque de Avendale.

Olivia pareceu surpresa por ele saber da informação.

— Sim. Meu pai faleceu um mês depois de eu me casar, e meu irmão herdou o título. Como ele morreu recentemente, o título passou para o filho. Não tenho nenhum outro parente próximo. E você?

Olivia havia compartilhado tantas informações pessoais de uma só vez que Jack demorou para entender que ela fizera uma pergunta. Quando percebeu, ele riu e ergueu o copo em saudação.

— Não. Pelo menos não no sentido tradicional. — Jack bebeu o gim, colocou a faca e o garfo no prato e cobriu a porcelana. — Obrigado por me trazer esta refeição.

— Fico feliz que tenha gostado. — Olivia ficou de pé. — Espero que um médico examine sua bochecha. Não quero que infeccione.

— Acho que tem razão. Uma cicatriz arruinaria minha beleza.

— Você está presumindo que é bonito?

— E você está insinuando que não sou?

— Estou insinuando que é presunçoso da sua parte afirmar que é bonito. — Ela olhou para o chão de novo antes de encará-lo. — Me desculpe por machucá-lo. Achei que...

— Que o menino estava em perigo. Se for necessário cometer um erro, duquesa, prefiro que seja como aconteceu nesta manhã.

— Você se preocupa com Henry.

— Nem um pouco. Mas ele está sob minha tutela. Se ele for ferido, será mais um problema para mim.

Olivia se inclinou sobre a escrivaninha. Seu perfume de lavanda provocou as narinas de Jack, e seus lábios estavam tentadoramente próximos dele.

— Acho que não acredito em você, sr. Dodger.

Olivia pegou a bandeja e quase a bateu no nariz dele ao fazê-lo. A culpa foi de Jack por não perceber que estava se movendo na direção dela.

— Acredite, duquesa — falou ele, esforçando-se para recuperar o controle que lhe escapava.

— Creio que não.

Com isso, Olivia se virou e atravessou a sala, balançando os quadris.

Algo estava acontecendo, algo muito perigoso. Jack estava começando a baixar a guarda quando não podia fazê-lo. Baixar a guarda poderia acabar em desastre. Ele passara a vida inteira erguendo muros ao redor de seu coração. Não permitiria que uma linda viúva os derrubasse.

11

Na cama, apoiada em um monte de travesseiros e abraçando as pernas dobradas, Olivia olhava para a porta ornamentada que dava para a sala de banho, tentando ouvir qualquer barulho que indicasse que Dodger estava se preparando para dormir. De vez em quando, ela sentia uma tontura e percebia que estava prendendo a respiração.

No final da tarde, ele enviara um bilhete informando que não estaria disponível para o jantar e que ela poderia comer com Henry. Olivia não gostou nem um pouco que ele pensasse estar no comando da agenda dela. Também achou interessante que ele tivesse optado por não a informar pessoalmente. Será que a evitava? Será que ele se sentia desconfortável pela relação dos dois estar deixando de ser hostil? A duquesa ainda não sabia o que pensar a respeito daquele homem, mas tinha certeza de uma coisa: Jack Dodger não a incomodaria ali. Apesar de tudo o que as mulheres falavam sobre ele, ela estava descobrindo que ele tinha, sim, um tipo de "senso moral". Um senso um pouco distorcido, talvez, mas que ainda parecia pender para o lado certo. Pelo menos no que dizia respeito a Henry.

Olivia tinha certeza de que Jack honraria sua palavra de não ir para a cama dela. Sentiu uma leve pontada de decepção. Não que ela quisesse que ele abrisse a porta sem fazer barulho e andasse calmamente...

Não, aquele era mais o jeito de Lovingdon. Jack Dodger abriria a porta com tudo e marcharia até a cama dela com passos decididos, emanando virilidade. Ele seria exigente. Exploraria o corpo dela com mãos ávidas. Provocaria Olivia com sua língua e...

Gemendo baixinho, a duquesa apertou a testa contra os joelhos. Dodger não passaria por aquela porta. E era ridículo de sua parte permitir que pensamentos tão impuros invadissem sua mente. O que importava se ele estava dormindo no quarto ao lado? Duas portas os separavam. Não era possível ouvi-lo respirar ou se mexer. Nem ver seus pés descalços enquanto ele andava de pijama.

Olivia levantou a cabeça e apoiou o queixo nos joelhos. Será que usava pijama? Era provável, já que todos os cavalheiros usavam. Mas Jack Dodger não era um cavalheiro.

Era quase impossível imaginá-lo vestindo um pijama. Ah, ela precisava parar de pensar nele... Olhou para o relógio e ficou surpresa com a hora. Já passava da meia-noite. Como Dodger ainda não havia ido para o quarto, provavelmente fora ao clube. Olivia se sentia tola por pensar o contrário, por ter passado um tempo precioso tentando ouvir um barulho de chegada que nunca aconteceria.

Precisava de uma distração. Talvez um livro da biblioteca. Qualquer coisa para não pensar *nele*.

Levantando-se da cama, ela vestiu um roupão, pegou a lamparina da mesa de cabeceira e partiu para a biblioteca. Não havia criados por perto àquela hora da noite. Abrindo a porta, Olivia ficou surpresa ao ver Dodger sentado à escrivaninha, examinando livros contábeis. Por que ele não estava no clube, e como ela poderia escapar? Percebeu, com uma crescente sensação de pavor, que sua fuga seria impossível, pois havia chamado a atenção dele.

— Achei que tinha ido ao clube.

O homem negou com a cabeça, recostou-se na cadeira e alongou os braços para cima.

— Eu precisava resolver algumas coisas aqui.

De repente, ele ficou de pé, talvez finalmente encontrando suas boas maneiras.

— Por que não está dormindo?

"Porque não consigo parar de pensar em você" não parecia uma confissão prudente.

— Não sei. Pensei que ler algum livro pudesse me ajudar a pegar no sono.

— Descobri que isso só funciona quando o livro é tedioso.

Olivia não conseguia imaginá-lo lendo um livro por prazer. Provavelmente por achar que ele só encontrava prazer em atividades mais carnais. Sentindo as bochechas esquentarem, ela se aproximou da escrivaninha.

— E quando *você* dorme?

— Algumas horas aqui e ali. Nunca precisei dormir muito.

Ela olhou para os vários livros espalhados sobre a mesa.

— Você certamente dedica muito do seu tempo às suas finanças.

— Na verdade, estou estudando as *suas*.

Surpresa, Olivia o encarou.

— Por que você se importaria com as *minhas* finanças?

— Acho que tem relação com minha origem humilde.

Ela deu uma risada.

— Não consigo ver nada humilde em você.

Dodger não pareceu ofendido. Em vez disso, indicou o sofá perto da janela.

— Sente-se e eu posso explicar o que estou pensando.

Já era tarde, ela estava de camisola e eles estavam sozinhos na biblioteca. Não havia situação mais imprópria que aquela — talvez só se estivessem sozinhos no quarto dele. Ainda assim, Olivia hesitou em sair. Sempre ficava feliz quando Lovingdon passava tempo com ela, mas era porque as visitas do marido lhe ofereciam um alívio para sua solidão. Jack Dodger não lhe oferecia nada, mas não podia mais negar sua curiosidade em relação a ele. O homem era muito diferente do que ela havia imaginado, e Olivia queria explorar essa faceta recém-descoberta dele.

A duquesa caminhou do jeito mais indiferente que conseguiu até o sofá. Mas seu corpo estremecia a cada passo, e Olivia rezou para que Dodger não percebesse seu nervosismo. Sentada, observou-o ir até o aparador e servir uma bebida em duas taças. Então, ele andou até o sofá carregando-as entre os dedos de uma mão e a garrafa na outra mão. Depois de colocar a garrafa sobre a mesinha ao lado do sofá, o homem ofereceu uma das taças para ela. Olivia hesitou…

— Meu melhor conhaque. Que mal há em uma taça? Você não vai para o inferno por uma heresia de nada.

— Por acaso foi Deus quem lhe disse isso?

Dodger mostrou um sorriso tentador.

— Na verdade, foi o diabo.

— Isso não me surpreende nem um pouco. Acho até que vocês são melhores amigos.

— Exato. Agora, beba. Vai ajudá-la a se esquentar.

— Não estou com frio.

— Você está tremendo.

— Você repara em tudo? — resmungou ela, pegando a taça e tomando um gole.

O líquido queimou sua garganta e seus pulmões, e seus olhos lacrimejaram.

Dodger estendeu a mão e lhe deu um tapinha nas costas, e Olivia sentiu o calor da pele dele sob o tecido da roupa. Como seria ter a pele daquele homem contra a dela? Olivia lutou para não contemplar as possibilidades.

— Cuidado. Conhaque é para saborear, não para engolir tudo de uma vez.

Olivia respirou fundo enquanto um fervor se instalava nela. Podia ser a bebida, mas também podia ser pela proximidade de Dodger. A presença dele era quase avassaladora, como se fosse maior que tudo. Desde a primeira noite, Olivia havia notado que ele dominava qualquer cômodo — ou veículo — em que estivesse. Era um dos motivos para ficar tão desconfortável na presença dele. Jack Dodger não era um homem que pudesse ser ignorado.

— Achei que você não apreciasse coisas finas — disse ela com a voz rouca, o que o fez sorrir.

— Faz tempo que valorizo as coisas boas da vida. Por que acha que trabalhei tanto para adquiri-las?

Dodger sentou-se na outra extremidade do sofá, esticando as pernas à frente e apoiando um dos braços preguiçosamente ao longo das costas do sofá. Seus dedos longos ficaram perto dos ombros dela, quase como uma tentação, e de repente a mobília pareceu minúscula e inadequada para mais que uma pessoa.

— As damas que falavam de você nunca mencionaram sua propensão ao trabalho duro.

— Damas?

Olivia tomou outro gole de conhaque. O cheiro da bebida queimava suas narinas, mas Olivia até que gostava da sensação. Que prazeres será que as outras garrafas podiam proporcionar?

— Você era um tópico recorrente nos chás da tarde.

Dodger riu.

— E o que as damas falavam de mim?

— Que você conhece bem o diabo.

— Isso é verdade.

Ele ergueu a taça em uma saudação e bebeu o conhaque.

Olivia tentou não ficar hipnotizada pelo movimento do pomo de adão. No momento, Dodger não usava gravata, colete ou paletó, e havia afrouxado os botões da camisa perto do pescoço. Considerando que não queria perturbar a proximidade que estava se desenvolvendo entre eles, ela decidiu não reclamar da vestimenta desleixada — até porque ele não parecia nem um pouco desleixado. Mesmo desarrumado, Dodger parecia mesmo tão devasso e delicioso quanto as damas descreviam.

— Você disse que me explicaria minhas finanças — lembrou Olivia.

— Ah, sim. Suas finanças. Você deve se lembrar de que seu falecido marido depositou dinheiro em um fundo que lhe fornecerá duas mil libras por ano.

— Claro que me lembro.

— Com os investimentos certos, acredito que posso fazer com que você ganhe cinco mil.

— Por ano? — perguntou ela, incrédula.

— Sim, por ano.

— E por que você faria isso?

— Porque será mais fácil arranjar um marido para você.

Pegando a garrafa da mesa, ele estendeu o braço pelo curto espaço que os separava e encheu novamente a taça dela. Olivia tomou um gole, estudando-o por cima da borda da taça. Ela estava começando a gostar do sabor do conhaque.

— Você parece obcecado com a ideia de arrumar um casamento para mim.

— Isso resolveria vários dos meus problemas.

— Se não queria ser o guardião de Henry, por que concordou?

— Certamente, no pouco tempo que me conhece, já aprendeu que não existe tarefa ruim para mim se ela enche o meu bolso com mais moedas.

— Depois de observá-lo com Henry hoje, tive a nítida impressão de que gosta dele.

— E gosto. É um menino encantador. Mas ainda prefiro minha liberdade.

Olivia tomou mais um gole de conhaque, depois outro. Sentindo-se cada vez mais letárgica, ela apoiou os pés nas almofadas do sofá. Mesmo que não fosse apropriado, sentar-se assim era seu prazer secreto, ainda mais quando lia em seu quarto na frente da lareira. E o conhaque parecia o acompanhamento perfeito para um prazer secreto.

— Você pode ter sua liberdade facilmente. Basta sair da nossa vida — afirmou ela.

— Difícil acreditar que *você*, uma pessoa tão preocupada em cumprir deveres, esteja sugerindo que eu fuja dos meus.

Dodger serviu mais conhaque para ela.

— Por acaso você está tentando me deixar bêbada?

Ele riu, e o som profundo fez a pele dela formigar.

— O que você sabe sobre as maravilhas do álcool?

— Sei que meu irmão voltou do seu clube trocando as pernas diversas vezes. Acho que você acharia muito satisfatório se eu ficasse de quatro de tão bêbada, e então espalharia boatos sobre meu comportamento escandaloso.

O olhar dele escureceu e fixou-se nela enquanto Dodger a estudava, e Olivia ficou com a impressão de ter dito algo que ele achou intrigante. Ele moveu o braço um centímetro, mas foi o suficiente para segurar a trança dela e deslizar a mão por um ombro, fazendo um arrepio percorrer o corpo da duquesa.

Dodger brincou com a ponta da trança, passando o polegar sobre os fios.

— Nos meus negócios, duquesa, aprendi a ser muito discreto. Garanto que nada do que acontecer nesta residência será comentado fora destas paredes. Ao contrário das suas damas, não gosto de fofocas. Então pode ficar bêbada e de quatro quantas vezes quiser.

Olivia não tinha planos de ficar bêbada ou de quatro, mas não se opôs quando ele lhe serviu mais conhaque. Sentindo-se relaxada como não fazia havia meses, ela girou a taça e observou o líquido rodopiar.

— Então, como você faria isso?

Dodger pareceu muito surpreso com a pergunta dela.

— Fazer o quê?

No que será que ele estava pensando?

— Ora, aumentar minha renda anual.

— Ah, sim, tinha me esquecido que este era o motivo da nossa conversa. Eu aumentaria sua renda investindo seu dinheiro.

— Em algo inapropriado, presumo?

Olivia notou um brilho de respeito nos olhos escuros, e ficou empolgada por ter adivinhado o que Dodger planejava fazer com o dinheiro dela.

— Digamos apenas que, por uma questão de decoro, você estaria investindo em entretenimento. Não sei se você precisa ou deseja saber os detalhes.

Olivia negou com a cabeça.

— Isso me tornaria uma hipócrita.

— Uma hipócrita rica.

Sorrindo, ela bebericou o conhaque. Era tentador. E bebidas alcoólicas não eram tão horríveis quanto ela pensava. Na verdade, eram bem encantadoras, pois a faziam se sentir muito feliz. Mais feliz do que se sentia havia muito tempo.

— A vida é mais que riqueza — falou para ele.

— Quem dá declarações imprudentes como essa normalmente já é rico.

— Você é rico.

— Porque reconheço que a riqueza é a única coisa que importa e me esforço para adquiri-la e mantê-la.

— Isso é triste. Triste demais. Não tem ninguém especial na sua vida?

Por um momento, pelo modo como Dodger a encarou, Olivia pensou que ele falaria sobre alguém que amava.

— Você quer que eu invista seu dinheiro ou não? — perguntou ele, bruscamente.

Parecia errado investir seu dinheiro em coisas que não aprovava, mas a ideia de receber cinco mil libras por ano — uma soma que a tornaria bastante independente — era uma tentação grande demais para resistir. Tomando o resto do conhaque, agora parecendo ser capaz de ingerir mais que antes, Olivia assentiu.

— Ótimo. — Ele encheu a taça dela de novo. — Agora vamos ao próximo assunto.

— Que seria...?

— Seu marido.

— Lovingdon?

— Não, seu futuro marido.

Dodger segurou os pés dela, esticando as pernas de Olivia e apoiando os pés descalços no colo.

— O que está fazendo? — perguntou ela, alarmada com a intimidade, mas letárgica o suficiente para não querer puxá-los de volta.

— Oferecendo-lhe um pouco mais de heresia.

— Acho que você quer me corromper.

— Com um pouco de conhaque e uma massagem nos pés? Nossa, eu sou o diabo em pessoa.

Sorrindo para ele por cima da borda da taça, ela disse:

— Foi o que pensei na primeira noite. Que estava recebendo o diabo em casa.

— E agora?

— Não sei bem o que pensar de você, Jack.

De repente, Olivia se sentiu confortável até demais com ele, como se todas as inibições dela tivessem desaparecido. Como se fosse capaz de confiar seus segredos mais profundos e sombrios a ele.

O homem começou a massagear as solas dos pés dela com as mãos grandes e ásperas. Olivia estava no paraíso. Olhando-o através de uma névoa de conhaque, concluiu que ele era muito charmoso.

— Já que não vai me dizer de quem gosta, diga pelo menos quais qualidades prefere em um homem e buscarei pretendentes com base nelas — sugeriu ele.

Olivia não conseguiu evitar uma risada.

— Você faz tudo isso parecer tão simples.

— E não é? — Ele passou a base do polegar pelo centro da sola dela, fazendo os dedos do pé se curvarem involuntariamente. — Que qualidades você deseja em seu próximo marido?

Olivia balançou a cabeça. Ela não queria discutir aquilo. Não queria que ele soubesse…

— Vamos, Olivia — insistiu com aquela voz suave e rouca que causava sensações estranhas nela. — O que você quer do seu próximo marido?

Fechando os olhos, Olivia deixou mais conhaque descer por sua garganta. O calor parecia subir para sua cabeça, incitando-a a confessar, fazendo-a se sentir mais ousada e despudorada, sem tanta vergonha de seus desejos. Lambendo as últimas gotas da bebida dos lábios, Olivia abriu os olhos e descobriu que Jack havia se aproximado, e agora estava perto o suficiente para colocar atrás da orelha dela algumas mechas de cabelo que haviam escapado da trança.

— Diga-me, Olivia.

— Não quero que ele me deixe de lado quando tiver seu herdeiro. — Ela segurou firme a taça com ambas as mãos e olhou para o vidro como se ele estivesse mostrando imagens do passado. — Lovingdon fez isso. Ele nunca mais me tocou depois que eu fiquei grávida.

Olivia precisou reunir toda a coragem do mundo para erguer os olhos para Jack. Não esperava pena de um homem como Jack Dodger, e ele não a decepcionou. Ela não sabia bem no que ele estava pensando, mas, com base em como seu rosto estava sério e tenso, desconfiou que talvez fosse bom que Lovingdon já estivesse morto.

— Achei que era porque eu estava grávida e ele temia que a intimidade pudesse me fazer perder o bebê — explicou, mas havia dúvida em sua voz. — Achei que tudo voltaria a ser como antes depois que Henry nascesse, mas isso não aconteceu.

Jack passou o dedo pela bochecha dela.

— Aquele homem era um idiota.

— A idiota era eu. Uma vez fui ao quarto dele pensando em seduzi-lo.

Olivia tinha se sentido tão boba na época. E nunca pensara em contar aquilo a ninguém, mas naquela noite, na penumbra, com o conhaque correndo em suas veias, o constrangimento parecia uma lembrança distante.

— Ele me rejeitou. Tentou ser gentil, claro. Contou que havia uma garota em sua juventude e que, quando ela o deixou, seu coração se foi com ela. Que ele a traíra e não continuaria a fazê-lo. Eu não entendi o que ele estava falando. Fiquei tão envergonhada que não escutei direito.

Jack acariciou a pele sensível do pescoço dela com o polegar.

— Quem era ela?

— Não sei. Isso é comum na aristocracia. Alianças políticas e ganhos financeiros têm mais importância que sentimentos. — Olivia meneou a cabeça. — Fui casada com Lovingdon durante seis anos, e mal o conhecia. Parece que eu devia sentir mais falta dele, que devia haver um buraco enorme, mas sinto apenas um vazio, uma sensação de que falta alguma coisa... Se bem que acho que já faltava algo antes de meu marido morrer. — O conhaque a deixou ousada. Olivia se aproximou um pouco dele e sussurrou: — Nem tenho certeza se fui beijada de verdade.

Foi estranho como Jack de repente ficou paralisado, tenso, e o olhar dele se intensificou sobre o dela.

— Já disse que não sou um homem que se contenta apenas com um beijo.

Ele também a alertara para nunca o desafiar, pois isso só o deixaria tentado. Olivia tinha 25 anos e só recebera um beijo em toda a sua vida, enquanto estava no altar. Lovingdon não fora um marido cruel, mas também não fora um marido apaixonado. Ele a tratara com bondade, mas nunca mexera com as emoções dela como Dodger fazia. Jack a enfurecia, ao mesmo tempo que a hipnotizava; a aterrorizava, mas também a intrigava.

Lambendo os lábios de novo para sentir o conhaque, Olivia viu os olhos dele escurecerem. A reação reforçou a coragem dela.

— Eu o proíbo de *apenas* me beijar.

— Já avisei para não me proibir de nada — rosnou ele.

Num piscar de olhos, Jack a segurou pela nuca e tomou os lábios dela. Não foi nada gentil ou educado, e sim quase selvagem pelo desejo de dar o que ela havia pedido. Olivia relaxou, e não ofereceu objeção alguma quando ele incitou com a língua os lábios dela a se abrirem e a deslizou suavemente para sua boca. O calor rodopiou por seu corpo, amolecendo todos os seus membros. Jack a tocava apenas com a boca e uma única mão, mas parecia que a acariciava por completo, por dentro e por fora, de forma leve e ao mesmo tempo intensa. *Como um simples beijo podia ser tão poderoso e provocar tantos anseios?*

Jack a segurava como se fosse mantê-la ali para sempre, enquanto explorava a boca dela. Será que ele sentia o gosto de conhaque nela como Olivia estava sentindo nele? De repente, o sabor da bebida parecia mais rico, mais intenso, mais gostoso. Ela queria se embriagar dele.

Olivia sempre tivera um comportamento exemplar, mas, naquele momento, estava adorando fazer o proibido. Começava a entender a tentação. A barba por fazer arranhava a pele dela, mas isso só servia para aumentar o deleite. Ela sentiu uma onda de prazer que nunca sentira antes. Queria se agarrar nele. Abraçá-lo. Olivia passou os dedos pelo cabelo de Jack, sentindo as mechas grossas na pele.

Então ouviu um gemido baixo, mal percebendo que tinha vindo dela mesma. Seu corpo inteiro parecia estar desperto, como se durante todos aqueles anos ela não tivesse percebido que estivera dormindo. Jack aprofundou o beijo ainda mais, como se não pudesse ter o suficiente dela. Como se a desejasse.

O notório Jack Dodger a desejava? Aquele era um pensamento quase inebriante demais para suportar. O marido de Olivia a beijara no altar porque era seu dever. E embora ela tivesse desafiado Jack, não sentia que ele estivesse beijando-a por dever. Sentia apenas um poder avassalador, difícil de controlar. Sua própria reação ao beijo ávido a chocou. Olivia não queria que ele parasse. Não queria que ele...

Jack se afastou de supetão e se levantou do sofá. Desolada, Olivia estendeu a mão na direção dele sem perceber.

Ofegante e de costas para ela, ele disse:

— Prepararei uma proposta para você, descrevendo o que pretendo fazer com o seu dinheiro. Você pode discuti-la com o Beckwith para ter certeza de que seus interesses serão atendidos.

Boquiaberta e atordoada, Olivia o olhou com incredulidade. O beijo que a deixara tremendo da cabeça aos pés não parecia ter significado nada para Jack, já que ele acabara de se levantar para discutir finanças, como se nada tivesse acontecido... Que tola ela tinha sido ao ceder à tentação, apenas para ver a indiferença sendo jogado em sua cara. Olivia sentiu os olhos arderem com lágrimas, enquanto lutava desesperadamente para reestabelecer sua compostura e ter alguma abertura para sair com dignidade do recinto.

De repente, Jack se virou, inclinou-se sobre ela, cercando-a com os braços no sofá, e a encarou com os olhos ardendo com uma paixão indomada.

— Eu avisei que não sou um homem que se contenta com apenas um beijo, então esteja avisada: vou cobrar o que me é devido. Cumprirei minha promessa e não irei até a sua cama, mas, por Deus, você irá até a minha. Deixarei que escolha quando, mas não terá escapatória.

Com uma força que deslocou a mobília, Jack se afastou e foi para a porta.

— Vou para o meu clube — afirmou ele, como se ela tivesse perguntado sobre suas intenções.

Mas Olivia não tinha forças para formar palavras. Ela mal conseguia ficar sentada na posição correta. Seu corpo inteiro estava fraco e trêmulo, e sua respiração estava ofegante. Ela queria apenas um beijo, mas ele lhe entregara muito mais.

Olivia fechou os olhos com força, e a ameaça sedutora ecoou em sua mente. Ora, mas que homem arrogante! Ela nunca iria para a cama dele. *Nunca!*

Embora repetisse isso a si mesma, Olivia temia que fosse mentira.

Jack entrou no clube como um furacão, com um único propósito. Pensara que deixar a duquesa seria o suficiente para reprimir seu desejo, mas estava errado. Mesmo depois de sair de casa, o desejo corria em suas veias, recusando-se a ser ignorado.

Pela primeira vez na vida, Jack quisera mais do que jamais tivera. Ele queria ouvir os gemidos de uma mulher enquanto ela se entregava ao prazer. Queria ser o motivo que fazia ela gritar. Queria tocá-la de uma forma que a desse prazer. Queria prová-la por inteiro, da boca até os dedos dos pés.

Marchando até a sala onde as garotas trabalhavam, ele parou na porta e examinou a multidão até avistar Prudence no colo de um homem.

Ele sabia o quão intenso aquele olhar poderia ser, como conseguia forçar uma pessoa a sentir a presença dele e chamar atenção. Prudence finalmente o olhou, e ele indicou com a cabeça a direção dos escritórios. Ela deu-lhe um rápido aceno antes de se voltar para o cliente para suavizar qualquer problema que pudesse surgir pela partida inesperada.

Jack percorreu o clube ignorando todos ao redor. Algo em seu rosto também devia indicar que ele não gostaria de ser incomodado, pois ninguém se aproximou ou pediu sua atenção.

Quando chegou aos escritórios, passou pela porta de Frannie sem olhar para dentro e entrou em sua sala, fechando e trancando a porta atrás de si. Então, foi até a parede, moveu uma pintura a óleo de uma mulher sentada sob a copa de uma árvore e abriu o cofre que ficava atrás com uma chave do bolso do colete. Jack pegou as moedas necessárias e as colocou em uma bolsinha de veludo e, depois de trancar o cofre e colocar a pintura no lugar, destrancou a porta do escritório.

Jogando a bolsinha no canto da mesa para facilitar o acesso, sentou-se, pegou na gaveta um preservativo de borracha e o colocou no bolso. Ele só precisava de algo rápido naquela noite, então sua mesa seria o suficiente. Prudence voltaria a seu cliente antes mesmo que ele sentisse sua falta. Pegando uma garrafa de uísque, Dodger serviu uma boa quantidade num copo e deu um longo gole.

Ele nunca sentira tamanha necessidade antes. Era uma sensação quase animalesca. Jack não conseguia parar de pensar no rosto de Olivia. Na inocência de seu pedido: "Eu o proíbo de *apenas* me beijar".

No entanto, não houvera inocência alguma na resposta dela.

O que dera nele para aceitar o desafio da duquesa? Teria sido muito melhor tê-la rejeitado, ter ido embora, nunca ter sentido o gosto dela, nunca ter ouvido o doce som de seus suspiros e gemidos de prazer. Jack havia precisado de toda a força de vontade em seu corpo para não ir além de um beijo. Ele quisera desesperadamente despi-la daquele roupão e camisola horríveis. Quisera explorar a pele dela com as mãos e a boca. Quisera deitá-la no sofá, esfregar-se contra ela e…

Era desejo. Só desejo e nada mais. Embora repetisse isso a si mesmo, Jack temia que fosse mentira.

Ele se levantou, pegou a bolsinha e saiu para o corredor, até a porta que dava para o clube. Era melhor que fossem para seu quarto, para um encontro mais longo e satisfatório. Ele se enterraria tão profundamente dentro de Prudence que…

Os passos que ouviu não foram os que andavam fazendo seu coração acelerar. Jack observou enquanto Prudence se aproximava em seu traje sensual, mas ela não o seduzia como Olivia fazia com seus vestidos pretos terríveis.

Ela passou o braço pelo dele e apertou os seios — muito maiores que os de Olivia — sugestivamente contra ele.

— Oi, amor. Faz tempo que você não me chama. Vamos para o seu quarto?

Jack nunca sentira nada por Prudence ou pelas mulheres as quais pagava por serviços. Nada além do físico. Sempre achou que era incapaz de sentir algo a mais. Que alguma coisa dentro dele estava quebrada e o impedia de ter sentimentos. Mas, de repente, o que Prudence poderia lhe dar não era o suficiente.

— Jack?

Ele tocou a bochecha dela com pesar.

— Desculpe, Pru. Parece que não estou mais no clima.

Jack entregou-lhe a bolsa.

— Aqui. Pelo trabalho.

— Mas eu não fiz nada, Jack. Não posso aceitar o dinheiro.

— Você veio até mim. É o suficiente.

— Está tudo bem? Você está meio estranho…

— Não poderia estar melhor. Vá ver seus clientes.

Ela deu de ombros.

— Está bem.

A mulher não ficara arrasada por ter sido rejeitada. Assim como Prudence era um negócio para Jack, ele era um negócio para ela. Nada mais.

A vida inteira de Jack nunca envolvera mais que negócios…

12

Olivia rolou na cama e protegeu os olhos da luz do sol que entrava por uma abertura nas cortinas. Ela se lembrou de como seu irmão parecia péssimo quando finalmente saía da cama depois de uma noite no Salão do Dodger. Seria aquela a maldição do conhaque? Deixá-la com uma dor de cabeça horrorosa, a garganta inflamada e uma mente confusa?

Com muita dificuldade, Olivia virou a cabeça para o lado e olhou para o relógio na mesinha de cabeceira. Os pequenos querubins da decoração a cumprimentaram como todas as manhãs: fazendo-a sorrir. Eram quase nove horas. Ela havia dormido demais, e ficou surpresa por Dodger não ter batido à porta em busca de companhia para o café da manhã. Talvez ele ainda não tivesse retornado do clube…

Jack. As lembranças do beijo a acometeram como um furacão. Como conseguiria encará-lo depois daquilo? Bom, não havia outra opção. A noite passada fora uma anormalidade, e a moral de Olivia estivera enfraquecida pelo conhaque. Ela evitaria bebidas alcoólicas no futuro e deixaria muito claro que não chegaria nem perto da cama dele. A duquesa não devia nada a Dodger. Ele aceitara o desafio de se contentar apenas com um beijo e teria que conviver com isso. Olivia apostava que ele não teria problemas para encontrar o que procurava em outro lugar. Mas por que seu coração doía ao pensar nisso?

Será que ele procuraria Frannie? Será que a mulher o receberia de braços abertos? Que daria o que Olivia tinha medo de oferecer? Será que Frannie conhecia o prazer de ver a manhã chegar aninhada nos braços de Jack?

Olivia soltou um suspiro letárgico por sua estupidez em se atormentar com aqueles pensamentos antes de se levantar da cama. O chão estava refrescante em seus pés. E se não usasse sapatos hoje? Ela riu ao pensar em uma duquesa descalça. Ou achou que estava rindo, pois nenhum som saiu de sua boca. O que havia de errado com ela?

Olivia cambaleou em direção à porta que dava para a sala de banho. Alguém tinha mexido na porta ou nas paredes, pois a distância parecia muito maior que a de costume. No meio do caminho, ela percebeu que havia esquecido de tocar o sininho para chamar a criada. Como se prepararia sem a ajuda de Maggie? Talvez fosse melhor voltar para a cama e dormir mais um pouco antes de recomeçar o dia...

Em vez disso, Olivia abriu a porta da sala de banho. Um calor fumegante a recebeu e confortou, embora ela já estivesse com calor.

E foi ficando cada vez mais quente de constrangimento e vergonha quando entendeu o que estava acontecendo.

Parado em frente ao espelho, com espuma em parte do rosto e uma navalha na mão, estava um homem. Imagens entravam e saíam da mente da duquesa: costas esbeltas, ombros largos. Nádegas pálidas, arredondadas e firmes. Pernas longas. Coxas duras. Olivia ficou fascinada, observando os músculos trabalharem a cada movimento. Ela nunca tinha visto nada tão primoroso antes.

Ele estava nu — completamente nu. Gotículas de água haviam se acumulado em suas costas, como se ele não tivesse conseguido alcançá-las ao se secar. Olivia sentiu uma vontade insana de pegar uma toalha e deslizá-la sobre a pele dele, secando as gotas esquivas.

— Você tomou banho *ontem* — disse ela asperamente, e as palavras soaram como se tivessem vindo de longe.

Encarando-a pelo espelho, Dodger disse:

— Eu tomo banho todas as manhãs.

Ao que parecia, o homem não tinha um pingo de vergonha. Por que ela não estava surpresa? Com um olhar desafiador e um sorriso irônico, Dodger se virou para encará-la. Olivia conhecia a anatomia do corpo masculino, embora seu marido tivesse dormido com ela com decoro, sempre usando pijama. Ela sentira, mas nunca vira... e mesmo que tivesse visto, duvidava que seu marido tivesse sido tão... atraente. Era a única palavra que conseguia pensar para descrever o que Jack Dodger exibia com tanto orgulho. Cada faceta do homem era um convite para pecar.

— Minha nossa — ofegou ela.

De repente, a sala começou a girar, e sua visão, escurecer, até que ela não viu absolutamente mais nada.

— Maldição!

Jack largou a navalha na bacia e correu para Olivia, conseguindo segurá-la antes que ela caísse no chão. Como era possível uma mulher que fora casada desmaiar ao ver um homem nu?

Mas, quando Jack a pegou nos braços e a cabeça dela encostou em seu ombro, percebeu que Olivia devia ter desmaiado por um motivo bem diferente.

— Meu Deus, você está queimando de febre!

Vestindo apenas uma camisola de algodão, Olivia estava mais leve do que na primeira vez que ele a carregara.

Jack a deitou na cama, mas hesitou em tocar o sino. Como explicaria sua nudez se a criada aparecesse rapidamente?

Pegando uma toalha da sala de banho e enxugando a espuma do rosto, Jack correu para seu quarto e vestiu uma camisa e uma calça. Será que Olivia estava doente havia tempo? Ele odiava pensar que poderia ter piorado a vida de uma mulher doente, ou até ser o motivo da doença. Na noite anterior ela parecera febril apenas pela paixão; Jack certamente teria notado se ela estivesse se sentindo mal.

Minimamente vestido, ele decidiu que o resto poderia esperar. Era mais fácil explicar a falta de um colete e paletó do que a nudez completa.

A passos largos, Jack retornou ao quarto dela e tocou o sino. Olivia ainda estava desmaiada, e ele deu um tapinha na bochecha dela.

— Livy? Acorde, querida.

— Desculpe — murmurou ela. — Eu sinto muito.

— E deveria mesmo, do jeito que entrou na sala de banho sem avisar.

Por um breve momento glorioso, Jack pensou que Olivia havia decidido encontrá-lo na cama. E o corpo dele, fraco como era, respondera imediatamente.

Seus tapinhas gentis não estavam sendo eficazes em acordá-la. Será aquele barulho de chiado era da respiração dela? Abaixando o ouvido até o peito da mulher, Jack ouviu um silvo, mas não parecia algo grave. O mais perturbador foi ter ficado consciente até demais da suavidade dos seios de Olivia em sua bochecha, através do tecido fino. A intimidade fez sua boca ficar seca. Os seios dela eram menores que os de Prudence, mas seu desejo não parecia se importar e quase saiu do controle.

A porta se abriu e Jack recuou, culpado, tentando fazer uma expressão de indiferença.

A criada ofegou.

— O que está fazendo, sr. Dodger?

— Ela desmaiou. Estava tentando acordá-la. Precisamos chamar meu médico.

— Ela tem o próprio médico — afirmou a criada, que correu e começou a bater os dedos nas bochechas de Olivia.

— Já tentei isso — disse Jack a ela.

— Ela está ardendo em febre.

A mulher olhou para ele, e Jack percebeu que, até confirmar que Olivia estava febril, a criada acreditava que ele tinha feito algo para fazê-la desmaiar. Ou talvez achasse que ele fosse o responsável pela febre. Mas Jack era culpado por tantas coisas, o que era mais uma, não é?

— Fique com ela — ordenou ele, saindo do quarto. — Vou chamar um médico.

Olivia poderia ter o próprio médico, mas Jack não mandaria buscá-lo. Ele queria alguém em quem confiasse. No momento, não queria explorar o terror repentino que surgira ao pensar na possibilidade da morte dela.

Olivia acordou com a visão de um anjo pairando sobre sua cama. Ele tinha um cabelo tão loiro e encaracolado que parecia formar uma auréola ao redor de seu rosto. Em algum lugar distante de sua mente, ela percebeu que deveria estar com medo por um estranho estar em seu quarto, mas o sorriso dele era tão gentil e tão reconfortante que ela só conseguiu retribuir com um sorriso fraco.

— Olá — disse ele.

— Quem...

— Eu sou o dr. Graves. O sr. Dodger mandou me chamar. Como está se sentindo?

A lembrança do que tinha visto voltou.

— Ele estava nu.

— É mesmo?

Olivia ouviu um som áspero, como se alguém estivesse pigarreando.

— É possível que você estivesse sonhando — falou o médico.

Olivia lutou para balançar a cabeça.

— Não. Eu nunca sonharia com ele sendo tão magnífico quanto estava.

Olivia ficou com a impressão de que o médico estava se esforçando para não rir.

— Certo... mas temos preocupações mais urgentes. Você está sentindo dor em algum lugar?

— Em todos os lugares. Estou muito cansada.

— Aposto que está. Há quanto tempo está se sentindo mal?

— Desde sempre. Mas nunca fiquei tão quente.

— Então talvez a febre tenha começado só hoje.

Ela assentiu, ou pensou que sim.

— Por que não volta a dormir agora? — disse o médico.

Suspirando, ela fechou os olhos.

— Henry...

— Ele está bem.

Aquele homem era maravilhoso. Ele sabia as respostas às perguntas antes mesmo que Olivia as fizesse. E as mãos dele eram incrivelmente gentis enquanto ele a cutucava aqui e ali. Tão gentis...

Lovingdon nunca fora carinhoso de verdade. Dormir com Olivia sempre fora mais uma questão de ir direto ao assunto. Ele não falava palavras doces antes ou depois. Às vezes, Olivia tinha a impressão de que o marido estava quase se desculpando por estar ali. Ele sempre entrava no quarto dela, deitava-se na cama, a penetrava por um tempo e depois saía, deixando-a com uma dolorosa sensação de solidão. Era sempre tão solitário...

— Então? — perguntou Jack rispidamente assim que Graves terminou de examiná-la.

— Suspeito de algo parecido com influenza.

Jack sentiu um aperto no estômago ao mesmo tempo que a criada ofegou. A mulher estava sentada em uma cadeira próxima por uma questão de decoro, para testemunhar que nada de errado acontecesse. No começo, ela havia se oposto à presença de Jack, mas bastou lembrá-la de que ele agora pagava seu salário para que se calasse. Ah, sim... Dinheiro acompanhava o poder e a tendência de fazer as pessoas ignorarem coisas consideradas impróprias.

— Ela vai morrer? — perguntou Jack.

Graves olhou para ele.

— Ela é jovem, mas não posso atestar a força dela, pois está muito magra. Mulheres da aristocracia tendem a comer pouco. Os ricos têm dinheiro para comprar toda a comida que desejarem, mas não se aproveitam disso. Acham que comer muito é vulgar.

— Então precisamos alimentá-la?

— Duvido que ela terá vontade de comer, mas sim, ela precisará de nutrição quando acordar. Dei um pouco de láudano para que ela durma com conforto. Vou deixar uma compressa para ajudar a diminuir a febre. Banhos frios também podem ajudar, mas é preciso tomar cuidado para que ela não fique gelada.

— Como ela não vai ficar gelada tomando um banho frio?

— Aí está o desafio. A melhor coisa é provavelmente deixar a febre passar sozinha.

Jack sentiu-se ficando mais bravo e frustrado.

— Mandei chamá-lo porque em tese você é muito bom em cuidar de doentes, mas o melhor que pode oferecer é: "vamos esperar e ver no que dá"?

— Por mais que eu deseje que haja outra forma, não existem soluções para o que estamos tratando aqui. Desculpe.

— É verão, pelo amor de Deus! Achei que as pessoas adoeciam só no inverno.

— As pessoas costumam ficar mais doentes no inverno, mas doenças não tiram férias. As pessoas ficam doentes quando as condições estão propícias. Ela está de luto, provavelmente sem comer nem dormir direito. A dor cobra seu preço.

Somente se o amor estivesse envolvido. Será que isso significava que Olivia amava o marido? O mesmo marido que lhe deixara apenas duas mil libras por ano? O mesmo marido que nunca a beijara direito? O que fazia as pessoas amarem? Como esse sentimento surgia? Jack amara a mãe, mas era difícil pensar em alguém que ele tenha amado desde então. Ele tinha um carinho por Frannie, mas não era amor.

— Cuidarei das necessidades dela — disse a criada.

— Você não pode fazer isso vinte e quatro horas por dia — retrucou Jack. — Vamos contratar uma enfermeira.

— A boa notícia é que isso deve passar rapidamente. A febre deve acabar em dois ou três dias — afirmou Graves.

"Se acabar" ficou subentendido.

Graves pegou sua maleta preta e sinistra.

— Voltarei para ver como ela está amanhã.

— Volte hoje à noite — ordenou Jack.

— Tenho muitos pacientes...

— Vou construir a droga de um hospital para você.

— Porque perdeu uma aposta, mas isso não me deixa em dívida com você.

O pior de tudo é que Jack sabia que, se fosse Luke pedindo, Graves não apenas voltaria, como nunca mais iria embora. Todas as crianças de Feagan eram mais leais a Luke do que a Jack. Eles tinham inveja da relação de Jack com Feagan, que o tratava como o filho que nunca tivera, aquele em quem mais confiava. Todos temiam que Jack soubesse dos segredos mais profundos e obscuros deles.

Infelizmente para eles, Jack sabia de tudo. Mas nunca usou isso a seu favor nem ameaçou expor nenhum segredo. Por mais que estivesse tentado, Jack também não usaria o que sabia agora. Pelo bem do menino que já havia perdido o pai, Jack engoliu o orgulho.

— Por favor.

— Vou tentar. Isso é o melhor que posso prometer. Mas, sendo sincero, há pouco que eu possa fazer por ela e muito mais pelos outros.

Jack assentiu, estudando Olivia na cama, preferindo muito mais vê-la marchando pela casa e brigando com ele por qualquer coisa.

— Você já se sentiu como se estivesse brincando de Deus, escolhendo quem merece sua atenção?

— Me recuso a responder a esta pergunta.

— Desculpe. Sei que estou sendo difícil.

— A maioria das pessoas fica assim quando uma pessoa querida fica doente.

Jack encarou Graves. Ele estava prestes a negar a acusação, mas o amigo estava com um brilho especulativo nos olhos. Era como se Graves tivesse a incrível habilidade de ver o interior de uma pessoa, sem qualquer tipo de instrumento médico.

— Eu mal a conheço — resmungou Jack.

— Não significa que você não se importa. — Graves ergueu a mão. — Eu sei, eu sei. Você se preocupa apenas com Jack Dodger. Tentarei passar aqui esta noite. — Indo em direção à porta, ele parou ao lado de Jack e disse baixinho: — Talvez seja melhor abotoar a calça.

Jack soltou um grunhido e caminhou até seu quarto. Ele precisava mesmo terminar de se vestir. Embora não soubesse se a criada acreditara em sua história de que estava se vestindo quando ouviu um barulho alto vindo do quarto da duquesa, Jack imaginou que não importava. Só o que importava era que Olivia melhorasse.

Sentado à mesa na biblioteca, Jack estava bastante satisfeito com as conquistas do dia. Para evitar pensar muito em Olivia, ele fizera muitas tarefas. Primeiro, contratara uma enfermeira chamada Colleen para cuidar da duquesa durante a noite. A criada de Olivia insistiu que ficaria de vigília durante o dia. Enquanto entrevistava enfermeiras, aproveitou também para entrevistar babás. A jovem que contratou para cuidar de Henry chamava-se Ida. Ela era baixinha, sua cabeça mal alcançava a metade do peito de Jack, e isso com ela de sapatos. Seu cabelo preto estava preso em um coque prático, mas seus olhos azuis brilhavam de alegria, mesmo quando respondia às perguntas minuciosas de Jack sobre sua opinião em relação a castigos. Ida não gostava da ideia de bater em crianças.

— Como vai fazer para ele se comportar?

— Com gentileza.

A abordagem certamente não era convencional, mas Jack nunca se importara muito em seguir a sabedoria convencional. Aos 20 anos, a experiência de Ida se limitava a cuidar dos irmãos mais novos. Mas Jack reconheceu gentileza nos olhos dela e gostou da maneira como ela tratara Henry, e da maneira como o menino respondeu a ela. O jovem duque parecia confortável com Ida, e pareceu entender que, se estivesse insatisfeito com alguma coisa, deveria interromper Jack a qualquer momento e lhe contar.

Assim, com a situação da babá resolvida, Jack conseguiu se concentrar nas questões financeiras, mas de repente nenhuma conta parecia fechar. Isso parecia menos uma questão de números errados e mais uma questão de sua preocupação com Olivia.

Perto da meia-noite, quando deveria ter ido ao clube para tratar de seus negócios, Jack foi ao quarto dela. Sem esquecer da devoção da duquesa ao decoro, deixou a porta aberta. O quarto estava escuro, exceto por uma lamparina de chama baixa colocada na mesa de cabeceira. A enfermeira ficou de pé.

— Como ela está? — perguntou ele.

— Ainda com febre. Murmurando muito. Mas acho que está confortável. Posso ficar no canto do quarto se quiser um momento de privacidade.

Jack quase perguntou por que precisaria de um momento de privacidade com Olivia. Ele tinha as informações que precisava e já poderia partir. Mas se viu assentindo sem pensar duas vezes.

— Sim, obrigado.

Jack pegou o banco forrado de veludo perto da penteadeira, colocou-o ao lado da cama e sentou-se. Sua preocupação era tão grande que ele mal havia prestado atenção ao quarto, o lugar onde ela lhe pedira para não entrar. Olhando rapidamente ao redor, não conseguiu ver nada incomum nem nada que pudesse envergonhá-la ou que ela pudesse querer manter em segredo. Talvez fosse apenas porque o quarto fosse seu santuário, e Olivia não desejasse pessoas como Jack Dodger invadindo-o. Bom, ela não devia ter ficado doente, então.

Ele considerou pegar a mão dela, mas a ação parecia mais íntima que o beijo que haviam compartilhado. Jack nem sabia por que estava ali. Não podia fazer nada por ela, mas sentia necessidade de fazer alguma coisa. Odiava sentir que não tinha controle sobre a situação, e não ajudava nada que o barulho infernal dos relógios…

Jack olhou para a mesa de cabeceira. Um relógio com querubins alados marcava a passagem do tempo. Mas um só relógio não era o suficiente para fazer tanto barulho. Virando-se, olhou para o canto e descobriu que os relógios que ele havia retirado da biblioteca estavam sobre uma mesinha com uma toalha de renda. *Por que eram tão preciosos para ela?*

Ele se virou e a estudou. Olivia parecia estar descansando confortavelmente. Jack então olhou para a enfermeira. A mulher estava sentada perto da lareira, de lado para ele, concentrada em seu tricô. Ele suspeitava que ela notaria se ele fizesse algo inapropriado, mas estava longe o suficiente para não ouvir palavras sussurradas. Não que Jack quisesse sussurrar algo para a duquesa.

Ele queria *gritar* várias coisas para ela, no entanto. Olivia estava o incomodando muito. Era irritante demais. Ela precisava ficar boa — e rápido. Ele não tinha tempo a perder cuidando dela, e o filho dela também estava preocupado, o que fizera Jack precisar se afastar do trabalho — momentos que ele não podia desperdiçar — para tranquilizar Henry. Ele precisava cuidar dos negócios da casa e de seu clube. Não tinha paciência para bobagens como doenças e crianças preocupadas.

Ainda assim, apoiou os cotovelos nos joelhos e inclinou-se ligeiramente para a frente.

— Não precisa se preocupar com seu filho — disse ele baixinho. — Ele tem uma babá de verdade agora. A condessa de Claybourne me ajudou a encontrá-la.

Aquilo também tinha sido irritante: pedir ajuda a Catherine. Jack estava acostumado a cuidar de tudo sozinho, mas não tinha tanta familiaridade com o mundo da aristocracia, e não queria decepcionar Olivia escolhendo mal uma babá. E lá estava outra coisa irritante: que ele se *preocupasse* em agradá-la.

— Você vai aprovar a nova babá. O nome dela é Ida. Henry parece gostar dela.

Olivia abriu os olhos. Jack poderia alegar que não pretendia acordá-la. Afinal, era mestre em mentir. Mas a queria acordada, queria ver por si mesmo que ainda existia vida naqueles olhos dourados. Queria se perder neles mais uma vez.

— Como está se sentindo? — perguntou ele.

Ela fechou os olhos por um momento, como se precisasse reunir toda a sua força para responder.

— Cansada.

Jack pensou em tocar na testa dela para sentir o nível da febre, mas o rubor em suas bochechas e o suor em sua pele eram claras indicações de que Olivia ainda estava febril.

— E Henry? — indagou ela.

— Ele está bem. Já está dormindo.

— Horas?

— Um pouco depois da meia-noite. Posso lhe informar a hora exata, se quiser, com todos esses malditos relógios.

Olivia deu um sorriso fraco.

— Presenteei… ele.

— Você deu todos esses relógios ao Lovingdon?

Ela assentiu levemente. Não era de se admirar que tivesse ficado chateada por Jack não ter se importado com a preciosa coleção.

— Ele sempre dizia que o tempo era seu inimigo. — Lágrimas brotaram nos olhos dela. — Tentei fazê-lo ver que não, mas ele alegou que havia coisas que precisava resolver. Coisas para acertar.

— Que coisas?

Olivia balançou a cabeça e fechou os olhos de novo antes de abri-los mais uma vez.

— Não me disse. Eram os segredos dele.

Será que algum desses segredos tinha relação com Jack? Ele olhou ao redor do quarto novamente. Nada parecia familiar, mas a decoração da casa podia ter mudado tanto quanto Londres. O homem que o acolhera lhe dera um quarto ao lado do seu, mas Jack não achava que fosse aquele.

— Eu sinto muito — murmurou ela.

Jack a encarou, temendo por um breve momento que Olivia tivesse a capacidade de ler sua mente, que tivesse descoberto os caminhos obscuros que seus pensamentos haviam tomado. Por conta disso, ele foi mais grosso do que pretendia quando finalmente falou:

— Por que você não para de dizer que sente muito? O que você fez que exige desculpas eternas?

— São para Lovingdon. Eu o matei.

13

Jack encarou Olivia. Ela fechou os olhos assim que terminou de falar, como se a admissão tivesse esgotado suas últimas forças. *Será que pensava estar morrendo e precisava fazer uma confissão no leito de morte? Por que havia dito aquilo?* Jack não teria ficado mais surpreso nem se Olivia tivesse se levantado, arrancado as roupas e corrido nua pelas ruas de Londres.

Um som o assustou e, para sua irritação, seu corpo estremeceu. A enfermeira estava parada ao pé da cama. Será que todos naquela casa tinham que se esgueirar por aí? Jack ordenaria que as roupas de todos os criados tivessem sininhos, para que soubesse quando estivessem se aproximando.

— Ela estava acordada? — perguntou a enfermeira.

— Só por um minuto.

— Você deu alguma coisa para ela beber?

— Não.

Colleen franziu a testa, como se Jack tivesse revelado que estava mais interessado em tirar a roupa de Olivia do que em cuidar do conforto dela. A enfermeira foi até o outro lado da cama e tocou a testa de Olivia com os dedos. Olivia murmurou algo incoerente.

— Meu Deus, ela está pegando fogo!

O que significava que a confissão provavelmente fora apenas um delírio. Poderia ter sido causada por um sonho, um pesadelo, um desejo secreto de que o marido mais velho morresse para que ela pudesse se casar com um homem mais jovem.

Jack riu. A última opção era improvável. Olivia estava livre para se casar com um homem mais jovem, e mesmo assim rejeitara as tentativas de Jack de lhe encontrar um. É claro que o fato de não querer se casar não significava que Olivia não quisesse se livrar do marido. Mas matá-lo? Ela não aparentava ser uma mulher sanguinária.

Colleen estendeu a mão para tocar o sino.

— O que está fazendo? — perguntou Jack.

— Terei que dar um banho frio nela para baixar a febre.

Ele assentiu.

— Prepare as coisas. Vou colocá-la na banheira.

— Isso não é apropriado.

— Dane-se. Olivia não está em condições de andar sozinha, e você não é forte o suficiente para carregá-la. E certamente não vou deixar um dos outros criados carregá-la. Eu pago o seu salário, então faça o que eu digo. Prepare o banho.

— Sim, senhor.

Minutos depois, a casa estava agitada com criadas correndo de um lado para o outro, carregando água e gelo sob o olhar atento de Brittles. Jack se perguntou se o mordomo dormia vestido, pois sempre parecia pronto para cuidar de qualquer situação que surgisse. Talvez fosse apenas porque todos estavam preocupados com a duquesa e de vigília em seus quartos.

Jack tirou o paletó e virou-se para jogá-lo em uma cadeira próxima. Foi então que notou o reluzir de cachos loiros na porta. Arregaçando as mangas enquanto caminhava, ele saiu para o corredor. O pequeno Henry estava agachado ao lado da porta, com as costas apoiadas na parede, abraçando o cachorrinho e com o medo evidente no olhar.

O menino obviamente tinha ouvido a comoção e esperava o pior. Jack presumiu que uma correria parecida devia ter acontecido na noite em que o duque morrera.

Jack se agachou na frente do jovem duque.

— Ela vai ficar bem, menino.

— P-posso ver?

— É melhor não, por enquanto. Sua mãe nunca me perdoaria se você também ficasse doente.

Jack mal teve tempo de ponderar por que estava preocupado com a ideia de fazer algo imperdoável para Olivia.

— E se ela morrer?

— Ela não vai morrer. Eu prometo, e Jack Dodger é um homem que cumpre as promessas que faz. Pergunte a qualquer um.

— Quem?

Jack sorriu.

— Ninguém que você conheça, felizmente. — Ele deu um tapinha no ombro do menino. — Agora volte para a cama, para que eu possa cuidar da sua mãe.

Com um aceno de cabeça, o garoto se levantou e começou a voltar para o quarto. A babá esperava por ele na porta. Ela abraçou Henry quando ele se aproximou, e Jack sentiu-se mais confiante por ter escolhido a mulher certa para cuidar do menino. Ficou de pé e voltou para o quarto da duquesa.

— O banho está pronto — disse Colleen.

Jack rapidamente desabotoou o colete e jogou-o sobre o paletó, seguido pela gravata, antes de ir até a cama e jogar as cobertas para o lado. Olivia estava vestida com recato, com a camisola enrolada nos joelhos. Ele a levantou nos braços e a carregou para a sala de banho. Então hesitou. Nenhum vapor acolhedor subia da água, e várias pedras de gelo boiavam na superfície. Jack conhecia muito bem o desconforto de um banho frio. Fazia anos que fora mergulhado em água fria na prisão e esfregado impiedosamente, mas aquela não era uma experiência que seria esquecida com facilidade.

— Senhor, é para o bem dela — lembrou Colleen.

Como se Jack fosse um homem que se preocupasse com o conforto dos outros, o que não era verdade.

— Certo.

Jack caminhou até a banheira, respirou fundo como se fosse ele quem estava prestes a ser submerso e a colocou na água.

Olivia acordou de sobressalto. Em um momento, estava envolta em calor, conforto e segurança, e então, de repente, estava sendo mergulhada em água gelada. Congelante. Pedaços de gelo bateram em sua pele. Ela gritou, debateu-se, arranhou, lutou para se libertar, enquanto seu corpo afundava na água e sua camisola encharcada flutuava ao seu redor.

— Olivia!

Alguém prendeu seus pulsos com uma mão, em um aperto firme como ferro, enquanto outra mão segurou sua nuca.

— Olivia. Olivia! Você quer assustar o Henry?

Ela parou e encarou Dodger. Naquele momento, Olivia o odiou com todas as suas forças.

— E-está g-gelado.

Jack soltou seus pulsos e embalou seu rosto. A mão dele estava quentinha, e Olivia sentiu vontade de aconchegar-se ali.

— Eu sei, mas precisamos baixar sua febre, querida — explicou ele.

Tremendo, Olivia assentiu. Jack sentou-se ao lado da banheira, como se estar na sala de banho enquanto ela estivesse lá fosse apropriado. Não era, e Olivia queria que ele fosse embora, mas também queria que ficasse.

— Pense em outra coisa — sugeriu ele.

— T-tipo, o q-quê?

— Relógios. Você gosta de relógios?

Ela assentiu, batendo os dentes.

— Vou comprar um relógio para você por cada minuto que ficar na banheira.

— N-não gosto tanto a-assim de re-relógios.

Jack riu, um som profundo e ressonante.

— Que bom q-que alguém est-tá se divertindo — gaguejou ela.

— Eu não estou me divertindo.

Olivia olhou ao redor da sala. A única outra pessoa presente era a enfermeira. Qual era o nome dela mesmo? Estava na ponta da língua…

A mulher foi para o outro lado da banheira.

— Só por alguns minutos, Sua Graça.

Olivia assentiu. Ela estava se sentindo péssima.

— Pense em como será bom quando você sair — disse Jack.

Olivia balançou a cabeça para cima e para baixo.

— Você vai me segurar de novo? Você está tão quentinho e confortável. — Ela soltou uma risada. — É bobagem querer me aquecer quando este foi o motivo que me fez estar aqui...

— Quando sair, vai tomar uma sopa quente — falou Jack. — Você não está comendo direito.

— E como você sabe?

— Já carreguei você três vezes. Você está leve demais.

Olivia tinha certeza de que Dodger a insultara, mas não se importava.

— Está d-doendo — falou ela, agarrando as bordas da banheira.

— Aqui. — Jack deslizou a mão por baixo da dela. — Aperte minha mão.

— E-e se eu quebrar sua mão?

— Não é como se não desse para arrumá-la. Pode apertar.

Olivia obedeceu, segurando a mão dele e fechando os olhos. E apertando com força.

— F-fale comigo.

— Sobre o quê? — perguntou ele.

— Sobre s-sua infância. Conte alguma história. A do seu polegar.

— Por que todo mundo quer saber do meu polegar?

— O q-que você roubou?

Com ternura, Jack afastou alguns fios de cabelo do rosto dela.

— Nada...

— Você era inocente?

— Desse crime em particular, sim. Mas eu era culpado o suficiente por outros para aceitar a punição como algo que me era devido.

— Aqui, Sua Graça — disse a enfermeira, pressionando um pano enrolado na boca de Olivia. — É melhor morder isso a morder sua boca.

Olivia obedeceu e soltou um som abafado que parecia a palavra "fale".

Jack suspirou, como se estivesse impaciente, mas então disse:

— Foi Claybourne. Ele tentou roubar um pedaço de queijo. O ideal é sempre roubar algo pequeno, que você pode colocar no bolso ou entregar a outra pessoa sem ser visto. Mas Claybourne foi burro e queria demais aquele queijo. Voltei e tentei soltá-lo das garras do dono da mercearia, mas só consegui ser preso junto. Foi a única vez que fui pego, aliás.

Jack parecia muito orgulhoso daquela conquista. Olivia assentiu, incitando-o a continuar. Quando ele falava, ela se perdia na voz rouca e quase esquecia a agonia do frio.

— Eu tinha 10 anos. Fomos condenados a três meses de prisão. Quando saímos, voltamos à vida nas ruas um pouco mais sábios e mais cuidadosos. Frannie agia como nossa mãe. Ela é mais jovem do que a maioria de nós, mas cuidava de nossos problemas. E acho que a duquesa já ficou nesta banheira por tempo suficiente.

— Mais um minuto — disse a enfermeira.

Olivia a odiava, e odiava Jack por contratá-la.

— Ela está ficando azul — falou ele. — Já está bom.

— Não, senhor.

— Já chega — repetiu ele, em um tom irritado de quem se achava o dono do mundo.

Olivia odiava esse tom, mas amou quando um braço passou por baixo dos joelhos, o outro por trás dos ombros, e então Jack a ergueu com um grunhido. Talvez ela não fosse tão leve, afinal.

Jack a colocou em uma cadeira.

— Pegue as toalhas.

— Eu cuidarei dela, senhor — afirmou a enfermeira.

Jack recuou, e Olivia viu que a camisa dele estava quase tão encharcada quanto ela.

— Vou para o meu clube — informou ele. — Mande uma mensagem se precisar de mim.

Olivia quase o lembrou que precisava dele para abraçá-la, para aquecê-la, mas o pano ainda estava em sua boca e ela temia que, se o removesse, fosse arrancar a própria língua com uma mordida. A enfermeira estava tentando ajudá-la a tirar a camisola, e tinha quase certeza de que logo estaria quentinha de novo. Mas, ainda assim, Olivia não podia negar a decepção por não ser aquecida por Jack.

Enquanto arrancava as roupas molhadas, Jack estava determinado a sair da casa o mais rápido possível. Não prometera a Olivia que a abraçaria, mas não conseguia tirar o pedido dela da cabeça. Lembrou a si mesmo que Olivia estava doente, delirando, talvez inconsciente do que estava dizendo. A última coisa que provavelmente queria era ser abraçada por ele.

Vestindo roupas secas, Jack lembrou-se dela tremendo na banheira. Forçá-la a ficar na água gelada fora a coisa mais difícil que já fizera. Olivia ficara toda arrepiada, com os mamilos escuros enrijecidos. Jack sabia que eram escuros porque estavam quase visíveis através da camisola encharcada. Graças a Deus ela estava doente demais para perceber como ele estava ciente de todos os aspectos do seu estado encharcado.

Assim que Olivia começou a se debater, Jack quis levá-la de volta para a cama. Mas prometera a Henry que ela não morreria e, se a enfermeira achava que um banho frio era necessário, que assim fosse. Jack esfregou a testa. O que o possuíra para fazer tal promessa?

Ele abriu a porta e foi para o corredor.

— E-ela morreu?

Jack se virou. Henry estava de pijama no meio do corredor, parecendo muito pequeno e assustado, com os olhos arregalados.

— Não, menino. — Jack se aproximou e se agachou na frente dele. — Ela vai ficar boa. Onde está sua babá?

— Dormindo.

Henry olhou para a porta do quarto da mãe e depois para Jack.

— Você ainda não pode vê-la. Quer se sentar um pouco na frente do quarto dela?

O menino assentiu com a cabeça.

Jack sentou-se no chão, de costas para a parede, e Henry subiu em seu colo, pressionando o rosto no peito dele.

— Ela vai ficar bem, garoto. Ela vai ficar bem.

Os dois ficaram em silêncio por um momento antes de Jack dizer:

— Você pode chupar o dedo se quiser.

Henry negou com a cabeça.

— Aqui. — Jack enfiou a mão no bolso do paletó, tirou o medalhão e o entregou a Henry. — Segure para dar sorte.

A mãozinha de Henry fechou sobre o medalhão.

— Você conhece o conde de Claybourne? — perguntou Jack.

Henry o olhou antes de responder:

— Não.

A voz do menino saiu tão baixinho, como se temesse incomodar a mãe, que Jack quase não o ouviu.

— Bem, suspeito que algum dia você o conhecerá. Morei com o antigo conde por um tempo. Um dia, eu estava tentando decidir se queria fugir de casa. Estava no portão dos fundos, olhando meu medalhão, quando seu pai se aproximou.

Henry arregalou os olhos dourados.

— Isso foi há anos — disse Jack. — Antes de você nascer. Ele achou que eu tinha roubado o medalhão, mas eu disse a ele que minha mãe tinha me dado...

Jack se lembrava daquele dia como se fosse ontem.

— Dou-lhe um xelim para me deixar dar uma olhada no medalhão.

— Por quê?

— Uma garota que conheci tinha um medalhão muito parecido com este.

Jack não gostava nem um pouco daquele homem. Não confiava em ninguém com olhos verdes. Eles o lembravam do homem que o machucara havia muito tempo. Mas que mal havia em ganhar uma moeda?

— Uma coroa.

O homem sorriu.

— Ah, você é um negociador. Mas temos um acordo.

Ele deu a coroa a Jack, que quis sair correndo assim que segurou a moeda. Em vez disso, com um aperto sufocante no peito, entregou seu bem mais precioso ao homem.

O duque abriu o medalhão lentamente e estudou a pintura pelo que pareceu uma eternidade. Depois, fechou-o e devolveu-o a Jack.

— É um medalhão muito bonito, mas não é o que eu me lembrava.

Jack guardou o medalhão e abriu um sorriso arrogante.

— Obrigado pela coroa.

— Está pensando em ir embora?

— Isso não é da sua conta.

— O conde está lhe oferecendo uma oportunidade que poucos como você têm. Se não quer aprender com ele, talvez esteja disposto a aprender comigo.

— Você não está oferecendo nada que eu queira. Além disso, está enganado. Eu não estava planejando ir embora. Meus amigos estão aqui. Eu vou ficar.

— Bom para você, rapaz. Bom para você.

Quando terminou de contar a história, Henry já havia adormecido. Jack retirou cuidadosamente o medalhão da mãozinha, abriu-o e contemplou a pintura de sua mãe. Ela tinha cabelo e olhos escuros, como os dele. Jack sempre a achou linda.

Seus pensamentos sempre voltavam para o homem que o havia comprado. Seria possível que tivesse sido Lovingdon? Isso poderia explicar por que ele achara que o medalhão era familiar. O homem que o comprara estava presente quando sua mãe lhe entregara o medalhão ao se despedir.

Não. Jack se recusava a acreditar que era Lovingdon. Ficaria louco só de pensar naquele homem tocando Livy, sendo o pai de Henry.

Havia outra razão para aquele testamento, mas como raios Jack a descobriria? E por que tinha a sensação de que era importante descobri-la? Jack devia simplesmente ignorá-la, mas não conseguia afastar a suspeita de que havia algo de errado e que ele estava deixando alguma coisa muito importante passar.

Lovingdon dissera a Olivia que precisava consertar algo. Será que Jack havia herdado essa tarefa? Ele só não sabia o que era ainda.

O tempo passou lentamente. Às vezes, Olivia sentia frio e tremia, e outras sentia tanto calor que pensava que viraria cinzas.

Jack nunca mais voltou para cuidar dela. Olivia presumiu que ele havia perdido o interesse ao perceber que ela sobreviveria e continuaria administrando a casa. Ela sentia muita falta de Henry, mas sabia que o filho ficaria assustado ao vê-la tão fraca.

Todas as manhãs e noites, o médico com aparência de anjo a visitava para verificar seu estado. As chegadas dele ajudavam Olivia a acompanhar o passar dos dias. Foi na terceira noite que a febre dela finalmente acabou, e o médico pareceu muito satisfeito quando chegou na manhã seguinte e a viu sentada na cama.

— Você não é meu médico de costume — disse Olivia.

Estava exausta, mas se sentindo muito melhor. Também estava recém-banhada e vestia uma camisola limpa. A roupa de cama havia sido trocada. As janelas foram abertas, deixando a luz do sol entrar e o odor da doença sair.

— Não, não sou. Sou amigo de Jack Dodger — respondeu o dr. Graves.

— Você parece respeitável demais para ser amigo dele. — comentou ela, e o dr. Graves sorriu.

— Eu o conheci quando nós éramos crianças.

— Você também cresceu nas ruas?

— Sim.

— Como aprendeu a ter compaixão?

O médico estreitou os olhos para ela.

— Na verdade, você quer saber como o sr. Dodger *não* aprendeu, certo?

— Vocês parecem uma dupla improvável.

— Crianças raramente têm o luxo de escolher a própria infância, mas não posso reclamar das amizades que fiz na minha. Elas me ajudaram muito e continuam ajudando.

Olivia puxou um fio do cobertor.

— É que ele nem se preocupou em ver como estou.

— Ah, mas ele está preocupado, sim. — O médico sorria como se soubesse de alguma piada secreta. — Cada vez que venho visitá-la sou submetido a um interrogatório exaustivo sobre sua saúde.

Como que para desconsiderar a veracidade das palavras do dr. Graves, Olivia disse:

— Mas ele não veio me ver. — Sabia que estava soando como uma criança mimada, bem diferente de seu jeito usual.

— Não seria adequado, não é?

Como se isso tivesse impedido Dodger antes...

Não havia impedido nenhum dos dois, na verdade.

— Quero que fique na cama por mais dois dias, para recuperar um pouco as forças — disse o dr. Graves.

— E o Henry?

— Ele está bem. Poderá vê-lo daqui a dois dias.

— Gostaria de vê-lo agora.

— Dois dias — repetiu o médico de forma sucinta, sem deixar espaço para discussão.

— Vocês, meninos de rua, são sempre tão mandões?

— Na verdade, sim. — O dr. Graves pegou sua maleta preta. — Agora devo enfrentar o grande inquisidor.

Olivia o observou sair do quarto, então olhou para a enfermeira.

— Você acha que eu poderia ficar sentada perto da janela um pouco?

— Ele disse para ficar na cama.

— Mas ficar sentada perto da janela, quietinha, será a mesma coisa, não?

Colleen deixou o tricô de lado.

— Suponho que não deve fazer mal.

Mas fez, pois foi bem mais difícil do que Olivia esperava. Seus músculos doíam e seus ossos rangiam. Se não soubesse da doença, apostaria que tinha envelhecido cem anos. Apoiando-se em Colleen, já estava ofegante quando finalmente se acomodou na cadeira.

— Minha nossa. Acho que não conseguirei voltar para a cama.

— Se não conseguir, podemos chamar o sr. Dodger para que ele a carregue.

Olivia sentiu as bochechas esquentarem de vergonha. Embora tivesse reclamado da ausência de Dodger desde a primeira noite, não podia ignorar o fato de que ele não devia nem ter entrado em seu quarto. Ela não precisava virar assunto de fofocas.

— Ele não devia ter entrado aqui. Foi inapropriado.

— Ele foi um cavalheiro.

Olivia pensou ter sentido algo na voz da mulher, como se a enfermeira estivesse ofendida em nome de Jack.

— Quão bem você o conhece?

— Quase nada. Já ouvi falar dele, é claro, mas não o conhecia até vir trabalhar aqui. Tenho que admitir que estou surpresa por ter gostado dele.

Olivia recostou-se e olhou pela janela. Estava cansada demais para discutir, cansada demais para fazer mais perguntas. Será que Dodger gostava de Colleen? Talvez a presença dele em seu quarto tivesse mais a ver com a enfermeira do que com Olivia. *Será que Jack já havia se cansado de Olivia depois de tê-la beijado?* Era estranho estar preocupada com isso, ainda mais porque não queria a atenção dele.

Ela observou o dr. Graves caminhar até a carruagem. Era um veículo inesperadamente bonito. Perguntou-se como o médico conseguira uma carruagem tão sofisticada.

Era mais fácil se alimentar sentada na cadeira, então comeu uma tigela de ensopado. E foi só quando deu a primeira colherada que percebeu o quanto estava faminta.

Mas Olivia não ficou muito tempo na cadeira — talvez uma hora, no máximo — antes de voltar com cuidado para a cama e adormecer num piscar de olhos. Quando acordou de novo, já era noite. A lamparina ao lado da cama estava fraca. Por insistência de Colleen, comeu mais ensopado. Então caiu em sono profundo mais uma vez.

Quando acordou, a lamparina ainda estava acesa, mas Colleen roncava baixinho em uma cama no canto do quarto. Olivia olhou para o relógio. Eram quase nove horas da noite. Henry já estaria dormindo. Será que ninguém estava lendo para o filho durante todas aquelas noites? Ele ainda não tinha uma babá nova.

Olivia franziu a testa. Por acaso alguém dissera que *havia* uma babá nova? Ela tinha uma vaga lembrança... mas não podia ser. A duquesa sabia muito bem o tipo de mulher que Dodger aprovaria. O dr. Graves queria que ela ficasse na cama por mais um dia, mas Olivia não aguentava mais. Estava desesperada para ver Henry. Aquele era o momento perfeito, pois o filho estaria dormindo e não teria como enchê-la de perguntas. Olivia passaria algum tempo com ele no dia seguinte e leria para ele. O menino adorava quando liam para ele.

Foi exaustivo afastar as cobertas. Quanto tempo levaria até que ficasse bem e recuperasse as forças? O roupão dela estava ao pé da cama. Olivia o vestiu e se esgueirou descalça até a porta, como se fosse uma criança fazendo algo que não deveria. Tinha quase certeza de que, se Colleen acordasse, levaria uma bronca e seria obrigada a voltar para a cama. E Olivia voltaria, assim que garantisse que Henry estava bem, que alguém estava cuidando dele.

Ela abriu a porta e saiu para o corredor. Fazia-se silêncio na casa, como esperado. A porta do quarto de Henry estava aberta e, quando se aproximou, ouviu uma voz estrondosa. Olivia parou na porta e espiou. Certamente ainda devia estar com febre e delirante, pois estava enxergando Jack Dodger sentado em uma cadeira, com os cotovelos apoiados nas coxas e um livro nas mãos, lendo para o filho dela.

Olivia nunca tinha visto Henry tão concentrado. O menino estava sentado na cama, com um montinho estranho debaixo das cobertas ao seu lado. Ela não queria nem pensar na possibilidade de que o filho estava dormindo com o cachorro.

Jack chegou a uma parte da leitura e Henry o interrompeu para anunciar:

— Dodger! É o seu nome!

Jack ergueu os olhos do livro.

— É mesmo.

Henry o estudou por um momento, com a testa franzida.

— Você é o Matreiro?

— Que suposição boba. Há muitos matreiros com o nome de Jack na rua, rapazinho. Você sabe o que é um matreiro?

Henry negou com a cabeça. Olivia nunca tinha visto o filho tão animado ou destemido.

— Um matreiro é alguém muito habilidoso em se esquivar. — Jack moveu o corpo de um lado para o outro, para trás e depois para a frente. — Quando você apanha algo e os outros tentam te pegar, você se esquiva. É uma honra ser chamado de "Dodger". Acho que o sr. Dickens sabia disso quando escreveu essa história.

— Você era bom em se esquivar?

— O melhor.

Ora, que audácia! Mas Olivia conteve a língua, porque não queria que percebessem sua presença. Ela estava fascinada observando os dois. Henry não gaguejara uma única vez.

— Pode me ensinar? — perguntou o menino.

Jack pareceu considerar a ideia.

— Acho que essa não é uma habilidade que um lorde precisa saber, mas não vejo mal nisso.

— Agora?

— Não — riu Jack. — Quando sua mãe estiver forte o suficiente para se sentar no jardim. É melhor você dormir agora. Levarei uma bronca se sua mãe descobrir que deixei você ficar acordado até tão tarde.

Henry riu. Olivia não conseguia se lembrar da última vez que ouvira um som tão doce. O filho se ajeitou até ficar deitado. O montinho ao lado dele se remexeu e o nariz do cachorrinho apareceu por baixo da coberta. Pippin se aconchegou ao lado de Henry.

— Feche os olhos para eu ler mais um pouco, até você dormir — disse Jack.

Henry obedeceu, como sempre fazia. Ainda assim, havia algo na maneira como o menino olhava para Jack, na maneira como respondia tão avidamente, na proximidade que parecia ter se desenvolvido entre os dois... Era quase como se Jack tivesse virado um herói para Henry.

O que acontecera enquanto Olivia estivera doente?

Olivia ouviu Jack continuar a história por mais um tempo antes de se esgueirar pelo corredor de volta para seu quarto, grata por não ter sido descoberta. Ela não sabia o que pensar do que acabara de testemunhar.

De certa forma, parecia terrivelmente errado que Dodger roubasse a posição dela e desse tanta atenção a Henry. Mas, de outra, parecia terrivelmente certo.

14

Na manhã seguinte, Olivia acordou com sons vindos do cômodo ao lado. Sem dúvida estavam preparando um banho para Dodger. Uma imagem surgiu em sua mente — algo que ela estava se esforçando para não lembrar. Jack Dodger completamente nu. Olivia não poderia ter escolhido um momento mais oportuno para desmaiar. De um jeito estranho, seu desmaio a permitiu manter um pouco de dignidade. Se tivesse apenas saído do cômodo, Dodger teria rido de sua fuga. E, se tivesse ficado, encarando e tentando envergonhá-lo para que ele fosse embora, era provável que eles ainda estivessem lá. Ou pior, Olivia poderia ter se convidado para a cama dele.

Os barulhos da sala de banho cessaram, e ela imaginou Jack sentado na banheira de cobre, envolto em água quente. Olivia sentiu um desejo incomum de ir até lá, de ensaboar as mãos e deslizá-las lentamente sobre o peitoral e os ombros dele. Passando por suas costas e seus braços. Dodger a atraía de uma forma que não deveria, a deixava com vontade de se comportar mal. A duquesa sempre fora obediente, mas agora se pegava imaginando o que poderia acontecer de ruim se cedesse aos próprios desejos.

— Você está acordada.

A duquesa se assustou e escapou de seus pensamentos libidinosos. Havia esquecido da enfermeira. Colleen sorriu calorosamente e pressionou a mão na testa de Olivia.

— A febre não voltou. Assim que o sr. Dodger terminar o banho dele, prepararei um para você.

Olivia conseguiu apenas assentir à ideia de entrar na banheira depois dele tê-la usado.

— Acho que meus serviços não serão mais necessários — falou Colleen, pegando o sino.

— Agradeço por ter cuidado de mim. É preciso muita coragem para colocar em risco a própria saúde para cuidar dos outros.

— Eu gosto de ajudar. E tive a oportunidade de conhecer o dr. Graves. Há boatos de que o sr. Dodger está construindo um hospital para ele. Espero conseguir trabalhar lá.

Dodger estava construindo um hospital? O homem não parava de surpreender.

— Não sei se terei alguma influência, mas falarei bem de você.

Colleen fez uma reverência.

— Obrigada, Sua Graça. Você é muito gentil.

A duquesa não se sentia nada gentil. Ela se sentia um pouco irritada por ter que esperar Dodger terminar de tomar banho. Mas ele tinha tanto para lavar que ela supôs ser compreensível que demorasse um pouco. Embora fosse da mesma altura de Lovingdon, Jack era bem mais largo; mas não por gordura. Ele era esguio e forte. Olivia só tinha visto a forma masculina nua em estátuas, e mesmo assim a modéstia a impedira de olhar por muito tempo para todos os detalhes. No entanto, tivera muita dificuldade em desviar os olhos do corpo dele.

Sua criada logo apareceu, e Colleen saiu. Por algum motivo, Maggie sabia que a sala de banho já estava disponível, e finalmente trocaram a água da banheira para o banho de Olivia. Era um paraíso mergulhar na água morna, aliviando as dores persistentes em seus músculos. Olivia se sentia fraca, mas não achava que recuperaria as forças ficando deitada.

Após se vestir, sentia-se mais ela mesma. Olhando para o vestido preto no espelho, pela primeira vez desde que ficara viúva desejou muito poder usar algo com um pouco de cor. O tom preto não harmonizava suas feições. Dodger estava certo, mas foi doloroso ouvir a opinião em voz alta.

— Devo trazer uma bandeja para você? — perguntou Maggie.

Olivia negou com a cabeça.

— Não. Vou descer para tomar o café da manhã. Estou com tanta fome que você teria que me trazer bandejas a manhã toda.

Além disso, era hora de enfrentar o diabo, e Olivia esperava conseguir fazê-lo sem imaginá-lo sem roupas.

Embora seu ritual incluísse visitar Henry logo pela manhã, Olivia decidiu que precisava se alimentar primeiro. O filho talvez a derrubasse de animação se ela não recuperasse as forças. Descendo a escadaria, segurou-se com força no corrimão, perdendo o fôlego a cada passo. Quando finalmente chegou ao hall de entrada, só queria voltar para a cama. Depois de um momento para reunir forças, endireitou os ombros e caminhou até o salão matinal.

A visão que a saudou esgotou o que restava de suas forças. Jack estava sentado na cabeceira da mesa, completamente vestido, usando um colete de um azul profundo. Ele estava, é claro, estudando seu livro de registros, que parecia ser seu material de leitura preferido. Mas não foi Dodger que a fez congelar no meio do caminho.

Foi a visão de seu filho sentado ao lado dele. Henry também tinha um livro de registros ao lado do prato — o que era estranho, pois o filho ainda não tinha aprendido a ler. Sempre que Jack virava a página de seu livro, Henry virava uma no dele. Era fofo e desconcertante. Se o filho dela estava tão disposto e ansioso a imitar um ato tão inocente, será que faria o mesmo com algo não tão inocente assim? Olivia não sabia nem se ela mesma poderia ser considerada um exemplo de comportamento adequado.

De vez em quando, um baque soava pelo salão. Eram as perninhas de Henry, curtas demais para que seus pés tocassem o chão, e ele, ao balançá-las, chutava a parte de baixo da cadeira. Olivia ficou surpresa ao ver que Jack parecia não se incomodar com as batidas constantes — especialmente por ele ter reclamado do tique-taque dos relógios dela. Teria apostado que Dodger era um homem impaciente com crianças, mas ele parecia ter muita paciência — pelo menos quando a criança era Henry.

Olivia jurava que não tinha feito som nenhum, mas de repente Jack levantou a cabeça e lhe deu um sorriso maroto, aquele que sempre precedia palavras que a deixariam brava.

Ele ficou de pé.

— Ora, ora, Olivia. Que surpresa agradável!

Depois de compartilhar a intimidade de um beijo, sem mencionar vê-lo nu, Olivia ficou surpresa pela saudação cavalheiresca. Será que pretendia fingir que nada inapropriado havia acontecido entre eles?

Antes que pudesse decidir o que fazer com essa reviravolta inesperada, Henry pulou da cadeira.

— Mamãe!

Ele correu pelo salão e pulou nas pernas dela. Se o filho não a tivesse agarrado, Olivia teria caído. Mas, do jeito que estavam, Henry conseguiu dar-lhe algum apoio, e ela se ajoelhou e o abraçou. O filho cheirava a banho recente e parecia muito firme — ou talvez fosse apenas porque ela se sentia tão instável. Olivia o afastou um pouco e o estudou.

— Minha nossa, acho que você cresceu.

Não tanto em centímetros, mas em confiança.

Henry ergueu o polegar.

— Eu não chupo mais.

— Você já é um garoto crescido, então?

O filho assentiu.

— Venha, Henry. Sua mãe precisa comer bastante.

Olivia não tinha ouvido Dodger se aproximar, mas a mão dele de repente estava em seu cotovelo, levantando-a.

Os olhos escuros a examinaram, mas a duquesa não sabia se Jack estava satisfeito com o que vira.

— Por que não se senta? Vou preparar um prato para você.

— Sente-se ao meu lado — disse Henry, entusiasmado.

Antes que pudesse comentar que seu lugar adequado era na outra ponta da mesa, Dodger disse:

— Ninguém aqui se importa.

Ah, mas Olivia se importava. Ela se importava com o que Jack pensava. Será que ele ainda achava que ela lhe devia algo? Ou, por conta da doença, ele decidira esquecer da história? Henry pegou sua mão e a conduziu até a cadeira, como se o comentário de Jack tivesse resolvido a questão. Assim que se sentaram, Henry falou:

— Nós estávamos p-preocupados com você.

Henry talvez, mas ela duvidava que Dodger estivesse. Ainda assim, não via sentido em acabar com a alegria do filho falando a verdade.

— É mesmo?

O menino assentiu.

— Nós ficamos horas e horas sentados perto do seu quarto. Até à noite.

— "Nós"? Quer dizer você e o sr. Dodger?

Ele assentiu de novo, sorriu e sussurrou:

— É nosso segredo.

Um prato apareceu diante de Olivia, causando um sobressalto nela.

— Obviamente esqueci de explicar o que é um segredo — falou Jack baixinho, perto da orelha dela, e Olivia estremeceu. Ele se afastou e retomou seu lugar à mesa. — Você devia ter me dito que não estava se sentindo bem antes de desmaiar.

Dodger parecia ter optado por se comportar como se o conhaque, o beijo e o encontro na sala de banho não tivessem acontecido. Olivia faria o mesmo, porque de repente havia uma confusão de emoções em seu interior. Queria ou não a atenção daquele homem? Honestamente não sabia.

— Achei que fosse tristeza. Agradeço todo o seu esforço em garantir minha sobrevivência.

— Foi por puro egoísmo, garanto.

— Porque você precisa que eu cuide da sua casa, não é?

— Porque preciso que você se case. Homens não costumam gostar da ideia de se casar com um alguém que não está respirando.

Jack parecia exausto, mas, como aparentemente ainda tinha planos de arranjar um casamento para ela, Olivia teve certeza de que ele havia perdido o interesse em atraí-la para sua cama. Ela só não sabia se sentia alívio ou decepção.

— Como discutimos anteriormente, o que *você* precisa não é bem o que *eu* quero, sr. Dodger.

— E eu disse que gosto de desafios, não foi?

A duquesa o encarou. Os olhos escuros brilharam com perigo quando ele continuou:

— Talvez eu precise convencê-la de que o que *eu* preciso é exatamente o que *você* quer.

Olivia sentiu um tremor de expectativa. Talvez Dodger não tivesse perdido o interesse, afinal.

Olivia estava sentada em uma espreguiçadeira perto do jardim, observando Henry tentar ensinar a Pippin como pegar um toco de madeira, embora fosse a babá quem acabava buscando enquanto o cachorro ignorava os apelos do menino para ficar cheirando a grama. Era uma tarde excepcionalmente quente e a luz do sol aquecia o rosto de Olivia.

Jack havia saído de casa mais cedo, porém, embora Olivia normalmente aproveitasse a ausência dele para fingir que a casa era dela, a ideia de uma vida sem ele não parecia mais tão atrativa. Será que Dogder pretendia mesmo arranjar um casamento para ela? Ou será que boa parte do que dissera fora apenas para se proteger, pois na verdade se importava com Olivia?

Jack Dodger era um enigma, e Olivia estava começando a achar que solucionar este quebra-cabeça seria um desafio muito agradável.

Henry correu e sentou-se ao lado dela, com a testa franzida e os olhos sérios.

— Ele não aprende.

Afastando os cachos loiros da testa do filho, Olivia respondeu:

— Talvez ele seja muito novo, Henry. Ele é só um filhotinho. Pode ser que aprenda quando ficar mais velho.

— Aposto que o sr. Dodger conseguiria ensinar Pippin. Ele consegue fazer tudo.

— Ele é um homem muito ocupado. É normal que não tenha tempo para Pippin.

O menino assentiu lentamente, como se aceitasse a verdade das palavras da mãe. Então, arregalou os olhos de alegria e pulou do banco.

— Você voltou!

Olivia olhou por cima do ombro e viu Jack caminhando na direção deles, carregando o que pareciam ser três caixinhas de madeira.

— O que tem aí? — perguntou o menino.

— Henry, é inapropriado fazer perguntas diretas assim — repreendeu Olivia.

O filho pareceu arrependido por alguns segundos antes de abrir um grande sorriso de novo.

— Achei que nós podíamos comemorar a recuperação da sua mãe — disse Jack, agachando-se ao lado dela.

A duquesa se esforçou para reprimir a alegria que sentiu com as palavras dele e o prazer por tê-lo tão perto. Ela estava consciente até demais da fragrância familiar e sedutora de Dodger, e cruzou as mãos no colo para evitar estender os dedos e acariciar o cabelo dele, com cachos tão rebeldes quanto os de Henry, mas nem um pouco infantis. Não, não havia nada infantil em Jack Dodger.

Ele colocou as caixas no colo dela e sorriu.

— Você se importa?

— Não, claro que não.

Olivia era patética por se alegrar tanto com a menor das atenções que ele lhe dirigia.

Jack chamou a babá e disse quando a mulher se aproximou:

— Você vai querer ver isso.

Ida sentou-se no chão como se não se importasse com as manchas de grama que poderiam ficar em sua roupa.

A duquesa não queria imaginar a possibilidade de que Dodger pudesse ter se interessado por Ida enquanto esteve acamada. Ele devia estar acostumado a ter várias mulheres. Por que raios Olivia queria significar mais para ele do que poderia? Seria porque Jack estava começando a significar algo para ela além de guardião do filho?

— Vocês sabem o que é um caleidoscópio? — perguntou Dodger, pegando a primeira caixinha.

— Não, senhor — respondeu Henry, enquanto Ida negava com a cabeça.

Dodger arqueou uma sobrancelha para Olivia, que assentiu e completou em seguida:

— Mas nunca vi um.

— Então vocês terão uma surpresa.

Dodger pediu que Henry se acomodasse sentado, de costas para ele. Mas o menino estava curioso demais e, assim que se posicionou, virou-se para ver o que estava acontecendo. Rindo, Jack abriu a caixinha e retirou o cilindro.

— É simples. Você olha por aqui… — ele apontou para o visor —… e, ao girar a outra ponta, tudo o que estiver vendo vai ficar bem diferente.

Jack guiou a mão de Henry, ensinando-o a segurar e girar o caleidoscópio. O menino riu de alegria e deu um pulo.

— Quero ver o Pippin!

Rindo, claramente satisfeito com o entusiasmo de Henry, Dodger entregou uma caixinha a Ida.

— Para você.

A babá sorriu com prazer.

— Ora, obrigado, senhor. É melhor eu cuidar do jovem duque.

Ela se levantou e correu atrás de Henry, que, incapaz de fazer Pippin ficar parado, foi olhar as flores.

— Eu aprovo a escolha dela — disse a duquesa.

Dodger voltou sua atenção para ela, com um brilho nos olhos.

— Droga. Isso significa que o inferno estará frio quando eu chegar lá. Não gosto de frio.

— Presumo que esteja insinuando que aquele lugar abominável congelaria antes de eu concordar com você.

— Exato.

— E você se preocupa em ir para lá?

— Preocupar-me com coisas que não posso mudar é uma perda de tempo.

— Não é tarde demais, sabe? Se você se tornasse muito, muito bom…

Jack riu, e Olivia percebeu que estava começando a gostar do som áspero da risada dele. Despertava algo profundo em seu interior.

— Ser muito, muito bom me faria morrer antes da hora. — Jack piscou para ela e bateu na caixinha. — Abra o seu.

As mãos de Olivia estavam trêmulas de empolgação pelo presente. Agora sabia como Henry se sentia, incapaz de ficar parado. A risada alegre do filho ecoou pelo jardim, e ela se perguntou o que ele teria encontrado.

— O seu é um pouco diferente — falou Dodger, percorrendo a madeira de cor escura do cilindro com um dedo longo. Ele virou a extremidade maior em direção a ela. — Tem pedaços de vidro colorido, principalmente em tons de vermelho e roxo. Ao girá-lo, você terá imagens diferentes.

Quando Olivia levantou o caleidoscópio para olhar, Jack deslizou um dos braços em volta de seus ombros, colocando a mão sobre a dela em cima do mecanismo giratório, como se a duquesa precisasse de ajuda para uma tarefa tão simples. Uma semana atrás, ela teria o empurrado para o lado. Mas, naquele momento, recebia a proximidade dele como receberia um cobertor quente em uma noite fria de inverno.

A bochecha dele estava quase tocando a dela, como se Jack visse o que ela estava vendo.

— Gosta? — perguntou ele baixinho.

Olivia não sabia se ele se referia ao caleidoscópio ou ao modo como quase a abraçava. De qualquer forma, a resposta era a mesma:

— Muito.

Virando a cabeça, a duquesa percebeu que seus lábios estavam a milímetros dos dele. Considerando a loucura que os consumira quando haviam se beijado antes, achou prudente não diminuir a distância entre eles.

— Quer dar uma olhada?

Jack olhou para a boca dela, antes de se inclinar levemente, guiando o caleidoscópio em direção ao seu olho com as mãos sobre as dela.

— As cores me lembram você — murmurou ele. — Ardente, intensa. Cada momento revela uma faceta diferente.

— Não sei se sou tão interessante assim.

Jack se recostou no banco.

— Então não reconhece seu próprio encanto. Como está se sentindo? Acha que está forte o suficiente para um passeio no jardim?

— Com você?

Jack a estudou, sem saber se Olivia aceitaria sua companhia, mas tinha algumas perguntas que queria que fossem respondidas, e achou que o jardim seria um ótimo lugar para fazê-las. Ele esperava que os caleidoscópios que trouxera a fizessem baixar a guarda.

— Sim, prometo me comportar ao máximo.

— O seu máximo ainda pode ser muito ruim.

Verdade. Jack sentira-se mal por ela ter adoecido e até chegara a se questionar se a noite anterior ao desmaio — que envolvera várias taças de conhaque e um beijo que ainda fazia seu corpo pulsar — havia tido alguma influência na saúde da duquesa. Mas era impossível perguntar isso a Graves sem explicar o que tinha feito. Não que tivesse vergonha, mas não estava acostumado a compartilhar intimidades com os amigos.

— Devido à sua recente doença, meu máximo será bom. Acho até que é melhor eu estar por perto, caso você desmaie de novo.

— Não devo desmaiar. Ainda assim, gostaria da sua companhia.

Jack nunca esperou que aquelas palavras saíssem da boca de Olivia. Ele ainda não sabia o que fazer com a recente proximidade dos dois. As coisas de certo haviam mudado, só não sabia se fora por causa do beijo ou da doença, ou simplesmente por aceitarem que, por enquanto, faziam parte da vida um do outro. Jack ainda queria arranjar um casamento para ela, mas também tinha um desejo quase incontrolável de levá-la para a cama.

Enquanto a duquesa guardava o caleidoscópio, ele se levantou. Quando ela estava pronta, Jack a ajudou a ficar de pé, soltando a mão de imediato assim que Olivia estava firme. Tomá-la nos braços não lhe daria o que precisava naquele momento.

— Você já viu todo o seu jardim? — perguntou ela.

Era a primeira vez que a duquesa se referia a algo da casa como pertencente a ele. De certa forma, as palavras dela davam credibilidade ao fato de Jack ser dono de tudo. Será que ela finalmente aceitara as condições do testamento?

— Na verdade, já — respondeu ele. — Gosto bastante de jardins.

— Pensei que você os acharia frívolos.

Jack a acompanhou até o caminho estreito e sinuoso de paralelepípedos que levava para longe de onde Henry e Ida ainda exploravam os novos brinquedos. As sebes e as flores eram abundantes ali, criando uma sensação de isolamento.

— Eu cresci nas margens de Londres. É um lugar imundo e cheio de gente, e não costuma ter grama verde, cores vibrantes ou fragrâncias agradáveis. Então, sim, gosto de jardins. E minha mãe vendia flores, então estar entre elas me faz lembrar dela.

— Estranho, nunca pensei que você tivesse mãe.

— Por mais improvável que seja, até o filho do diabo deve ter uma mãe.

Olivia virou a cabeça para encará-lo.

— Às vezes você tem uma opinião tão ruim sobre si mesmo que me pega de surpresa.

Jack sorriu para ela.

— Por que acha que eu consideraria uma desvantagem ser parente do diabo?

A duquesa revirou os olhos.

— Você provavelmente não consideraria. Abençoada seja a sua mãe por ter aturado você.

— Ela não aturou, na verdade. Não por muito tempo, pelo menos. Ela me vendeu quando eu tinha 5 anos.

Jack viu compaixão e terror nos olhos de Olivia e se amaldiçoou por revelar algo tão pessoal. Não entendia o que o havia levado a contar a ela. Só Luke sabia. E Feagan, claro. Feagan sabia de tudo.

— Não fique tão horrorizada, Olivia. Foi há muito tempo.

— Mas por que ela faria isso?

— Não sei. Devo ter feito algo que ela não gostou, certamente...

— Não consigo imaginar nada de tão horrível que você possa ter feito para ser vendido.

— Bom, suspeito que você não imagine muitas coisas. O mundo longe do parque St. James é bem diferente.

— Para quem ela o vendeu?

— Isso não importa mais.

— Você deve ter entendido mal as intenções dela.

— É um pouco difícil interpretar mal alguma coisa quando a bolsinha de moedas passa diante dos seus olhos. — Jack estava começando a soar na defensiva. — Vamos mudar de assunto, está bem?

— Sim, claro. Não tinha a intenção de me intrometer no seu passado doloroso.

Jack se amaldiçoou de novo por ter compartilhado tanto com aquela mulher. O que o havia levado a agir de forma tão burra?

— Ouvi dizer que está construindo um hospital para o dr. Graves. Você é muito mais caridoso do que eu imaginava — comentou ela.

— Não sou. Perdi uma aposta.

Olivia arregalou os olhos.

— Você apostou que construiria um hospital para ele?

Jack deu de ombros.

— E o que ele construiria para você, caso perdesse?

— Uma bodega.

Olivia riu.

— Mas é claro. E qual foi a aposta?

— Luke... digo, o conde de Claybourne sempre amou Frannie, e eu sabia que ele pretendia se casar com ela. Uma noite, Graves disse que achava que Luke se casaria com lady Catherine Mabry. E, como estou sempre em busca de dinheiro fácil, respondi que não e que aceitava a aposta. Luke se casou com ela três semanas depois, e eu agora sou obrigado a construir este hospital.

— Como ele sabia?

Jack deu de ombros de novo.

— Nós, criados por Feagan, somos hábeis em deduzir. Neste caso, Graves foi mais habilidoso que eu.

— Desculpe, mas quem é Feagan?

— É o homem que liderava nosso bando de crianças-ladras.

— Lorde Claybourne era uma dessas crianças? — perguntou a duquesa, e ele assentiu.

— Assim como o dr. Graves, Swindler, o inspetor, e Frannie, minha contadora.

— Naquela primeira noite, você disse que conseguia contar nos dedos as pessoas que respeitava...

— Sim, são eles. Apesar de tudo, todos se saíram bem.

— Assim como você.

— Não me saí tão mal…

Eles estavam circulando por parte do jardim onde rosas subiam pelo muro e floresciam. A abundância de rosas tornava sua fragrância quase avassaladora, impedindo Jack de desfrutar do perfume de Olivia. Os dois também estavam claramente longe de qualquer pessoa, dentro ou fora da casa, que pudesse ouvi-los.

Enquanto caminhavam, Jack a observou pelo canto do olho e esperou pacientemente, observando enquanto a duquesa se distraía com as flores. Sua testa não estava mais franzida, seus olhos tinham um brilho suave e seus lábios abriram um pequeno sorriso enquanto ela se perdia nas maravilhas dos lírios que os saudavam na curva.

— Então, me conte: por que matou seu marido?

A duquesa parou de supetão e o encarou. Ela devia ter ouvido errado.

Dodger deu um sorriso condescendente.

— Você falou disso enquanto estava com febre.

De repente, Olivia se sentiu enjoada.

— Quem me ouviu?

— Só eu.

O jardim girava ao seu redor. Ela estava parada, mas, de alguma forma, tropeçou. Jack segurou seu cotovelo.

— Sente-se — ordenou ele, e a conduziu até um banco de ferro forjado que Olivia havia colocado naquela área porque, em geral, sentar ali lhe dava paz e felicidade.

Ela afundou no banco pequeno. Por mais insano que fosse, queria que Dodger se sentasse ao seu lado e a abraçasse. Em vez disso, ele se agachou diante dela, exatamente como o inspetor Swindler fizera, como se aquela posição pudesse de alguma forma provocar uma confissão.

— Você apenas delirava quando disse aquilo? — perguntou Jack.

Ele estava lhe dando uma escapatória fácil de uma situação difícil, e, se aquilo ainda não estivesse pesando em seu coração, até poderia ter aceitado. Mas Olivia não contara nada a ninguém, e era terrivelmente difícil conviver com a verdade. Piscando para conter as lágrimas que queimavam em seus olhos, meneou a cabeça.

— Diga-me — insistiu ele baixinho.

— Você vai me achar horrível.

Jack enfiou a mão no paletó, tirou um lenço e o estendeu para ela.

— Sou muitas coisas, Livy, mas não sou um hipócrita. Já fiz coisas muito piores do que você jamais poderia fazer.

Olivia aceitou o lenço, enxugou as lágrimas e fungou.

— Você me chamou assim quando eu estava doente.

— Pareceu um apelido adequado.

Olivia engoliu em seco e fungou de novo.

— Ninguém nunca me chamou de outra coisa além de Olivia, isso quando usam meu nome. Só me chamam de "Sua Graça", é claro, e "duquesa". Mas nunca de "Livy". Gosto bastante, e agora estou enrolando.

O olhar de Dodger era penetrante, e Olivia sentiu como se ele pudesse enxergar seu coração.

— Se isso facilita as coisas, não acredito nem por um momento que você o matou. Pelo menos, não de propósito e por maldade — afirmou Jack.

— Mas ele está morto por minha causa.

— Como assim?

Olivia apertou o lenço dele e o remexeu nas mãos.

— Estávamos indo para um jantar. Henry parecia muito angustiado por estarmos partindo, então fiquei um tempo tranquilizando-o, e acabamos nos atrasando. Lovingdon fez algum comentário sobre como era difícil acreditar que eu tinha perdido a hora apesar da minha obsessão em comprar relógios. Ele raramente dizia coisas indelicadas, e suas palavras machucaram.

Mesmo agora, pensando nas palavras do marido, elas a machucaram de novo. Os relógios sempre foram presentes para Lovingdon. Ele sempre sorria quando ganhava outro dela e dizia: "Ah, agora tenho mais tempo".

Só que ele não teve mais tempo, não tinha tido o suficiente.

— Consigo entender por que você o matou — falou Dodger.

A duquesa fez uma careta para ele.

— Você está fazendo pouco-caso da minha dor.

Jack se remexeu, inquieto.

— Porque ela me deixa desconfortável. Não gosto de ver você sofrendo.

— Quem diria que você se importaria? Acho que há um lado muito diferente seu que você compartilha com poucos.

— Não o compartilho com ninguém.

Jack cruzou as mãos na frente do corpo, apertando-as com força. Olivia podia ver a pele esticada nos nós dos dedos, e se perguntou se ele estava lutando para não estender a mão e tocá-la. Parecia que, quando a situação pedia, ambos podiam ser extremamente fortes. Naquele momento, por exemplo, a duquesa não queria nada além de se jogar nos braços dele, mas manteve distância.

— Continue, por favor, vocês estavam atrasados... — incitou Jack.

Olivia assentiu.

— Estávamos descendo a escada correndo e pensei ter ouvido Henry chorar. Virei-me para voltar e ver como ele estava, mas Lovingdon me segurou. Disse-me para deixar Henry em paz, que ele estava bem. Mas eu ainda estava chateada com o comentário bobo do relógio, então puxei o braço de volta com força, e quando o fiz...

Jesus... Olivia podia ver tudo com clareza, cada segundo que parecia durar um minuto. O olhar espantado no rosto do marido. Os braços balançando. O pé indo para trás, procurando o degrau que esperava encontrar, buscando equilíbrio, mas não encontrando nada.

—... ele caiu para trás. Estendi a mão, mas ele já estava caindo, e então ouvi um som horrível, como se um ovo enorme tivesse quebrado... E ele ficou imóvel.

Jack de repente parecia embaçado, e Olivia percebeu que o enxergava através de uma cortina de lágrimas.

— Agora você entende como a culpa foi minha.

Ele libertou o lenço do aperto mortal dela e, com muita ternura — muito mais do que Olivia jamais teria acreditado que ele tivesse —, enxugou as lágrimas dela.

— Não, não foi — falou Jack. — Foi um acidente.

— Foi tudo tão bobo. Lovingdon nem queria ir ao jantar, mas era com a rainha. Ela e o príncipe estavam comemorando o sucesso da Grande Exposição. Você provavelmente não sabe, mas não se recusa um convite da rainha.

Através da torrente de lágrimas, Olivia viu Jack dar um meio-sorriso.

— Suspeito que nunca precisarei saber etiquetas que envolvem a realeza.

Ela soltou uma risadinha, seguida de um soluço.

— Provavelmente não. — Ela soluçou de novo. — Quer ouvir algo ridículo?

— Uma risada me faria bem.

Como Jack havia parado de enxugar as lágrimas dela, Olivia pegou o lenço dele e secou o que restava.

— Agora é uma bobagem, mas, quando o testamento foi lido, pensei que você fosse meu castigo. Achei que, de alguma forma, Lovingdon sabia que eu seria responsável pela morte dele e deixou aquele testamento ridículo para me punir.

— Entendo você ter sentido isso na época.

— Foi tão inesperado. Não quero parecer ingrata pelo que meu marido me deixou, mas eu tinha grandes esperanças de que ele me deixaria esta casa. Sei que é grande demais para uma viúva, mas, quando me mudei para cá, ela era muito sombria. Ele nunca deixava a luz do sol entrar e a equipe de criados era quatro vezes menor do que deveria, então grande parte da propriedade estava abandonada. Eu mudei tudo isso. Sendo sincera, eu me senti traída por ele ter dado a casa para você. Além disso, nomeou você, um canalha infame, como guardião do nosso precioso Henry... Foi muita coisa para lidar. Temo ter descontado todas as minhas decepções e frustrações em você. Peço desculpas por isso.

— Você se desculpa demais, Livy. Você tinha todo o direito de estar com raiva. E minha reação também não foi nada simpática.

— Só não sei o que ele estava pensando. Acho que nunca saberemos. — Olivia suspirou. — Sinto falta dele, mas não tanto quanto deveria. Eu era muito sozinha. Às vezes, eu gostaria de não ter sido uma boa filha. Gostaria de ter me rebelado e de ter fugido com alguém de minha escolha. O jardineiro, talvez.

— Você estava apaixonada pelo jardineiro?

Olivia riu, pois Dodger parecia horrorizado. Ela nunca o imaginou ficando horrorizado com nada.

— Eu só estava dando um exemplo bobo. Na verdade, não havia mais ninguém. — Olivia apertou as mãos e as estudou. — Você estava certo, aliás. Lovingdon sempre foi conciso em tudo, mas não me arrependo de ter me casado com ele. Quando olho para Henry, sinto gratidão. Só queria não ter sido a causa da morte dele.

— E você não foi. Na verdade, ele mesmo se matou por ser desajeitado.

Olivia negou com a cabeça.

— Sempre me sentirei culpada. Se eu o tivesse amado mais, ou se eu não mimasse tanto Henry... Eu sei que o mimo, mas tenho que colocar meu amor em algum lugar.

— Se isso a faz se sentir melhor, acredito que, com base no que sabemos agora sobre Helen, você ouviu mesmo Henry chorar.

Se Jack achava que aquilo a faria se sentir melhor...

— Você está tentando me absolver da minha culpa, e eu agradeço, de verdade. Mas infelizmente isso só serve para mostrar que eu não era só uma esposa terrível, como também uma péssima mãe.

— Você não pode se culpar por não saber o que Helen fazia. Pessoas que sentem prazer em prejudicar crianças são muito habilidosas em esconder isso.

— A pessoa que machucou você era assim?

— Sim, acredito que sim.

Olivia não pediu mais detalhes, embora desejasse muito saber tudo sobre Jack. Ela enxugou os olhos uma última vez antes de devolver o lenço.

— Você vai contar tudo isso para seu amigo da Scotland Yard?

— Você não o matou, Livy. Podemos pedir a opinião do Swindler, se quiser, mas ele dirá a mesma coisa.

Olivia se levantou lentamente.

— Dizem que a confissão faz bem à alma. Me sinto um pouco melhor mesmo. Obrigada… Jack.

— Foi um prazer, Livy.

Ele não fez nenhum movimento para voltar para casa. Seu olhar caiu sobre os lábios dela, e Olivia se perguntou se ele estava pensando em outro tipo de prazer.

— Na manhã em que você entrou na sala de banho… — começou Jack.

— Eu não sabia que você estava lá — interrompeu Olivia, ansiosa para impedi-lo antes que ele falasse demais.

— Pensei que talvez você estivesse indo pagar o que me deve.

— Não acredito que deva qualquer coisa a você. — Ela estava ofegante e sentindo calor de novo. — Você aceitou o desafio, mesmo com as limitações.

— Então estamos mais uma vez em desacordo.

— Parece que sim.

Dodger abriu um sorriso sedutor.

— É estranho que não pareça…

Antes que Olivia pudesse contestar a afirmação, Jack estendeu o braço. Era uma espécie de trégua, percebeu ela.

Enquanto voltavam para casa, ocorreu-lhe que, quanto mais tempo passava na companhia de Dodger, mais perigoso ele se tornava para o seu coração.

15

Ele era um homem paciente por natureza. Também era cauteloso, mas andava entediado.

Estar no clube de jogos quando sabia que não seria bem-vindo se seu propósito fosse descoberto era deveras… emocionante.

As mesas de dados não o interessavam. Muito menos as de carteado. A ala das mulheres era chata. E ele nunca gostara de bebidas alcoólicas.

Mas os meninos… Eles eram um assunto bem diferente.

Ninguém percebia se uma criança desaparecia de St. James.

Mas perceberiam se algum menino sumisse do clube.

Especialmente se o maldito inspetor Swindler estivesse bisbilhotando por aí.

O segredo era ser paciente, escolher o garoto certo e, então, agir.

Olivia sabia que precisava se levantar e começar o dia. Em vez disso, ela se permitiu um descanso e continuou deitada, ouvindo Dodger tomar seu banho matinal. Nos últimos quatro dias, notou que Jack a observava atentamente, como se tentasse avaliar se ela estava pronta para enfrentar algo. Aquilo a deixava um pouco desconfortável. Talvez ele tivesse contado a Swindler sobre a confissão dela e Olivia fosse ser levada para a Scotland Yard.

Todas as manhãs, Jack perguntava sobre a saúde de Olivia, questionando como se sentia em uma inquisição que deveria ser parecida com a que o dr. Graves havia sofrido. Olivia simpatizava com o médico. Ansiosa para descobrir o motivo da preocupação de Dodger com sua saúde, na manhã anterior ela decidira falar que estava tão saudável quanto antes de adoecer.

Mas ele respondera apenas:

— Fico feliz em saber disso.

A resposta fez Olivia pensar que talvez estivesse considerando a ideia de ser atraída para a cama dele. Jack estava se comportando muito bem desde o passeio no jardim. Eles jantavam juntos todas as noites, e o relacionamento dos dois havia se tornado agradável. A duquesa estava até achando difícil lembrar por que se opusera à ideia de Jack ser o guardião de Henry.

Quando tudo ficou em silêncio na sala de banho, Olivia permaneceu imóvel por mais um tempo, tentando não imaginar aquele corpo atraente se vestindo. Mas é claro que, quanto mais tentava não imaginar nada, mais imaginava.

Uma batida repentina e forte na porta a assustou. Ela mal havia se sentado na cama quando a porta da sala de banho foi aberta e Dodger entrou no quarto dela. Assustada, Olivia apertou a coberta contra o peito.

— O que está fazendo aqui?

— Estava adiando isso até que estivesse recuperada o suficiente para se juntar a nós, e acredito que hoje seja o dia. Henry quer ir à Grande Exposição.

— Eu sei que ele quer, mas...

— Vamos hoje. Gostaríamos que você fosse conosco. É o dia do xelim, um dia especial para visitantes das classes mais baixas, assim os visitantes de classe alta não precisam respirar o mesmo ar que "a ralé". São um bando de esnobes, na minha opinião, mas desta vez os perdoo porque servirá ao nosso propósito. O público de hoje não terá pessoas com quem você costuma se associar, então dificilmente será reconhecida. — Ele jogou um embrulho na cama. — Para tranquilizá-la ainda mais, trouxe essas roupas para você. Elas garantirão que você se misture bem. Partiremos em meia hora.

Antes que Olivia sequer abrisse a boca, Jack saiu e fechou a porta. Ela pegou o embrulho, afrouxou o nó do barbante e desdobrou as roupas que pareciam surradas: um paletó, camisa, calça, sapatos e uma boina. Por acaso Jack estava sugerindo que ela deveria se vestir como um homem?

Pegando a calça, a duquesa saiu da cama e foi até a porta para confrontá-lo. Era totalmente inapropriado...

Mas não tão inapropriado quanto beijá-lo.

E por acaso um mau comportamento justificava outro? Ela parou no meio do caminho e segurou a roupa. Estava limpa, apenas um pouco esfarrapada. Jack, que tomava banho duas vezes por dia e, segundo a lavadeira, lavava as roupas com mais frequência que um homem normal devia, lhe dera roupas limpas. Olivia segurou a calça na cintura, deixando as pernas penderem até os pés. Eram longas e pareciam largas o suficiente.

A duquesa não queria pensar em como Dodger devia tê-la estudado atentamente para avaliar com precisão as roupas que caberiam. Não sabia se ficava perturbada ou lisonjeada, se deveria agradecê-lo ou repreendê-lo. Ela não tinha dúvida de que Jack aguardava a última opção. Deveria até estar do outro lado da porta, com argumentos prontos.

Pesando suas opções, Olivia deu um passo hesitante para trás. A verdade é que ela queria ver a Grande Exposição tanto quanto Henry. Mas vestir-se como um homem...

Uma risadinha escapou e ela tapou a boca com a mão. Pensar na ideia a fazia sentir-se livre, jovem e aventureira. Que mal havia? Quem saberia?

A duquesa repassou os argumentos em sua cabeça. O maior problema seria seu cabelo. Talvez pudesse trançá-lo, prendê-lo com grampos e cobri-lo com a boina.

— Não, não posso — sussurrou. — Não posso.

Por que não pode?, perguntou uma vozinha em sua mente, mas uma que não parecia muito com a dela. Talvez Olivia estivesse ficando louca. Se falar sozinha já era preocupante, imagine então responder a uma voz imaginada?

Uma batida soou na porta que dava para a sala de banho.

— Já está pronta? — perguntou uma voz grave.

— Não.

— Está decente?

— Também não.

— Fique decente, então. Vou entrar.

— Não!

O canalha abriu a porta, espiou em volta e a estudou.

— Vamos lá, Livy, você sabe que quer.

Sentindo-se estranhamente vulnerável com Jack em seu quarto, Olivia colocou um pé descalço em cima do outro.

— Quem você vai machucar se for? — indagou Jack.

Ele saiu de trás da porta, encostou-se na parede e cruzou os braços, como se estivesse oferecendo um desafio. Dodger não vestia suas roupas de costume, as feitas sob medida. O casaco de tweed marrom não combinava com ele. Era um pouco grande e lhe dava uma aparência comum demais. Olivia nunca tinha percebido antes o quão incomum ele parecia. Pensando bem, se não conhecesse a origem de Jack, a duquesa poderia muito bem ter pensado que ele era um aristocrata ao vê-lo em suas roupas de costume. Ele tinha um ar de imponência. Ainda estava lá, mesmo com roupas mais simples, mas era estranho não vê-lo de gravata e colete coloridos.

— Quem você vai machucar se *não* for? — perguntou ele, como se tivesse desistido de receber uma resposta para a pergunta anterior.

Olivia olhou para as roupas espalhadas na cama.

— Daqui a alguns anos, Henry contará sobre as lembranças da Grande Exposição. Não quer que essas lembranças incluam você? — questionou Jack.

— Isso não é justo. Além disso, e se alguém me reconhecer?

— Ninguém olha na cara dos pobres. Você parecerá um plebeu com essas roupas.

— Então como consegui moedas para pagar o ingresso?

Jack suspirou.

— Ninguém vai perguntar. Vamos, Livy. Pela primeira vez na vida, faça algo que não deveria.

Olivia quase o lembrou de que o beijara, mas como Dodger não havia mencionado o encontro nenhuma vez desde o passeio no jardim, ela suspeitou que ele queria esquecer ou decidira que não tinha significado nada. Tentou não ficar decepcionada com essa conclusão.

Mesmo assim, Jack a instigava, fazia parecer tão fácil descer de seu pedestal de boa moral. E ele nem estava pedindo algo tão horrível. Seria muito bom sair de casa e fazer um passeio com Henry.

— Acho que há coisas piores que eu poderia fazer.

Ele deu uma piscadela.

— O que estou sugerindo não chega nem aos pés das coisas que poderiam ser feitas com um homem no seu quarto e você de camisola...

Antes do beijo, Olivia teria jurado que Dodger estava tentando ofendê-la, mas agora achava que ele estava apenas brincando, tentando fazê-la rir e ver a tolice de sua hesitação.

— Se eu for para o inferno por isso...

— Estarei lá também. Dançarei com você — prometeu ele.

Algo em seu tom de voz, em seu olhar, a fez pensar que desta vez Jack não estava brincando, e Olivia teve uma vontade absurda de chorar. Devia ser alguma sequela de sua doença, ou talvez fosse apenas o fato de ele ter reconhecido que ela temia ficar sozinha.

Se pensasse muito sobre o que Jack estava lhe pedindo, Olivia poderia acabar se acovardando. Em vez disso, ergueu o queixo e acenou com a mão.

— Então saia. Preciso me trocar.

Jack abriu um sorriso antes de desaparecer atrás da porta e fechá-la.

Ah, mas como Olivia desejava que ele não tivesse feito aquilo, que o ato não tivesse lhe enchido de prazer. O sorriso a fez sentir uma emoção inédita em seu coração. Alegrar um homem, saber que ele queria sua companhia, proporcionava a ela uma sensação maravilhosa.

Felicidade. Ela estava sentindo uma felicidade que nunca sentira antes.

Estendendo a mão para tocar o sino, Olivia não conseguia se lembrar de um único momento em toda a sua vida em que tivesse ficado tão animada.

As roupas foram um erro, um erro terrível, pois Jack estava sendo forçado a admirar o lindo formato da bunda de Olivia enquanto esperavam na fila para entrar no Palácio de Cristal. Ela devia ter pedido à criada que amarrasse seus seios com uma faixa, pois estava plana como uma tábua com aquela camisa. Ou talvez fosse a forma como o paletó caía sobre seu corpo. O paletó curto que lhe permitia ver o traseiro dela, marcado pela calça.

Eram como um trio de garotos em busca de aventura. Ou pelo menos era o que ela e Henry pareciam. Jack parecia mais com o pai de dois meninos. E se sentia como um pai; velho e cínico. Ele nunca se importara com a visão dura que tinha da vida, mas agora ela o fazia parecer um ancião, enquanto Olivia e Henry estavam maravilhados com tudo — e ainda nem tinham entrado no prédio.

Jack nunca tinha visto os olhos da duquesa tão cheios de alegria. De vez em quando, ela se inclinava para conversar com Henry enquanto apontava alguma coisa. Por mais que soubesse que não devia, Jack queria que Olivia compartilhasse seus comentários com ele, que tocasse seu braço, que ficasse na ponta dos pés e sussurrasse as descobertas em seu ouvido.

Mesmo vestindo roupas mal ajustadas, Olivia era encantadora. E ainda parecia alguém de uma posição mais elevada na vida. As bochechas dela poderiam ser sujas e lama poderia ser colocada na ponta daquele lindo narizinho que ela ainda não pareceria pertencer ao muquifo que tinha sido a vida de Jack. Quando alguém esbarrava nela do jeito que haviam acabado de esbarrar nele, Olivia pedia desculpas ou dava uma leve fungada — a mesma que dava quando estava descontente. Ela não empurrava de volta e...

Inferno!

Procurando no bolso do casaco, Jack olhou ao redor rapidamente. Nenhum ladrão à vista.

— Desgraça!

— Ei, camarada, olha a boca! Tem uma dama aqui.

Jack virou-se para o homem que havia falado. Ele era muito mais velho e sua esposa não era nada atraente — mas o maldito parecia gostar mesmo dela, e eles realmente pareciam um casal.

— O que foi? — perguntou uma voz estranha.

Ele virou a cabeça para Olivia.

— O que foi? — repetiu ela com uma voz que Jack imaginou que ela achasse ser igual a de um homem, quando na verdade não chegava nem perto.

Se não fosse pelo fato de estarem se disfarçando, Jack a teria provocado por causa disso.

— Fui furtado.

Que coisa horrível de se confessar!

— O que levaram? — indagou ela, voltando à voz normal de preocupação, o que lhe rendeu um olhar desconfiado tanto do cavalheiro atrás deles quanto da dama que o acompanhava.

— Um medalhão com um retrato da minha mãe.

— Por que estava carregando algo tão valioso?

— Sempre o carrego comigo — afirmou, em um tom curto, sem a menor vontade de prolongar o assunto. — Devem ter tentado roubá-lo no mínimo umas dez vezes ao longo desses anos, mas sempre fui rápido o suficiente para pegar o trombadinha.

Jack sentiu vontade de praguejar de novo, mas não queria arranjar briga com o homem atrás dele. Embora fosse mais velho, o sujeito tinha mais corpo e um punho enorme que parecia mortífero. Se estivesse sozinho, Jack poderia brigar facilmente, mas tinha que se preocupar com a possibilidade de Olivia ou Henry serem pegos no meio da confusão.

— Então alguém com suas habilidades o levou — apontou ela.

Jack quase contou a verdade, de que habilidade não tinha nada a ver com aquilo. Que estava distraído com ela, o que devia ter sido óbvio para quem o identificou como um alvo fácil. Mas decidiu que a confissão apenas deixaria os dois desconfortáveis.

— O medalhão não terá valor para o ladrão, e ele precisará vendê-lo. Vou encontrá-lo.

Olivia contornou Henry, que servia como uma proteção inocente entre os dois, e tocou o braço de Jack. Embora estivesse vestindo um paletó e camisa, sentiu o calor da palma da mão dela como se nada os separasse. Se não soubesse que a doença de Olivia tinha acabado, pensaria que ela estava com febre de novo. Ou talvez ele mesmo estivesse. Sentiu vontade de se afastar, e também de se aproximar.

— Sinto muito — falou a duquesa, um sussurro de conforto que teve o poder de penetrar no muro cuidadosamente construído ao redor do coração de Jack.

— Não foi culpa sua, e sim da minha tolice — respondeu ele, sentindo a voz áspera arranhar a garganta.

O que estava pensando quando achou que sair com Olivia seria uma boa ideia? Por acaso havia perdido a cabeça?

Jack a desejava mais agora do que na noite em que a beijara. E o fato de ela não perceber o desejo dele o atormentava.

— Você tem outro retrato dela? — perguntou ela.

— Não, mas não importa. Não era tão importante.

Olivia não estava mexendo a mão, mas era como se estivesse... como se estivesse acariciando seus ombros, seu peito... Ele conseguia imaginar a cena com clareza, desejava-a com uma intensidade avassaladora.

— Por que não estão abrindo as portas? — indagou ele, irritado.

Ela tirou a mão dele enquanto olhava para a construção de vidro. Jack queria pegar a mão dela de novo, segurá-la com força e nunca mais soltar. *Sim, ele certamente enlouquecera*. Não havia mais dúvida.

— Parece que estão, sim — disse Olivia. — Estou vendo um movimento ali na frente.

Olivia o encarou e, por um breve momento de pânico, Jack pensou que ela conseguia ver as emoções que causava nele. De repente, Dodger queria mais do que poderia — muito mais. Queria voltar à Exposição com Olivia no dia em que a elite fosse. Queria vestir suas roupas sob medida e vê-la com um vestido que não fosse preto. Queria a mão dela em seu braço, sabendo que seria invejado porque estava acompanhado de Olivia.

— Vamos! Vamos! — gritou Henry.

Jack percebeu que a fila havia começado a andar e ele não havia reparado.

— É melhor ficarmos atentos aqui.

Olivia sorriu gentilmente, como se entendesse os problemas de Jack, e segurou a mão de Henry.

— Fique perto.

Jack não sabia se Olivia estava falando com o filho ou com ele, se havia percebido que Jack sentira uma vontade repentina de fugir. Mas ele se manteve perto dela, firme em sua convicção de que nada dentro daquela construção de vidro e metal o fascinaria tanto quanto a mulher vestida com roupas masculinas ao seu lado.

Jack notou os olhares, a atenção que chamavam, sem dúvida porque Olivia falava e agia como uma mãe, e não como um garoto. Como se também tivesse percebido, ela olhou ao redor. Olivia encarou Jack, apavorada com a possibilidade de ser descoberta. Antes que pudesse tranquilizá-la de que aquilo não tinha importância, ela o surpreendeu.

— Maldição! — falou ela na voz estranha que tentava imitar um homem.

— Maldição! — repetiu Henry.

A duquesa não poderia ter feito uma expressão mais horrorizada se Jack a tivesse levantado e a beijado no meio de todos. E então ela caiu no riso, cobrindo a boca e balançando a cabeça.

— Ei, ei, olha a boca — disse o homem atrás deles.

A mulher atrás deles arregalou os olhos.

— Acho que isso não é um rapaz, Jonah. O que está acontecendo aqui?

Jack pegou a mão de Olivia.

— Vem aqui.

Olivia segurou a mão de Henry enquanto Jack os conduzia para longe da fila.

— Vamos perder nosso lugar na fila — apontou Olivia, mas sem soar zangada. Ainda havia um traço de diversão em sua voz.

— Vamos conseguir um melhor — afirmou Jack, marchando com eles para o começo da fila.

— Por acaso não está pensando em roubar um lugar na fila, está?

— Já disse que não faço mais isso. — Jack sorriu para ela. — Roubar, quero dizer.

Jack não queria o início da fila, pois ficaria óbvio, mas queria um lugar bem mais para a frente. Então avistou um homem, uma mulher e uma garotinha. Com Olivia e Henry em seu encalço, Jack se aproximou.

— Quantos no seu grupo? — perguntou Jack ao homem.

— Por que a pergunta?

— Pagarei muito pelo seu lugar se levar sua família para o fim da fila — explicou Jack.

— Perdeu o juízo? Chegamos aqui às cinco da...

O homem olhou para o dinheiro que foi colocado em sua mão, então olhou para Jack e levantou a boina.

— Até mais, chefe. — Ele se virou para a mulher e a menina e disse: — Vamos lá.

— Eu não vo...

— Para o fim da fila, querida — falou o homem, afastando a mulher da multidão, antes de mostrar o que segurava.

Ela arregalou os olhos antes de passar o braço no dele e abrir um sorriso enquanto se afastavam.

— Achei que não queríamos ser notados — comentou Olivia enquanto Jack os puxava para a fila.

— Perdemos essa oportunidade quando você tentou desviar a atenção.

— E o que eu devia fazer?

— Exatamente o que fez. E eu devia ter feito isso antes.

— Estamos quase lá — gritou Henry entusiasmado, puxando a mão de Jack e pulando.

Sim, estavam, e Jack já desejava que aquele dia nunca acabasse.

A duquesa nunca prestara muita atenção nas pessoas de fora da aristocracia. Elas não faziam parte do mundo dela, mas, caminhando em meio a elas, não pareciam muito diferentes. Jack se misturava muito bem, mas Olivia sabia que era porque ele estava fazendo questão disso. Ela achara que Dodger tinha vindo da escória da sociedade, mas ele não pertencia a tal lugar. Pertencia exatamente ao lugar que ocupava.

Era inapropriado prestar tanta atenção a um homem, mas parecia tão natural... Olivia sabia quando Jack estava prestes a sorrir, pois os olhos escuros assumiam um brilho travesso antes do desenrolar daquele sorriso provocante. Dodger não sorria com frequência, mas sempre a deixava sem fôlego quando o fazia. Ele tinha o hábito de esfregar o queixo quando não tinha certeza de algo ou tentava solucionar um problema. Embora sempre falasse com confiança, Olivia começava a suspeitar que Jack nem sempre se sentia seguro, e aquele pequeno maneirismo ajudava a reforçar sua autoconfiança. Ela não sabia ao certo por que percebera essa vulnerabilidade nele, mas agora não conseguia ignorá-la.

Olivia ficou encantada ao vê-lo explicar as coisas a Henry, erguer o menino para que pudesse ver algo melhor e colocá-lo nos ombros quando se cansava de andar. Ela desconfiava que a visita teria sido bem diferente se tivessem ido à Exposição em qualquer outro dia, já que as regras da alta sociedade ditavam que Henry deveria se comportar de maneira condizente com sua posição e seu título. Ou talvez nada fosse diferente, pois Jack poderia tê-lo ensinado a não se importar com a opinião dos outros.

Sim, talvez este fosse o caso. Se Olivia não se casasse de novo, se não tivesse um marido para tomar o papel de guardião de Jack, não tinha dúvida de que Henry cresceria sem medo de expressar sua opinião. E ela não sabia se isto era algo completamente ruim.

De todas as obras de arte, invenções e maravilhas a serem exploradas na Grande Exposição, Henry ficou mais fascinado com uma enorme locomotiva.

— Você nunca viajou de trem, rapazinho? — perguntou Jack.

Com os olhos arregalados, Henry negou com a cabeça.

— Muitas dessas pessoas chegaram aqui de trem, pela ferrovia. Antes disso existir, eram dias e dias para chegar a Londres. Imagine o que as pessoas teriam perdido.

— Você já viajou de trem? — indagou Olivia.

Vez ou outra ainda tentava imitar uma voz masculina, mas se esquecia com frequência graças à fascinação por tudo ao seu redor. Bom, não era como se as pessoas estivessem prestando atenção a eles... Havia muitas maravilhas distraindo a multidão daquele trio incomum.

Jack negou com a cabeça.

— Nunca saí de Londres.

— Nunca?

Ele deu de ombros.

— Para quê?

— O campo é bem diferente da cidade. Acho que ficará surpreso quando viajarmos para as propriedades de lá.

Jack esfregou o queixo.

— Quando o fizermos, claro.

— Por acaso está com medo de...

— Claro que não — interrompeu ele. — Eu apenas gosto mais de Londres e nunca senti vontade de ir para outro lugar.

— Como pode saber se nunca esteve em outro lugar?

— Sabendo.

— Duvido.

— Como sabe que não gostaria de um pouco de devassidão? — provocou Dodger.

Diante do silêncio da duquesa, ele arqueou uma sobrancelha e abriu o sorriso tentador que começava em seus olhos e terminava na boca.

Olivia sabia exatamente o que ele estava perguntando com aquele olhar. Como ela poderia duvidar do julgamento dele sobre algo que ele nunca havia experimentado quando era culpada da mesma coisa? Olivia nunca havia pecado e, que Deus a ajudasse!, estava percebendo que nunca desejara o marido de verdade. No começo, chegou a pensar nele antes de dormir e a sentir falta dele, experimentando a solidão que aparecia quando ele saía de sua cama. Mas não ansiava vê-lo no café da manhã nem achava que as tardes sem ele eram longas demais e as noites na companhia dele muito curtas.

Olivia não pensara no marido com desejo. E suspeitava que, quando o assunto era Dodger, poderia desejar mais que um beijo se não tomasse cuidado...

Ela segurou a mão de Henry.

— Acho que já ficamos tempo o bastante aqui.

Henry olhou para trás.

— P-podemos andar de trem?

— Algum dia, rapazinho.

Olivia ouviu a promessa na voz de Jack.

O sol já havia desaparecido quando o cabriolé parou em frente à casa. Os três haviam comido na área de refeições da Exposição, deliciando-se com uma variedade de opções. Olivia achou que ninguém estaria com vontade de jantar, e estava certa, pois Henry já estava dormindo ao retornarem.

Com Henry agarrado a ele como um macaquinho, com os braços em volta do pescoço e as pernas em volta da cintura, Jack saiu com elegância da carruagem. Enquanto caminhavam em direção à mansão, Olivia sentiu os olhos arderem com lágrimas ao ver o homem alto e robusto ao seu lado e o menininho que confiava cegamente nele. Não podia negar que o que estava começando a sentir por Jack era maravilhoso, mas também assustador por sua intensidade.

Olivia queria se juntar a ele de maneiras indevidas, escandalosas e pecaminosas, e precisou reforçar sua determinação de resistir ao que só acabaria em desastre. Abandonar sua criação por uma noite apaixonada na cama de um homem que não era seu marido, um homem que tinha planos de arranjar o casamento dela com outro... Ela seria uma mulher muito, muito tola de seguir por tal caminho.

Henry não se mexeu quando eles entraram na casa e subiram a escadaria. Estava exausto. Olivia compartilhava da sensação. Adoraria tomar um banho quente e ir para a cama cedo.

A babá os cumprimentou no quarto do menino.

— Como está o jovem duque?

— Desmaiado de sono — respondeu Jack enquanto deitava Henry na cama com uma gentileza que surpreendeu Olivia.

Depois de todos aqueles dias, ela ainda se espantava quando Dodger demonstrava tanta consideração pelo menino.

— Vou prepará-lo para dormir — falou Ida baixinho. — Podem ficar sossegados.

Inclinando-se, Olivia beijou a testa de Henry.

— Boa noite, querido.

Então seguiu Jack para o corredor.

— Não tenho forças para jantar.

Jack a encarou com um olhar preocupado.

— Hoje foi demais para você?

— O dia de hoje foi perfeito, só estou cansada. Se não se importa, usarei a sala de banho primeiro.

— Tenho que sair, e será bom continuar com esta roupa para onde vou.

— Para onde você vai?

— Quero encontrar meu medalhão.

— Acha que terá sorte?

— Eu sei onde ele provavelmente será penhorado. Vou encontrá-lo.

Jack tinha tanta confiança. Confiança em tudo… Olivia tocou no braço dele.

— Muito obrigada por hoje.

Ele embalou seu queixo e pescoço. Olivia ficou com a respiração presa ao pensar em Jack puxando-a para um beijo escaldante antes de sair para cuidar de seus negócios.

Ele a olhou vagarosamente dos pés a cabeça.

— Devo confessar que não esperava que você ficasse tão linda de calça.

Olivia sentiu uma onda de êxtase.

— Você me deixa com vontade de ser um homem que se contenta apenas com um beijo.

— E se eu o proibir…?

Jack deu um meio-sorriso, como se estivesse se divertindo com a vergonhosa devassidão de Olivia.

— Qual seria o mal, por enquanto? — perguntou ele com aquela voz rouca que a fazia sentir coisas estranhas. — Mas isso só vai aumentar sua dívida.

Olivia não se preocupou em corrigi-lo, em informá-lo de que nunca pagaria o que ele achava que lhe era devido. Não iria para a cama com ele. Por mais que a ideia fosse atrativa, ela se agarraria à boa moral mesmo quando Jack se aproximasse para um beijo. Mesmo quando ela ficasse na ponta dos pés para beijá-lo.

Afinal, era apenas um beijo.

Mas parecia tão mais... Assim que seus lábios se tocaram, Olivia se perdeu nas sensações da boca de Jack passeando sobre a dela. Ela sentiu que ele controlava seu desejo, como se temesse que desta vez não fosse possível se contentar com nada menos do que tê-la sob seu corpo.

Mas aquele beijo era tão maravilhoso quanto o primeiro. Olivia percebeu vagamente que a boina havia caído de sua cabeça. Quando passou as mãos sobre os ombros dele, sentiu seus braços a envolvendo e a puxando para mais perto, e então seu cabelo caiu pelas costas. Dodger era um homem de dedos ágeis e de boca talentosa. Ele conseguia capturar toda a atenção dela com a maior facilidade do mundo.

O quarto dele estava tão perto... Se Jack a levantasse no colo, Olivia não sabia se teria forças para resistir. Se bobeasse, era capaz até de abrir a porta para os dois.

Não, não, não! Ela precisava ser mais forte! Precisava aproveitar o beijo que lhe despertava desejos e se contentar com isso. Os *dois* tinham que se contentar com isso.

Mudando o ângulo de forma repentina, Jack aprofundou o beijo, explorando a boca dela vagarosamente com a língua e seduzindo-a a fazer o mesmo. Seus corpos estavam colados, e Olivia não tinha mais a proteção de anáguas ou saias. Na verdade, havia pouquíssimas camadas de tecido separando a pele dos dois. O corpo de Jack reagiu com uma intensidade que ela não precisou de imaginação para visualizar. Ela sabia bem como era o corpo daquele homem, e as imagens da sala de banho explodiram em sua mente, aquecendo um fogo em seu interior.

Olivia ouviu um gemido e temeu ter vindo dela mesma.

Ofegante, Jack separou a boca da dela. Só então Olivia percebeu que estava praticamente agarrada nele. Baixando os braços com rapidez, ela deu um passo para trás.

— Você me enfeitiça — falou ele. — Mas deixo um aviso, duquesa: temo que esta seja a última vez que posso me contentar apenas com um beijo.

Então, Jack deu as costas para ela e foi para a escadaria. Olivia fechou os olhos e se ancorou na parede.

O aviso dele parecera ter tido o efeito contrário, pois só a fizera ansiar mais pelo próximo encontro dos dois.

Descendo do cabriolé, Jack inalou o mau cheiro que fizera parte de sua juventude. Ele não voltava às margens de Londres com frequência, mas, quando o fazia, tinha sempre a sensação de estar voltando para casa. Era triste pensar que ele se sentia mais à vontade em meio à sujeira…

Jack pegou um saco de estopa da carruagem e o apoiou no ombro, sabendo que não sobraria nada do veículo se ele continuasse ali.

— Vá embora e volte aqui em uma hora — ordenou ao cocheiro.

— Sim, senhor.

Jack viu o alívio no rosto do cocheiro logo antes de ele atiçar os cavalos. Ninguém queria ficar ali, nem mesmo os que viviam nos prédios em ruínas. Já era tarde da noite, mas as crianças ainda corriam pelas ruas. Quando elas se aproximavam muito por curiosidade, ele enfiava a mão no bolso e jogava algumas moedas no chão sujo para afugentá-las.

Enfim, chegou à moradia que queria. Abrir a porta era um desafio, pois não estava presa a todas as dobradiças. Dentro da casa era escuro e sombrio, e o fedor era ainda mais forte. Jack começou a subir a escada, sabendo quais degraus estavam quebrados, quais rangiam e quais evitar. Nada melhorava naquela área de Londres. Ele descobriu que um dos degraus tinha um novo buraco quando a bota prendeu nele. Praguejando, Jack soltou o pé e continuou subindo, agora com mais cuidado. No topo da escada, virou pelo corredor escuro, pisando com cautela sobre o que não conseguia ver, mas sabia ser lixo.

Assim que saísse daquele lugar, queimaria as roupas que estava vestindo. Era a única maneira de garantir que não carregaria nenhuma doença ou infestação. Piolhos, pulgas, insetos rastejantes. Ele sempre odiara a sensação de bichinhos em seu corpo.

Quando chegou à porta no final do corredor, bateu três vezes, esperou um segundo, bateu duas vezes, esperou mais um pouco, e então bateu três vezes. Ele ouviu um movimento arrastado do outro lado da porta, que foi aberta lentamente. Um rosto sujo e enrugado apareceu. O que antes tinha sido um cabelo vibrante, tão ruivo quanto o de Frannie, agora estava claro, quase branco. A barba longa e desgrenhada também estava branca. Dentes podres formavam um sorriso emoldurado por lábios rachados e sangrentos.

— Ora, ora, se não é o meu Dodger. — Com dedos tortos, ele chamou Jack para entrar. — Venha, garoto. Vamos ver o que você tem para o velho Feagan.

Jack entrou no local e foi levado de volta a uma época em que dormia no chão como um cachorro, abraçando quem se deitava ao seu lado, oferecendo e recebendo calor. Ele raramente ia para a cama com fome. Feagan sempre fora bom em alimentar sua trupe. Uma criança doente não era útil.

— O que tem aí, hein, hein? — perguntou Feagan, caminhando até a cadeira bamba da mesa marcada, onde uma vela na boca de uma garrafa de vidro fornecia a única luz do ambiente.

Com a iluminação da vela, Jack viu a película branca e leitosa que agora dificultava a visão de Feagan. Tirando o saco do ombro, colocou-o sobre a mesa e revelou quatro garrafas: duas de uísque e duas de rum.

Feagan gargalhou novamente.

— Ah, meu Dodger, você sempre foi muito bom com o Feagan.

O mentor de Jack sempre tivera o hábito de se referir a si mesmo na terceira pessoa, como se fosse outra pessoa no recinto. Era uma das razões pelas quais Jack nunca se convencera de que Feagan era o verdadeiro nome dele — era como se o homem tivesse sempre de lembrar a si mesmo, de lembrar aos outros, quem ele era. Não era incomum que, principalmente depois de serem presas, as pessoas pobres se mudassem para diferentes áreas de Londres e trocassem de nome. Feagan havia contado de seu passado apenas uma vez, e aquela era uma história que Jack pretendia levar para o túmulo.

Jack abriu uma garrafa de uísque e serviu a bebida no copo de lata amassado que Feagan estendeu com a mão trêmula — a mesma com que o velho ensinara muitas pessoas a entrar em lugares apertados sem serem vistas.

— Você deveria me deixar levá-lo para um dos apartamentos do clube.

Feagan tomou um gole e depois passou a língua pelos lábios, determinado a não desperdiçar nenhuma gota.

— E eu te pergunto: que bem isso faria ao Feagan?

Jack sentou-se na cadeira à frente dele.

— Você teria comida, um lugar quente, companhia. Eu até poderia lhe dar uma mesada para jogar.

— Você sempre foi mais gentil do que as pessoas acham.

— Isso não tem nada a ver com gentileza. Não gosto de me arrastar pela sujeira para vir visitá-lo.

— Você é o único que vem me ver. — Ele se inclinou para a frente. — Como está a minha querida Frannie?

— Ela está bem.

— Já se casou?

— Não.

Feagan balançou a cabeça, triste.

— Eu devia ter cuidado melhor dela.

— Todos nós devíamos ter cuidado melhor dela.

Frannie havia sido sequestrada e vendida como escrava sexual aos 12 anos, e Luke decidira matar o homem responsável. A duquesa poderia considerá-lo um assassino; mas Jack, não. Algumas pessoas mereciam a morte.

— Mas não foi por causa dela que você veio.

— Não. — Jack suspirou pesadamente. — Furtaram meu medalhão.

Feagan gargalhou e tossiu, parecendo que estava sufocando de tanta diversão.

— Você? Furtado? Mas você era o mais esperto.

— Eu estava distraído.

Feagan lhe deu um olhar astuto.

— Isso não é do seu feitio. Ela deve ser uma belezura.

Jack não comentaria sobre a duquesa. Ela era uma dama delicada demais para ele sequer pensar nela enquanto estava naquela pocilga.

— Eu sei que você não tem mais um grupo de crianças, mas sabe quem tem, e suspeito que ainda esteja envolvido na compra e venda de ouro roubado. Pago cem libras se localizar o medalhão para mim.

Era uma quantia absurda, mas o medalhão era o bem mais precioso de Jack, talvez a única coisa que importasse mais para ele do que dinheiro.

Feagan esfregou a boca com a mão.

— Isso dá muito gim. Vou falar por aí. — Ele estreitou os olhos. — Se fosse qualquer outra pessoa, eu pediria metade adiantado.

Jack bateu numa garrafa.

— Trouxe algo que você valoriza mais.

— Isso é verdade.

Empurrando a cadeira para trás, Jack ficou de pé.

— Nos vemos em breve.

— Pode apostar, meu Dodger, pode apostar.

Jack deu uma última olhada no ambiente infeliz, lembrando-se da época em que seu objetivo na vida era ser um líder de crianças-ladras mais bem-sucedido do que Feagan.

Era irritante não saber quem era seu benfeitor anônimo. Se não fosse por aquela pessoa misteriosa, mesmo com os ensinamentos do avô de Luke, Jack sabia que teria voltado à imundície e tido uma vida apenas um pouco melhor que a de Feagan.

16

Jack estava ensinando Henry a ser escorregadio, ágil, rápido... em suma, a ser como ele. Sentada no terraço e observando o filho correr pelo gramado, a duquesa não sabia o que sentir. Talvez não houvesse mal naquilo, desde que Jack não ensinasse o menino a furtar os bolsos de alguém sem ser detectado.

Eles jogavam com uma bola, mas Olivia não sabia qual era o objetivo nem as regras do jogo. Parecia que nem os jogadores sabiam. Eles se contentavam em agarrar a bola, correr com ela e evitar serem pegos. Era um jogo nada digno para homens adultos, ainda mais para um conde. O Conde Diabo, especificamente.

Olivia nunca o conhecera antes daquela tarde. Com seu cabelo escuro e olhos prateados, ele era quase tão diabolicamente bonito quanto Dodger.

— Deve ser algo que eles brincavam nas ruas — comentou Catherine, a condessa de Claybourne.

Vestida de preto, ainda de luto pelo pai, Catherine estava sentada à mesa com Olivia. Ela e o marido haviam chegado pouco depois de Jack ter levado Henry ao jardim para o que estava se tornando um ritual da tarde. Em poucos minutos, Claybourne seguiu o exemplo de Jack e descartou o paletó, a gravata e o colete; depois, arregaçou as mangas para correr pelo gramado e perseguir Henry, que corria de uma ponta a outra do jardim carregando a bola e evitando ser capturado.

Quando parava, o menino segurava a bola bem alto e dava pulinhos enquanto gritava:

— Eu venci! Eu venci!

Então, o jogo recomeçava.

O cachorrinho também estava envolvido, seguindo Henry e correndo de um lado para o outro, às vezes fazendo os homens tropeçarem e rirem. Olivia não conseguia se lembrar de uma única vez em que seu jardim fora tão alegre.

— Você acha que foi assim que eles aprenderam a não serem pegos quando roubavam alguma coisa? — perguntou Olivia, imaginando a bola como um pão ou uma fruta.

— É possível. — A condessa riu. — Provavelmente.

Ela não parecia nem um pouco perturbada com a ideia. Sua voz tinha um resquício de melancolia, como se desejasse que a vida anterior do marido tivesse sido diferente. Por um tempo, muitos membros da aristocracia acreditavam que Claybourne não era o verdadeiro herdeiro, mas algo os fez mudar de ideia, embora Olivia não soubesse muitos detalhes a respeito dessa situação.

"Nunca duvidei, nem por um momento", dissera Lovingdon para Olivia. "Ele se parece demais com o pai para não ser o filho dele."

— Viemos visitá-la há alguns dias e descobrimos que estava doente — comentou Catherine. — Que bom que já está recuperada.

— Obrigada. Estou me sentindo bem melhor.

Embora já conhecesse Catherine, as duas nunca tinham sido próximas, por isso Olivia não confessaria que estava boa o suficiente até para ir à Grande Exposição.

— Acho que você deve ter adoecido por conta do choque que sentiu ao saber que o sr. Dodger seria o guardião de seu filho.

Olivia olhou para Catherine, mas não viu nenhum julgamento no rosto dela — apenas uma necessidade de tranquilizá-la. Duas semanas antes, Olivia poderia ter gostado de ouvir que ficaria tudo bem. Mas já não sentia necessidade de ser tranquilizada. Jack estava provando sua aptidão como guardião de uma maneira admirável.

— Se servir de consolo — continuou Catherine —, ele também será o guardião dos nossos filhos.

Olivia ficou boquiaberta.

Não será o duque de Greystone?

— Não será seu irmão?

Catherine negou com a cabeça.

— Sterling ficou ausente por muito tempo, e parece bem diferente desde que voltou. Não consigo explicar direito. E como Claybourne não o conhece, não se sente confortável em escolher Sterling como guardião. Meu marido confia em Jack Dodger, que já salvou a vida dele em mais de uma ocasião.

Olivia tomou um gole de chá, imaginando como Jack podia ter salvado a vida do conde de Claybourne. Teria sido na prisão? Por que ele não havia contado essa história? Bom, Olivia certamente não pediria que Catherine a contasse. De repente, a duquesa ficou desconfortável ao se lembrar de todos os chás da tarde e das especulações das damas sobre Dodger, cada uma mais ansiosa que a outra por compartilhar as fofocas repulsivas mais recentes que tinham ouvido sobre ele. Elas o tratavam como uma criatura curiosa, não como uma pessoa. Parando para pensar, era algo muito rude.

Olivia não queria mais saber de fofocas. Queria apenas saber a verdade sobre a vida de Jack, e da boca dele. Os dois agora tinham uma espécie de amizade. Tomavam café da manhã todo dia com Henry. À noite, os dois jantavam a sós, e ele fazia perguntas para conhecê-la. O que Olivia costumava ler, de quais peças de teatro gostava, como havia passado o dia. Ele revelava pouquíssimo de si mesmo.

Certa noite, Olivia percebeu que Jack estava tentando conhecê-la melhor para que pudesse encontrar um marido apropriado para ela.

— E o que *você* acha do sr. Dodger? — perguntou Olivia.

Catherine olhou para os homens e o menino que corriam pelo gramado.

— Para ser sincera, não gostei dele quando o conheci. Ele foi insolente e tinha uma opinião extremamente negativa da nobreza. Mas confio em Claybourne e em seu julgamento. Porém, também não acredito que alguém criará nossos filhos além do meu marido, então não me preocupo muito com essa história. Sinto que quando uma pessoa tem uma juventude difícil, sua vida adulta deveria ter apenas coisas boas.

A condessa radiava com o brilho de uma mulher bastante apaixonada. Olivia sentiu uma pontada de inveja. Ela não conseguia imaginar nada mais maravilhoso do que estar casada com a pessoa amada — com exceção de estar casada com um homem que também a amasse.

Ela observou Jack correndo pelo gramado. Tinha o físico atlético esperado, e Olivia estava praticamente hipnotizada por ele, enquanto torcia para que Catherine não percebesse.

Jack alcançou Henry e, com uma risada alegre, ergueu-o bem alto. O menino gargalhou, e Olivia sorriu. Ela crescera em uma família muito séria, e se casara com um homem tão sério quanto. Ela nunca questionara o silêncio, a reserva, o comportamento sempre recatado. Só agora começava a perceber que risadas eram tão inebriantes quanto o conhaque.

Também percebeu que tinha a oportunidade perfeita de aprender mais sobre Dodger sem bombardeá-lo com perguntas que ele astutamente evitaria responder.

— Sei que isso é bastante inapropriado, já que estou de luto e não deveria estar fazendo convites... — Ela olhou envergonhada para Catherine. — Mas você e Claybourne gostariam de jantar conosco esta noite?

— Como também estou de luto, seria bastante inapropriado aceitar.

— Claro. Sinto mu...

Com um brilho nos olhos azuis, Catherine pegou na mão dela.

— Eu adoraria. Sendo sincera, acho as regras sobre luto uma baboseira.

Olivia deu uma risadinha. Parecia que Claybourne tinha sido uma influência tão má para Catherine quanto Jack estava sendo para Olivia.

— Tenho uma ideia ainda mais inadequada. Como somos todos amigos e o jantar será pequeno e privado, que tal dispensar os trajes de luto? — sugeriu Catherine.

— Tem certeza?

— Quem além de nós saberá? E, honestamente, estou cansadíssima de usar preto.

Olivia sorriu.

— Está bem, então.

Jack mal podia acreditar que Olivia tinha convidado Luke e Catherine para jantar com eles.

— Não é como se eu tivesse enviado um convite com letras douradas — retrucou ela com petulância, quando ele a encarou com um olhar interrogativo.

Ao que parecia, a duquesa não se opunha a dispensar as regras da sociedade, desde que a ideia fosse dela. Agora que Olivia estava totalmente recuperada, Jack estava concentrado em convencê-la de que a ideia de ir para a cama dele tinha sido dela. Ele estava ansioso pelo desafio, embora sua paciência tivesse sido testada ao extremo enquanto esperava Olivia se recuperar. Ele deveria ser beatificado por sua resiliência.

— O que vai beber? — perguntou Jack a Luke.

O amigo e Catherine tinham acabado de chegar, pois tinham voltado para casa para se arrumar. Jack se sentia malvestido ao lado de Luke, que vestia um traje formal de jantar. Jack nunca investira em roupas formais, porque não era convidado para bailes ou jantares, o que lhe servia muito bem. Embora atiçasse a curiosidade da alta sociedade, os nobres preferiam observá-lo à distância.

Catherine usava um vestido verde esmeralda. Era provável que a duquesa tivesse um ataque do coração quando entrasse e visse Catherine sem as roupas de luto. Jack sorriu ao pensar que finalmente não seria o único a ser repreendido por Olivia.

— O que você for beber — disse Luke. — Sei que você serve apenas as melhores bebidas.

Jack olhou para Catherine.

— Condessa?

— Não, obrigada.

Luke beijou a mão da esposa com carinho. O homem parecia um bobo apaixonado. Jack nunca deixaria uma mulher dominá-lo daquele jeito.

— Ela não está conseguindo comer e beber de tudo esses dias — comentou Luke.

Jack serviu vinho do porto em duas taças.

— É melhor pedir a Graves para examiná-la, para garantir que ela não ficará doente igual a Olivia. Foi horrível, acredite.

— Você não contou a ele? — perguntou Catherine.

— Eu sabia que você não queria que as pessoas soubessem... Não ainda, pelo menos.

— Contar o quê? Eu perdi alguma coisa? — perguntou Jack.

— Ela está grávida — contou Luke, e Jack ficou surpreso pelos botões do colete do amigo não terem saltado, de tanto que ele estufou o peito com orgulho.

— E como já sabem disso? Vocês acabaram de se casar e... ah. — A gravidez explicava o casamento discreto e apressado realizado antes de Catherine sair do luto. Jack ergueu a taça. — Meus parabéns a vocês dois.

— O que estamos comemorando?

Jack virou-se para ver Olivia e congelou.

Entrando na sala com um sorriso tímido, a duquesa usava um vestido violeta e, tal como Jack previra, estava encantadora. O vestido revelava seus ombros e pescoço delicados, além de uma pequena parte de seu colo. Já seu cabelo estava preso em um penteado elaborado com cachos caindo por um ombro.

Como se tivesse sentido um desconforto repentino, Olivia desviou o olhar do dele.

— Não fique tão chocado. Catherine e eu concordamos que não haveria mal algum em deixarmos as roupas de luto de lado para um jantar entre amigos.

— Claro... — pigarreou Jack, tentando não soar estrangulado. — Não há mal algum nisso. Você está adorável.

Suas palavras não faziam jus a Olivia. Jack não possuía os encantos sociais de Luke, e normalmente não precisava usar palavras bonitas com as mulheres com quem se relacionava. Mas Olivia merecia ouvir todos os elogios do mundo. Todos os que o cérebro debilitado de Jack pudesse desenterrar, pelo menos.

Olivia corou apropriadamente.

— Obrigada. Eu me lembrei que você perguntou se eu não tinha um vestido violeta. Mas parece que estamos comemorando algo, não?

— Estamos. — Jack entregou sua taça para Olivia e serviu vinho em outra. Então, inclinou a cabeça para Luke. — Faça as honras.

Luke sorriu com satisfação.

— Catherine está grávida da minha filha.

— Do seu herdeiro — corrigiu Catherine.

— Não importa. Estou muito feliz.

— Nossa, que maravilhoso! — celebrou Olivia, e Jack viu nos olhos dela que a alegria era verdadeira.

Será que ela sentira a mesma alegria ao descobrir que estava grávida? Se Jack a casasse com alguém, será que ela ficaria em êxtase quando ficasse grávida do novo marido? E por que ele de repente estava com vontade de quebrar algo?

— Estou surpresa que já saiba — continuou Olivia.

— O dr. Graves confirmou — contou Catherine, corando.

— Ele também é seu médico? — perguntou Olivia. — Ele é maravilhoso. Cuidou de mim quando eu estava doente.

— Estou surpreso que ele tenha tido tempo, agora que está servindo à rainha — comentou Luke.

Olivia arregalou os olhos.

— Ele é médico da rainha?

— Um entre vários. — Jack serviu-se de mais vinho. — Segundo o Graves, ela é hipocondríaca.

— Você não deve falar dela desse jeito — repreendeu a duquesa.

Ela sempre chamava a sua atenção, mas, por alguma razão, Jack sentiu muita irritação naquela noite. Será que Olivia era incapaz de aceitá-lo como ele era? Com imperfeições e tudo o mais?

— Não se preocupe. Da próxima vez que eu tiver uma audiência com a rainha, não mencionarei isso — retrucou Jack.

Ele soou ranzinza até para si, mas tinha plena consciência de que os outros três presentes seriam mais que bem-vindos no Palácio de Buckingham, enquanto ele não. Um silêncio constrangedor dominou a sala. Jack não queria estragar o jantar deles, mas também queria que Luke e Catherine fossem embora para que pudesse ter Olivia só para ele.

— Então, Luke, o que achou do Henry? Ele é bem esperto, não é? — perguntou Jack, tentando aliviar a situação.

— De fato. Fiquei bastante impressionado. Achei que nunca veria alguém tão habilidoso quanto você.

— Pretendo ensiná-lo a ter dedos ágeis depois.

— Ele não vai virar um batedor de carteiras — alertou a duquesa.

— Isso nem passou pela minha cabeça. Dedos ágeis têm diversos outros usos.

Antes que qualquer outra coisa pudesse ser dita, Brittles apareceu e anunciou que o jantar estava servido.

Quando Jack ofereceu o braço a Olivia, aproveitou para se aproximar e sussurrar:

— Com sorte, posso demonstrar os outros usos de dedos ágeis antes do fim da noite.

Olivia ofegou, e Jack riu.

— Não fique tão chocada, Livy. Você terá que pagar sua dívida mais cedo ou mais tarde. E estou inclinado a cobrar mais cedo.

Parecia que a trégua entre os dois havia terminado. Olivia ficou surpresa ao descobrir que não estava tão decepcionada quanto provavelmente deveria estar.

A admiração que iluminou os olhos de Jack quando ela entrou na biblioteca a deixou incrivelmente lisonjeada. Era como se ele tivesse sentido uma vontade desesperadora de atravessar a sala, tomá-la nos braços e dar-lhe um beijo que talvez levasse os dois para o quarto.

Mesmo naquele momento, durante o jantar, Dodger mal tirava os olhos dela. Ele estava sendo um anfitrião abominável, ignorando os convidados e não se preocupando nem um pouco em manter qualquer tipo de conversa. Ter toda a atenção dele era empolgante, embora Olivia estivesse preocupada com a possibilidade de não conseguir mantê-lo longe quando os convidados fossem embora. E o mais assustador era perceber que não tinha certeza de que *queria mesmo* mantê-lo longe.

Embora parecesse que ninguém estava desconfortável com a falta de conversa — na verdade, Claybourne e Catherine pareciam se divertir com a situação —, Olivia sabia muito bem que uma boa anfitriã não deixava o silêncio reinar.

— Conheci a Frannie recentemente. Ela parece adorável.

Jack deu-lhe um sorriso sem humor, e Olivia desejou não ter escolhido aquele assunto.

— Eu também gosto dela — falou Catherine, como se percebesse a tensão repentina. — Ela construiu um orfanato e espera abri-lo em breve.

— Ela está só esperando a chegada dos móveis — acrescentou Claybourne. — Acho que você perderá todos os seus meninos quando isso acontecer, Jack.

Olivia ficou em choque. Será que Frannie fora amante de Jack? Os dois tinham filhos juntos? Ela engoliu em seco, tentando desfazer o nó de desconforto que se formou em sua garganta.

— Que meninos são esses?

Jack fez uma careta para Claybourne, como se ele tivesse revelado algum segredo obscuro.

— São só meninos.

— São seus filhos?

Olivia realmente tinha perguntado aquilo? A voz que saiu de sua boca não parecia ser a dela.

Jack deu a ela um sorriso amarelo.

— Não. Eu me empenho muito em não povoar mais ainda esta cidade. São moleques de rua, órfãos.

— Você tem órfãos no seu estabelecimento?

A duquesa não sabia se deveria aplaudi-lo por sua benevolência ou ficar chocada por Jack permitir que crianças frequentassem aquele tipo de ambiente.

— Eu não os "tenho", como se fossem posses. Eles conquistaram o direito de estar lá. Como você deve se lembrar, acredito firmemente que uma pessoa precisa conquistar o teto sobre sua cabeça ou o alimento para sua barriga. Então eu os acolho e lhes dou emprego. Isso evita que esses meninos sejam recrutados por criminosos e acabem na prisão.

Não é nada demais, de verdade. Tenho tarefas que precisam ser feitas, e eles são capazes de realizá-las.

Jack contou aquilo como se estivesse com vontade de fazer qualquer coisa, menos falar, mas Olivia ficou grata pela explicação. Agora, ela o via mais uma vez sob outra luz. Dodger era um caleidoscópio infinito. As ações dele não eram triviais. Ele fazia muito mais que ela para ajudar crianças órfãs, e a duquesa se sentiu envergonhada. Ela também achava que o cuidado que Jack tinha com os outros meninos ajudava a explicar o relacionamento dele com Henry. Talvez tivesse até o preparado para o papel de guardião...

— Foi assim que você conseguiu aquelas roupas? — perguntou Olivia.

Jack ergueu o copo para brindar a ela.

— Exato.

A duquesa percebeu que estava deixando seus convidados de fora da conversa. Que anfitriã atroz ela havia se tornado!

— Jack trouxe algumas roupas para Henry usar nas brincadeiras.

— Para você também — adicionou Jack, aparentemente muito satisfeito consigo mesmo. Ele olhou para os convidados. — Fomos à Grande Exposição, com Livy e Henry vestidos de meninos.

— Sério? — Catherine não parecia nem um pouco chocada. — Como foi usar calça em público?

— Bastante... libertador, na verdade. Ouso dizer que usamos muitas camadas de roupas.

— Concordo — disseram os dois homens em uníssono.

Olivia e Catherine riram como garotas.

— Sabe... — disse Claybourne, erguendo sua taça de vinho e estudando o conteúdo vermelho escuro — é possível que Lovingdon tenha escolhido você como guardião do filho pela proteção que dá aos meninos que trabalham no clube.

Olivia ficou surpresa com as palavras do conde, pois havia pensado exatamente a mesma coisa.

— Eu pensei nessa possibilidade, mas parece uma razão banal. E nem sei se isso importa mais.

Mas Olivia achava que importava sim. Era algo sobre o que refletir mais tarde. Por enquanto, ela estava bem ciente de que tinha a atenção de Jack. Bebendo o vinho, ele pareceu fazer uma saudação silenciosa e uma promessa que fez o coração dela disparar.

Por mais que a duquesa tivesse pensado que queria companhia, por mais que tivesse achado que seria ótimo ter uma distração de seu luto solitário, de repente estava mais que ansiosa para que os convidados fossem embora. Ela queria um pouco de tempo sozinha com Jack antes de ele ir para o clube — o que era provável que ele faria. Ele sempre ia para o clube.

Olivia se sentia muito inadequada para entreter convidados. Por conta do luto, ela passara bastante tempo isolada e não tinha fofocas novas para compartilhar, embora estivesse gostando da companhia e fosse bom receber a visita de outras pessoas, para variar.

Ela estava se sentindo mais cansada do que esperava quando Claybourne e Catherine se despediram. Jack estava ao seu lado nos degraus da frente, observando-os partir na carruagem.

— Mal posso acreditar que convidei o Conde Diabo para jantar — disse Olivia, enquanto Jack fechava a porta.

Claybourne nunca fora bem-vindo na casa de seu pai ou de seu irmão.

— Daqui a pouco, você convidará toda a ninhada de Feagan para jantar.

A duquesa duvidava, mas seria deselegante admitir em voz alta. Afinal, eram todos amigos de Dodger.

— Nenhum de vocês passa a impressão de que cresceram nas ruas.

— O avô de Claybourne contratou tutores para nós. Ele estava determinado a fazer com que escondêssemos nossas origens. Não deveríamos envergonhar o neto dele.

— Você teve uma educação bastante singular.

Quando chegaram à escadaria, Olivia olhou para cima, hesitante em se despedir.

— Vamos tomar um pouco de conhaque — disse Jack. — Vai ajudá-la a dormir.

— A última vez que tomei conhaque, acordei doente.

— Então servirei uísque.

Olivia ficava cada vez mais impaciente e ansiosa enquanto antecipava que poderia receber outro beijo. Ela queria um beijo. Queria muito. Nervosa, conseguiu apenas assentir com a cabeça.

Eles caminharam até a biblioteca sem se tocar. Assim que o valete fechou a porta atrás deles, Jack a tomou nos braços e a beijou. Olivia quis rir pela alegria que sentiu com a avidez de Jack. Ela nunca se sentira desejada daquela forma. Era como se Jack estivesse com uma fome insaciável que só ela conseguiria matar.

A boca dele desceu por seu pescoço.

— Eu estava enlouquecendo sentado naquela mesa tentando manter a conversa, bastante tediosa, diga-se de passagem, pois só conseguia pensar no quanto eu queria provar você em vez do frango.

Talvez não fosse o elogio mais poético do mundo, mas Olivia gemeu e inclinou ainda mais o pescoço para o lado.

— Vem para a cama comigo, Livy.

— Não.

— Vou beijar você da cabeça aos pés, e em lugares que duvido que Lovingdon tenha beijado.

Olivia sentiu uma onda de calor, como se seu corpo inteiro estivesse derretendo, e ficou surpresa por ainda conseguir ficar de pé. *Sim. Sim. Sim.*

— Não.

Ela tirou a resposta do fundo de sua alma — uma alma que se recusava a se comprometer ainda mais. Afastando-se dele, ela balançou a cabeça, decidindo que precisava de mais do que palavras para convencer os dois.

— Não. Não posso, Jack. Não posso.

O olhar de Jack passeou por seu corpo.

— E eu não posso beijá-la sem desejar mais.

— Desculpe.

Estendendo a mão, Jack tocou a bochecha dela.

— Não precisa pedir desculpas, Livy. Se eu fosse um cavalheiro de verdade... — Dodger parecia verdadeiramente arrependido. — Pode pelo menos dar um passeio no jardim comigo?

— Eu adoraria.

E, talvez, durante o passeio, ela reunisse coragem para proibi-lo de apenas beijá-la mais uma vez.

Olivia permaneceu parada como uma estátua no terraço enquanto Jack fazia um valete percorrer o jardim acendendo as lamparinas que marcariam o caminho do passeio. Parte dela lamentava ter rejeitado Dodger na biblioteca. Embora a tentação de ceder aos seus desejos fosse grande, não era fácil esquecer de uma vida inteira de educação moralista. A duquesa precisava ser um exemplo para Henry — e talvez, de certa forma, também quisesse ser um exemplo para Jack. O homem parecia acreditar que uma pessoa tinha direito a tudo o que quisesse. Mas Olivia sabia que perderia o respeito dele caso cedesse. Era possível que Jack estivesse apenas brincando com ela, tentando adicioná-la à sua longa lista de conquistas.

Só quando o valete terminou e entrou na casa é que Jack estendeu o braço para ela. A noite estava adorável e ainda sem neblina. Olivia nem se incomodou com o ar gelado, pois sempre ficava incrivelmente quente perto de Jack, como se a paixão fizesse sua pele ferver.

— Você tem me perguntando muito sobre o tipo de homem que eu gostaria de ter como marido — comentou ela.

— Você finalmente decidiu o que quer? Ou melhor ainda, que lorde quer?

Olivia tentou não sentir decepção ao perceber que Jack ainda queria se livrar dela. Embora alegasse que a queria na cama dele, a resposta confirmara que ele não tinha interesse em nada sério com ela.

— Não, na verdade... mas fiquei curiosa para saber o que você gostaria em uma esposa.

— Não tenho planos de me casar.

— Nunca?

— Por que a surpresa? Certamente você, de todas as pessoas, sabe a dificuldade que eu teria em encontrar uma mulher que me aceitasse como marido.

— Se você melhorasse e...

A risada baixa dele cortou suas palavras, atravessou seu corpo e se misturou com as sombras que contornavam o caminho.

— Não tenho qualquer interesse em "melhorar".

— Não consigo imaginar por que você mesmo escolheria uma vida solitária de indecência no lugar de uma que oferecesse casamento e uma família.

— Então permita-me demonstrar.

Jack a segurou pela cintura, puxando-a contra seu corpo e a guiando para fora do caminho marcado do jardim. Então, reivindicou a boca dela com uma voracidade que a assustou. Como se fosse possível, aquele beijo era ainda mais íntimo, mais exigente e mais persuasivo do que o compartilhado na biblioteca. Era poderoso, dominando tudo nela e ao redor até restarem apenas os dois no mundo. Ele a segurou pela nuca, acariciando a pele sensível com dedos ágeis. Olivia sentiu os joelhos enfraqueceram de imediato e agarrou os ombros de Jack, pressionando o corpo nele em busca de apoio. Gemendo, mas sem parar de beijá-la, Jack a guiou para mais fundo nas sombras, até que Olivia sentiu o frio dos tijolos do muro em suas costas. Mas a sensação não era nada comparada à febre que a consumia.

Ela estava louca de desejo. Apenas tocar o rosto de Jack não era o suficiente. Olivia queria sentir mais da pele dele, mas não conseguia pedir mais — ou tomar o que tanto desejava. Jack certamente sentiu o desejo emanando dela, assim como Olivia sentiu o desejo dele nos músculos tensionados da perna que ele colocou entre as coxas.

A pressão era divina e alimentava as chamas da paixão. Olivia nunca sentira um desejo tão intenso, nunca sentira as terminações nervosas de seu corpo vibrando, implorando por mais — por algo indescritível, algo que ela não compreendia direito. Mas sabia que esse algo estava por vir, e sabia que Jack tinha as habilidades e o conhecimento para que aquilo se realizasse.

Olivia gemeu quando Jack parou o beijo para descer a boca pelo seu queixo, pelo seu pescoço. Ela inclinou a cabeça para trás, dando-lhe permissão para saboreá-la.

— Vem para a cama comigo — disse ele, com uma voz rouca.

— Não posso — respondeu ela, em tom de profunda decepção.

A duquesa esperava que Jack parasse, que fosse aliviá-la de seu tormento. Em vez disso, ele desceu a boca ainda mais, deslizando por seu colo e beijando a base de seu pescoço. Como um toque tão pequeno era capaz de enfraquecer o corpo todo, ao mesmo tempo que provocava um prazer tão poderoso?

Quando Jack baixou o corpete de seu vestido, o gemido baixo de triunfo que escapou dele a encheu de uma alegria desenfreada — tão intensa que ela não teve coragem de repreendê-lo pelas liberdades que estava tomando. Então Jack beijou um mamilo, e de repente a pressão entre as coxas dela já não era mais suficiente. Olivia ouviu o próprio gemido, e sem perceber deslizou os dedos sob o paletó dele para cravá-los nos ombros fortes, enquanto se pressionava no corpo de Jack.

— Calma, querida. Tudo na hora certa — murmurou ele.

Certa? Não havia nada de certo naquilo. O que estavam fazendo era devasso e pecaminoso, mas Olivia nunca se sentira tão mulher em toda a sua vida. Ela havia perdido o controle do corpo e da mente. A sanidade parecia algo de outro mundo.

Olivia quase não ouviu o farfalhar de suas saias antes de sentir os dedos quentes de Jack deslizando por suas coxas. Gemendo, ela segurou o queixo dele e o beijou de novo, enfiando a língua pelos lábios dele e abafando a risada maliciosa. Será que Jack estava se sentindo vitorioso sobre ela? Ou será que estava apenas satisfeito por ela ter tomado a iniciativa? Por ter conseguido iniciar algo sobre o qual ela não tinha controle algum?

Dodger embrenhou os dedos ágeis pelas roupas de Olivia e se deteve ao tocar na parte mais sensível dela, habilmente seduzindo-a a responder ao seu estímulo. Ele era um ladrão que havia roubado dela qualquer poder de resistência. Olivia se contraía e tremia. Um prazer como nunca havia experimentado parecia próximo de dominá-la, prometendo algo ainda mais maravilhoso.

— Vem para a cama comigo — repetiu ele.

— Não.

A duquesa quase chorou pelo que desejava, pelo que sabia que Jack poderia dar, e amaldiçoou a própria obstinação.

Ela percebeu um movimento perto de seu quadril, embora os dedos dele não tivessem parado de acariciá-la por um segundo. Com a mão livre, Jack segurou a mão que estava cravada no ombro dele, entrelaçou os dedos nos dela e os guiou para baixo até o volume dentro de sua calça. Direcionando a mão da duquesa para tocá-lo intimamente, acariciando-o enquanto ele fazia o mesmo com ela, enquanto o prazer que Olivia sentia saía de controle.

Então, Jack deslizou um dedo para dentro dela. Depois outro. Seu polegar pressionou um ponto sensível, acariciando-a com cuidado, criando sensações incrivelmente gostosas e...

Enquanto o cataclismo a abalava, Jack virou o rosto para o ombro de Olivia, beijando o pescoço dela. O corpo dele deu um solavanco, seguido de um gemido rouco abafado antes dele se derramar na mão de Olivia. Ofegante, Jack desabou contra ela.

Tremores cascatearam pelo corpo de Olivia enquanto ela lentamente recobrava a consciência do mundo ao seu redor. Reconhecendo o que havia acontecido no jardim, foi inundada por uma sensação de vergonha. Vergonha por sua própria falta de controle. Raiva dele por fazer aquilo com ela. Raiva de si mesma por permitir, por encorajá-lo, por ir ao encontro dele em vez de se afastar.

— Meu Deus...

Finalmente encontrou forças para empurrá-lo.

Jack cambaleou para trás.

— Livy...

— Não, não, não.

Então, ela correu em direção à casa enquanto puxava o corpete para cima, ignorava os resquícios de seu delicioso êxtase e enxugava as lágrimas que ameaçavam cegá-la.

A tristeza quase a dominou. Enquanto casada, Olivia nunca sentira nada parecido com o ápice da paixão que acabara de alcançar. Jack Dodger certamente merecia a reputação que tinha. Ele era mesmo o diabo. Naquela noite, havia a levado aos céus.

Agora, ela definharia no inferno.

17

Sentado no banco do jardim, Jack remoía o sentimento de que devia ter ido atrás de Olivia. Mas o fato de ela ter se recuperado rápido o suficiente para sair correndo, enquanto ele mal conseguia ficar de pé, impossibilitou uma perseguição imediata. E que bem faria ir atrás dela agora? Ele ouvira seu choro. Será que Olivia esperava um pedido de desculpas? Ele não estava arrependido. Bom, mais ou menos. Para ser sincero, arrependia-se por chateá-la. Quanto a si mesmo, Jack estava aterrorizado.

Ele nunca reagira a uma mulher daquela maneira. Nunca quisera dar mais prazer do que receber. E agora se sentia extremamente vulnerável. Queria se arrastar até a cama de Olivia, aconchegar-se ao lado dela e abraçá-la.

O que diabo estava acontecendo com ele?

Sexo era como um negócio para Dodger. Algo superficial, apenas um meio de satisfazer suas necessidades físicas sem qualquer tipo de relação profunda com as mulheres envolvidas.

Mas que Deus o ajudasse, pois o que acontecera entre ele e Olivia não fora apenas sexo.

Jack deveria ir ao clube, voltar pela manhã e fingir que nada tinha acontecido.

Ou poderia ficar bêbado, ir para a cama, acordar de manhã com uma dor de cabeça terrível e fingir que nada tinha acontecido.

Mas algo *tinha* acontecido, e Jack provavelmente nunca esqueceria.

Com a cabeça enterrada sob o travesseiro, Olivia acordou com olhos ressecados, o nariz entupido e a cabeça tonta. Se não se lembrasse de nada, acharia que estava ficando doente de novo. Mas ela se lembrava. Estava com os mesmos sintomas de quando dormira chorando após a morte de seu cachorrinho na infância. Como ela havia permitido que Jack tomasse aquelas liberdades? Embora fosse atormentada por outra questão: por que desejara tanto aquelas liberdades? E como desejara. Dodger roubara dela todo o autocontrole. E, agora, teria que descer para tomar o café da manhã e enfrentá-lo. Como poderia encará-lo sem se lembrar de cada coisa perversamente maravilhosa que Jack tinha feito com seu corpo?

Rolando nas cobertas, Olivia gritou ao ver o próprio diabo parado ao pé da cama. Ela sentou-se de imediato e afundou as costas no monte de travesseiros.

— Você prometeu nunca vir até a minha cama.

— E mantive minha promessa. Estou a pelo menos cinco centímetros de distância.

A voz dele não tinha nenhum resquício do habitual tom provocante. Jack estava completamente vestido, mas aquilo a deixou inquieta. Talvez fosse a maneira como ele a encarava, como se não tivesse nada do que se envergonhar, ou o fato de estar familiarizado não apenas com o corpo dela, mas também com a maneira como Olivia reagia ao toque dele. Ela baixou o olhar e começou a puxar um fio da colcha.

— Por que está aqui?

— Olhe para mim, Livy.

Era algo absurdamente difícil, mas a duquesa se recusava a ser intimidada. Olhou para ele com desafio, surpresa ao descobrir que o olhar dele não tinha qualquer brilho de triunfo. Esperava que Jack fosse esfregar o comportamento vergonhoso na cara dela. Em vez disso, o arrogante e sempre confiante Jack Dodger parecia... arrependido.

— Não tenho o hábito de perder o controle quando estou com uma mulher.

Olivia olhou aquela boca maravilhosa que havia deixado beijos pelo seu pescoço, aquecendo sua pele com o hálito quente enquanto Jack...

— Eu quero você, Livy. Quero você como nunca quis nenhuma mulher, e isso não é algo fácil de admitir. Tenho certeza de que meu comportamento não é do tipo a que você está acostumada.

Aquele poderia ser o eufemismo do século.

— Mas não vou me desculpar por isso — continuou ele. — Posso apenas prometer que não acontecerá de novo.

Com isso, Jack deu meia-volta e saiu do quarto. E Olivia não tinha certeza de que aquela era uma promessa que queria que ele cumprisse.

Os dois se evitaram pelos dois dias seguintes — ou talvez fosse apenas Olivia que estivesse dando todas as desculpas possíveis para estar em outras partes da casa sempre que achava que Jack apareceria. O café da manhã não estava sendo um grande problema por conta da presença de Henry, que servia como uma espécie de bandeira branca entre os dois. Olivia em geral se sentava na mesa longe de Jack e observava de soslaio ele responder pacientemente às milhares de perguntas que Henry fazia — todas começando com "por que".

Já a hora do jantar era mais desafiadora. Na noite anterior, os dois haviam conversado sobre o clima, o que quase fez Olivia chorar. Eles tinham se tornado estranhos. Apesar de ser muito cordial, Jack não a provocava mais, nem a desafiava ou flertava com ela.

E Olivia sentia muita falta dele.

Parada na janela de um dos quartos do andar de cima, Olivia observou Dodger disparar pelo gramado, tentando pegar Henry na habitual brincadeira da tarde. O menino estava gargalhando como sempre, e Jack sorria. Era incrível como eles se davam bem. Era quase como assistir a dois meninos brincando.

Mas Jack não era um menino. Embora Olivia suspeitasse que a vida adulta era mais leve do que a infância nas ruas, também achava que Jack tinha muito mais responsabilidades agora.

A duquesa o conhecia apenas pela vida que ele tinha ali, mas Jack tinha outra que era muito diferente. E ela queria conhecê-la também.

Jack pediu que a carruagem fosse preparada mais cedo do que de costume. Ele não aguentava mais ficar em casa. Os jantares com a duquesa estavam insuportavelmente desconfortáveis.

Livy voltara a olhá-lo como se ele devesse estar exposto em algum lugar e, quando conversavam, falavam apenas sobre como a comida estava saborosa. Na maior parte do tempo, Jack evitava olhar para ela porque não queria que Olivia visse o quanto ele a desejava.

Naquela noite, após o jantar, ela foi para o quarto, e Jack, para a biblioteca. Ele estava sentado à escrivaninha, afogando seus desejos em uísque, quando Brittles entrou na sala.

— O veículo está pronto, senhor.

Jack assentiu e terminou seu uísque. Ao passar pela escadaria, pensou em subir, ir ao quarto da duquesa e quebrar a promessa de não ir à cama dela. Mas Jack era um homem de palavra. Era a única característica honrosa que ele ainda podia dizer que tinha.

Um valete abriu a porta. Jack saiu da casa, determinado a fazer o que fosse preciso para tirar Olivia da cabeça. Usaria Prudence se necessário, mesmo que a ideia o fizesse sentir um enorme vazio. Descendo os degraus com rapidez, Jack ignorou a noite levemente nebulosa. Combinava com seu humor.

Um valete abriu a porta do veículo.

— Senhor.

Jack cumprimentou-o com um aceno de cabeça, colocou o pé no degrau, entrou e sentiu um aroma familiar.

— Indo para o seu clube?

Ao ouvir a inesperada voz feminina — a voz que o assombrava —, ele se ergueu e bateu a cabeça no teto.

— Droga!

Jack se deixou cair no banco.

— O que raios você está fazendo aqui?

Olivia não esperava pegar Jack tão completamente de surpresa. Mas bem feito. Era uma pequena vingança pelo susto que ele lhe dera antes.

— Quero ir com você.

— Não seja boba. As únicas mulheres permitidas no meu clube são aquelas dispostas a prestar serviços aos homens. É isso que você quer? Nesse caso, posso usar seus serviços aqui mesmo.

A duquesa sabia que ele não facilitaria as coisas, mas não seria dissuadida.

— Como você é o dono, certamente pode abrir uma exceção.

Jack se acomodou no canto da carruagem. Olivia sentia o olhar intenso sobre ela.

— Por quê?

— Sei que você é um guardião justo para Henry. E sei que você é muito perspicaz quando se trata de ganhar dinheiro. Gostaria de ver seu negócio com meus próprios olhos.

Nas sombras, Olivia não o viu se mover, mas de repente percebeu a mão dele deslizando por baixo do seu véu e sentiu um polegar acariciar sua bochecha.

— Por que, Livy?

— Não quero segredos entre nós, Jack.

— E se você não gostar do que vir?

Os sentimentos de Olivia por ele poderiam se dissipar como a neblina no final da manhã.

— Você disse que não tinha vergonha dos seus negócios.

Jack se aproximou da duquesa, quase falando ao ouvido dela.

— E por que se importa com isso, Livy?

Olivia engoliu em seco.

— Eu me importo com você muito mais do que deveria. Passo inúmeras horas pensando em ir para a cama com você. Mas não posso. Simplesmente não posso. Não sem antes entender melhor o homem que você é. — A duquesa colocou a mão no peito dele, sentiu as batidas fortes do coração sob os dedos. — Seu negócio é uma boa parte da sua vida. Mas, para mim, sempre foi apenas uma fofoca. Quero saber como ele é de verdade.

— Eu já lhe contei como ele é.

— Mas eu quero ver. Presumo que seja um lugar meio escuro. Estou vestindo preto e meu chapéu tem um véu preto. Acho que alguém precisará ter olhos muito bons para descobrir quem eu sou, e, se todos os seus clientes bebem tanto quanto meu irmão, acho improvável que se lembrem de terem me conhecido algum dia.

Olivia ouviu Jack suspirar.

— Não posso deixar você entrar pela porta da frente. Você chamaria muita atenção e sua reputação seria destruída se alguém a reconhecesse.

— Presumo que tenha uma entrada melhor, então.

Jack a estudou por um momento.

— Você não pode contar sobre as coisas que testemunhar no Dodger às suas amigas durante o chá. Também não pode revelar o nome de ninguém que reconhecer lá.

— Não vou contar a ninguém.

— Estou falando sério, Livy. Meus clientes pagam muito bem para que seus segredos fiquem seguros, e essa confiança é vital para o meu sucesso.

— Juro que não direi uma palavra a ninguém.

— E eu com certeza vou me arrepender disso — resmungou ele, enquanto fazia sinal para o cocheiro partir.

A duquesa tentou abafar a adrenalina que sentiu. Ela estava indo contra toda a sua educação para fazer algo que era absolutamente errado — e tudo porque acreditava precisar conhecer por completo um homem antes de sucumbir à tentação. Era um raciocínio ridículo, mas Olivia não podia negar que Jack despertava nela sentimentos intensos que nunca sentira antes.

Eles viajaram em silêncio absoluto, embora Olivia conseguisse sentir o olhar inabalável de Dodger mesmo na escuridão.

— Chegamos — disse ele finalmente, e ela espiou pela janela para ver pela primeira vez o clube de cavalheiros.

Não parecia nada decadente... Não como Olivia esperava, pelo menos. Era um edifício bem conservado, e as colunas brancas e os valetes de uniforme na porta de entrada passavam um ar de luxo que ela não esperava.

— Por acaso é o duque de Greystone na entrada?

— Não.

— Mas parecia muito ...

— Você não viu ninguém entrando. É assim que o jogo funciona aqui, Livy. Você não vê nada. Você não ouve nada. E, por tudo que é mais sagrado, você não fala nada.

— Os lordes devem confiar muito em você.

— Eles confiam muitos de seus segredos a mim. Posso não ser tão respeitável quanto Beckwith, mas sei como conquistar a confiança dos outros. Além disso, eles me pagam uma quantia extraordinária, e, em troca, eu compenso muito bem meus funcionários para garantir que todos os esqueletos sigam no armário.

O veículo entrou na rua dos fundos. Depois de desembarcar, Jack virou-se para Olivia.

— Você quer mesmo fazer isso?

— Quero.

Dodger riu baixinho.

— Você parece uma criança com um doce.

Quando a duquesa desembarcou, ele a puxou para seu lado.

— Fique por perto até entrarmos.

Olivia podia ouvir pessoas cantando desafinadas. *Bêbados*, pensou ela. Também havia sons de passos rápidos pelo beco. Seu coração acelerou. Uma lamparina estava pendurada acima da porta dos fundos. Jack inseriu uma chave na fechadura e a guiou rapidamente para dentro.

A primeira coisa que chamou a atenção de Olivia foi que o corredor cheirava a limpeza. As portas de vários cômodos estavam fechadas, mas uma estava aberta.

— Estes são os escritórios. — Jack acenou com a cabeça em direção à porta aberta. — Frannie trabalha ali.

— Ela está lá agora?

— Provavelmente.

— Eu deveria dar uma passada para cumprimentá-la.

— Isso não é uma visita para o chá.

— Mas seria rude da minha parte…

Dodger revirou os olhos.

— Está bem.

Ele a conduziu até a porta. Mais uma vez, Olivia ficou surpresa. Embora os móveis parecessem de boa qualidade, eram escassos. Frannie, que fazia anotações num livro-caixa, olhou para cima e arregalou os olhos verdes.

— Ora, olá. Que surpresa!

— Ela queria ver como é um clube de cavalheiros — resmungou Jack.

Frannie ficou de pé.

— E você a trouxe? Que coisa mais interessante....

Olivia gesticulou com as mãos, um pouco envergonhada.

— Não quero incomodá-la. Só vim dar uma olhada. Admito que estou surpresa por tudo ser tão limpo. Você cuida bem de tudo.

— Ah, isso é coisa de Jack. Ele não suporta sujeira e bagunça. Provavelmente porque era sujinho quando criança.

Olivia pensou nos banhos que Dodger tomava, na forma como insistia em nunca vestir nada que não estivesse limpo e passado antes.

— Só vou mostrar o clube rapidinho para ela — afirmou Jack, pegando o braço de Olivia.

Depois de se despedir de Frannie, a duquesa permitiu que Jack a conduzisse escadaria acima. Segundo ele, aquele acesso era restrito apenas aos funcionários.

— Ela tem pretendentes?

— Nenhum. Ela não tem interesse em homens.

— Mas ela certamente deve querer se casar.

— Acho que não, e só direi isso sobre o assunto. Frannie deve contar os próprios segredos.

No topo da escada, Dodger a conduziu por um corredor estreito. Então, abriu algumas cortinas, e os dois saíram em um camarote escondido pelas sombras. Olivia ficou impressionada com a elegância de tudo que viu. As paredes verde-musgo eram emolduradas por intrincados trabalhos em madeira. Mas foi a atividade no andar inferior que a hipnotizou. Incontáveis mesas de jogos preenchiam a sala. Alguns homens jogavam cartas; outros, dados. Algumas damas estavam sentadas no colo de cavalheiros, mas até elas estavam bem-vestidas.

A fumaça do charuto criava uma névoa intensa. Olivia percebeu que os copos estavam cheios de vários tons de âmbar, do claro ao escuro, ou de um líquido transparente que ela tinha certeza de que não era água. Meninos vestidos com um uniforme púrpura carregavam com confiança itens para os cavalheiros. Não era uma bagunça barulhenta como a duquesa esperava. Às vezes, era perturbadoramente silencioso.

Ela reconheceu muitos dos clientes. *Por que eles não estavam em casa com as esposas?*

— Eu esperava que tivesse mais... mulheres — comentou ela.

— A maioria delas fica em outro salão. Você pode espiar de lá.

Jack a levou para o corredor e, depois, por outra cortina e um camarote isolado. Olivia hesitou, incerta se desejava ver a devassidão, mas sua curiosidade ganhou. Então, ficou desapontada. A maioria das pessoas parecia estar apenas conversando. Olivia até viu alguns beijos e provocações, mas o salão estava longe de ser a orgia que esperava.

— Você parece decepcionada — disse Jack em seu ouvido.

— Não, eu... É... Achei que teria mais indecência.

Dodger riu.

— E tem. Mas você não pode espiar esses quartos. Não sem convite, pelo menos.

— Convite?

Jack deu de ombros.

— Alguns homens gostam de ser observados, então temos uma sala de observação.

— Por que eles gostariam de ser observados?

— Deve ser porque acham que têm algo para exibir.

— Ah... — Olivia meneou a cabeça. — Eu disse a mim mesma que viria aqui e não julgaria nada, mas não gosto do fato de você usar essas garotas. De obrigá-las a...

— Eu não as obrigo a fazer nada que não queiram. Eu as pago para fazer companhia aos clientes por meio de conversas, danças e, talvez, alguns beijos. O que elas fazem nas salas é problema delas, assim como o dinheiro que recebem.

— Mas você permite a atividade.

— Elas *vão* fazer isso, Livy. Num beco ou num quarto que não é limpo nem seguro. Aqui, pelo menos nem os homens nem as garotas precisam se preocupar.

— Mas por que esse tipo de coisa existe?

— Porque os homens se sentem solitários. E um cavalheiro feliz gasta mais dinheiro no meu clube. Já viu o suficiente?

A duquesa notou que não venceria a discussão por enquanto, mas talvez com o tempo... Então assentiu.

— Acho que sim.

Só quando voltaram para o cabriolé a caminho de casa que Olivia perguntou:

— Como você conseguiu abrir um negócio?

— Quando eu tinha 19 anos, recebi uma visita de Beckwith. Um benfeitor me deu dez mil libras. Usei o dinheiro para comprar o prédio.

— Quem era esse benfeitor?

— Não sei. Ele era anônimo e continua assim.

— Mas você deve ter algum palpite. Será que foi esse tal de Feagan?

— Não, comandar batedores de carteira não deixa ninguém rico.

— Então quem mais poderia ter sido?

— Sempre pensei que fosse o avô de Luke. Nós não nos dávamos muito bem, e achei que ele teria pensado nisso como uma maneira rápida de se livrar de mim. Um investimento que valia a pena ser feito.

— Imagino que você tenha sido teimoso demais com ele.

— Sempre achei que meu jeito era o melhor. — Jack riu. — Por um instante, na noite em que Beckwith leu o testamento, achei que o benfeitor fosse Lovingdon. Mas perguntei a Beckwith e ele só respondeu algumas bobagens sobre guardar o segredo da identidade do meu benfeitor.

— Por que Lovingdon faria isso?

— Por que ele me deixaria suas propriedades não vinculadas?

— Se fosse Lovingdon, acho que você encontraria a informação nos livros de registro dele.

— Quais livros de registro?

— Ele tinha registros de tudo. Cada vaca comprada, cada cavalo criado, cada valete contratado, cada salário pago. Lovingdon era obcecado por esses livros. Pensando agora, talvez ele os estivesse examinando para determinar o que estava vinculado ao título ou não... Posso mostrar os livros a você, se quiser.

— Parece improvável que eu encontre alguma coisa, mas acho que não faria mal procurar.

O começo dos negócios dele e livros de registros... A duquesa conversava sobre coisas sem importância enquanto o aroma dela flutuava na direção de Jack.

— O que achou do clube?

O silêncio se estendeu entre os dois enquanto as rodas da carruagem sacolejavam pela rua. Finalmente, Olivia respondeu:

— Não é tão devasso quanto eu imaginava.

Jack passou a mão em volta do pescoço dela, deslizando o polegar por baixo do véu e acariciando o queixo dela.

— Você parece decepcionada.

— O quê? Não. — Então, Olivia soltou uma risadinha constrangida. — Está bem... Um pouco, talvez. Se quer saber a verdade, eu esperava orgias, muito comportamento obsceno e barbárie. Mas foi tudo tediosamente civilizado.

— São apenas cavalheiros se divertindo.

— É uma pena que não exista algo parecido para as mulheres.

— Mas o que as mulheres fariam? Serviriam tipos diferentes de chá? Discutiriam sobre qual é o melhor?

— Poderíamos jogar cartas — respondeu Olivia em tom sarcástico, e Dodger notou que a tinha ofendido. — Talvez pudéssemos ser servidas por homens bonitos que nos dariam atenção, diferente dos maridos...

Jack parou o carinho com seu polegar.

— Você tem alguém aqui disposto a lhe dar toda a atenção que seu marido não deu, mas você sempre se afasta.

Com um movimento da mão, Jack ergueu o véu sobre a cabeça dela e a beijou, amaldiçoando a própria fraqueza. Ele jurou que não se contentaria mais apenas com um beijo, porém, de repente, era uma tortura passar tanto tempo com aquela mulher sem sequer sentir seu gosto. E Jack ficou imensamente satisfeito quando Olivia retribuiu o toque com o mesmo fervor. Ele sabia que ela o desejava. Então como conseguia recusá-lo toda vez?

Derrotar anos de comportamento certinho exigia muito mais paciência do que Dodger possuía. Ele queria o que desejava o mais rápido possível. Por outro lado, Jack também devia ser extremamente frustrante para a duquesa, com os anos de comportamento inapropriado que ela queria corrigir.

Talvez Olivia estivesse conseguindo influenciá-lo, afinal. Ciente de que alguns criados ainda estariam trabalhando quando chegassem em casa, Jack não soltou o penteado de Olivia nem desabotoou seu corpete. Não tomou liberdades que a deixariam ofegante.

Em vez disso, deslizou a boca até o ponto sensível perto da orelha da duquesa e sentiu o pulso dela com a língua.

— Olha só como posso ser civilizado. Fale para mim que você não quer que eu seja.

— Eu não sei mais. Não consigo pensar quando você faz isso.

— Isso diz tudo, não é? Seu lugar é... — ele se assustou e parou, pois as palavras "ao meu lado" quase escaparam de sua boca, mas conseguiu dizer: — na minha cama.

O desejo que sentia desapareceu de súbito, substituído por uma necessidade quase insuportável de fugir.

18

Em seu quarto, Dodger contemplava a noite pela janela. O que havia de errado com ele? Quando havia começado a pensar na duquesa como *dele*?

Jack nunca poderia se casar com ela. Nunca poderia torná-la respeitável. Um casamento com ele seria o suficiente para rebaixá-la, aos olhos da sociedade. Ele poderia ficar com Olivia por talvez dois anos, enquanto ela estivesse no período de luto, e então teria que abrir mão dela. Dela e de Henry. Jack conseguiria o último item, o de "valor imensurável", e com o tempo não pensaria mais neles.

No entanto, por enquanto, só conseguia pensar em Livy.

Quando a porta que dava para a sala de banho foi aberta, o pulso de Jack acelerou. Ele se virou devagar e viu Olivia de camisola. Com o cabelo solto, ela estava descalça, enrolando os dedos dos pés no tapete e cruzando as mãos com delicadeza à frente do corpo, claramente nervosa.

— Não sei bem como fazer isso — falou ela baixinho. — Não sei como fazer para seduzir você.

— Me seduzir?

Dodger riu, mas então viu Olivia fazer uma cara ofendida e diminuiu a distância que os separava em quatro passos longos. Tomando o rosto macio dela em suas mãos ásperas, disse:

— Livy, você está me seduzindo desde a primeira noite.

Jack a beijou na testa.

— O jeito que você me desafia é excitante.

Jack a beijou na têmpora.

— O seu temperamento é fascinante.

Jack a beijou na bochecha.

— O seu amor por Henry é comovente.

Jack a beijou na ponta do nariz.

— A sua risada é cativante.

Jack a beijou no canto da boca.

— Seus olhos me hipnotizam e seus beijos têm o poder de me deixar de joelhos.

Jack observou enquanto a dúvida se transformava em certeza nos olhos dourados. Olivia abriu um sorriso travesso.

— Proíbo você de fazer amor comigo.

A boca dele secou ao ouvir aquelas palavras. Dodger nunca fizera amor com uma mulher. Ele dormira com muitas e tivera relações satisfatórias, mas não sabia nem por onde começar quando o assunto era amor. No entanto, aquele era um presente que Olivia merecia. Era o que queria dar a ela. A duquesa era diferente de qualquer mulher que Jack já conhecera. Fora até ele sem nenhuma expectativa de ganhar algo em troca. Mas o que Olivia estava oferecendo a Dodger era muito mais valioso do que qualquer coisa que ele pudesse dar a ela.

— Já falei para você nunca me proibir de nada, querida. Só vai resultar no contrário.

Então Jack tomou a boca dela com o máximo de ternura possível, embora ser carinhoso fosse estranho para ele. Ao sentir o sabor dela, a fome que mantinha sob controle libertou-se com uma ferocidade que o surpreendeu. Jack queria ver com clareza o que roupas e sombras haviam escondido dele.

Sem se afastar da boca da duquesa, Jack a pegou nos braços e a carregou até o lado da cama, onde a colocou de pé no chão. Olivia cambaleou, e ele a firmou.

Olivia já havia sentido o poder da paixão de Jack no jardim. Ainda assim, ficou surpresa pela intensidade a enfraquecer com tanta facilidade. Ela ficou tão quente que poderia muito bem estar doente de novo. E suas pernas tremiam. Se ele não estivesse a segurando, era possível que Olivia simplesmente escorregasse para o chão.

Ela o abraçou pelo pescoço e afundou os dedos nas mechas grossas de cabelo, que de repente não pareciam tão longas. Olivia queria enterrar o rosto naqueles fios, e talvez alcançasse esse objetivo até o fim da noite.

Jack interrompeu o beijo, traçando a boca ao longo do queixo de Olivia, como se estivesse relutante em ficar longe dos lábios dela. Ela ergueu a cabeça, dando-lhe acesso mais fácil a seu pescoço, e soltou um gemidinho inesperado. O toque aveludado de Jack lhe provocava e persuadia.

— Livy, Livy…

A voz de Jack era rouca, sedutora, e Olivia sabia que faria qualquer coisa que ele pedisse.

Então sentiu a boca dele roçando seus ombros e lembrou-se que Jack tinha dedos ágeis e toque leve. Ele já havia soltado os botões da camisola até sua barriga e ela nem notara. E agora a vestimenta deslizava por seus ombros e corpo até o chão…

Ela teve um breve pensamento de que deveria cobrir o corpo, mas no segundo seguinte já não conseguia pensar em mais nada, exceto nas sensações maravilhosas da boca de

Dodger em seus seios — mordiscando, lambendo, sugando. Enquanto isso, ele não parava de murmurar:

— Linda, tão linda...

Sem aviso, Jack a pegou nos braços e a colocou na cama. Assim que a deitou, começou a se despir, descartando apressadamente cada peça até elas formarem uma pilha amassada no chão.

Olivia mal teve tempo de admirar a magnificência do corpo dele. Em vez disso, o viu apoiando os joelhos na cama e se aproximando como um grande felino selvagem, certo de que sua presa não tinha escapatória.

Mas ela não queria escapar. Apenas abriu os braços para ele, tocando o que vira sem querer na sala de banho, em uma manhã longínqua. Jack era jovem, e seu corpo refletia a força da juventude. Músculos robustos, pele firme. E muita flexibilidade.

Ele se esticou ao lado dela, segurando a cintura de Olivia com a mão marcada, quase com devoção, enquanto dobrava o corpo e beijava a barriga dela. Jack traçou um caminho de mordidinhas e beijos até os seios da duquesa, dando igual atenção a cada um. Olivia achou que devia ter se preparado melhor para as ondas de prazer que estremeciam seu corpo.

Será que estava sentindo mais prazer por ser algo proibido? Será que seu corpo estava reagindo mais por conta do gostinho do pecado? Ou será que Jack apenas tinha um toque diabólico, com o poder de induzir deleites carnais?

Olivia cravou os dedos nos ombros e nas costas de Jack. Apertou-o em seu corpo enquanto ele se deliciava com seus seios. O queixo com barba por fazer arranhava sua pele, deixando-a ainda mais sensível. De repente, os quadris dela se moveram na direção dele, como que por vontade própria.

Jack deslizou a mão pela cintura dela, pela coxa, conduzindo-a até o meio das pernas de Olivia, deslizando os dedos intimamente até...

Olivia ofegou com o choque de prazer.

Jack levantou a cabeça, estudando-a. Ele deslizou um dedo de novo, provocando outro gemido, e as pernas dela se apertaram como se quisessem mantê-lo ali — ou talvez incentivá-lo.

— Quero ver você, Livy — sussurrou ele, a voz rouca. — Quero ver o que a escuridão do jardim me escondeu. Não se segure, Livy.

Ela balançou a cabeça com força, mas Jack não lhe deu trégua. Ele retornou a boca aos seios dela enquanto seus dedos faziam mágica. Quando ela estava perto, muito perto, Jack parou e se posicionou entre suas coxas, beijando-a como se fosse seu dono. A língua dele exigiu e explorou como se Dodger já não conhecesse todos os cantos mais íntimos da boca de Olivia, e ela retribuiu com mais ousadia do que nunca. O gosto dele era inebriante, junto do cheiro que emanava de seu corpo, aquecido pela paixão dos dois. A pele dele estava quente sob seus dedos, úmida com uma leve camada de suor.

Jack se elevou um pouco acima de Olivia, e ela teria ficado assustada com o olhar se não o conhecesse tão bem. Ele estava quase animalesco, bárbaro.

A duquesa o sentiu testando se estava pronta e imediatamente ficou tensa.

— Shh, calma. Vamos com calma — sussurrou Dodger em seu ouvido, e Olivia não sabia se as palavras eram para ela ou para ele mesmo.

Jack deslizou a mão pela lateral do corpo de Olivia, pela cintura, ao redor da coxa dela, enquanto a incentivava a se abrir mais para ele.

Então ela o sentiu penetrando, centímetro por centímetro, preenchendo e esticando seu sexo, amplificando ainda mais o prazer que se acumulava em seu interior. Quando achou que não aguentaria mais, Jack ergueu ligeiramente os quadris dela e se ajeitou, enterrando-se por completo. Olivia arqueou as costas com a sensação maravilhosa.

— Meu Deus — gemeu ela.

Entrelaçando os dedos aos dela, Jack moveu as mãos dos dois para cada lado da cabeça de Olivia, enquanto começava um ritmo impiedoso e misericordioso ao mesmo tempo. O corpo dela o acompanhava, sendo arrebatado por ondas de prazer cada vez mais intensas à medida que as investidas poderosas moviam não só ela, mas também a cama.

Os gemidos roucos de Jack ecoaram ao redor da duquesa, e Olivia ouviu os próprios sons em resposta. O prazer era quase insuportável. Ela queria fechar os olhos, mas ele era tão lindo, tão magnífico de se ver, com a mandíbula cerrada e o olhar ardente fixo no dela. Olivia nunca havia sentido aquela conexão com ninguém — tinha a sensação de que, onde quer que estivessem indo, iriam juntos.

Jack Dodger era o diabo, tentando-a, exigindo que Olivia se rendesse a cada encontro de seus corpos. E ela se rendera — não apenas de corpo, mas de coração e alma.

Ele gemeu alto, penetrando Olivia cada vez mais fundo, mais forte. *É possível sobreviver a...*

Então o cataclismo a atingiu, e seu corpo tensionou ao redor dele enquanto Olivia se arqueava debaixo de Jack, sentindo um prazer inimaginável. Não havia outra opção a não ser fechar os olhos enquanto as sensações a arrebatavam. O último pensamento que Olivia teve antes de sua mente ficar em branco foi que havia subestimado e muito os benefícios de ir para a cama com um homem devotado aos prazeres carnais.

Erguido sobre um cotovelo e esticado ao lado de Olivia, Jack se esforçou para não pensar no que acabara de acontecer. Ele nunca experimentara algo tão intenso, tão gratificante, em toda a sua vida. Até mesmo o encontro deles no jardim, apesar de todo o seu esplendor, não era nada quando comparado à realidade de tê-la em sua cama. Observar Livy atingir o êxtase sob a luz bruxuleante das lamparinas só intensificara o prazer que ele sentira.

Mas Jack ainda tinha ciência do que acontecera entre os dois. A duquesa poderia querer se divertir um pouco com ele, mas ela era da nobreza, enquanto Jack era da escória. Eles nunca teriam mais que isso. Jack sentiu uma pontada inesperada no peito.

Nunca se sentira tão parte de algo, de alguém... Essa intimidade era aterrorizante para uma pessoa que sempre se esforçara para manter distância de tudo e de todos. Olivia derrubara os muros dele com eficiência. Mas, se ficasse pensando muito nisso, Jack acabaria pegando suas roupas e indo embora para nunca mais voltar.

Se ele se importava com Livy tanto quanto suspeitava, deveria mesmo ir embora. Partir agora que finalmente a tivera e fazer de tudo para encontrar um marido adequado para a duquesa. Em vez disso, ele deslizou um dedo entre os seios pequenos, recolhendo o suor que havia se acumulado ali, e disse:

— Você não vai dormir, vai?

Olivia virou a cabeça de um lado para o outro no travesseiro.

— Você é muito bom nisso.

Dodger riu baixinho, acariciando os ombros delicados. Era possível que nunca fosse se cansar de tocá-la.

— Com base na reação do seu corpo, parece que investi meu dinheiro com sabedoria.

Olivia franziu a testa.

— Você paga por isso?

— Sempre. — Ele deu de ombros. — Exceto esta noite.

— Por quê?

— Por que paguei antes, ou por que não paguei esta noite?

— Antes.

Como explicar sem parecer insensível?

— Porque eu não queria complicações emocionais. Para mim, isso sempre foi um negócio. Alguns empreendimentos são mais agradáveis que outros.

E algumas recompensas eram intangíveis.

— Você já esteve nesta cama antes? — perguntou Jack, sem saber exatamente o motivo da dúvida, ou por que a resposta importava.

— Só uma vez, quando você me trouxe.

Olivia embalou o rosto dele com uma mão. Cobrindo a mão dela com a sua, Jack virou o rosto na palma da mão e a beijou.

A duquesa virou o corpo na direção dele. Estendendo a mão, Jack puxou o lençol preso na cintura dela. Olivia chutou o lençol mais para baixo, até que nada os separasse, até que seus corpos nus estivessem grudados um no outro.

— Aposto que deve ser bastante inapropriado me ouvir falar de outro homem, mas eu quero… preciso que saiba que nunca foi assim com ele.

Jack não sabia o que responder, então apenas beijou a palma da mão dela outra vez, depois os dedos.

— Com ele foi sempre tão impessoal, o que me parecia estranho para um ato tão íntimo. E eu nunca, nunca percebi que deveria gostar disso. Você é realmente incrível, Jack Dodger.

Mais uma vez, Jack ficou sem resposta, então baixou a cabeça e tomou a boca dela, como pretendia tomar de novo o corpo de Olivia — desta vez com um pouco mais de calma. Uma busca mais tranquila do prazer.

Ela acariciou o peito dele com hesitação, como se o julgasse frágil e fácil de quebrar. Jack recuou e a estudou. O encanto ainda estava lá — um encanto que ele nunca sentira porque lhe fora tirado muito cedo da vida.

— Como esta noite parece ser uma experiência bastante nova para você, saiba que eu não vou quebrar e que não há nenhuma parte de mim que você não possa explorar.

O olhar de Olivia percorreu todo o seu corpo, e ela corou. Então deslizou a mão para baixo, envolvendo seu membro, e ele não conseguiu conter um gemido baixo de satisfação.

Jack a beijou, deitando enquanto o fazia, dando a Olivia um acesso mais fácil para que ela aprendesse todas as texturas de seu corpo.

As mãos de Olivia ficavam menos hesitantes conforme ela ganhava confiança. Ela tocou e acariciou. Interrompeu o beijo para dar beijinhos no peito dele. Passou a língua sobre um mamilo enrijecido, e Jack estremeceu. Ele passou as mãos pelo cabelo dela, encorajando-a com palavras doces e gemidos baixos.

Quando não aguentava mais a tortura deliciosa, Jack a posicionou sobre seu corpo até que Olivia estivesse montada em seus quadris, com o cabelo formando uma cascata ao redor dos ombros delicados.

— Não faça essa cara de choque — falou ele.

— Isso parece inapropriado.

— Querida, nada do que fizemos esta noite foi apropriado.

Embora quisesse provocá-la, Jack se arrependeu de sua fala de imediato, pois viu uma ponta de vergonha nos olhos dourados.

— Não, Livy… — Olivia olhou para ele. — Não se arrependa de nada disso.

Ela balançou a cabeça, mas Jack percebeu que o estrago já estava feito. Passando os dedos pelo cabelo dela, ele a puxou para um abraço apertado.

— Você nunca vai contar para ninguém, não é? — sussurrou a duquesa depois de um tempo.

— Nunca.

Olivia ergueu a cabeça, apoiando o queixo no peito dele.

— Não me arrependo do que se passou entre nós, mas confesso que uma pequena parte de mim sabe que foi errado.

Jack penteou o cabelo dela para trás com os dedos.

— Como pode ser errado quando é o que duas pessoas querem?

— Mas nunca haverá mais que isso entre nós.

— De verdade, não vejo como pode haver, mas isso não significa que o que temos agora não pode ser muito, muito bom enquanto durar.

Enterrando os dedos no cabelo de Olivia, Jack a beijou profundamente, perguntando-se como diabo abriria mão dela quando chegasse a hora.

19

— É provável que tudo isso seja inútil — disse Olivia.

Eles estavam no escritório, uma salinha onde Lovingdon guardava todos os tipos de livros, de registros a diários. A duquesa comentara que Lovingdon muitas vezes se isolava dentro do cômodo por horas.

— Esses livros remontam anos e anos.

Jack levantou os olhos de um livro cujas datas correspondiam ao ano em que Beckwith o visitara pela primeira vez. Olivia estava sentada em um sofá perto da janela, e a luz do sol criava uma auréola ao seu redor. Jack não acreditava em anjos, mas era inegável que ela parecia angelical. Bem diferente da mulher que fora praticamente devorada naquela manhã antes de chamar sua criada.

— Mesmo que não encontremos nada, estou fascinado por todas essas informações. Ver a oscilação do número de empregados contratados, dos salários pagos, das receitas trazidas das diversas propriedades. Até os investimentos que foram feitos. Tenho as informações atuais, é claro, mas é sempre bom examinar o passado.

Olivia fez uma cara engraçada e estremeceu.

— Você vai olhar tudo isso?

— Talvez...

Ela olhou para todos os livros nas prateleiras e empilhados no chão.

— Tudo está organizado de uma maneira um tanto quanto aleatória. O que será que ele estava procurando?

— Talvez tenham sido os antepassados de Lovingdon que deixaram a bagunça e ele estava apenas tentando arrumar as coisas.

— Quem sabe... Bom, acho que agora tudo isso pertence ao Henry.

Dodger recostou-se na cadeira.

— Por que acha isso, duquesa?

Ela o encarou.

— Porque a maior parte destes registros envolve propriedades ducais.

— Mas eles estão na *minha* casa. Pense no valor deles. Podemos negociar.

— Você não pode estar falando sério.

Jack se levantou, caminhou até ela e colocou as mãos nas costas do sofá, prendendo-a.

— Estou. E muito. Diria que este livro que você está segurando vale um beijo.

Ele cortou a risada dela com um beijo, sem dúvida dando ao livro que Olivia segurava muito mais valor do que realmente tinha. Ela retribuiu o beijo com igual fervor, deixando o livro pesado deslizar para o chão e acertar o pé de Jack.

— Inferno — resmungou ele, parando o beijo e mexendo o dedão latejante, grato por não parecer ter quebrado.

Jack se abaixou para pegar o livro que havia caído aberto e congelou — seu olhar preso nas palavras escritas com precisão em uma caligrafia elegante.

Lentamente, ele levantou o livro enquanto se sentava ao lado de Olivia.

— Jack? O que foi? Parece que você viu um fantasma.

Ele colocou o dedo sobre as palavras e ela se inclinou para ler mais de perto.

— Emily Dawkins? Data: 15 de junho de 1815. Contratada como copeira aos 12 anos. Cinco guinéus. O que tem ela?

— É o nome da minha mãe.

Olivia ajudou Jack a vasculhar os livros. Ele parecia quase obcecado. Não que pudesse culpá-lo, mas também a preocupava vê-lo daquele jeito.

— Jack, pode não ser ela. "Emily" e "Dawkins" não são nomes incomuns.

Ele fechou o livro.

— Não consigo encontrar nenhuma anotação que indique quando ela saiu daqui. Alguém deve saber alguma coisa.

— Já se passaram trinta e seis anos. A maioria dos criados não está mais aqui, e os poucos que restaram provavelmente não se lembrarão de uma copeira. — Ela colocou a mão sobre a dele. — Por que você mudou de nome?

— Porque eu não queria que o homem para quem ela me vendeu me encontrasse. — Ele deu uma risada seca. — Mudei de nome várias vezes antes de escolher "Dodger".

— Ainda acho difícil de acreditar que ela vendeu o filho. Você me disse no jardim que fez algo para perder o amor dela. O que foi?

— Não sei. Quando me deu o medalhão, ela disse: "Nunca se esqueça que eu te amei, Jack". "Amei", no passado. — Ele balançou a cabeça. — Ela me amou uma vez, mas não mais.

— Acho que ela não quis dizer isso.

— Eu sei o que ouvi, Livy.

— Você era uma criança, Jack.

Ele abriu a boca para retrucar, mas Olivia pressionou os dedos contra os lábios dele. Um erro, pois Jack imediatamente começou a beijá-los.

— Me escuta. — Ele assentiu, ainda mordiscando os dedos dela. — Se você tivesse me mandado para longe, eu teria dito ao Henry: "Não se esqueça que eu *te amo*". Porque eu continuaria amando meu filho aonde quer que você me mandasse. E eu esperaria vê-lo novamente. Mas se achasse que nunca mais o veria, eu poderia dizer "te amei". Será que sua mãe estava doente? Talvez até morrendo?

Jack parou de brincar com os dedos dela.

— Eu me lembro que ela estava com tosse. — Ainda segurando a mão de Olivia, Jack apoiou as mãos no colo. — Meu Deus, Livy! Todos esses anos pensei que minha mãe estava tentando se livrar de mim, que eu a tinha decepcionado de alguma forma...

Soltando a mão da duquesa, Jack ficou de pé e foi até a mesa.

— Ela parecia conhecer aquele homem...

— Será que ele era um criado da casa dos Lovingdon?

— Não, ele não era um criado. A casa era grandiosa.

— Talvez você nunca saiba, Jack.

— Swindler ama um bom quebra-cabeça. Acho que vou levar alguns desses livros para ele esta noite.

Olivia estava ajudando Henry a montar um quebra-cabeça de madeira enquanto Ida tomava chá no andar de baixo. Quando a porta do quarto se abriu, Jack não entrou. Apenas ficou parado ali, encostado no batente, com os braços cruzados sobre o peito do qual ela havia beijado cada centímetro na noite anterior. *Será que o coração dele estava batendo tão rápido quanto o dela?*

Jack havia ido para o clube nas primeiras horas da manhã e não voltara a tempo do café da manhã.

— Teve alguma sorte com os livros?

Ele meneou a cabeça.

— Frannie e Swindler vão dar uma olhada.

— Quer que eu ajude a pesquisar mais um pouco?

— Talvez mais tarde.

— Então por que está aqui? Veio verificar o progresso de Henry? — perguntou Olivia.

— Não exatamente — respondeu Jack sem pressa.

— Então por acaso queria me ver?

Ele abriu um sorriso que prometia coisas proibidas.

— Não exatamente — repetiu Jack.

— Devo adivinhar o motivo de estar aqui?

Jack descruzou os braços, entrou no quarto, agachou-se e colocou a última peça do quebra-cabeça no lugar.

— Agora que isso acabou, gostariam de sair para um passeio?

A duquesa o encarou e, antes que pudesse falar, Jack passou o dedo sob o queixo dela, como se fosse fazer cócegas.

— Sei que estão de luto — começou ele —, mas há muitas poucas chances de serem reconhecidos aonde pretendo ir.

— E onde seria isso?

— Na ferrovia.

Henry arregalou os olhos.

— Com uma locomotiva?

— É claro.

Olivia fez uma careta para Jack. Sinceramente, como ela convenceria o homem de que ele não deveria falar coisas na frente de Henry antes de confirmar o assunto com ela? Agora o menino ficaria desapontado. Ou a duquesa seria forçada mais uma vez a vestir-se com roupas masculinas.

— Centenas de pessoas viajam de trem — apontou ela.

— Ah, sim, mas agora tenho um vagão particular, e os únicos que estarão lá seremos você, Henry, Ida e eu. Então estaremos separados do restante dos passageiros.

— Você comprou um vagão particular?

— Digamos que sim.

Olivia estreitou os olhos para Jack.

Ele suspirou, como se sua paciência estivesse acabando.

— Um dos meus clientes me devia muito dinheiro e aceitei o vagão como pagamento. O acordo foi muito bom para ele, pois o vagão vale menos do que ele me devia.

— Achei que você era um negociador melhor.

— Imaginei que a diversão que poderíamos ter faria valer a pena.

— Mas precisamos chegar até o vagão — lembrou Olivia.

— Vamos ser ligeiros. Além disso, é raro que qualquer conhecido seu pegue trem.

— Para onde vamos?

— Brighton. Vamos molhar os pés no mar e voltar.

— Você vai sair de Londres? — perguntou Olivia.

Jack deu de ombros.

— Creio que não vou gostar de nada que verei, mas estou um pouco curioso.

— Por favor, mamãe! — pediu Henry.

Ele parecia tão esperançoso.

Olivia nunca tinha viajado de trem e estava quase tão entusiasmada com a ideia quanto o menino. Porém, estava mais animada em estar com Jack quando ele saísse de Londres e visse pela primeira vez o mundo além da cidade. Ela respirou fundo.

— Está bem.

Vendo a satisfação nos olhos de Jack, sentiu que estava concordando com mais do que ele havia revelado.

Jack cumpriu sua palavra, levando-os rapidamente até o vagão particular. O valete havia preparado uma grande cesta de comida para que pudessem comer durante a viagem ou fazer um piquenique à beira-mar. Olivia tirou o chapéu de luto e olhou ao redor para o vagão, que parecia ser mais bonito que as casas de algumas pessoas.

— Quem era o antigo dono deste vagão? — indagou ela.

— Não me lembro.

Olivia o encarou com olhos estreitos, enquanto Jack a encarou para lembrá-la de que precisava guardar segredos. Então ela gentilmente deixou o assunto de lado.

O vagão estava bem equipado com um sofá vermelho no centro, mas era diferente de qualquer sofá que Olivia já tivesse visto. Tinha costas curvadas com assento dos dois lados. Bom, até que fazia sentido. Assim não era necessário ter que virar o sofá para ver na outra direção.

Duas cadeiras macias estavam posicionadas de cada lado da janela, em ambos os lados do carro. Enquanto esperavam na estação, as cortinas permaneceram fechadas. Olivia sentou-se em uma das cadeiras, enquanto Jack — vestindo um colete vermelho que combinava com a decoração do vagão — sentou-se na outra com Henry no colo. Ida sentou-se à outra janela.

Dodger estava muito bonito, mas não é como se ele ficasse feio em algum momento. Olivia ficou impressionada ao perceber como parecia natural ver Henry no colo dele. Seu filho não tinha quaisquer reservas quanto a seu guardião. Jack havia conquistado a confiança do menino, assim como conquistara a dela. Eles pareciam uma família de verdade — algo que Olivia nunca sentira com Lovingdon.

Jack levantou a ponta da cortina e espiou.

— Os bolsos perfeitos para furtos. As pessoas estão com pressa, distraídas, mais interessadas na ferrovia e em garantir seu assento. Ah, o tanto que eu poderia ter roubado se a ferrovia tivesse chegado na cidade quando eu era menino...

— Mas é claro que você não furta mais porque percebeu que é algo errado de se fazer, não é? — afirmou a duquesa.

— Não, é porque...

Olivia pigarreou. Jack franziu a testa e olhou dela para Henry, que o observava com muita atenção. Então pigarreou também.

— Você está certa. Eu percebi que era errado.

— Pode me ensinar? — perguntou Henry.

Olivia ficou surpresa ao ver como a gagueira de Henry havia quase desaparecido nos últimos tempos. Ela não sabia se atribuía a cura ao cachorro ou a Jack. Talvez um pouco para ambos.

— Não, menino. Como sua mãe disse, é errado. No entanto, posso ensiná-lo a ter dedos ágeis. Nunca se sabe quando eles podem ser úteis.

Antes que Olivia pudesse responder, o apito do trem soou e o vagão começou a se mover. Jack voltou sua atenção para o mundo além da janela. Não demorou muito para que ele abrisse a cortina e Olivia pudesse notar que a plataforma não estava mais à vista. O trem estava avançando.

Henry se agitou e se sentou de joelhos nas coxas de Jack, o nariz encostado na janela. O menino fizera várias viagens de carruagem para o interior, mas não demonstrara muito interesse pela paisagem naquela época. Algo no trem o fascinava.

— É uma visão diferente de Londres — comentou Jack.

— Não acredito que você nunca saiu da cidade — falou Olivia.

— Eu conheço Londres. Me sinto confortável. Nunca vi motivos para sair.

— E por que viu agora?

— Achei que Henry gostaria de conduzir um trem.

O menino ofegou e virou-se para encarar Jack.

— Posso mesmo?

— Durante uma das paradas vou levá-lo até a locomotiva. O maquinista, acredito que é assim que se fala, está esperando você.

— Ele não é um pouco jovem demais para isso? — indagou Olivia.

— Ele vai ficar bem. Ida estará com ele e o condutor manterá as mãos dele firmes.

— Não acredito que ele permitiria que uma criança...

Jack piscou para ela.

— Livy, não há nada que moedas não possam comprar.

— E onde você estará?

— Vou voltar e observar a paisagem com você.

Dodger achou estranho olhar pela janela e não ver nada além de campos verdes. Nada de casas, prédios, fuligem ou sujeira. Ele não esperava achar a vista tão agradável. Parte dele estava até ansiosa por sair de sua zona de conforto. Não que estivesse disposto a admitir isso para alguém, exceto para si mesmo. Jack não sabia o que os esperava nesta jornada, só sabia que queria muito desbravar o desconhecido.

O apito soou e o trem começou a desacelerar.

— Posso ver a próxima plataforma se aproximando — disse Olivia.

— Está bem, então. — Jack se levantou, segurando Henry no colo. — Eu voltarei. Vamos, Ida.

— Tem certeza de que isso é seguro? — perguntou a duquesa.

— Tenho toda a certeza do mundo.

Levantando-se, Olivia deu um beijo na bochecha de Henry, levando o doce perfume dela para perto de Jack.

— Seja um bom menino, Henry.

— Serei!

Jack subiu na plataforma, segurando a porta para Ida. Eles passaram pelo vagão aberto, onde os mais pobres viajavam a um centavo por quilômetro, expostos às intempéries. Mais à frente, os criados se agitavam pelos vagões de segunda classe, prontos para atender às necessidades de seus patrões, que estavam sentados nos vagões de primeira classe.

— É generoso da sua parte permitir que eu viaje em seu vagão, senhor — disse Ida.

— Bobagem! Não acredito em tratar quem trabalha para mim como inferior.

— Devo dizer, senhor, que os criados estão comentando que nunca trabalharam para alguém melhor.

— Bem, veremos o que você tem a dizer depois de andar na locomotiva.

— Na verdade, estou ansiosa por isso, senhor. Mal posso esperar para contar para meus irmãos.

Jack avistou o maquinista esperando por eles ao lado da locomotiva. O homem passou os dedos pelo bigode escuro, como se quisesse ter certeza de que estava arrumado.

— Senhor Gurney, este é o duque de Lovingdon.

O homem curvou-se ligeiramente.

— Sua Graça, está pronto para conduzir meu trem?

— Sim, senhor!

— A babá dele, Ida, vai acompanhá-lo.

O maquinista tirou o chapéu.

— Prazer, senhorita.

— Prazer, senhor.

Dodger achava que nunca tinha visto Ida corar.

— Voltarei para buscá-lo na próxima estação.

— Está bem, senhor — disse o sr. Gurney.

Jack subiu na locomotiva, carregando Henry a bordo, e viu o menino arregalar os olhos. As despesas com o vagão e pagar pelo privilégio extra pareceram frívolos na época, mas agora Jack achava que tinha valido completamente a pena.

Ao voltar para o vagão particular, Dodger enfiou uma coroa em um bolso aqui e ali. Sim, dedos ágeis tinham sua utilidade. Seu único arrependimento era não estar por perto para ver a alegria nos rostos quando as pessoas descobrissem a moeda inesperada.

Jack abriu a porta do vagão, entrou e sorriu ao ver Olivia sentada no sofá.

— Foi exatamente onde imaginei você quando comprei o vagão.

Ele jogou o paletó na cadeira e começou a desabotoar o colete.

— O que está fazendo? — perguntou a duquesa espantada.

— Aproveitando o tempo que teremos a sós antes da próxima parada.

— Você não pode estar falando sério.

— Nunca falei tão sério na minha vida.

Ele jogou a gravata na cadeira, mal percebendo quando ela deslizou para o chão acarpetado.

O apito soou e o trem começou a sacolejar pelos trilhos.

— Bem, não vejo problema em um ou dois beijos... — começou ela.

— Eu já falei, Livy, não sou um homem que se contenta apenas com um beijo.

— Mas... aqui?

— Ninguém pode nos ver. Ninguém pode nos ouvir. É o nosso pequeno paraíso. Ele só está em uma ferrovia.

— Mas balança tanto.

— O que pode deixar tudo ainda mais divertido. — Rindo, Jack se aproximou e começou a mordiscar a orelha dela. — Não sei por que está discutindo. Você sabe que quer.

— Eu quero — suspirou a duquesa. — Quero mesmo, mas minhas roupas...

As palavras que Dodger mais amava ouvir dela.

— Ninguém vai saber.

Dodger não conseguia acreditar que havia realmente pensado naquela primeira noite que ela usava roupas com botões demais. Considerando o corpo delicioso que aqueles botões escondiam, o trabalho valia a pena, e seus dedos ágeis foram rápidos em desabotoá-los. Ele não planejava despi-la por completo, pois acreditava que não teriam tempo para isso. Mas havia tempo o suficiente para que Jack afrouxasse alguns laços e enchesse a mão com um seio, acariciando o mamilo escuro com o polegar. Ele a beijou, encantado com a avidez com que Olivia abriu os lábios e correspondeu ao beijo.

Enquanto a deitava no sofá, percebeu que os dedos dela haviam se tornado quase tão ágeis quanto os dele. Jack não notara que sua camisa estava desabotoada até que Olivia a deslizou pelos ombros.

— Não temos tempo para tirar tudo, querida — sussurrou ele, antes de beijá-la de novo.

Jack levantou a saia dela, enrolando as camadas de tecido ao redor dos quadris. Deslizou os dedos ao longo da coxa delicada, saboreando o toque aveludado. Então subiu a mão, para onde o calor dela o esperava.

Gemendo, Olivia se contorceu debaixo dele. Jack desabotoou a calça, libertou-se com um gemido e aproximou-se do céu.

As roupas dele eram menos impeditivas para Olivia, e Jack sentiu as mãos da duquesa percorrendo sua pele. Nenhuma mulher jamais o tocara como ela — como se valorizasse cada centímetro dele. Uma noite, Olivia o beijou de seus pés grandes e feios até uma cicatriz em sua bochecha — o resquício da manhã em que ela o atacou com um atiçador. Não importava onde começasse a beijá-lo, Olivia sempre parava ali, e Jack se perguntava se aquele seria sempre o destino dela. Uma lembrança da época em que tinham um relacionamento hostil — inclusive encorajado por ele.

Jack não conseguia mais se lembrar por que encorajara a hostilidade. Às vezes, tudo parecia ter acontecido havia anos. Em outras, era como se apenas algumas horas tivessem se passado. Com todos os relógios de Olivia, o tempo devia ter sido a única coisa estável entre os dois, mas tudo parecia querer mudar.

Sua opinião sobre ela, seu desejo por ela.

Jack não era um homem impaciente. Ele aprendera nas ruas que pessoas pacientes eram recompensadas com espólios ainda melhores, mas mal conseguira esperar a hora de levar Henry e Ida até a locomotiva. E, agora que estava sozinho com Livy, o tempo estava passando rápido demais.

Ela estava quase implorando para ser tomada. Sua Livy recatada, sua Livy certinha, estava o incentivando a se apressar. Mal havia espaço no sofá. Jack precisou envolver a cintura com as pernas dela, colocar um pé no chão para se apoiar e conseguir o ângulo necessário, então a penetrou, sentindo a umidade quente e sedosa cercá-lo.

Jack a tomou com avidez, acompanhando a cadência do movimento do trem que sussurrava no fundo de sua mente. Por algum motivo, pensou nas pessoas no vagão aberto. Ele cobriu a boca dela, abafando um gemido alto enquanto o corpo dela tensionava, pulsava e tremia ao redor dele. Era tudo de que ele precisava. O corpo dele deu um solavanco com o prazer intenso, quase doloroso. O êxtase com Livy era sempre maior… Maior do que Jack jamais tivera. Que ele jamais sentira.

Tudo com ela era diferente. Tudo era melhor.

Ao enterrar o rosto na curva do pescoço dela, Jack ouviu o apito do trem sinalizando que logo chegariam à próxima parada.

— Droga.

Olivia descansou a mão na bochecha dele, como se toda a energia dela tivesse sido drenada.

— Não sei se isso foi uma ideia muito boa ou muito ruim.

Jack se levantou e se abaixou para dar um beijo rápido nos lábios dela.

— Foi uma ótima ideia.

Olivia estava sentada em uma toalha, observando Henry — descalço — entrar no mar até os tornozelos e sair correndo novamente, com Ida vigiando-o de perto.

— Devíamos ter trazido Pippin — disse ela.

— Podemos trazer na próxima vez — respondeu Jack. Ele estava deitado de lado, apoiado em um cotovelo, saboreando uma taça de vinho. Haviam terminado o piquenique mais cedo e ele estava determinado a não levar vinho de volta para casa. — Por que você não queria que ele tivesse um cachorro?

Olivia cutucou a toalha.

— Quando eu era pequena, por volta dos 10 anos, tive um cachorrinho. Eu o amava muito. Uma manhã acordei, e ele estava morto. Eu fiquei inconsolável. Sempre suspeitei que meu irmão o tivesse envenenado.

— Avendale?

— Sim. Ele não era "Avendale" na época, mas era um valentão. Não posso dizer que fiquei triste quando ele morreu, mas chorei. Não sou muito boa com a morte. — Olivia olhou para ele. — Já que estamos fazendo perguntas pessoais, por que você se importa tanto com dinheiro?

— Perguntar sobre seu cachorro não parece muito pessoal.

— Dinheiro é tudo para você — insistiu ela.

— Não é tudo, senão eu não teria um vagão particular para podermos fugir um pouco.

— Mas é muito, muito importante.

— Com certeza. Para quem cresceu sem ele, como eu, é realmente muito importante. Dinheiro permite que você se proteja de quem lhe faria mal.

— E quem faria mal a você?

Jack girou o vinho em sua taça.

— Mais ninguém. — Jack olhou para o mar, onde Henry agora tentava jogar água em Ida, que apenas ria. — O pai dava atenção ao menino?

— Não muita. Ah, ele me agradeceu no dia em que Henry nasceu, por ter lhe dado um herdeiro, mas agora percebo que ele provavelmente estava me agradecendo porque não precisaria mais visitar minha cama.

Jack virou a cabeça.

— Você não acredita mesmo nisso.

— Realmente acho que sim. Parando para pensar, consigo perceber que ele era um homem muito triste.

— Pensei a mesma coisa na primeira vez que o conheci.

Olivia ficou curiosa.

— No seu clube?

Jack pegou a mão dela e beijou-lhe os dedos.

— Não, anos atrás. Eu o conheci no jardim do antigo conde de Claybourne. Acho que eles eram amigos e ele estava de passagem.

— Acho que ele conhecia todos os lordes.

— Isso não é incomum, é?

— Não, na verdade não. Sobre o que conversaram?

— Eu estava pensando em sair da casa de Claybourne e tentar a vida sozinho. Ele me convenceu a não fazer isso.

— Por que você estava pensando em ir embora?

— O velhote, o avô do Luke, exigia que tudo fosse perfeito. Ele era rígido, mais rígido do que Feagan jamais foi. Eu não gostava do que ele estava me ensinando na época. E suspeito que Henry não gostará do que estou ensinando, também.

Olivia olhou para o filho.

— Correr e brincar?

— Aproveitar o que puder da vida, enquanto pode.

Ela olhou para Jack e afastou uma mecha rebelde da testa dele.

— Acho que é uma filosofia admirável.

— Você achando algo admirável em mim? Ouso dizer que o inferno estará congelado quando eu chegar lá.

Olivia se inclinou para ele e sussurrou:

— Henry também vai conduzir o trem na volta?

Jack abriu um sorriso sensual.

— Imagino que posso providenciar isso.

20

— Gostei do vestido — disse Jack, mordiscando a orelha da duquesa na biblioteca. — Mal posso esperar para tirar.

E ele o faria assim que terminassem o jantar. Já havia se passado quase uma semana desde a viagem de trem e, embora usasse preto durante o dia, Olivia passou a surpreendê-lo com um vestido diferente antes do jantar. Ele sempre ficava ansioso antes de vê-la, mas Jack sentia um prazer especial quando Olivia aparecia vestida com algo diferente das roupas de luto. Naquela noite, ela estava de vermelho. Era de tirar o fôlego. Olivia só deveria comprar roupas daquele tom no futuro.

Jack deslizou a boca pelo pescoço dela. Ela gemeu — um som que ameaçou enfraquecer a decisão de Jack de permitir que a duquesa usasse o vestido pelo menos até o fim do jantar.

— Acho que os criados estão começando a fofocar — sussurrou ela.

— Pago-lhes o suficiente para que não digam uma só palavra, nem entre eles.

Jack nunca havia pensado na necessidade de pagar pelo silêncio de criados, mas era algo importante para Olivia. Incrível como o que era importante para ela estava se tornando cada vez mais importante para ele.

A duquesa se recostou na cadeira.

— Não temos sido muito discretos.

— Discordo. Eles só sabem que você não usa preto à noite. Não tenho perseguido você pela residência, embora Deus saiba que tenho vontade. Talvez eu não vá ao clube hoje à noite, e depois que os empregados dormirem…

Olivia deu um tapa no ombro dele.

— Estou falando sério, Jack. O que começou como uma noite de indiscrição se transformou em algo que me consome. Não estou agindo como uma viúva.

— Você age, sim, em público. A sua vida privada não é da conta de ninguém.

Ela deslizou os dedos com ternura sobre a cicatriz na bochecha dele.

— Talvez eu só esteja preocupada por Lovingdon merecer que eu me comporte melhor após sua morte.

— E você merecia coisa melhor dele em vida. O homem não valorizou você como deveria. — Jack beijou o ombro nu dela. — E precisa admitir que essa não é uma das minhas falhas.

Um gemido suave o incentivou. Não haveria jeito. Ele não conseguiria se segurar até o fim do jantar. Levantando-a, Jack a sentou na escrivaninha.

— O que está fazendo? — perguntou Olivia ofegante, os braços em volta dos ombros dele. — O jantar já vai ser servido.

— Estou com fome de outra coisa — rosnou ele. — Acho que direi ao Brittles que não jantaremos esta noite. Comeremos na cama mais tarde. O que acha?

— Uma ideia adorável. Muito…

Uma batida soou na porta. Olivia soltou um gritinho e o empurrou com tanta força enquanto deslizava da escrivaninha que Jack quase tropeçou e caiu de costas. Ele agarrou a cintura dela para firmar os dois.

— Calma — ordenou ele.

— Quem pode ser? É muito cedo para o jantar.

— Não tenho a menor ideia.

Jack a soltou, observando com diversão enquanto ela se recompunha. Mesmo se arrumando, a duquesa parecia uma mulher que estava prestes a ser devorada. Mas era melhor não mencionar isso. Como as coisas haviam mudado desde aquela primeira noite, quando Jack sentira prazer em irritá-la...

Olivia lambeu os lábios e inclinou o queixo.

— Está bem.

Jack virou-se para a porta.

— Entre.

Brittles abriu a porta.

— Lorde Briarwood...

— Já fui obrigado a esperar muito tempo — rugiu o homem ao invadir a sala antes que Brittles pudesse anunciá-lo corretamente.

Brittles pareceu alarmado, mas Jack acenou para o mordomo. Assentindo, Brittles saiu e fechou a porta.

Briarwood desprezou Olivia com o olhar.

— Eu deveria saber que ele a transformaria em sua prostituta.

Jack socou o queixo de Briarwood com um baque satisfatório que fez o homem cair no tapete.

— Se eu fosse você, tomaria cuidado com o que falo.

Esfregando o queixo, Briarwood o encarou.

— Sim, conheço bem a sua reputação de proteger aqueles que trabalham para você.

— Você diz isso como se fosse errado — retrucou Olivia.

— Ele é um canalha de moral questionável — falou Briarwood, cambaleando para se levantar e ficar de frente para Olivia. — Ele quer rebaixar todos ao nível dele. Olhe só para você. Está de luto, mas vestida como se fosse se vender na rua.

— Pare imediatamente com essas acusações ou levará outro soco — alertou Jack.

— É assim que as coisas funcionam com você, não é? — Briarwood não tentou esconder seu asco. — Selvagem. Você não sabe nada sobre ser civilizado.

— Acredito que o fato de você ainda ter dentes é uma indicação de que sei, sim — retrucou Jack.

Briarwood voltou-se para Olivia.

— Você sabe que ele mantém garotos no clube dele?

— Na verdade, sei. Ele oferece empregos e um porto seguro. É um ato admirável.

— Não é natural que um homem tenha tanto interesse por meninos.

— O que está querendo dizer? — perguntou Olivia.

— Estou preocupado com o bem-estar de Henry. Existem rumores de que Dodger os molesta.

— Rumores que, sem dúvida, devem ter vindo de você — afirmou Jack. — É melhor ir embora...

— Ele nunca fez mal a Henry — interrompeu Olivia.

— E você saberia se ele tivesse feito?

Olivia olhou para Jack, e ele sentiu o peso da dúvida nos olhos dourados. Dodger sabia que ela estava se lembrando de como não havia reparado que Helen machucava o filho.

Mas ela assentiu bruscamente.

— Sim, eu saberia se ele o machucasse, e sei que não o machucou.

A convicção nas palavras da duquesa aliviou o aperto que Jack sentia no peito.

— Você não vai colocá-la contra mim, Briarwood. Seja lá o que espera conseguir com essas falsas acusações...

— O menino não está seguro aqui. Stanford concorda comigo.

— Rupert Stanford? — perguntou Olivia.

— Sim. Meu primo e eu estamos chocados por estarmos sendo investigados pela Scotland Yard. O inspetor não encontrará nada de errado em relação a nenhum de nós. O mesmo não pode ser dito de você, senhor. A duquesa aqui é a prova. — Ele se voltou para Olivia. — Veja só o que ele fez com você.

Jack agarrou o braço de Briarwood.

— Vá embora...

Olivia ergueu a mão.

— Espere. Deixe-o falar.

— Ele não tem nada de importante...

— Então deixe-me ouvir.

Briarwood se libertou e ajeitou o paletó, enquanto Jack lutava entre insistir para que o homem fosse embora e dar a Olivia uma oportunidade de provar... o quê? Que ela acreditaria nele em vez de Briarwood? Por outro lado, ele precisava saber contra o que estava lutando.

— Ele fez com que você esquecesse seu lugar — falou Briarwood. — Você está de luto, mas usando vermelho. Você não é casada com ele, mas posso ver onde a barba dele arranhou sua pele. Se este homem consegue persuadir você, uma mulher de moral tão elevada, a pecar, imagine o que fará com uma criança impressionável. O mais importante para mim é que seu filho seja criado para ser um verdadeiro lorde, e consigo fazê-lo. E, se não me apoiarem neste esforço, irei aos tribunais, ao Parlamento, ou, por Deus, até à rainha! Mas não posso, em sã consciência, ficar de braços cruzados e permitir que este diabo...

— Acho que você não tem escolha — afirmou Jack.

Tanto a duquesa quanto Briarwood viraram a cabeça para olhá-lo.

— Você pode falar o quanto quiser sobre ter as melhores intenções do mundo e estar preocupado com a educação de Henry, Briarwood, mas nós dois sabemos que o cerne da questão é o dinheiro. Não serei chantageado.

Briarwood endireitou os ombros.

— Garanto-lhe, senhor, que me importo apenas com o bem-estar do filho do meu primo. Você arruinará o nome dele...

— Como você já disse diversas vezes, não tenho um bom nome. O nome que tenho significa menos para mim do que meu dinheiro. Faça todas as ameaças que quiser, não pagarei nada a você.

Briarwood estava perdendo a compostura, e Jack não tinha dúvida de que adivinhara com precisão o motivo da visita do homem.

— Visitarei Beckwith pela manhã. Se mudar de ideia...

— Não mudarei — garantiu Jack.

Briarwood olhou para Olivia.

— Pense bem. Podemos resolver tudo juntos.

Então, saiu da sala.

— Era isso que ele estava tentando fazer? Nos chantagear? — perguntou Olivia, baixinho.

Jack voltou-se para ela.

— Sim.

— E por que não pagar para acabar logo com esses rumores perversos?

— As acusações dele são falsas. Se eu o pagar, dou crédito a elas, e então ele continuará a pedir mais dinheiro. A história acabará virando um círculo vicioso sem escapatória.

— Mas e se ele incluir minhas indiscrições nos boatos?

— Não ganhamos nada pagando a ele.

— Ganhamos o silêncio dele.

— Eu não aceito ser chantageado.

— Briarwood pensou que você tinha chantageado Lovingdon. Que esta era a razão para você ter sido nomeado guardião.

— Parece que Briarwood tem uma incrível capacidade de estar errado.

— Você não gosta dele.

— Não muito.

Olivia o estudou por um momento antes de dizer:

— Eu sei que você nunca machucaria Henry.

— Que bom.

Jack se aproximou dela, mas ela se afastou. Parecia que Olivia prestara mais atenção do que ele imaginava às aulas de esquiva para Henry.

— Mas… — Ela começou a falar e parou.

— Mas?

Olivia se virou para encará-lo.

— Odeio admitir, mas Briarwood está correto quanto a mim. Estou me comportando de forma abominável.

— Livy…

— Não. Eu sei que você tem condições de me convencer do contrário. Se me tocar ou me beijar, eu o seguirei para onde quiser. Olhe para mim. — Ela abriu bem os braços. — De luto há pouco mais de um mês, mas cá estou, usando vermelho e me deitando com um homem que não é meu marido. Por Deus, pense no que fizemos no trem!

— Livy, era exatamente isso que ele queria: criar dúvida em sua cabeça, fazê-la se questionar. Isso só vai fortalecer a posição dele.

— E você me seduziu para fortalecer a sua?

Jack deu meia-volta, foi até a mesinha e serviu uísque em um copo.

— Me recuso a responder a esta pergunta.

— Será que significo alguma coisa para você além de um pouco de diversão?

— Você está caindo no jogo dele.

— Já cai no seu muitas vezes, não? O que eu e você estamos fazendo?

Olivia esperava mesmo uma resposta para aquela pergunta? Ela achava mesmo que Jack sabia a resposta? Sim, ela era um pouco de diversão, mas era mais que isso também, e ele não sabia como definir o relacionamento que tinham. Jack não conseguia mais imaginar sua vida sem a duquesa. Mas também não conseguia imaginar-se dizendo isso a ela.

— Você ainda pretende arranjar um casamento para mim?

Será que ele pretendia? Pensar em outro homem tocando Olivia era o suficiente para deixá-lo furioso. Jack nunca tivera problemas em compartilhar mulheres antes. Por que tinha quando se tratava de Olivia? Por que não suportava a ideia de ela se casar com outro?

— Pretende? — perguntou ela, como se estivesse cansada de esperar que ele desse algum tipo de resposta compreensível para o que deveria ser uma pergunta tão simples. — Você me quer apenas como sua amante? Não... Temo que Briarwood esteja certo. Esqueci quem eu deveria ser. — Ele a ouviu engolir em seco e pedir baixinho: — Jack, amanhã eu gostaria de levar Henry para o campo.

— Não.

— Por favor, não me peça para ir sozinha.

Sozinha? Olivia o deixaria, com ou sem Henry? Céus, o fato de ela querer tanto se livrar dele a ponto de ir sem Henry dizia tudo. Jack olhou por cima do ombro para ela. A tristeza nos olhos da duquesa quase o deixou de joelhos. A tristeza e o arrependimento. Jack a ensinara a alegria de um prazer imediato, encorajara Olivia a aproveitá-lo sem pensar no preço alto que precisaria ser pago mais tarde. Agora, ela estava pagando um preço mais caro do que ele jamais pagaria.

— Vou para o clube. — Jack passou por ela e parou. — Quero que você e Henry tenham partido antes de eu voltar, amanhã de manhã. E levem o maldito cachorro com vocês.

Jack estava quase na porta quando ouviu o primeiro soluço, e precisou de toda a sua força para sair da biblioteca.

Henry não estava tão feliz com a ideia de ir para o campo quanto Olivia esperava. E era porque Jack não iria com eles. Henry adorava o homem.

Não que ela pudesse culpá-lo. Dodger sabia ser charmoso quando queria e certamente parecia ter jeito com Henry. Será que era por sua experiência com os meninos que trabalhavam no clube?

Sentada em uma cadeira ao lado da caminha do filho, Olivia lia para ele em um tom monótono, mas a atenção do menino também parecia estar em outro lugar. Não porque estivesse cansado, pois claramente não estava, mas cada rangido da casa fazia com que ele olhasse para a porta, como se esperasse que Jack entrasse a qualquer momento e dissesse que eles não iriam para o campo.

Será que Henry amara o pai pelo menos a metade do que parecia amar Jack?

Olivia fechou o livro. Henry a olhou com uma expressão culpada. Ela achava improvável que o filho adormecesse tão cedo, o que o deixaria mal-humorado pela manhã, quando partissem.

— Estou pensando em dar um passeio no jardim — falou a duquesa. Estava escuro, mas não era tão tarde. Ela também não estava com vontade de dormir nem de ficar sozinha. — Gostaria de ir comigo?

O filho assentiu.

— Posso levar o Pippin?

Olivia não conseguia se lembrar da última vez que o menino gaguejara.

— Claro. — Ela se virou para Ida. — Henry e eu vamos dar um passeio no jardim.

— Vou prepará-lo para você, Sua Graça.

Alguns minutos depois, Olivia e Henry estavam passeando pelo jardim, andando pelo caminho iluminado aqui e ali por algumas lamparinas.

— Acho que o Pippin vai gostar do campo, não? — perguntou Olivia.

A duquesa viu Henry assentir.

— Por que Jack não vai junto?

— Ele tem negócios para tratar aqui. — Ela se agachou diante do filho, virando-o para encará-la. — Henry, você precisa entender que...

Então, uma sombra saiu da escuridão.

21

Que inferno! O que Olivia queria que ele fizesse? Professasse amor eterno? Pedisse a mão dela em casamento? Ela era uma duquesa! Olivia estava agindo como se Jack tivesse esquecido a posição dela. A posição dele. Ou melhor, a posição que ele *não* tinha. Nem todo o dinheiro do mundo apagaria as origens de Jack e tornaria o casamento dos dois aceitável.

Não que ele algum dia considerasse se casar.

Ainda assim, Jack não conseguia imaginar a casa sem ela. Não conseguia imaginar morar lá sem ouvir os passos decididos da duquesa enquanto ela marchava pelos corredores para confrontá-lo sobre um assunto ou outro. Não conseguia imaginar a sala de banho, ou o travesseiro em sua cama, sem o cheiro do perfume dela. Não conseguia imaginar o silêncio durante as refeições, a falta de risadas e sorrisos.

Ele, que sempre se interessara apenas por dinheiro, agora ansiava por algo mais. Ansiava por uma mulher. Era possível que Jack desistisse de todas as moedas que tinha apenas para vê-la sorrindo para ele de novo.

Uma batida na porta do escritório o irritou. Ele não queria companhia, mas antes que pudesse dizer a quem quer que fosse que não estava — que bobagem, essa mentira inventada pela nobreza —, a porta se abriu e Swindler entrou.

— Frannie disse que eu encontraria você aqui.

Sem dúvida depois de ter passado um tempo considerável conversando com ela. Jack não sabia por que o homem simplesmente não professava seu amor, pedia Frannie em casamento e acabava logo com isso.

Por outro lado, talvez Jack devesse se perguntar o mesmo a respeito de Olivia. Qual era a pior coisa que poderia acontecer? Ela dizer não, e então ele a mandaria para o campo.

— Você está bem? — perguntou Swindler.

— Claro. — Jack pegou um copo, serviu uísque e o colocou diante de Swindler, enquanto se sentava e enchia seu copo de novo. — Você demorou um pouco para me contar que Briarwood está espalhando boatos sobre mim.

— Sinto muito, mas estou investigando muitas coisas ultimamente, e não é você quem paga meu salário.

— Saia do seu emprego e venha trabalhar para mim. Cobrirei o salário da Scotland Yard.

— Agradeço a oferta, mas gosto do meu trabalho.

Jack deu de ombros.

— Então o que tem para me contar? Descobriu alguma coisa sobre a minha mãe?

— Não tenho esperança de descobrir alguma coisa sobre isso. Mas tenho algo sobre o outro assunto que você me pediu para investigar. Se Lovingdon estava envolvido em algum tipo de perversão...

Algo na voz de Swindler fez com que Jack se endireitasse na cadeira.

— E?

— Não encontrei nada sobre Lovingdon, mas fiquei com a pulga atrás da orelha com o primo dele.

— Briarwood?

— Não. Rupert Stanford. Ele é muito recluso. De acordo com uma empregada, a única que ele tinha até demiti-la, há dois dias, ele quase a matou de tanto trabalho. A mulher trabalhou para ele por quase vinte anos, e contou que Stanford acolheu talvez uma dúzia de meninos durante este período. Um por vez. Aparentemente com a intenção de encontrar um lar adequado para eles. Então, um dia, ela chegava para trabalhar e descobria que o menino não estava mais lá. A mulher sempre achou que Stanford havia cumprido sua promessa e encontrado outro lugar para a criança.

— O que ele pode ter feito — falou Jack, embora tivesse um mal pressentimento.

— De fato. Não tenho nada conclusivo, mas acho essa história um tanto estranha à luz das suas preocupações.

— Talvez devêssemos visitá-lo.

A casa não era particularmente grandiosa, mas era um tanto familiar. Poderia ser o lugar que Jack procurava quando andava sem rumo pelas ruas? Ele se lembrava da casa do homem como sendo maior, mas para uma criança vinda dos piores lugares de Londres — a criança que Jack fora —, uma casa como aquela teria parecido tão grande quanto um palácio. Swindler bateu a aldrava.

— Parece que não tem ninguém — falou o investigador.

— Quero ver como é por dentro.

A luz de um poste próximo iluminava fracamente o rosto de Swindler, que arqueou uma sobrancelha e olhou para Jack. Dodger o encarou de volta até Swindler suspirar.

— Quer fazer as honras, ou eu devo fazer?

Jack sentia um leve tremor nas mãos.

— Pode fazer.

— Seu cocheiro e valete...

— São discretos.

— É melhor que sejam.

Swindler enfiou a mão no bolso em busca de suas ferramentas. Jack inclinou o corpo para cobrir a ação ilegal. Então ouviu um clique e a porta se abriu com um rangido sinistro.

Ele entrou e foi recebido com o cheiro de sabão em excesso e cera para móveis. Swindler acendeu uma lamparina a óleo com um fósforo.

— O que exatamente estamos procurando? — perguntou Swindler.

— Um quarto — respondeu Jack, sentindo-se nervoso.

— Lá em cima, eu diria.

Com um aceno de cabeça, Jack subiu a escada, seguido de Swindler. A lamparina que o investigador carregava iluminava o caminho de uma forma macabra, afastando as sombras e revelando as coisas pouco a pouco. Nada parecia muito familiar.

Então eles chegaram ao corredor do andar de cima. Havia apenas quatro portas, e Jack abriu a segunda da direita.

De repente, ele tinha 5 anos de novo. Sentindo falta da mãe, mas animado com a possibilidade de ter uma cama para dormir. Era inverno. A lareira estava acesa e quentinha. Sua mãe falava muito sobre ir para um lugar chamado paraíso. Ele já devia estar nesse tal de paraíso.

"Vamos tomar banho?"

Jack fechou os olhos com força contra as lembranças. Será que Stanford conhecera a mãe de Jack quando ela era criada na casa dos Lovingdon? Ele se esforçou para lembrar...

"Senhorita Dawkins?"

Ela segurava a mão de Jack, tarde da noite nas ruas de Londres...

Sua mãe virou-se e fez uma reverência.

"Sr. Stanford."

"O que você tem aí?"

"É o meu filho, Jack."

— Jack? Jack? Você está bem?

Ele abriu os olhos ao ouvir o chamado de Swindler e entrou no quarto.

— Os dois conversaram. Eu não consegui ouvir direito. Fomos a uma bodega e comemos uma torta de carne maravilhosa. Eles continuaram conversando. Ele segurou a mão dela o tempo todo.

— Do que está falando? — perguntou Swindler.

Jack balançou a cabeça. Não conseguia explicar o inexplicável, mas lembrou-se de que, quando partiram, Stanford deu à mãe de Jack a bolsinha de moedas e ela deu a Jack o medalhão. Então Stanford o levara até aquela casa.

Jack foi até a lareira, abaixou-se e olhou para a chaminé que servira de túnel de fuga. Foi trabalhoso tirar as brasas da lareira, e ele queimara os pés e as mãos ao subir. Aquela fora sua primeira lição sobre o que uma pessoa faria se quisesse muito alguma coisa. Ele estava disposto a sofrer qualquer coisa para fugir de lá.

Jack se virou e olhou para a cama com quatro colunas, decoradas com vinhas esculpidas e elaboradas. Sentiu um embrulho no estômago com as lembranças do que havia acontecido ali.

Voltando-se para Swindler, ele pegou a lamparina e jogou na cama. Chamas irromperam sobre a colcha.

— Meu Deus, você enlouqueceu?! — perguntou Swindler.

Jack já estava saindo pela porta.

— Precisamos encontrar Stanford.

Eles retornaram ao clube, mas não tão rápido quanto Dodger queria, já que Swindler insistiu em alertar os bombeiros para que pudessem evitar que o fogo se espalhasse para as casas ao lado. Jack sentiu algum conforto em saber que pelo menos a cama estava destruída.

— Você sabe que não posso prendê-lo — falou Swindler, enquanto estavam sentados no escritório de Jack.

— Sodomia é ilegal.

— Mas não tenho ninguém para testemunhar.

— *Eu* posso testemunhar.

Swindler desviou o olhar, como se de repente estivesse muito desconfortável. Jack percebeu que uma coisa era ter suspeitas, outra era ter confirmação.

— Acho que é melhor cuidarmos disso sozinhos — afirmou Swindler, em voz baixa. — Não é como se já não tivéssemos feito isso antes. Certamente deve ter alguém marcado para ser enforcado e que não merece a pena.

— Você trocaria prisioneiros? Não acha que alguém perceberia?

— Você poderia bater no homem até ele ficar irreconhecível. Aposto que gostaria disso.

Jack assentiu.

— Com certeza.

A porta se abriu de repente e Thomas Lark, um dos meninos mais velhos que ajudava no salão de jogos, entrou correndo.

— Thomas, você deveria bater antes — disse Dodger.

— Sim, senhor, eu sei, mas isto acabou de ser entregue por um cavalheiro que disse que era de extrema importância.

Jack pegou o envelope que Thomas estendeu. Dentro dele havia uma mensagem que fez seu coração acelerar.

> *Sr. Dodger,*
>
> *Por favor, retorne para a residência imediatamente. Uma situação terrível aconteceu e sua presença é necessária com urgência.*
>
> *Seu fiel servo,*
> *Brittles*

— O senhor chegou! Graças a Deus! — exclamou Brittles apressado assim que Jack entrou em casa, acompanhado de Swindler.

— Qual é o problema, homem?

— É a duquesa, senhor! Ela está desaparecida!

— Só isso? Ela disse que levaria Henry para o campo. Presumo que não aguentou esperar até de manhã para se livrar de mim e…

— Não, senhor. Henry está aqui.

E então Jack se deteve.

— Ela não abandonaria Henry.

— Exatamente, senhor. Ela e o filho estavam passeando no jardim quando, segundo o jovem duque, alguém saiu das sombras. Ele escapou, mas, por conta da gagueira, enquanto tentávamos entender o que ele nos dizia, descobrimos que a duquesa havia desaparecido!

— E onde está Henry agora?

— No quarto, senhor.

Jack subiu a escada, ciente de Swindler e Brittles em seu encalço. Pela primeira vez, os passos de Brittles não foram silenciosos. Isso não era nada reconfortante.

Ele entrou no quarto sem bater. Ida estava sentada em uma cadeira de balanço, com Henry no colo segurando o cachorrinho. O menino se agitou no colo de Ida, e Pippin saltou para o chão. Antes que Jack pudesse reagir, Henry correu e abraçou suas pernas.

— Eu f-fiz o q-que você m-me ensinou, senhor. Eu m-me esquivei — falou Henry, as palavras saindo abafadas por ele estar com o rosto pressionado na coxa de Jack.

Jack se agachou, abraçando a criança com força.

— Você foi um bom menino, Henry.

— Acho que e-ele l-levou a mamãe. — O garoto se afastou, e Jack viu lágrimas escorrendo pelo rosto dele. — Você devia ter e-ensinado a mamãe a se esquivar.

— Sim, eu devia. Você sabe quem a levou?

Henry assentiu com a cabeça rapidamente.

— O p-primo Rupert. Meu pai me disse para n-nunca ir a lugar algum com ele.

Será que Lovingdon sabia o que Jack havia acabado de descobrir? Será que era dele que Jack deveria proteger Henry? Tudo faria sentido, se Lovingdon tivesse visto como Jack protegia os rapazes que trabalhavam no clube.

O homem não podia ter explicado isso em uma maldita mensagem?

— Ele machucou você? — perguntou Jack.

Henry negou com a cabeça enfaticamente.

— Mas quando saí correndo, ouvi a mamãe gritar. Acho que ele pode ter batido nela. Eu não devia ter f-fugido…

— Não, você fez a coisa certa, porque agora só tenho que me preocupar com a sua mãe. Não com você.

— Você vai salvá-la?

— É claro.

Embora não tivesse a menor ideia de por onde começar. Graças a Deus Swindler estava lá.

— Senhor, não quero interromper... — disse Brittles, estendendo um envelope com o nome de Jack. — Isto foi entregue há pouco tempo.

Jack pegou o envelope e o rasgou.

O bilhete era curto e direto.

> *Estou com a duquesa. Traga cem mil libras ao amanhecer ou ela morre. Estaremos no último andar, no canto mais afastado, do seguinte endereço...*

Jack conhecia o endereço escrito no final do bilhete. Era na parte podre de Londres.

— Onde estamos? — perguntou Olivia.

Ela estava sentada no chão em um canto escuro, com as mãos amarradas às costas. E estava lutando para não ficar aterrorizada. Olivia levara uma pancada na cabeça e acordara ali, tonta e com gosto de láudano na boca. Ela queria dormir, mas sabia que não deveria.

— Longe de St. James — sussurrou uma voz rouca do outro lado, perto da janela. A silhueta do homem estava escondida pela escuridão, e a única lamparina do cômodo não ajudava em nada. Servia mais para iluminar Olivia do que a ele. —

É mais fácil lidar com coisas inapropriadas aqui. Mandei o sr. Dodger me trazer cem mil libras ou você morrerá.

Olivia percebeu na voz do homem que ele falava sério. Uma onda de pavor começou a dominá-la.

— Se ele não o fizer, cumprirei minha promessa, depois voltarei para buscar seu filho.

— Henry não… — Olivia lembrou que o filho estava com ela no jardim. — Onde ele está?

— O desgraçadinho me escapou.

Olivia ficou aliviada. Ela tinha uma vaga lembrança de ver o filho correndo. Jack não daria seu precioso dinheiro por Olivia, mas não tinha dúvida de que protegeria Henry.

— Dodger não virá — falou ela.

— Virá, sim.

Ela soltou uma risada amarga, controlando-a para não parecer histérica.

— Você pediu dinheiro a ele. É a única coisa da qual ele não abrirá mão.

— Que pena para você, então.

De repente, o homem se moveu com rapidez, agachando-se diante dela.

Olivia sentiu algo estranhamente frio na parte inferior do queixo.

— Isso é uma pistola? — sussurrou ela.

— Exato. E tenho uma mira ótima. Dei a ele até o amanhecer.

Então, para seu espanto, Olivia o reconheceu.

— Stanford? Rupert Stanford?

— Estou surpreso que se lembre de mim. Seu marido não me recebia com muita frequência em casa.

— Por que está fazendo isso?

— Porque o guardião do seu filho tem feito perguntas sobre mim, trazendo à tona coisas que eu gostaria que permanecessem escondidas. Preciso partir às pressas, e não tenho os fundos necessários para isso.

— E por isso decidiu me sequestrar?

— Eu vi o jeito que ele a olhou quando foram ao clube. Eu também estava nas sombras, sabe? Dodger tem meninos adoráveis trabalhando lá, mas ele e os outros funcionários cuidam deles como se fossem as joias da coroa. E todos são muito espertos e dificilmente influenciados. Mas tenho certeza de que, aonde quer que eu vá, encontrarei o que preciso.

— Jesus, você é um monstro!

— Sim, sim, eu sou.

Stanford se afastou. Olivia balançou as pernas o máximo que conseguiu, na esperança de fazê-lo tropeçar, mas o homem se esquivou facilmente.

— Cuidado, duquesa. Não tenho o hábito de machucar mulheres, mas sempre posso abrir uma exceção.

Dodger conhecia aquela área como a palma da mão. Muitos homens horríveis viviam lá. Muitos homens bons também. Segurando firme uma bolsa com cem mil libras em uma das mãos e uma lamparina na outra, ele caminhava entre os detritos da sociedade, sem temer nenhum mal porque carregava uma faca na bota, uma pistola no bolso e — na mão que segurava a bolsa — uma bengala que escondia uma espada.

O sequestrador havia dito para que Jack fosse sozinho, mas não dissera para que fosse desarmado. Isso dava a entender que Rupert Stanford não tinha muita familiaridade com a parte suja de Londres. O homem claramente sabia o suficiente para identificar um local de encontro, mas não parecia saber que muitas das pessoas ali andavam armadas. Ou talvez Stanford não conhecesse Dodger direito e pensasse que ele não conhecia bem a região.

Jack não era bobo. Ele achava improvável que Stanford deixasse Olivia ou Jack viverem depois de receber o dinheiro.

Havia luz o suficiente para que Jack conseguisse ver as sombras o acompanhando com uma leve inclinada de cabeça. As sombras sempre lhe serviam como aliadas.

Aquela noite não era exceção.

Elas serviam para esconder Luke e Swindler, que o seguiam a uma distância discreta. Graves e Frannie andavam à vista, dando a impressão de serem um casal em busca de um lugar para um encontro ilícito. Quando Jack realmente precisava, a ninhada de Feagan sempre aparecia.

Ele chegou ao prédio abandonado, que poderia muito bem ser derrubado com um vento forte. As pessoas buscavam refúgio em locais como aquele em um clima ruim, mas em uma noite limpa não valia o risco. Seria muito difícil subir ao terceiro andar sem ser ouvido. Jack imaginou que esse era o objetivo.

Ele entrou com cuidado, ouvindo os ratos fugirem. Eles voltariam. Sempre voltavam. Segurando a lamparina bem alto, Jack olhou ao redor. Mesmo que nunca tivesse estado ali antes, tudo era familiar. Os prédios daquele lugar não eram muito diferentes entre si.

Dodger começou a subir a escada, e os degraus rangeram sob seu peso. Não havia motivos para ser discreto, então ele subiu correndo, com o coração batendo forte.

— Livy! — chamou Jack, mas não ouviu nada.

Ela poderia estar amordaçada, poderia estar morta, poderia...

— Jack!

Ele parou de supetão, tomado por um alívio tão grande que suas pernas quase cederam. Ao mesmo tempo, uma onda de energia o atravessou como um raio, e ele correu pelo restante dos degraus, avançando pelo corredor do último andar. Jack viu uma luz pálida saindo de uma sala. Podia ser uma armadilha, então diminuiu o passo, movendo a lamparina para enxergar melhor.

— Livy! — chamou ele de novo.

— Estamos aqui!

Ela e Rupert Stanford. A ideia daquele bastardo tocando em Livy era insuportável, mas Jack tentou manter a calma, pois precisaria ter a cabeça no lugar para o que estava prestes a enfrentar.

Dodger caminhou devagar, com cautela, e olhou para dentro da sala...

Livy estava ao lado de Stanford no canto, perto da janela, e Jack se perguntou se o homem estivera espiando, esperando a chegada dele. Não importava. Stanford não teria visto nada.

Quando entrou na sala, Jack foi atingido por um odor horrível. Qualquer outra pessoa provavelmente consideraria o cheiro uma fragrância deliciosa. Era um perfume forte, sem dúvida masculino, mas que fez o estômago de Jack revirar pelas lembranças que o assaltaram. Era o mesmo cheiro que se aproximava de sua cama quando menino. O mesmo cheiro que sentia ao ouvir palavras vazias de conforto antes de ser machucado.

Jack ergueu mais a lamparina e viu o brilho profano nos olhos que o encaravam — como os de um rato saindo do esgoto. Ele sentiu um arrepio gelado. Pensou que estava preparado para esse encontro, mas de repente tinha 5 anos de novo. Aterrorizado, magoado e envergonhado.

Ele lutou para se concentrar no presente.

— Rupert Stanford.

— Seu tom faz soar como se nos conhecêssemos.

— Já nos conhecemos. Minha mãe era Emily Dawkins.

— Você é Jack Dawkins? — Stanford soltou uma gargalhada. — Que mundo pequeno. Você mudou seu sobrenome... Inteligente. Farei o mesmo, agora que meu primo intrometido e seu inspetor desconfiado estão se intrometendo nos meus negócios.

— "Negócios"? É assim que você chama se aproveitar de meninos?

Jack ouviu Livy ofegar com a revelação.

— Meu primo me contou tudo sobre você, sobre os meninos que você emprega. Acho que somos muito parecidos...

— Não sou nada parecido com você — retrucou Jack. — Eu os protejo.

— Assim como eu fiz com você. Sua mãe estava morrendo, coitada. Dei a ela algumas moedas para facilitar a situação e acolhi você para que ela não se preocupasse. Mas você teve a audácia de fugir. O único que conseguiu escapar.

Algo no tom dele... Jack sabia que quanto mais tempo o mantivesse falando, maior seria sua vantagem. Ele precisava dar tempo aos outros para que se posicionassem.

— O único? Os outros ainda moram com você? — indagou Jack, pois não vira evidências disso.

— No meu jardim — respondeu Stanford em um tom melancólico.

— Você os matou?

— Eu adoraria ficar e conversar, mas preciso mesmo partir.

— Você não vai levar Livy com você.

— Ela é minha garantia. Coloque a bolsa no chão e atravesse a sala.

Dodger deu dois passos e soltou um assobio estridente. De repente, o vidro da janela se espatifou.

Stanford olhou para trás, dando a Jack a oportunidade que ele buscava, o segundo necessário para que pudesse avançar, empurrar Livy para o lado e derrubar Stanford. Ele lutou para tirar a pistola das mãos de Stanford, mas o homem, embora mais velho, era surpreendentemente forte e ágil. Eles batalharam, rolando pelo chão. Jack tentou se levantar...

Uma explosão ecoou pela noite quando a pistola disparou, e Jack sentiu o fogo do disparo queimando seu peito enquanto o sangue quente escorria por seu colete vermelho favorito.

Olivia mal tinha encostado no chão quando a pistola disparou e os dois homens ficaram muito imóveis.

— Ai, meu Deus! Ai, meu Deus! Jack!

Inesperadamente, alguém entrou pela janela. Antes que ela pudesse gritar, ouviu:

— Está tudo bem, é o Swindler.

O som de vários passos apressados soou no corredor, e mais duas sombras grandes entraram sala, seguidas por uma menor. Frannie se aproximou e segurou Olivia nos braços.

— Você está bem?

Olivia assentiu e sussurrou:

— Jack?

Frannie começou a trabalhar nos nós da corda que prendia as mãos de Olivia.

— Jack — chamou Swindler.

Olivia observou quando um homem se levantou. Ela reconheceu a forma — sempre reconheceria aquele corpo.

— Jack?

— Estou bem — disse ele, com a voz dura enquanto se agachava ao lado do primo de Lovingdon.

Olivia ouviu uma respiração ofegante, um gorgolejo.

— Jack, preciso cuidar dele — falou o dr. Graves, e Olivia percebeu que ele era um dos homens que havia entrado na sala. O outro era Claybourne.

— Não — afirmou Jack.

Stanford tossiu e se engasgou.

— Os meninos? Quantos eram? — exigiu Jack.

— Você... o primeiro.

— E depois de mim? Quantos, seu maldito?

— Não... sei...

— Você os matou? Enterrou-os no jardim? Era isso que estava querendo dizer com suas palavras enigmáticas?

Mas Rupert Stanford não emitiu mais nenhum som.

— Responda, seu desgraçado!

— Ele morreu — afirmou o dr. Graves sombriamente.

Jack ficou de pé. De repente, ele abraçou Olivia, apertando-a com tanta força que ela achou que não conseguiria respirar.

— Achei que você não viria.

— É claro que eu viria — rosnou Jack.

— Ele disse que tinha pedido cem mil libras....

— Eu teria dado tudo a ele, Livy. Tudo para que você voltasse em segurança.

Jack e Olivia voltaram para casa imediatamente, enquanto Swindler e os outros cuidavam do corpo de Rupert Stanford e relatavam o incidente daquela noite à Scotland Yard. A primeira coisa que Olivia fez foi subir correndo até o quarto de Henry e abraçá-lo.

— Eu sabia que ele ia salvar você — falou o menino.

Olivia ficou emocionada pela fé inquestionável que Henry tinha em Jack, enquanto ela não tivera nenhuma... Nunca mais cometeria o mesmo erro. Olivia cometera muitos erros naquela noite, e pretendia corrigir todos eles.

Ela refletiu sobre como poderia fazer isso enquanto tomava um maravilhoso banho quente para se limpar da sujeira do edifício abandonado. Depois do que vivera naquela noite, provavelmente tomaria banho todos os dias no futuro. Esperava que Jack aparecesse para verificar como ela estava, mas, quando isso não aconteceu, Olivia vestiu a camisola e foi procurá-lo.

Encontrou-o na biblioteca, sentado em uma cadeira, com os cotovelos apoiados nas coxas e um copo nas mãos. A garrafa próxima estava pronta para cumprir seu dever: entorpecer uma noite traumatizante.

Olivia caminhou pelo tapete, ajoelhou-se diante dele e segurou os pulsos de Jack.

— Não consigo imaginar o que está sentindo.

— Não, provavelmente não consegue. Antes desta noite eu não sabia o nome do homem que me levou, mas era Stanford. Não sei se nunca soube o nome dele ou se apenas esqueci. Já se passaram quase trinta anos. Ele e minha mãe devem ter se conhecido quando ela trabalhou aqui.

Ela confiava nele, e me entregou, pensando que eu estaria seguro. Na primeira noite... — Olivia o ouviu engolir em seco —... ele me deu banho, me colocou na cama e depois se deitou comigo. Ele me tocou de um jeito que um homem nunca deveria tocar em uma criança... fez coisas que devastaram não apenas meu corpo, como também minha alma.

— Meu Deus, Jack...

Olivia tocou no rosto dele, tentando oferecer algum tipo de conforto, mas Jack não estava olhando para ela. Ele estava olhando para o passado.

— Ele chorou depois, prometeu nunca mais fazer isso. Na noite seguinte, descobri que ele era um mentiroso. Na terceira noite, eu fugi.

Lágrimas brotaram nos olhos da duquesa.

— Você não pode se culpar por nada disso. Você era uma criança inocente. Estou feliz que ele tenha morrido.

Jack meneou a cabeça.

— Tem mais, Livy. Eu contei que Luke e eu fomos presos. Quando você é condenado, cumpre pena em uma prisão para jovens. Mas antes disso, antes do julgamento, você é mantido na prisão com outros homens adultos. Eram três, um grupo asqueroso. Eles se interessaram pelo Luke, mas ele lutou contra os três. Deus... Ele tinha apenas 8 anos, mas não parou de lutar. Seu rosto estava inchado e sangrando. Achei que iam matá-lo. Eu sabia o que eles queriam, já havia sobrevivido a isso antes...

Jesus, não... pensou Olivia. *Por favor, não.*

— Eu me ofereci a eles — confessou ele, em tom embargado.

— Ai, Jack...

Olivia apertou as mãos dele, beijou os dedos, enquanto as lágrimas escorriam por seu rosto e se acumulavam perto de sua boca.

— Foi pior do que eu me lembrava. Ou talvez eles só fossem mais cruéis. Eles quebraram algo em mim naquela noite, Livy. Parei de me preocupar com qualquer coisa, só queria sobreviver, e me convenci de que, se tivesse dinheiro suficiente, estaria sempre seguro. Mas fiquei quebrado por dentro. Até conhecer você... Você me fez começar a sentir de novo. Você e o Henry. Vocês trouxeram alegria para minha vida. Risadas e sorrisos. Mas também há dor nisso. Preocupar-se com alguém te deixa vulnerável. O que sinto sempre que estou com você me aterroriza. Eu não queria sentir isso. Lutei com todas as minhas forças, mas esta noite percebi que, se algo acontecesse com você, se você morresse, eu quebraria de novo e, desta vez, para sempre. É uma maneira mais segura de viver, mas também é uma vida que não vale a pena. Eu te amo, Livy. Sei que não sou digno de qualquer carinho que possa ter por mim...

— Não é digno? Não conheço homem mais digno que você.

— Eu moro na sarjeta.

— Você mora em St. James. Pode ter começado sua vida na sarjeta, mas não conheço nenhuma pessoa que tenha conquistado o que conquistou. Você é um homem rico, que não deve nada a ninguém. Tem um coração generoso. Sei que você não quer ouvir isso, mas é verdade. Henry o adora. E, para o inferno com tudo, eu também! Eu te amo, Jack, de coração e alma! Eu errei ao ouvir Briarwood. Percebi isso enquanto estava naquela casa ou seja lá o que fosse aquele lugar. Pensei em todos os momentos que tive com você e com Henry. E rezei para ter mais milhares deles.

— Não, Livy. Briarwood tinha razão.

— Não...

Jack colocou o dedo nos lábios dela.

— É verdade. Eu corrompi você. Não ouviu o que acabou de dizer? Você acabou de praguejar.

Olivia deu uma risada fraca.

— E o telhado não caiu em cima de mim.

Jack embalou o rosto dela com as mãos.

— Eu disse naquela primeira noite que não há nada que uma pessoa não faça se quiser muito alguma coisa. — Jack soltou um gemido profundo e doloroso. — Quero que você e o Henry sejam meus por toda a eternidade. Case-se comigo, Livy.

— Ah...

Olivia não esperava ouvir aquilo. Estava preparada para viver o resto da vida como amante dele, mas como esposa...?

— Isso é um "sim" ou um "não"?

Ela riu de alegria.

— Acho que era você que devia estar de joelhos, enquanto eu devia estar sentada.

— Você e suas malditas regras — brincou Jack, balançando a cabeça enquanto abria um sorriso provocante.

Olivia segurou o rosto dele.

— Sim, ficarei muito feliz de me casar com você.

— Marcaremos no calendário. Um dia após o término do seu período de luto e...

— Não seja bobo. Eu me caso com você amanhã mesmo.

— Você acha que as damas de Londres vão perdoá-la por sua quebra de decoro?

— Mas é claro que vão. Terei relatos em primeira mão para compartilhar durante o chá da tarde. Serei perdoada de imediato, pois elas vão querer ouvir tudo o que sei sobre o devasso e delicioso Jack Dodger.

— Devasso e delicioso?

— É assim que nós nos referimos a você.

— Não sei se estou com vontade de ser devasso ou delicioso esta noite, mas gostaria muito de dormir abraçado com você.

Enquanto se deitava com Jack naquela noite, Olivia não sabia se aquela fora a intenção de Lovingdon, mas o duque lhe dera na morte o que não conseguira em vida: alegria, paixão e amor.

22

— Briarwood.

— Jesus, eu disse que não estava! Você não sabe o que isso significa?

Dodger entrou no escritório do homem, ignorando a tentativa do mordomo de impedi-lo. O cômodo cheirava a bebida barata e suor rançoso. Esparramado num sofá, Briarwood estava com a camisa manchada, mas sem paletó, colete e gravata.

— Quero saber se já ouviu falar de Emily Dawkins — falou Jack.

Briarwood revirou os olhos.

— Não.

Jack persistiu. Se Stanford a conhecera…

— Ela trabalhou na casa dos Lovingdon trinta e seis anos atrás.

Briarwood o encarou.

— Eu tinha 10 anos, homem. Por que eu me importaria com criados?

— Stanford a conhecia.

— Ele era doze anos mais velho que eu. Talvez tivesse interesse nela. — Briarwood gemeu. — Embora isso não seja muito provável. Aparentemente, ele preferia meninos.

A Scotland Yard esteve aqui esta manhã. Encontraram ossos no jardim dele. Cristo... Ossos pequenos, de crianças. Centenas de ossos. A família está arruinada.

E as famílias das crianças?, pensou Jack.

Ele via o desespero no rosto de Briarwood, um homem que sempre colocava os próprios interesses em primeiro lugar.

— Beckwith também esteve aqui. Herdei uma casa que alguém tentou incendiar. Stanford não tinha dinheiro e, como eu também não tenho, lhe pergunto: de que me serve uma casa queimada?

— Eu compro — falou Jack, antes mesmo de pensar em todas as consequências.

Ele poderia destruir a casa e construir lá o hospital para Graves. Um hospital em memória dos meninos que não conseguiu salvar.

Briarwood sentou-se.

— Quanto?

— Fique sóbrio e discutiremos os detalhes, incluindo como aprender a controlar seu vício em apostas.

— Eu não gosto de você, Dodger.

— Eu também não gosto de você.

Briarwood assentiu.

— Contanto que isso fique claro...

— Também seria bom não ter rumores falsos sobre mim...

— Considere-os esquecidos. Não que eu tenha escolha. Rupert Stanford certamente estará na boca de todos pelos próximos dias. Não posso culpar meu primo por ter nomeado você como guardião. Por mais desonroso que seja, estou começando a ver que é muito melhor do que Stanford ou eu.

Jack aceitou o elogio gentilmente.

— Conversaremos depois — falou ele, antes de partir.

A cerimônia seria pequena, privada, com convites enviados apenas para um grupo seleto.

Jack, Olivia — usando um modesto vestido marfim — e Henry chegaram à capela e encontraram os convidados esperando perto dos degraus da frente.

— Estamos muito felizes por terem vindo — disse Olivia, cumprimentando um de cada vez: Luke e Catherine, Graves, Swindler e Frannie.

— Este é um evento que eu precisava testemunhar com meus próprios olhos — falou Luke. — O notório Jack Dodger se casando. Certamente será o principal assunto de Londres quando a notícia se espalhar.

— Esperamos manter o casamento em segredo por mais um tempo — afirmou Jack. — Afinal, Livy está de luto.

— Como se você se importasse com as regras da sociedade — comentou Graves.

— Você tem razão. Nunca gostei de regras — concordou Jack, piscando para Henry, que ficaria com ele no altar. O anel estava guardado no bolso do menino.

— Estou tão feliz por você, Jack! — exclamou Frannie enquanto o beijava na bochecha. Ele via a sinceridade das palavras no brilho dos olhos verdes.

— Acho que é melhor entrarmos para realizarmos a cerimônia — disse Olivia.

Ao oferecer-lhe o braço, ele perguntou:

— Está nervosa?

— Não, de jeito nenhum. Estou feliz demais para ficar nervosa.

Foi enquanto subiam os degraus que um movimento na lateral do prédio chamou a atenção de Jack.

— Esqueci algo. Encontro vocês daqui a pouco. Se não se importam, podem ir na frente e verificar se está tudo certo?

— Está tudo bem? — perguntou Olivia.

— Sim. É só um assunto que preciso resolver. — Ele deu um beijo rápido nela. — Já vou.

Quando a porta se fechou atrás de todos, Jack desceu os degraus e contornou a esquina da igreja.

— Olá, meu Dodger. Tenho um presente para você — cumprimentou seu antigo mentor com uma risada.

Apoiando-se na bengala, Feagan estendeu a mão nodosa, mostrando o medalhão de Jack.

Com um aperto no peito, Jack pegou a preciosa oferta, abriu-o e estudou o retrato da mãe. Ela parecia jovem, muito mais jovem do que Olivia agora, suspeitava ele. Uma garota, praticamente. Ainda assim, seria como se ela estivesse com ele durante a cerimônia.

— Obrigado, Feagan. Mas não estou com o dinheiro que prometi agora.

O velho gesticulou com a mão no ar.

— Ah, não se preocupe com isso. Me leve uma garrafa de gim da próxima vez que der uma passeada longe de St. James.

— Como sabia que eu estaria aqui hoje?

— Eu descubro coisas por aí…

— Você deveria entrar.

— Não. Eu e Deus nunca nos demos bem desde que ele tirou o amor da minha vida. Não gostaria que ele pensasse que o perdoei, porque não fiz isso.

— Frannie me contou uma vez que achou que você fosse o pai dela.

— E o que você falou para ela?

— Nada…

— Você sempre foi o melhor em guardar segredos.

— Porque aprendi com o melhor.

Feagan gargalhou.

— É verdade, meu garoto. Você aprendeu mesmo. Muitas felicidades para você e para sua senhora.

Ele virou-se para ir, mas Jack o chamou:

— Feagan, pelo menos deixe minha carruagem levá-lo de volta.

— Não, eu gosto de caminhar. — Feagan deu uma piscadela. — Sempre tem coisas úteis para descobrir pelo caminho...

Jack observou-o se afastar, torto e curvado. Um homem que tinha sido um pai para ele em muitos aspectos.

Jack só podia torcer para conseguir ser o mesmo para Henry.

O casamento não foi tão grandioso quanto o primeiro de Olivia, mas ela não conseguia encontrar defeito algum enquanto escovava o cabelo na penteadeira. Henry havia ficado no altar ao lado de Jack, como padrinho. Após a cerimônia, ver os dois com a cabeça grudada, conspirando sobre alguma coisa, fez os olhos de Olivia lacrimejarem. Jack dava a Henry muito mais atenção do que Lovingdon jamais fizera.

Uma pequena parte dela lamentava o que ela e Lovingdon nunca tiveram. Olivia não sabia por que, mas sentia que o duque ficaria feliz por ela e aprovaria o casamento com Jack. Já que nomeara Jack como guardião e lhe dera tanto, Lovingdon obviamente tinha uma boa opinião sobre o homem. Mas tudo teria sido tão mais fácil se Lovingdon tivesse contado a ela sobre os problemas dos primos.

Ela percebeu que às vezes era impossível saber tudo sobre uma pessoa, mas tinha fé que Jack não esconderia dela segredos importantes, e que o casamento deles seria muito diferente de seu primeiro.

Ao se levantar, Olivia sorriu ao olhar para sua camisola transparente que deixava muito pouco para a imaginação. Atravessando o quarto, abriu a porta da sala de banho e soltou um gritinho ao ver Jack parado ali.

— Eu estava indo buscar você. Estava cansado de esperar. — falou ele, então inclinou a cabeça. — Mas agora posso ver que a espera valeu a pena.

Jack a levantou nos braços, e Olivia riu com alegria. Será que aquelas paredes já tinham ouvido tantas risadas quanto nos últimos tempos?

— Sou perfeitamente capaz de andar.

— Prefiro carregá-la, para poder avaliar seu peso.

— Nossa, que romântico.

— Você precisa ganhar mais peso para ficar mais saudável. Quero que viva por muitos e muitos anos.

— Vou ter que comprar vestidos novos.

— Você precisará fazer isso de qualquer maneira. Finalmente encontrei suas roupas no meu livro de registros.

Olivia riu de novo.

— Não encontrou, não.

— Encontrei, sim. Vou tirá-las de você, assim terá que andar nua o tempo todo.

— Você esqueceu que temos empregados e uma criança na casa?

— Droga...

Olivia enterrou o rosto no pescoço dele.

— Mas prometo ficar completamente nua quando estivermos a sós.

— Acho que posso me contentar com isso.

Jack a colocou na cama, e Olivia imediatamente ficou de joelhos e começou a desabotoar os botões da camisa dele.

— E você? — perguntou ela. — Vai me fazer ter trabalho para conseguir ver o que gosto tanto?

Quando todos os botões estavam abertos, Jack puxou a camisa pela cabeça.

— Não. Prometo ficar nu também.

Jack se despiu em poucos segundos. Então, admirou a camisola dela por um momento antes de adicioná-la rapidamente à pilha de roupas no chão. Olivia não sabia por que se preocupara tanto em tentar se vestir de forma atraente, mas ficou feliz ao ver a avidez de Jack em desnudá-la.

— Vamos acabar com essa história de dois quartos — falou ele, enquanto beijava os ombros dela. — Temos bastante espaço aqui para sua penteadeira e tudo mais que você quiser. Podemos reorganizar a casa inteira.

— Está bem.

Jack poderia ter pedido qualquer coisa naquele momento que Olivia teria aceitado. Ela massageou os ombros dele, acariciou as costas fortes. Nunca se cansaria daquele homem. Não conseguia imaginar ficar sem ele, sem aquela intimidade, se engravidasse.

— Você nunca vai me abandonar, não é? — perguntou ela.

Jack levantou a cabeça para encará-la, e Olivia viu a paixão nos olhos escuros. Ela o deixava daquele jeito… Fazia com que Jack a desejasse tanto quanto ela o desejava.

— Por que a pergunta?

— Se eu engravidar…

Ele cortou o que ela planejava dizer com um beijo. Jack segurou sua cabeça enquanto devorava sua boca, explorando e provando, estimulando uma resposta igualmente fervorosa. Quando eles interromperam o beijo, Olivia teria se sentido desolada se não fosse a paixão que ainda queimava nos olhos de Jack.

— Grávida ou não, você passará todas as noites na minha cama, nos meus braços. Existe solução para tudo, querida.

Olivia viu a malícia no sorriso dele. Posicionando-se entre as coxas dela, Jack baixou a boca até os seios, beijando um e depois o outro. Ela esperava que ele deslizasse para dentro dela, mas Jack começou a descer o corpo, as mãos envolvendo a cintura dela enquanto beijava a barriga, antes de descer ainda mais para baixo.

— Ai, meu Deus — ofegou ela. — O que você vai…

— Shh…

Era um som tão simples, mas cheio de promessa.

Jack abriu ainda mais as coxas dela e baixou a boca até o centro quente e molhado. O primeiro toque da língua dele quase a fez sair da cama. Olivia agarrou cada lado do travesseiro, mas não era o suficiente para a deliciosa tortura que estava sofrendo.

Olivia estremeceu e enfiou os dedos no cabelo de Jack, sabendo que deveria afastá-lo, mas percebeu que estava apenas o apertando mais contra si. Era uma intimidade que ela só compartilharia com o homem amado. E ela o amava.

Aquilo devia ser ilegal — e, se não fosse, deveria ser, pois era algo devasso e delicioso. Ele conhecia tantas maneiras maravilhosas de ser perverso, e Olivia tinha uma vida inteira com ele para aprender todas elas e descobrir ainda mais maneiras de agradá-lo.

Olivia enfiou o travesseiro na boca para abafar seus gemidos, mas Jack estendeu a mão e puxou-o.

— Quero ouvir você — falou ele.

E ele ouviu. Contorcendo-se abaixo dele, Olivia ouviu os próprios gemidos ecoarem baixos e ofegantes, embora não parecessem vir dela. Enquanto isso, Olivia o mantinha contra si, dançando à beira do prazer intenso. Jack sabia quando acariciar, quando sugar, quando fazer uma pausa, quando pressionar com a língua. Ele instigava e provocava. Sua língua parecia ser ainda mais ágil que seus dedos. Havia roubado a força, a resistência de Olivia.

Então ela gritou o nome dele, e, antes que o último tremor abalasse seu corpo, Jack se enterrou profundamente nela, olhando fundo em seus olhos, dando investidas poderosas, fazendo com que as sensações se intensificassem de novo. Olivia deslizou as mãos pelas costas dele, apertando sua bunda, incitando-o a continuar.

Jack a beijou avidamente e desta vez, quando Olivia gritou, ele capturou o som, soltando um gemido rouco em seguida quando teve seu próprio clímax. Jack deixou o corpo cair sobre o dela, mas apoiando-se nos cotovelos para não a esmagar. Olivia passou as solas dos pés pelas panturrilhas dele, acariciou as costas fortes com as mãos.

— Você é mesmo o diabo, e estou feliz por isso — sussurrou ela, quase letárgica.

Jack riu de satisfação.

— Você é tudo que eu poderia desejar, e fico feliz por isso.

Jack acordou com a incrível sensação de sua esposa mordiscando sua orelha. *Sua esposa.* Algo que ele nunca achou que teria. Ele estava descobrindo que Olivia era insaciável, o que certamente deveria ser a melhor qualidade em uma esposa.

Com um gemido, Jack se lançou sobre ela, e Olivia deu um gritinho e riu ao mesmo tempo.

— Achei que você nunca acordaria — falou ela.

Jack beijou seu nariz, sua testa, seu queixo.

— Acho que nunca dormi tão bem em toda a minha vida. Você me cansou bastante ontem à noite.

— Não tenho mais inibições. Você afugentou todas elas.

— Sorte a minha.

Jack deslizou a mão pela lateral do corpo dela, segurou-a pela cintura e puxou-a para mais perto, sentindo o corpo nu contra o dele. A sensação de pele contra pele deveria ser uma das melhores do mundo, e a nudez tinha a vantagem de revelar tudo o que um homem poderia valorizar. Se fosse rei, era possível que mandasse todos andarem nus. Bom, talvez abrindo uma exceção apenas para o uso de coletes coloridos...

— Precisamos nos levantar — declarou Olivia, enquanto ele beijava o ponto sensível abaixo de sua orelha.

Jack roçou o corpo na coxa dela.

— Você não percebeu? Já estou bem acordado.

A risada dela ecoou pelo quarto, reverberando pelo corpo dele. Jack queria estar dentro dela quando Olivia risse...

— Eu percebi, mas...

Olivia saiu de debaixo dele e da cama, sem se preocupar em se cobrir com o lençol ou a colcha. Ela havia se tornado uma exibicionista. Jack realmente era um homem de sorte.

— Volte aqui. O mundo pode esperar um pouco mais — disse ele. — Eu já disse ao Henry que ele vai tomar o café da manhã na cama dele hoje, e nós também.

— Então era isso que vocês estavam conspirando ontem?

— Achei que deveria começar a ensiná-lo que quando um cavalheiro está com uma dama, ele deve dar-lhe o máximo de atenção possível.

— Muito bem. Infelizmente, ontem enviei uma carta ao sr. Beckwith falando sobre o nosso casamento. Ele respondeu que passaria aqui hoje de manhã para trazer o item final. Não quero que ele nos encontre ainda na cama.

Jack a segurou pelo pulso e a puxou de volta para seus braços, aconchegando-a no colo.

— Não me importo nem um pouco com o item final. Pode ficar para ele.

— Você não está nem um pouco curioso?

— O que importa o que é? Nada que Lovingdon possa me dar agora é mais valioso que você. Ele poderia tirar tudo de mim. Nada importa, contanto que eu tenha você.

Os olhos dourados lacrimejaram. Jack esperava que Olivia nunca chorasse de tristeza, mas lágrimas de alegria brilhavam de forma diferente — e ele adorava comovê-la desta forma.

— Você não costuma dizer coisas românticas, Jack, mas, quando diz, não tem ideia de como fico emocionada.

— Não acredito em romance, Livy, mas por você tentarei o melhor que puder, mesmo que eu seja péssimo nisso...

— Eu te amo muito.

Jack se perguntou se a declaração sempre atingiria seu coração como uma flecha e o deixaria avassaladoramente feliz. Pegando a mão dela, ele a beijou na palma, no pulso, no braço...

Com um suspiro de rendição, Olivia murmurou:

— Não tenho forças para resistir a você. Eu o proíbo de fazer amor comigo antes que Beckwith chegue.

Rindo do desafio, Jack começou a mostrar a Olivia, mais uma vez, que não era um homem que aceitava ordens.

23

Jack dissera a verdade a Olivia. Ele não se importava mais com o item final. Àquela altura, o item na verdade se tornara um incômodo, porque significava que eles não poderiam passar a manhã inteira na cama fazendo amor intenso e apaixonado.

Beckwith entrou na biblioteca com sua maleta de couro e fez uma leve reverência.

— Lady Olivia, sr. Dodger, parabéns pelo casamento.

Jack sabia que, ao se casar com ele, Livy estava renunciando ao título de duquesa. Mesmo assim, foi uma surpresa ouvi-la ser chamada de "lady", uma honra que ela tinha por parte de pai. Mas Olivia dissera que estava satisfeita com sua nova posição na vida. Jack pretendia fazer tudo ao seu alcance para garantir que ela nunca se arrependesse.

— Obrigada, sr. Beckwith — agradeceu Olivia, apertando a mão de Jack como se achasse que ele precisava de algum tipo de garantia.

— Agradecemos por reservar um tempo em sua agenda lotada para nos ver, Beckwith — falou Jack. — Como também estamos bastante ocupados, vamos tentar resolver esse assunto o mais rápido possível, está bem?

— Claro. Posso? — Beckwith indicou a escrivaninha.

— Claro. Pode qualquer coisa que fizer sua visita ser rápida.

Olivia deu um tapinha em seu braço, e Jack fez uma careta para ela.

— O que foi?!

— Você está sendo grosseiro. Gostaria de chá, sr. Beckwith?

O advogado abriu um leve sorriso.

— Não, obrigado. Este assunto não demorará muito.

Ele foi até a escrivaninha e começou a tirar itens de sua maleta. Jack e Olivia ocuparam as cadeiras onde se sentaram na noite em que Beckwith lera o testamento. A única diferença era que agora estavam de mãos dadas. Jack beijou os dedos da mão da esposa. Assim que Beckwith saísse, Jack a levaria de volta para a cama. Ou talvez a colocasse em cima da escrivaninha antes de levá-la para a cama... Livy sem dúvida ficaria horrorizada ao saber que Jack avisara aos criados para nunca entrarem em nenhum cômodo sem bater e receber permissão antes.

Jack mal conseguia acreditar em tudo que acontecera em tão pouco tempo. Ele sempre quisera estar no comando de sua vida, mas não podia negar que outros estavam de alguma forma influenciando seu destino. Se Lovingdon não tivesse o nomeado como guardião, Jack nunca teria conhecido Olivia. Só por isso, devia a Lovingdon sua eterna gratidão.

Beckwith colocou vários documentos e uma bolsinha de veludo na mesa. Então, cruzou as mãos sobre os papéis e pigarreou.

— As condições do testamento originalmente declaradas foram cumpridas com o seu casamento recente. Portanto, lerei a parte do testamento que foi ocultada de vocês. — O homem pegou um maço de papel e pigarreou mais uma vez: — Para Jack Dodger, batizado de Jack Dawkins, filho amado de Emily Dawkins, deixo meu bem mais precioso, de valor imensurável: meu relógio de bolso de ouro, entregue a mim por meu pai, que o recebeu do pai dele.

Jack observou, em silêncio e atordoado, enquanto Beckwith abria a bolsa de veludo e retirava seu conteúdo: um relógio e uma pesada corrente, ambos de ouro. O advogado colocou o objeto na borda da mesa, diante de Jack. Mesmo daquela distância, Jack podia ver o excelente trabalho artesanal, podia ouvir o tique dos ponteiros.

Jack apertou a mão de Olivia e esticou a mão livre para alcançar o relógio...

Mas parou a poucos centímetros de encostar na peça. Balançando a cabeça, Jack olhou para Beckwith.

— Ele não devia ter deixado isso para mim, e sim para o filho.

— Acredito que ele deixou, sr. Dodger.

Jack ouviu Olivia ofegar, sentiu como se o chão estivesse desabando, como se todo o ar tivesse sido sugado da sala. Ele sentiu os dedos dela apertando os seus de forma quase dolorosa, também sentiu o olhar dela, mas não conseguia encará-la. Não ainda.

Ele soltou a mão de Olivia. Apesar de todos os esforços para se controlar, sua mão tremia quando pegou o relógio. Hesitante, ele o abriu. Dentro, em frente ao mostrador, havia uma miniatura familiar. Incrédulo, Jack olhou para Beckwith e depois para Olivia, cuja testa estava franzida de preocupação.

— É minha mãe.

Sua voz estava rouca, tão rouca e áspera quanto quando ele havia gritado para a mãe não o abandonar.

Beckwith ficou de pé, indicando que seu trabalho estava concluído.

— O duque me confiou todos os seus segredos — falou ele, olhando rapidamente para Olivia antes de voltar sua atenção a Jack. — Espero que entenda que pode fazer o mesmo. Se eu tivesse percebido que se casariam, teria mencionado este assunto antes. Mas, seja o que for que você decida, o que foi revelado hoje não irá adiante, a menos que assim o deseje. — Ele pegou um envelope e o estendeu para Jack. — Eu não li *esta* carta, mas é endereçada a você.

Jack pegou o envelope.

— Senhor Beckwith, por curiosidade, eu gostaria muito de saber quem Lovingdon nomeou no segundo testamento — pediu Olivia.

Pela primeira vez, Beckwith pareceu desconfortável.

— Receio que não havia um segundo testamento, mas o duque insistiu que eu dissesse que existia um. Talvez ele conhecesse o filho melhor do que se imaginava.

— Ele se esforçou muito por algo que talvez nunca tivesse acontecido — retrucou Jack, nem um pouco surpreso com a raiva que sentiu em sua voz.

O choque do que acabara de saber estava começando a passar e, em seu lugar, crescia uma fúria selvagem.

— Ele sabia que isso aconteceria, mais cedo do que desejava — disse Beckwith de modo solene. — O duque estava morrendo de um câncer para o qual não havia esperança de cura. Espero que não me achem insensível, mas acredito que a queda lhe deu uma morte rápida, o que, honestamente, ele deve ter preferido. Pelo menos ele manteve um pouco da dignidade que a doença sem dúvida lhe roubaria.

— Ele nunca disse nada sobre isso — murmurou Olivia, e Jack percebeu a tristeza na voz dela por Lovingdon ter escolhido suportar a dor sozinho.

— Ele não queria incomodá-la — respondeu Beckwith.

— Mas eu era a esposa dele.

— Acredito que ele pretendia poupá-la de qualquer preocupação. Como me disse diversas vezes, ele gostava muito de você.

Mas carinho não era amor. O silêncio caiu sobre a sala. Jack só podia imaginar o que Olivia estava sentindo. Sua raiva por Lovingdon aumentava a cada tique-taque do relógio. Lovingdon não tinha valorizado o que possuía. Jack estendeu a mão e apertou a mão da esposa, esperando que ela entendesse com aquele simples toque que o casamento deles não teria segredos, que compartilhariam tudo.

— Se não precisam mais de mim, desejo um bom dia a ambos.

Com uma rápida reverência, Beckwith partiu. O silêncio não se dissipou. Na verdade, ficou mais pesado, mais palpável. Finalmente, Olivia virou a palma da mão e entrelaçou os dedos nos de Jack.

— Sinto como se tivesse sido atropelada por uma carruagem. Mal posso imaginar o que você deve estar sentindo. Você não tinha ideia de que ele era seu pai? — perguntou ela baixinho.

— Não. — Jack olhou o rosto de sua amada, certo de que sabia a resposta antes de perguntar. — Você tinha?

Ela negou com a cabeça lentamente.

— Eu não poderia nem imaginar. Fui casada com ele por seis anos e não o conhecia. Quero ficar com raiva e amaldiçoá-lo por não me contar tudo isso. Ele estava morrendo e eu não tinha ideia. Mas isso era típico do nosso relacionamento. Ele nunca compartilhou nada comigo. Era como se eu fosse apenas uma procriadora…

— Não diga isso, Livy. O homem foi um tolo por não ter reconhecido seu valor.

Olivia sorriu.

— Olha só para você, me confortando enquanto deve estar ainda mais devastado com a notícia. — Ela indicou o envelope. — Você vai ler?

Jack engoliu em seco e assentiu.

— Mas não aqui. Preciso ficar sozinho. Conto depois…

Estendendo a mão, Olivia embalou sua bochecha e tocou seus lábios com o polegar.

— Você não precisa se explicar para mim, Jack Dodger.

Ele se levantou, abaixou-se e beijou o topo da cabeça dela.

— Eu te amo, Livy — sussurrou.

Jack saiu da biblioteca e percorreu o corredor até a porta que dava para fora de casa. Ele gostava dos jardins porque sempre se sentia mais próximo da mãe ali. Foi até o banco aninhado entre as rosas e sentou-se. Lentamente, abriu o envelope e retirou a carta.

> *Meu querido filho,*
>
> *Sempre tive grandes expectativas em relação a você. O fato de você estar lendo esta carta agora é a prova de que julguei seu caráter corretamente. Você puxou sua mãe nesse aspecto. Ela tinha todos os atributos que me faltavam.*

Sua doce mãe era uma criada nesta casa quando me apaixonei por ela. Ela tinha apenas 15 anos quando descobriu que estava grávida de um filho meu. Aos 17 anos, eu era jovem e tolo. E fraco. Absurdamente fraco. Não tive coragem de ir contra a vontade dos meus pais, e talvez o que é ainda mais imperdoável: não tive coragem de ficar ao lado da minha preciosa Emily enquanto ela enfrentava a censura da sociedade de cabeça erguida para trazer você ao mundo. Para proteger meu nome, ela nunca contou a ninguém quem era o pai de seu filho. Tal era a força admirável dela. Ela foi expulsa da casa e precisou seguir seu caminho da melhor forma possível – e eu não fiz nada para impedir essa injustiça.

No dia em que conheci você na casa de Claybourne, mal pude acreditar na minha sorte: o destino tinha trazido você de volta para mim. Eu era mais velho, mais sábio. Não poderia deixar a oportunidade passar. De longe, observei sua impaciência com os ensinamentos de Claybourne e sabia que você não permaneceria com ele por muito tempo, que era independente demais e logo seguiria em frente por conta própria. E assim me tornei seu benfeitor anônimo – anônimo porque ainda me faltava coragem para enfrentar você e os pecados do meu passado.

Meu maior desejo era abraçar você como meu filho. Em algumas ocasiões, fui ao seu clube com esse propósito em mente. Mas, no final, temendo o merecido desgosto que poderia ver refletido em seus olhos por meu compor-

tamento abominável no passado, permaneci fiel ao meu caráter: permaneci um covarde.

Não tenho dúvida de que, sob sua tutela, meu segundo filho aprenderá a ter a força que faltou ao pai.

Não espero que pense bem de mim. Não espero nem que pense em mim, mas, se eu passar por sua mente de vez em quando, espero que seja com a compreensão de que vivi minha vida sem nada além de arrependimento — e talvez isso tenha sido um castigo suficiente. Espero fervorosamente que Deus, em sua infinita misericórdia, me conceda na morte o que minha covardia me negou em vida: um lugar ao lado de sua mãe. Não é o que eu mereço, mas essa é a beleza da misericórdia. Permite que até o pior dos pecadores seja perdoado.

Respeitosamente seu,
Lovingdon

Jack não deixou de notar que Lovingdon não havia assinado como "Pai". Mas este também não era um título que o homem tivesse conquistado, e Jack tentou encontrar algum tipo de consolo no fato de o duque não o ter usado sem merecer.

— Agora consigo ver a semelhança — falou Olivia.

Jack olhou para ela.

— Acho que é mais difícil perceber porque você tem o cabelo escuro, e ele era muito loiro. Mas às vezes, quando eu entrava em uma sala e via você, por um breve momento eu pensava ter visto ele.

Jack não sabia o que dizer sobre a confissão. Ele ainda não estava pronto para falar sobre tudo aquilo. Não sabia se algum dia estaria…

— Você está bem? — perguntou Olivia. — Está sentado aqui já faz quase uma hora.

Já tinha se passado todo esse tempo? Parecia que ele estava ali fazia apenas cinco minutos…

— Suponho que devia ter trazido um de seus relógios.

— Ou o relógio do seu pai.

Jack negou com a cabeça.

— Ele não era meu pai. — Ele balançou a cabeça novamente, tentando negar a verdade. — Minha mãe tinha apenas 15 anos quando me deu à luz. Por toda a minha vida, achei que ela fosse uma prostituta. Ele fez isso com ela. Com sua covardia, sua falta de força.

Jack apontou para a residência.

— Você sabe do que Beckwith estava falando, não é? — Jack não esperou Olivia responder. — A lei não permite que um homem se case com a viúva do pai.

Olivia empalideceu.

— Eu nem tinha pensado nisso!

— A boa notícia é que não desejo reivindicá-lo como meu pai. Acho que ele era mais bastardo do que eu. — Jack se inclinou para a frente, apoiou os cotovelos nas coxas e enterrou o rosto nas mãos, amassando a carta no queixo. — Beckwith indicou que guardaria nosso segredo, mas e se alguém descobrir? Nosso casamento poderá ser declarado ilegítimo, nossos filhos serão bastardos. Os danos de Lovingdon nunca terão fim?

Olivia se ajoelhou diante de Jack, segurou as mãos dele e as afastou de seu rosto.

— Olhe para mim — exigiu ela.

Era difícil encará-la. A vida era tão mais fácil quando ele achava que seu pai era um estranho qualquer, um homem que havia pagado pelo privilégio de se deitar com sua mãe...

— Eu não me importo — afirmou Livy enfaticamente. — Não me importo se nosso casamento for anulado. Quanto aos nossos filhos, eles serão amados e aprenderão a rir das regras da sociedade quando necessário. Eles terão a sua convicção, Jack, e a força de sua mãe. Todos nós vamos honrá-la. Ela era uma mulher notável, e eu gostaria de ter tido a oportunidade de conhecê-la. Ela me deu algo muito precioso. Eu te amo, Jack Dodger. Eu te amo com todo meu coração e a minha alma. Se eu precisar viver com você sem o benefício de um casamento, farei isso sem arrependimentos e com orgulho por você ter me escolhido para ficar ao seu lado. E, quando eu for para o inferno, será um prazer dançar com você.

Estendendo a mão, Jack a segurou pela cintura e a puxou para seu colo para lhe dar um beijo profundo. Como era possível que aquela mulher incrível o amasse, o desejasse? Que conseguisse olhar para além de seu passado de bastardo e criminoso, e apreciá-lo pelo homem que ele havia se tornado?

Afastando-se, Jack encarou os olhos dourados.

— Você é tudo o que importa, Livy. Você e Henry. — Ele abaixou a cabeça para trás. — Meu Deus! Ele é meu irmão! — Jack soltou uma risada fraca. — Foi por isso que Lovingdon me nomeou como guardião.

— Acho que nossa árvore genealógica será bem confusa. — Olivia abraçou Jack e encostou a cabeça em seu ombro. — Essa história parece tão errada...

— A única coisa que importa é que eu te amo. E que eu amo o Henry. Desde o momento em que o conheci, algo nele me tocou profundamente.

Olivia ergueu a cabeça.

— Prefiro não contar a Henry até que ele fique mais velho. Acho que ele é muito jovem para entender essas complicações.

Jack assentiu, concordando com ela. Além disso, o menino era jovem o suficiente até para esquecer do pai.

— Posso estar falando algo horrível, pois você teve uma vida muito difícil, mas ela a transformou no homem que amo. E se Lovingdon tivesse reconhecido você como filho antes de morrer, não poderíamos ter nos casado.

Jack sorriu.

— Teríamos dado um jeito, Livy. Os devassos sempre encontram um jeito…

Epílogo

Do diário de Jack Dodger

Nasci como Jack Dawkins, filho amado de Emily Dawkins, e filho bastardo de Sidney Augustus Stanford, o duque de Lovingdon, marquês de Ashleigh e conde de Wyndmere – um homem que se importava mais com a linhagem imaculada de seus títulos do que comigo ou com minha mãe.

Ainda não o perdoei por permitir que minha mãe fosse expulsa e duvido que algum dia pense nele com carinho. Para mim, foi uma bênção não ter sido criado por ele. Lovingdon nunca foi um pai para mim. Essa honra sempre será de outro.

Feagan era um criminoso destinado à forca. O fato de ele ter conseguido escapar e viver até a velhice foi sorte dele e minha. Ele me ensinou a roubar sem ser pego. Ele me ensinou a sobreviver e a evitar ao máximo prejudicar os outros. Ele me deu uma família e segurança. Nos aspectos que contam, ele foi meu pai.

Quando eu tinha 5 anos, minha mãe me entregou aos cuidados de outro homem. Eu me lembro pouco do último inverno que passei com ela — o inverno que mudou minha vida. Ela adoeceu com uma tosse forte que não nos deixava dormir, manchava lenços de sangue e arruinava seu apetite. Acho que ela devia saber que estava morrendo e tentou garantir um futuro melhor para mim — e pensou que o primo do meu pai fosse a melhor opção. Ela morreu antes da primavera e foi enterrada em uma cova de indigente, e espero que sem saber a verdade sobre o diabo que me acolheu.

Deu um pouco de trabalho, mas o grupo de Feagan é muito hábil em extrair informações. Descobrimos onde minha mãe estava enterrada, e Graves, que era um ladrão de túmulos na juventude, cuidou do assunto.

Minha mãe está agora em seu lugar de direito, descansando ao lado do homem que amou. É difícil imaginar que ela não o amava, pois Graves encontrou no caixão dela um medalhão muito parecido com o que ela me deu, mas com uma pintura do duque dentro.

Como a cripta de Lovingdon fica na propriedade da família, que pertence por direito ao meu jovem meio-irmão e enteado, não a visito com frequência. Mas pago ao jardineiro para deixar flores à minha mãe todos os dias e mandei construir uma estufa para que tenha flores disponíveis até no inverno.

Lembro-me que uma vez minha mãe me contou que vendia flores porque era a única maneira de tê-las em sua vida por um tempo e, por mais triste que fosse se despedir delas, a alegria de tê-las por um breve período valia a pena.

Sem dúvida sou arrogante por achar isso, mas gosto de pensar que ela também me considerava como uma flor. Que, enquanto estive com ela, fui uma alegria e não um fardo.

Ao vasculhar as coisas do duque, Livy encontrou um diário. Ela diz que narra o amor do duque por uma jovem criada – um amor tão profundo que dificultou que ele tivesse outra mulher em sua vida. Livy acha que, se eu ler o diário, entenderei melhor a força e o sacrifício que se exige das pessoas da aristocracia, e que passarei a respeitar meu pai por sua lealdade ao dever e seu desejo de atender às expectativas dos outros.

Talvez ela tenha razão, mas ainda não estou pronto. Acredito que um homem deve primeiro buscar em si mesmo o caminho que deve percorrer, e que todos – do mais pobre ao mais rico – precisam fazer escolhas difíceis. Conheço a pobreza e a riqueza. Cada uma tem suas vantagens e desvantagens. Os homens que respeito não são influenciados pela sua posição na nobreza ou pela quantidade de moedas no bolso. Eles continuam fiéis a si mesmos e aos que os rodeiam, não importa o quão bem ou mal a vida os trate. Não acho que o duque sobreviveria morando nas ruas. Todos nós somos moldados pelo nosso passado. Acredito que sou um homem melhor por causa do meu. Meus filhos terão uma vida mais grandiosa e confortável do que a que eu tive, mas vou garantir que tenham consciência de seu privilégio e não deixem de olhar para os mais pobres.

Suspeito que Henry não será um lorde típico – afinal, eu sou o guardião dele. Guardei o relógio de bolso para que Henry o receba quando atingir a maioridade. Parece a coisa certa a ser feita. Ele tem boas lembranças do pai, ao contrário de mim.

Livy já não acredita mais que fui a pior escolha para o papel de guardião. Ela está feliz, mais do que feliz, eu diria, por saber que seu filho — ou melhor, todos os seus filhos — serão sempre amados e protegidos por mim. Se tenho alguma característica boa, é esta: sou ferozmente protetor com o que é meu.

Creio que nunca vou reivindicar publicamente Lovingdon como meu pai. Fazer isso pode deslegitimar meu casamento com Livy, e não vou desistir dela por nada. Nem pelo sobrenome ou a fortuna de um homem.

Eu me lembro de uma época em que queria sempre mais dinheiro, e faria qualquer coisa, qualquer coisa mesmo, para tê-lo. Agora, quero apenas passar mais tempo com Livy. Ela é o verdadeiro tesouro da minha vida. A dona do meu coração e da minha alma, e, para todo o sempre, meu amor.

LORRAINE HEATH é filha de mãe inglesa e pai americano. Nasceu em Hertfordshire, na Inglaterra, e se mudou ainda criança para o Texas, nos Estados Unidos, onde se graduou em Psicologia, formação que a ajudaria na construção de seus aclamados personagens. Autora best-seller do *New York Times* e do *USA Today*, ela também é vencedora do RITA Award de melhor romance histórico.

Este livro foi impresso pela Santa Marta, em 2025, para a Harlequin. O papel do miolo é snowbright $70g/m^2$ e o da capa é couchê fosco $150g/m^2$.